谨以此书
纪念中国改革开放四十周年
献给中国的民营企业家

刘灿放
与"九洲"的故事

天道常与

陆林深

著

上海文艺出版社

图书在版编目（CIP）数据

天道常与／陆林深著．— 上海：上海文艺出版社，
2024

ISBN 978-7-5321-8921-2

Ⅰ．①天… Ⅱ．①陆… Ⅲ．①回忆录—中国—当代
Ⅳ．① I251

中国国家版本馆 CIP 数据核字（2024）第 006417 号

责任编辑　毛静彦
特约编辑　长　岛
封面设计　马海云

天道常与——刘灿放与"九洲"的故事

陆林深　著

上海世纪出版集团　上海文艺出版社
上海市闵行区号景路 159 弄 A 座 2 楼　201101
上海文艺出版社发行中心发行
上海市闵行区号景路 159 弄 A 座 2 楼 206 室　201101　www.ewen.co
苏州市越洋印刷有限公司印刷
开本 787×1092　1／16　印张 24.75　插页 2　字数 330,000
2024 年 1 月第 1 版　2024 年 1 月第 1 次印刷
ISBN 978-7-5321-8921-2／I·7027　定价：88.00 元

告读者　如发现本书有质量问题请与印刷厂质量科联系
T：0512-68180638

天道无亲，常与善人

　　　　——老子《道德经》第七十九章

大道至简，遵循规律，源于自然，顺应自然，回归自然。

序

2008年，我和秦怡、陈钢等去常州参加九洲集团①20周年庆典演出。见到集团董事长刘灿放先生，并且听陆林深讲述了一些他的故事，很敬佩他的创业精神。如今十年过去了，听陆林深说在写一本关于刘灿放的纪实文学，很高兴。后来给我看了几个章节，觉得有看头。

这本书写的是真人真事，也是常人常事。因为是纪实，不能像小说那样可以天马行空地任意虚构，要把它写得生动有趣，让人读得下去，是需要智慧的。这本书里写的故事，让人读来津津有味，作者的创作值得肯定。

一件好的文学作品，不是靠华丽的词藻堆砌而成的；也不是故作波澜、故作惊人语所能奏效的。需要对事物、人物作真切的描写，以及深入人心的剖析，才能打动人、感染人。我看的几个章节，如"饥荒上海行""结识顾琪大""'三小'羊得海"，作者写得朴实无华，对人物的内心世界作了深刻的揭示，娓娓道来，耐人回味。

文学作品是以塑造刻画人物为主要任务的，书里的主人公刘灿放，既是一个文学典型，也是真实的生活人物。如何能把人物典型塑造得有血有肉，

①　江苏九洲投资集团有限公司简称九洲集团或九洲，以下同。

作者不是去作概念化的介绍，不是有意地去人为拔高，而是从叙述刘灿放的一个一个故事中自然而然地流露出来，呈现在人们面前。读者随着故事的展开，逐步了解认识主人公的经历、内心、思想、品格和一系列行为方式。作者熟悉生活，了解人物，许多细节描写十分生动形象，个性化的语言和个性化的气质，让读者产生共鸣，受到感动，这就是文学的魅力。

还是让读者在阅读中慢慢欣赏吧。

早知道刘灿放先生出资成立了高晓声文学研究会，我赞赏他作为一个企业家能有这份文学情怀。陆林深是我的忘年交，他一定要让我来写这本书的序，令我汗颜。我已是耄耋之年，垂垂老矣。但我说过，这么大年纪了，不再说谎言。以上我说的，都是真情实话。

忝列为序。

白桦①于上海

---

① 白桦（1930—2019），著名作家、诗人，此序写于2017年5月。

感　言

　　《天道常与》一书决定付印了。此书所讲的人和事就是副标题所称的刘灿放与"九洲"的故事。作为书中主人公的我，感激之余表达几点感言。

　　一说初衷。2017年时考虑2018年将是九洲公司成立三十周年，关心九洲的人们纷纷议论九洲三十周年庆典的事，有人提出了"三个一"的方案：即搞一次庆典活动；设计分发一个纪念品；写一本有关九洲发展历程的书。最后大家聚焦在写一本书上，理由是三十年的风雨征程，企业经历过的激流暗滩和经营者的甜酸苦辣等许多往事，只有写一本纪实文学式的书才能表达。俗话说："遗子满屋金，不如教一经。"书写成了即是经。写九洲的书就必定要写九洲的人，我是九洲的创建者，自然就成为书中的主要人物了。为了说清楚我这个人和企业发展的前因后果，自然就联系到我创办九洲以前的经历，这样的叙述并非违背初衷。初衷仍然是想写一个人的常人常事和一个企业的真人真事，留下历史的记忆，决不是为我个人树碑立传。

　　二说感恩。我出生于20世纪50年代初的1953年，是将年近七十的人了，生活和经历的沉淀使我充满了感恩之情。一是感恩我生活在伟大的改革开放新时代，有幸参与了共产党领导中国人民谋幸福和中华民族谋复兴的伟大事业与征程。以经济建设为中心的政治路线，使我们成为改革开放所涌现的第一代民营企业家，也为社会做了一点有益的事。二是感恩我能生长在长三角苏锡常这样的好地方，地灵人杰。江南鱼米之乡养育了我们，使我有幸参与了村办企业、乡办企业、区办企业、县办企业和著名的苏南模式等工业化实践。三是感恩自己办企业的各个阶段遇到了许多老领导、老同事，他们给予认同和支持，使我能克服许多前进道路上的困难，排除了各种风险。其中也同样感恩曾经和自己"道不同谋不同"的理念相左者。碰撞、摩擦、教训和挫折，在自己的成长发展中并非一定是坏事。

三说认识。我体悟到人生的过程其实质是认识世界、适应世界、作为世界，从而奉献世界的过程。所以，我的人生观是"适应、生存、作为、奉献"。我的价值观是认同儒家文化所说的"修身、齐家、治国、平天下"。我们这一代人可以说是"办企业、利大家"。

九洲人的人生观是"诚信、创新、谦虚、包容"。价值观是"创造财富、创造价值"。

四说遵循。大道之简、遵循规律。无规矩不成方圆。农、工、商、房、投各有各的特性、属性和专业性，也称规律，行行出状元。只有夕阳的企业，没有夕阳的产业。我和九洲有幸涉足了这些行业和产业，足迹虽踉跄，步履虽蹒跚，但我们毕竟走过了很长的一段路程，从不知道到知道、不适应到适应、不成熟到成熟，心路历程的源头是遵循规律、尊重人性。说到底是想做好人和做好事。因为只有做好人和做好事后才能做好企业。

五说期盼。期盼此书能不浪费读书人的时间；期盼此书能给我们这代人和后代留下一点时代的音符；期盼此书能给我们的同行留些探讨；期盼能原谅其中所有的错误和不足……

最后，衷心感谢作者陆林深以及李怀中、周逸敏等人为编写、校正此书给予的指导支持，感谢所有提供书中故事素材情节者。永远铭记我国现代文学泰斗白桦先生的认可并为此书作序，我将代表我们民营企业和企业家永远怀念他！

刘灿放

2020 年 10 月 4 日

目 录

contents

第 三 编

引　言

　　常州，地处长三角沪宁杭中部，古时称为"中吴要辅"，著名江南历史文化名城。常州北靠长江，南临太湖，境内地势平坦，水网遍布，气候湿润，四季分明，是富庶的鱼米之乡。《延陵赋》曰：常州星垂平野，因六龙汇聚得号，故又称龙城。在这块风水宝地上，真可谓地灵人杰、人才辈出。历史上常州曾出状元十五位，探花十一位，进士二千九百余位，犹若龙门鲤鱼。近代中国的"七君子"常州就占两个，中国共产党的早期领导人瞿秋白、张太雷、恽代英均为常州英杰。

　　常州自季札封地立郡至今已有两千五百多年历史，它又是我国近代民族工业的发祥地之一。常州的盛宣怀是中国近代洋务运动的代表人物。民国初年的纺织实业家刘国钧先生是以常州为主要基地的。改革开放后的常州大地，在国家实施现代化建设进程中，涌现许多出类拔萃的民营企业和企业家，他们听从党和国家的召唤，以经济建设为中心，从创建著名的"苏南模式"乡镇企业开始，大胆开拓创新，一步一个脚印地探索实践，逐步将企业做强做大。其中有许多鲜为人知的艰辛和风险，有许多精彩生动的创业篇章。

　　本书叙述的，就是常州众多民营企业中一个光彩的明星企业——江苏九洲投资集团公司和它的创始人刘灿放董事长的故事，也可以称之为"刘灿放与九洲的故事"。

本书是根据刘灿放的讲述和九洲其他相关人员的回忆，记录、整理、创作而成的，都是真人真事，常人常事，不是任意虚构的小说，而是忠实于事实的纪实文学，因此它是一部信史，但毕竟年代已久，也或姓、或名会有差异。

本书之所以用讲故事的形式来叙述，是因为更接近生活和历史，让历史和生活在人们的阅读中复活起来，增加可读性，让读者觉得更活泼、更生动、更形象、更轻松，读后从中受益，从而避免了理论说教式的枯燥和乏味。

本书以朴素的文字，保留生活的原味，保留人物原貌，尽量不加雕饰。在叙述风格上，尽量以主人公所处的特有的语言环境——常武地区的语言和常州东北乡郑陆当地的语言习惯来叙述。这些具有地方特色的俗语、俚语、方言，使得叙述更加顺畅，也让家乡的人读来特别熟悉、亲切。

本书既是一本人物传记，也是一部企业的创业史、发展史。主人公刘灿放经常说："以史为镜知兴替，一个企业要成功，一个企业要长久，必定要有一种精神，必定要有一种文化。"本书讲的是故事，实际上讲的是九洲精神、九洲文化。社会是不断变化的，企业的业态也是不断变化的，但人的奋斗精神、人生的德行原则必须永远坚守。

欣逢改革开放四十周年之际，我们讲述刘灿放与九洲的故事，实际上是在讲述苏南、乃至中国四十年改革开放的故事。

第一编

第一章 童年记忆

一、水乡郑陆

从常州城往东北三十里，有一个乡镇名叫郑陆桥。郑陆桥的来历，据说是纪念郑、陆两家做的好事而来。

古时候有郑姓陆姓两家联姻成了亲家，一个在北塘河北，一个在北塘河南，往来都靠摆渡。这郑姓陆姓就商议着由两家合造了一座桥，方便自己，也方便乡里人往来。后来，人们为了感谢他们，称这座桥为郑陆桥，把镇也改名为郑陆镇。

郑陆桥跨北塘河而建，北塘河为东西走向，东接舜山脚下的舜河，西至常州北门，通京杭大运河。从舜山舜河接通大运河，其间约六十里，中间约三十里处还有一条南北走向的芦浦江（也叫芦埠港）与其交汇。芦浦江和舜河一样直通长江，郑陆镇正好处于芦浦江和北塘河交汇处，因古时候的江南集镇主要靠水路船运，所以交通十分方便，市面很大。

在北塘河和芦浦江十字交汇处的东北面，是一片三万两千亩的黄天荡沼泽地。民间传说，宋朝时期抗金名将韩世忠和夫人梁红玉曾在此地大战金兀术。

黄天荡出名还有一个原因是盛产螃蟹。由于黄天荡多河网沼泽，处处均是蒲田和芦苇河塘，每年从长江里经芦浦江冲来的蟹苗就汇聚在此沼泽地生长。芦浦江和长江一样，终年潮起潮落，水流湍急，水色浑浊，但一冲进黄天荡后即逐步稀释清澈，越往里越清，这样的水环境特别适合螃蟹的生长。

据说黄天荡从未有干涸的历史。清朝康熙年间长江流域大旱，由于长江也缺水而降低了水位，给黄天荡供水的芦浦江都断流干涸了，但黄天荡仍是清水荡漾，水草悠悠。据周边的老人讲，芦浦江干涸，而黄天荡不涸的原因是因为黄天荡内的淹芦沟大河塘内有一泉眼，不断对黄天荡供水的缘故。

黄天荡螃蟹鲜美出名除了自身生态造就外，还有一重要原因是乾隆皇帝的推荐。据说，乾隆皇帝是一个美食家，他六次巡游江南，有一次就是由大学士刘纶陪着乾隆皇帝从东坝桥上岸到万寿庵去进香。他每次来常州，在东门舣舟亭停靠后上天宁寺等地游历，也要求品尝黄天荡的螃蟹。乾隆称黄天荡螃蟹金爪玉脐味道鲜美，并为黄天荡题字以示留念，所以黄天荡和螃蟹从此声名远扬。

在黄天荡芦沟河和芦浦江汇接处有一座石板桥叫东坝桥，横跨东西两岸，东岸即是一片蒲田芦苇的黄天荡湿地，西岸有一村落叫羌家村。羌家村人多姓羌，传说羌姓是西南地区羌族后裔，因北宋抗金时期支援宋朝抗金部队，居留此处繁衍成为一个村落。羌家村相距百米的南面有一个比羌家村略小的村落叫顾家头。顾家头村上住着五十来户人家，以两个姓为主，一个姓顾，一个姓刘。这个刘姓家族虽户数不多，但却来历非凡。据刘氏家谱记载，这刘姓始祖是创立汉朝的汉高祖刘邦亲弟弟刘交的子孙。南宋初年迁徙至常州，其常州的始祖雄甫公刘訏是和岳飞并肩抗金的民族英雄。在武进洛阳五忠堂刘氏宗祠内立有《刘訏传略碑记》。

二、舅公起名

顾家头村上的刘家虽户数不多，但大多均有田产房屋。在那农耕时代，只要男耕女织勤俭持家，在这芦浦江黄天荡的鱼米之乡，也还能过上布衣暖、菜饭饱的自给自足的小康生活。

顾家头村刘姓人家比其他人家更显富裕一些。有一户刘家主人叫刘根生，他家祖传良田十余亩，房屋七间，两个侧厢，前后两廊，中间隔一天井，家中牛、犁、耖、耙、水车、风车等农具样样齐全。从这样的殷实农户背景尚能看到前清康乾盛世时的繁荣。

刘根生没生男孩，女孩也只有一个，故取名阿留。刘阿留和江阴璜土村的王定生是娘姨表兄妹，因阿留家业富裕，故将表哥王定生招婿入赘，以刘为姓，维持家族的脉络。

刘定生和刘阿留婚后生有四子一女，长子刘金良，1952年娶江阴西石桥大梅家村梅荣大次女梅美玉为妻。一年后即1953年2月26（农历正月十三）生了一个儿子，刘家长子生了一个长孙，在那多子多孙多福的农耕社会自然是不胜欢喜的了。在孩子刚满月时，刘金良夫妻就抱着孩子步行八里多到西石桥梅家村娘家报喜了。

在娘家居住的一天中，梅家村上先后来了两位算命先生。孩子的外公梅荣大相信卜算，对女儿生的第一个儿子寄予期望。他不顾家里人的阻拦，在一日中先后请两位算命先生卜算，这两位先生都以同一命数告诉梅荣大老先生，说你这外孙"八字好，一定能大富大贵，高楼大厦也能造几幢的"，等等。但唯一的缺憾是金、木、水、火、土五行中缺火，所以必须帮其命脉上补上火这一项，即在起孩子名字时用带火的字补之。梅荣大老先生听了满心欢喜。

梅家也是梅家村的大户殷实人家，梅荣大自小读了好几年私塾，人称"半个秀才"，腹中诗书五经墨水颇多，他想好名字就对女儿讲："你这孩子就叫'燦放'吧，灿字火字旁，又是坐在米囤上，一餐又一餐，衣食无忧了。'放'字体现国家刚解放，符合潮流。"

他女儿未读过书，但深信其父亲是村上的半个秀才，当然期望她的儿子能大富大贵出人头地啊，但命中缺火，所以名字叫"刘燦放"她很满意（推行简化字后叫刘灿放）。由于母亲没有文化，后来常常用"产方"来代替，所以后来很多人就用"产方"来称呼他。

光阴荏苒，一个甲子过去了。当年的婴儿如今已经六十多岁了，他的故事可以写一本书。

三、饥荒上海行

刘灿放七岁的那年冬天，放学回家时见到了从河堤上开河回家的爷爷。爷爷面孔浮肿，戴着一顶棉毡帽，腰间束着一条"鱼腰布"①，坐在一条长凳上，正在和刘灿放的母亲商议着什么。刘灿放是长孙，爷爷自小喜欢他，他无拘无束地挨在爷爷身边听其说话。

原来村上吃食堂后，食堂里的粮食都被会吹牛皮、拍马屁的村支书上缴公社，而自己村上却断粮无吃的了。

由于吃食堂家中没有粮食开伙仓，爷爷在距老家几十里地的小河开河，得知村中和家中都没得粮食吃了，小河地区尚有胡萝卜卖，爷爷买了七八十斤胡萝卜，趁傍晚下工后挑着胡萝卜往家赶。从小河到郑陆顾家头足有三十公里左右。当爷爷走到离家一半路程的龙虎塘时已近深夜，帽子上的霜都积了一层。正当爷爷欣喜还有一半路程就能到家时，恰被龙虎塘一批干部开完会碰到，其中有几个附和着说：

"龙虎塘也没有吃的东西了，胡萝卜不能卖到外地，必须扣下来。"

爷爷苦苦相求，那些干部凶神恶煞，硬逼着爷爷将胡萝卜交给了他们。

爷爷欲哭无泪，欲诉无门，本想投河一死了之，但想着家中几口人还在挨饿，只有空着手回到了家。

这时七岁的灿放只听爷爷说，他也不再到河堤上去做工了，准备到在

———————————

① 鱼腰布：农村上围在腰间的围裙，干活时用。

上海做工的儿子金良那里去找些粮食回来给家里度饥荒。刘金良1950年经人介绍到上海一家制笔厂当学徒已经有十年了。刘灿放母亲听了公公的打算后非常同意，但叫他将七岁的灿放也带着去。爷爷听了当然愿意，刘灿放听了也高兴极了。他一夜都不敢睡觉，生怕爷爷不带他去上海。

第二日凌晨，天刚蒙蒙亮，刘灿放就跟着爷爷出门去郑陆桥北塘河边，等东面焦溪到常州的快船。所谓快船就是多人拉纤的载客木船。天刚亮，快船到了郑陆码头，爷孙俩就上了船。从郑陆到常州北门青山桥，快船足足行走了四个多钟头。

在青山桥一上岸，爷孙俩用所藏的半斤粮票买了两碗盖浇面，爷爷吃了一碗，刘灿放也吃了一碗，然后就赶到常州火车站乘火车。

火车很慢，过横林后几乎站站停，到上海站已是黄昏，上海火车站的电灯都已全亮了。刘灿放爷爷叫了一辆黄包车，让车夫对照着平时寄信回来的地址赶往上海中山东二路22号中国丰华圆珠笔厂。从上海北站到中山东二路并不太远，不一刻就到了。

中国丰华圆珠笔厂解放前是英国人的公司，解放后收归国有，厂址就在外滩旁边，厂门面对着黄浦江，西式卷门，好不壮观。爷孙两人一下车就到门口传达室，对门卫说是来找刘金良的。传达室门卫问："是哪个部门还是哪个车间的？"爷孙俩答不上来。传达室的门卫对他们讲："我们厂有几千人，说不出部门和车间怎么找啊？你们只能在门口等等看，我再等一个个出来的部门或车间的人，帮你们问问是否有认识刘金良的。"

爷孙俩没有办法，只能按传达室人员要求站在门口不断地打听，干等刘金良出来。

时值隆冬，黄浦江上吹来的寒风，刺骨的冷，爷孙俩车马劳顿折腾了一天半夜，才赶到上海，就中午在常州青山桥吃了一碗面，现在是又饥又冷，但不管怎样，只能在门口打听询问是否有认识刘金良的。过了好长时间，终于碰到一个人说刘金良是他们车间的同事，他问爷孙俩："你们是刘金良什么人？"爷孙俩作了自我介绍。那人讲："你们到上海来怎么不事先写封信来呢？刘金良他并不知道你们来呀，他下班出去看戏了。"刘灿放爷爷听了用常州话嘀咕一句："他倒是惬意的，还有戏看，他老子儿子在乡下快要饿煞咧。"

那人也听不懂他们爷孙俩在嘀咕什么，又问了一句："你们吃晚饭没有？"刘灿放一听便抢着说："没有，我都快饿死了！"那人听懂了，说："那我先带你们到食堂去吃晚饭吧。"

说着将爷孙俩领到四楼大食堂。

一进食堂爷孙俩傻了眼。食堂是可以坐几百号人同时吃饭的大厅，墙壁上还挂着巨幅毛主席像，他们在乡下从来没见过这么大的场面。正当爷孙俩惊讶地张望着，那位好心人已用自己的饭票买好两碗稀饭，两个刀切馒头，还有一盆咸菜端了过来，说："你们先吃晚饭吧，吃好后我领你们到宿舍休息，刘金良十点左右就能回来了。"

爷孙俩没几口就各自喝光了一碗粥，吃完了一个刀切馒头。他们在乡下吃的都是糠粉粥和荷花郎（紫云英）等野菜，想不到上海还有这么好的晚饭。刘灿放一吃完就拉着爷爷说："阿爹①，叫那人再买一碗我们吃？"他爷爷望了一眼天真的孙儿说："你这小佬不懂清头②，你父亲不在，人家好心用自己的饭票买给我们吃了，我们怎么好再叫人买呢？等见到你父亲再吃吧。"

那位好心人也听不懂他们爷孙俩的常州话，然后就领着他们到了刘金良住的工人宿舍里。那工人宿舍整齐排列着木架子一样的上下单人铺。那人说："刘金良就是这张铺，你们爷孙俩就睡这里吧，刘金良回来后让他和我们搭铺。"

爷孙俩自然感谢不已。那人走后，爷爷对刘灿放讲："灿放你睡吧，

_____

① 常州东北乡称爷爷为"阿爹"。
② 不懂清头：常武地区俗语，即不懂事。

我听说上海还有不要粮票的贸易东西可以买，我再出去转转看，是否能再买点吃的东西。"刘灿放答应着，脱了衣服钻进被窝，不一刻就进入了梦乡。

刘金良看戏回来，看到父亲和儿子既感到突然又感到高兴，听了家里的情况又是难过又是揪心，父子俩讲到很晚。第二日清早醒来，刘灿放祖孙三人就开始连吃带买地采购可以吃的东西。上海是国际大都市，1960 年还未完全实行票证购买，所以爷孙三人但凡看到不要粮票的食品，不管是饭还是饼干等，连荸荠都买，只要看见能吃的就买。在食堂吃饭时一人买两碗，吃一碗剩一碗，趁服务员不注意时用绢头（手帕）包起来，带到刘金良宿舍放在屋檐上晒成干饭，再放到旅行包里藏起来。

由于来上海找吃的人逐步多起来了，上海不要粮票的食品供应也越来越少，这样的食品一露面就有很多人排队购买，并规定排队的人一人只能限买一份。后来只要一看到有排队时就知道是不要粮票可以买的食品，于是就赶快挤上去排队，但往往尚未轮到货就卖光了。刘灿放见到爷爷有几次排队都没能买到东西，于是就插队买。由于他是小孩，人家也不计较，就让他插队买到了食品，而他爷爷自己虽仍没能买到，但看到自己机灵的孙子帮助他买到了一份，心里也宽慰了许多。

刘灿放爷孙俩在上海采购了七天左右，带去的钱和刘灿放父亲的钱已统统用光，上海也不允许无粮票出售食品了，想着家里的人肯定在盼望着，于是就买了火车票回常州。从上海到常州尚早，常州到郑陆还有几班汽车路过或到达，但刘灿放爷爷却买了当天最后的一趟末班车到郑陆，到郑陆天已黑。刘灿放爷爷对孙子说："你小佬走在前面，我背着包走在后面，我们中间隔一段路，如有看到人，你咳嗽一下，我可以避一避，恐被人看见我们的东西不好办。因为大家都没吃的，饿得慌时什么样的事都会做得出的。"

原来爷爷上次胡萝卜被人扣下，害怕再出事，他多了一个心眼，买末班车等天黑才回家。刘灿放说："爷爷我懂，我在前面走，我认得路，看到人时我会咳嗽的。"

就这样爷孙俩一前一后摸黑悄悄走着，还好，并未碰到熟人，到家已是深黄昏了。由于没吃的，家里的人晚饭喝了些汤早已睡了。爷孙俩把他们一一叫醒。

爷爷用碗在旅行包掏出两碗饭、饼、荸荠等食品放到家里大铁锅里，把剩下的汤糊一起搅和几下，烧烧热，一家人围着灶台吃了一顿饱饭。

这是一顿隔了不知多少时候终于有一点用米烧的饭，这是一顿救全家人命的"饱饭"，这是七岁的刘灿放终身难忘的一顿饭。

四、割猪草

刘灿放自小聪慧伶俐，六岁时就闹着要去学校读书，但学校嫌其年龄小而不肯收，他回来后还哭了一阵子。

过了一年，刘灿放刚满七岁（虚岁）又去学校报名。学校新来的校长亲自进行面试，用小竹棒做加减法等方式考他，他一一准确回答。然后校长就问他几岁了。刘灿放吸取去年的教训，说："八岁了!"

正在这时，一个已经录取在旁边玩耍叫秦国桢的男孩，走过来向校长检举，说："刘灿放不满八岁，只有七岁!"

原来秦国桢外婆家就在刘灿放村上，小时候经常在一起玩。刘灿放一听，急红了脸，也向校长检举秦国桢，说："秦国桢他也是七岁，我们两个人是同年同月同一天生的，他为什么能报名？"

校长一看，对两个小孩相互检举很好奇，就把两人都叫到面前重新面试。看看都很聪明伶俐，就说："你们两人虽未达到收生年龄，但学校可以考虑让你们来读书。"

结果那一年郑陆羌家小学就只收了刘灿放和秦国桢两个七岁的学生。

刘灿放果真像算命先生说的那样，读书聪明，记性很好。在二年级就考了个"双百分"，学校还奖了一支钢笔，还有书夹子等。同校同班的学生都很羡慕妒嫉，因为那个年代小学生能买得起钢笔的少之又少。刘灿放用奖到的钢笔写了一封信给在上海当工人的父亲刘金良。学校的老师和刘金良夫妻都感到光荣，夸奖这孩子有出息。

但好景不长，1962 年刘灿放的父亲也从上海下放回乡，美其名曰是下放工人"支农"。因为那时候整个国家粮食生产不足，全国人都吃不饱肚皮。刘金良下放回家后，国家已实施农村"六十条"，允许农民种些自留地，也允许养猪。但那时人都吃不饱，米糠和麸皮都是人吃的口粮，猪完全靠青草喂，所以割草喂猪便是农家孩子的一项重要任务了。

那时刘灿放已在羌家小学读三年级。每天早晨天蒙蒙亮，刘灿放就被母亲叫醒，揉揉惺忪的睡眼，背上篮头就去割猪草了。过了芦埠港上的东坝桥，太阳才刚刚从黄天荡的沼泽地上露出一点头，草上的露水还未干，刘灿放就抓紧寻猪草割。猪草不是羊草，羊草什么都可以割，猪只有几种草能吃，如老鸦眼睛藤、浆班头、毛力菠和嫩青草等。

黄天荡沼泽地水草丰美，刘灿放又会割草，一般能满满地割一大篮的猪草，背着回到村边的南沟头洗一洗干净。洗了的猪草一般会降低一层，一满篮变成了一平篮，但草未减少。这是由于篮头拎起时沥水使草变得结实了。

割了一篮草，回家父母亲看了都很欢喜，一个上学十岁的孩子一清早就能割到一篮猪草给猪吃了。母亲盛好一碗装有三个麸皮和粥米捏成的团子粥，吃了这碗，第二碗就只能吃汤粥了。刘灿放的父亲在队里做工，早饭能吃五个麸皮团子三碗粥。刘灿放能吃三个麸皮团子两碗粥，是其母亲对儿子的爱和对其小小年纪就能割猪草的奖励。因为她自己几乎都是吃的汤粥，偶尔吃一个团子解解馋，其余都是汤粥填填肚皮而已。

割猪草是刘灿放自小劳动的拿手好戏。多少年后，刘灿放手上的多处刀疤记录着割草烙印。刘灿放后来曾不无自豪地经常向人"吹嘘"，他已当了村办厂厂长还能参加队里的积肥劳动，一天创造了割老草一千斤的光荣历史。一千斤老草别说割，就是挑回去也不容易啊，上午割两担，下午割两担，每担二百五十斤，可见割草的能力和劳动强度之惊人，这也是他自小割草锻炼出来的。

但割猪草也有完不成任务的时候，原因一是起得晚了些，二是自然灾害时期养猪全靠草，所以草也来不及长。看看太阳已高，再不回去上学要迟到了，老师要批评的，刘灿放左右为难。为了不挨老师批评，刘灿放硬着头皮背着一篮头的草回到村边南沟头去洗，在洗时用手将草抖抖松，看似有一篮了，然后慢慢将篮头从水中拎出，这样不会减少篮头盛草的高度，回去父母亲也不会责怪草割得少，又能准时到学校上课，不挨老师的责备，三个麸皮团子奖励仍能享受到。

这倒连累了养的猪，猪吃不饱了，但猪不会说话，只是生长得慢了，因为猪本来就都是草喂，没有营养，再吃得少，就更瘦更难生长了。

然而这又有什么办法呢？这就是那个时代的现实。一个年仅十岁的刘灿放是无法做到两全的。这些自小吃的苦锻炼了他的生活能力，也磨练出了他适应环境的坚韧和才干。

五、藏灯夜读

刘灿放和秦国桢那年上小学虽然年龄比同班同学小一岁，但成绩一直比年长的好，后来又都考进郑陆初中读书。但刚上初一年级时，学校停课了。刘灿放回家在生产队做小农民了。

后来学校虽提出复课，但也尽读些语录、诗词等，同时又废除了考试。刘灿放母亲认为孩子去上学也等于不上，还是在家里种田挣点工分好。实际上的初二、初三两年刘灿放就没去上学，但那时学校仍旧发了一张毕业证书给他。所以后来刘灿放经常说自己是冒牌的初中生。

过了一段时间，学校开始用工农兵学生的推荐制代替高考招生。农村进高中、上大学的学生均是贫下中农出身的子弟，由大队、公社的革委会推荐。由于刘灿放有一个大娘舅在香港，那时称为"海外关系"，所以刘灿放未被革委会推荐上高中。当刘灿放得知高中已恢复招生，自己未被推荐到时，高中已开始上课了。

这时，刘灿放深知自己真正辍学了。当他在田里劳动时，看到过去和自己一块读书并比自己成绩差的学生背着书包上高中时，有一种说不出来的滋味。从那时开始，他立志，自己虽无缘到学校读书，但在家也要自学完成高中的课程。于是就到村上的往届学生处借了他们的课本回来自学。

刘灿放要实现自学成才谈何容易。他白天要参加队里的集体劳动，晚上要做完两条蒲席才能休息。这个时间往往是公社广播里的新闻联播时间，播完已是晚上八点三十了，按理说劳累了一天应该睡觉，但是为了要自学，就只有挤那一段时间，所以刘灿放往往会一看书就到深夜十一二点。长此以往，又带来了两个问题。

第一个问题是：看书用的煤油灯要多用煤油。那时煤油都是按计划配供的，每家每户都要凭户口簿到供销社或供销社的下属村上小店去买，计划配供的用完了之后是买不到的。所以各家农户吃完晚饭除了做蒲包蒲席搞副业时才会点一盏灯，一家人围绕着灯光做活，其余时间均不开灯，只是暗坐。

第二个问题是：晚上到十一二点钟睡觉早上起不来，延误上工。所以刘灿放父亲总是责骂，不让他晚上看书。

为了能看书又不受父亲的责骂，刘灿放想出了一个办法，用废旧硬板纸在煤油灯周围糊了一个遮拦板，除了透烟口和方便看书的透光一面外，其余均将油灯光遮得严严实实。刘灿放住在阁楼上，父亲住在阁楼下，这样仅留一面灯光，他父亲一点也发现不了。这为刘灿放夜读创造了一个安静的环境。

他常常这样看书看到深夜十二点钟，啃下了许多借来的高中课程教材。

第二章　爷爷影响

一、看瓜"空城计"

刘灿放的祖父是一个典型传统能干的农民。他少年上过几年私塾，深受儒家礼仪文化熏陶，对村上人彬彬有礼，见大见小没有称呼不开口。上街走路挑边上的草地慢慢走，从不和人抢道碰撞。田间农活样样精通，庄稼种得特别好。他体力也好，特别是臂力过人，稻担麦担不要蹲下挑的，只要用手臂弯着往上一抄就放到肩上了。

他跟刘灿放等晚辈讲话中经常提到"谨慎"两字。他说人生应该常常保持"如履薄冰、如临深渊、三思而行"的心态。他常说，一个人经济上要自立，穷则独善其身，不能去做大事，种好田过好日子就可以了。

他很会治家。他有句名言叫做"当行当用，当行不用"，意思是该用的要用，有时该用的也可以不用。他只能吃一块肉就决不吃第二块肉了。他还有个习惯，家里有什么喜事从不受别人的礼，今后当别人请客时自己愿意出多少就出多少，不会有什么心理负担了。

他还说，有人问他借钱最好不来还。借了钱不要还，这不是怪事吗？刘灿放爷爷说："他不来还，今后他也不会再来借了。"他还常说："正总是压邪的，人要有正气。"

刘灿放爷爷不但农活好，待人接物诚恳，而且很有经济头脑。他种的番茄、韭菜、青菜等蔬菜，常常洗得干干净净拿到街镇上去卖。他有一个长长的格篮，把菜放得整整齐齐的，他的菜卖得总是比别人快。由于他能干活能赚钱，计划性强，所以手头总是有钱，他常常不无得意地对人说："自从我出道以来，手头还从来没有缺过钱呢。"

他的经济头脑不仅表现在农民勤劳、种点菜去卖卖换点零用钱，他还谋划得更多。他发现种的麦子如果磨成面粉，不但赚头多出不少，而且存下的麸皮就是净赚的了。后来他又发现如果把磨成粉的面粉轧成面条去卖更加划算，于是又开始轧面条。

刘灿放的爷爷常常用当地老百姓流传的一句话来教育后辈，他说："吃不穷、用不穷，不会算计一世穷。"

他真是一个精明有谋略的农民。

有一年黄梅季节，江南发大水。刘灿放弟弟刘啸放捉到一条二三斤重的鲤鱼，高兴得不得了，养在水缸里准备第二天卖掉。谁知第二天啸放睡过了头，急忙爬起床一看，不好了，水缸里的鱼肚皮已经朝了天，泛了白。黄梅天里的鱼是不好养的，他急吼吼地赶到郑陆镇上去，想把它卖掉，等鱼死了就更加卖不出去。

他爷爷见他着急也陪他一起去镇上，谁知街镇上八点过后赶集的人都散了。当时一斤鱼价格只卖三角钱。啸放那时只有六年级，人小没见过世面，他恨不得只要有人来买，哪怕两角一斤也卖。

爷爷看他沉不住气，对他说："你这小佬，不能这么急，现在即使你喊两角钱一斤，还是没有人买，等等看，说不定有'急煞户头'，他刚巧家中有事要买鱼呢！"

等到快十点钟的时候，果然有一个人匆匆忙忙地跑来，一看有鱼买，就问："多少钱一斤？"

爷爷说："三角半。"

那人也不还价，叫称一下，买了就走。原来他家里来了个瓦匠，正要买鱼待客呢。

爷爷说："怎么样，卖掉了吧？"啸放一看，一共卖到九角几分钱，每斤还多卖五分钱，高兴得很，也佩服爷爷怎么知道真的有人会来买鱼呢。

刘灿放爷爷肚子里有很多书，《三国演义》《水浒传》《西游记》他都能讲出很多故事。他还特别喜欢看戏，尤其对那出京剧《空城计》有他自己的见地。他说，诸葛亮一世小心谨慎，从不冒险，空城计是他唯一的一次冒险，空城计是无奈之计，空城计之所以成功，并不在空城计的计谋，而在于他平时的缜密谨慎的作风，才造成司马懿不敢进城。

刘灿放是他爷爷的长孙，爷爷非常喜欢他。有一年夏天，爷爷在黄天荡的一块桑树岗上种了几亩金瓜，瓜熟后搭一个瓜棚看瓜，以防人偷。爷爷每天晚饭后就到瓜棚看瓜，有时也带刘灿放一起去。

一天晚饭后，爷爷对刘灿放说："灿放，你想看戏吗？街上来了戏班子，是做的《薛丁山樊梨花》。"

刘灿放说："爷爷，你不是在看瓜吗，怎能带我去看戏呢？"

爷爷低声说："我们今天跟小偷也来摆个'空城计'。傍晚时从村上晒场上大摇大摆到瓜田去看瓜，让小偷知道我们在看瓜，到了瓜棚后趁天黑了，我们就从瓜棚直接到街上去看戏，小偷他们是不敢来偷瓜的。"

果真如此，这天晚上他们爷孙俩既看了戏，也未有小偷来偷瓜。刘灿放不解地问爷爷这是什么道理。爷爷说："瓜地在黄天荡，黄天荡是沼泽河网地，那边人不能过来，来偷瓜的人都是周围自己村上人，有的小孩嘴馋，又买不起瓜，所以只能去偷着解解馋，其余不熟悉地形的人是不会来偷的，我们大摇大摆去看瓜的样子，一定会引起想偷瓜人的注意，但他们并不知道我们摆的是看瓜'空城计'。"

二、金辣子的故事

刘灿放爷爷念过几年私塾，喜欢看一些古书，例如乡间流传的《封神榜》《水浒传》《三国演义》，还有农村祖辈在口头上流传的神话轶事。

他爷爷不但能看，而且很会讲，把一个故事讲得头头是道，故事里的人物都是有名有姓，使人听得津津有味，如身临其境，所以刘灿放小时候总要叫爷爷讲故事。

刘灿放的爷爷原是江阴璜土乡篁村人，他来到郑陆桥顾家头是招女婿过来的。刘灿放小时候听爷爷讲过几次"金辣子"的故事。

在璜土镇和篁村之间有一个小山，当地人叫它鸡登山。传说山上出了一个神人叫金辣子，他富甲一方，是当地有名的财主。

他之所以富是因为他的左脚能踩出金，右脚能踩出银，所以他从来不愁缺钱用，外出也从来不带钱，遇到需用钱时就"作法"，用脚踩出金子和银子来。

金辣子虽然有左脚踩金、右脚踩银的本事，但前提是必须在有土的地方才能作法，没有土或脚不踩到土上是踩不出金子和银子来的。由于金辣子能作法金银，生活纸醉金迷，对人颐指气使，从不把别人放在眼里，他横行乡里，很多人都恨他，想捉弄并教训他一下。

有一次，一些人设计把金辣子骗上一条大河里的船上，让他和大家一起赌钱。因为金辣子习惯身上不带钱的，但却坐上去就赌，一起赌钱的人说："你没带钱怎能和我们赌呢？"金辣子说："你们这些小气鬼，还怕我会少你们钱吗？假如我输了，你们赢了，到时我自然还给你们金子或银子，现在只管赌就是。"

结果金辣子虽然财大气粗，大半天下来却输了不少钱，欠了别人许多赌债，大家盯着他要。由于在河里边的船上，他的脚不着土不着地，不能作法踩出金和银来，金辣子又气又急，明知大家在捉弄他，一气之下竟心脏病发作死了。

爷爷讲了这个故事后说："君子爱财，取之有道，没有铜钱不可活命，铜钱多了弄得不好也会送命。我们小老百姓虽然赚不到大钱，但只要坚持勤俭持家，粗衣暖菜饭饱，细水长流地过日子就行了，而决不能打肿脸充胖子，癞蛤蟆撑台脚——硬撑啊！更不可离'土'，作不切实际之想。"

爷爷又接着说："是大丈夫不能一日无权，小丈夫不能一日无钱，我们任何时候必须居安思危、留有余地，熟年必须防防荒年。"

爷爷的这些生活经验和引导一直影响着刘灿放。

三、庄稼被偷

自古以来，江南称为"鱼米之乡"，常州武进地区是长江以南的一个富庶之地，物产丰富，就在"上有天堂、下有苏杭"的圈子里。

可是，从古到今，江南农村始终没有真正达到衣食无忧，除了少数富足之家，大多数农民永远是紧巴巴地省吃俭用过日子。农民们总是不够吃，于是很多勤劳的农民就去河边、田埂边开垦种植一些农副作物来补充口粮。

农村上种得最多的农副作物是山芋（北方人称地瓜）。因为山芋既可以当人口粮，也可以当猪食。那时农民经常在烧猪食的锅里捞出几个煮熟的山芋充饥，而且还吃得很香。过去只听人说山芋（地瓜）是北方人吃的，其实苏南农民吃山芋是普遍现象，它是除了大米和面粉之外农民的第二大口粮来源。

在那"一大二公"的人民公社年代，农民的口粮都要从生产队里分得，所有农田也均归集体耕种。自从发生 60 年代初的大饥荒，国家为发挥农民耕种的积极性，就颁布了"六十条"新政，允许农民种些自留地作补充。

刘灿放的爷爷也被允许在黄天荡岸边河冈上开出了一些自留地，他种的就是山芋。

已经进入秋天，各种农作物或早或晚开始收获。一天，刘灿放放学回来，爷爷对他说："灿放，走，我带你去河岗上看看我家种的山芋，应该好挖了。"

十岁的刘灿放很高兴地跟着爷爷走到黄天荡河冈上，只见一片山芋垅，藤蔓葱茏，长势旺盛。爷爷说："今年雨水好，基肥又足，山芋一定会长得很好的！"

刘灿放问："爷爷，你怎么会知道它长得好的呢？"

爷爷说："种山芋时，一开始地里就要把基肥施好，等山芋活棵后，就不要再浇什么肥料了。如果活棵再施肥，那样只会长叶子，下面的山芋就不长了。"

刘灿放爷爷实际上在有意无意地教他种田的知识。

"那什么叫基肥呢？"刘灿放问。

爷爷告诉他："比如猪粪呀、鸡粪呀，还有像草木灰，都是。"

过一会儿，刘灿放爷爷突然像孩子那样兴奋地对刘灿放说："让我们来挖一棵试试，看看山芋长得有多大了。"

说着就用锄头一下锄下去，一个差不多有一斤大的山芋从土里露了出来，刘灿放惊喜地跑过去把它捡了起来。

刘灿放爷爷说："等过几天，让我把稻谷田收拾一下，就来挖山芋，我估计今年可以收到二三百斤山芋。"说着，爷孙俩高高兴兴回家了。

第二天，突然有人来告诉："快去看，定生种的山芋全偷光了，地里乱七八糟……"

许多人都跑去看，只见地上一片狼藉，昨天好好的山芋地被乱挖乱刨偷个精光，山芋藤丢满一地。

顾家村的村民们看了个个气愤，开始骂起来。

"该死的做贼佬，真没良心！"

"他偷别人家的东西，吃了也要拉肚子的！"

"做贼的伤天害理，不得好死，绝子绝孙……"

大家骂个不停，也难解心头之气。只见刘灿放爷爷一声不响地走过来将所有土地重新整理并翻锄，准备继续种冬菜。村上人看了很是奇怪，问他："定生，你怎么一声不骂贼啊？"

"是啊，我们在这里瞎起哄，为你打抱不平。"

"就是，好像偷掉的是我家的山芋，不是他的山芋。"

刘灿放爷爷笑笑说："山芋既已被偷，骂又何用，再种才可以挽回损失。我们能种点让人家偷偷吃吃终究没有错，做贼的也只敢晚上来偷偷，在这里种了好几年，就今年被偷了，平时还是我们吃的多啊。"咒骂小偷的人们听了他爷爷这些话也平静了下来。

站在人群中的刘灿放，开始看到自家的山芋被偷得精光，大家都在气愤地责骂，心里也很气愤，心想如果捉到这小偷，一定要狠狠地揍他一顿。爷爷这么一说，他也冷静下来。

并且爷爷说的这番话，一直留在他的脑海里。

第三章　母亲的贤惠

一、嫁与刘家即当家

旧时的江南水乡，很多地名都以桥为名，例如郑陆镇就是以郑陆桥为名。在船运为主要交通工具的年代，河流就是交通的命脉。隋炀帝一生荒淫无度，做皇帝遭人唾骂，但他开掘京杭大运河，却和万里长城一样名扬世界。

京杭大运河贯通到长江后，一路向南。在京杭大运河为主干形成的江南水网河系中，从江阴到常州段，有一条叫"萝卜江"的支流。江上有一座石拱桥叫"西石桥"，当然江边的古镇也以桥而命名为西石桥镇了。过去以桥名为地名还有一个原因，过去建桥总是得到乡贤乡绅及民众的资助，以桥为名，是要让本地后人铭记先人积善之功德。

西石桥镇往北三里，有一个大梅家村，村庄很大，村上大都姓梅。有一个叫梅荣大的人，祖上在康乾盛世是一个大户人家。到他那年代，家里也是有房有地，牛犁秒耙农具样样齐全，子女都能读书。梅荣大读了几年私塾，写得一手好毛笔字，所以附近三村都称他为"半个秀才"。梅荣大兄弟分家后，又生了九个孩子，生活逐渐困难起来，收的粮食不够家里人吃。梅荣大生的九个孩子后来只成活了三男三女六个。这三女中有一个取名叫梅美玉。梅美玉长到十七岁那年，梅荣大的堂房姑姑回大梅家村娘家说亲来了。说她刘家孙子金良到了娶亲年纪，她看中美玉这女孩聪明漂亮，农活针线活样样能干，想娶做孙媳妇。梅荣大夫妻觉得女儿尚小，有点舍不得，但禁不住堂房姑姑的撮合，又想到女儿在家里往往连肚子也吃不饱，让她早点嫁过去总比在家里挨饿好。

第二年，梅美玉就嫁到刘家，和刘定生的长子刘金良结为夫妻。刘定生有四个儿子，其他三个还没成年，所以刘金良结婚后，就叫他分家另立门户。分家时，刘金良的祖母提出愿意和长孙长媳一起过日子，于是祖孙三代组成了一个新的家庭。梅美玉十八岁就当了一家之主，挑起了一个家的生活重担。田里的农活、家里的针线活、养猪、种菜一切都由她一手做下来。第二年1953年，她第一个儿子刘灿放出生了，1959年第二个儿子刘亚放又来到这个世界，1962年三儿子刘啸放又呱呱落地。梅美玉当了三个儿子的母亲，这给刘家上上下下带来了许多喜悦和欢乐，但生活中也增添了无数的艰辛和负担。母亲为了把她三个儿子哺育长大，不知吃了多少苦，操了多少心，为了操持这个六口之家，她熬尽了全身的精力。

二、泪哺饥儿抿鱼刺

1958年推行集体吃食堂。农业上搞大兵团作战式大生产。集体食堂放开肚皮吃饱饭，农田里庄稼收割也是大呼隆马马虎虎收不干净，掉在地里的稻穗、田埂边长的豆荚，没人捡没人采。母亲看了可惜，抽空把豆荚稻穗收拾回来弄干净，晒干了积聚起来。

转眼到了1959年，原来放开肚皮吃饱饭的食堂突然断粮了，只得从一日三餐饭变成了一日三餐粥。到后来，连烧粥的米也没有了，就向县里粮食加工厂申请糠粉烧糊粥，人们叫它"练命汤"，还美其名曰"健康粉"，其实难以下咽。母亲就每天抓一把过去捡到的豆子和米粒，装在一个小煨罐里，请在食堂里做炊事员的产根老头帮忙，放在食堂烧大锅的灶膛里，用余火煨熟，拿回家给刘灿放吃。自已每顿只吃"练命汤"充饥，这样的日子持续了好长一段时间。

一天晚上，母亲从食堂端回一锅"练命汤"，这是母亲、灿放、两岁的亚放三个人的份额。母亲想在汤里滤点米粒喂亚放，谁知两岁的亚放不要吃，把手一推，母亲手中的一碗"练命汤"打翻了。母亲既心痛难得能够充饥的"练命汤"，又心痛亚放这么小的年龄饿成这个样子，心里气恼，打了亚放几下，亚放哇哇大哭起来，母亲的眼泪也夺眶而出。刘灿放非常喜欢这个比他小七岁的弟弟，就对母亲说："阿娘，弟弟不懂事，打翻了粥，你不要心痛了，我今天只吃两碗，其余的你和弟弟吃吧。"

母亲听七岁的儿子说这样的话，又心酸又感到安慰。她一定叫刘灿放吃了三碗"练命汤"。因为她知道，她这儿子能吃，就是吃三碗也还吃不饱。

江南被说成"鱼米之乡"，那是与北方有的贫困地区相比而言。其实那时江南农村很多农民是十分贫穷的，富裕的毕竟是少数，农民们大都过着节衣缩食的日子，能够吃个温饱就算好了，吃鱼吃肉一年难得几次，捕鱼捉虾、钓黄鳝、抓野味都是农民的谋生手段。

刘灿放小时候最喜欢捕鱼捉虾，这是江南水乡男孩子普遍的爱好。夏天，吃过午饭，就到河塘里去泡着，往往要到大人们出工时，才拎着裤子光着身子回家。这时间往往能在河塘边捉到河虾，回家后把虾往盐罐里一扔，到吃晚饭时拿出来煮一碗汤，几只红红的虾加上一碗汤搭搭饭，是一种神仙般的享受。有的时候还到通长江的萝卜江里去洗澡，萝卜江是潮来潮去的混水河，捉不到河虾，但可以在烂泥里踩到蛤蜊（一种贝类），烧的汤和肉都非常鲜美。每当刘灿放拿着这些"战利品"回家时，母亲常常一边加工烧蛤蜊汤给全家吃，一边称赞儿子水性好。

后来，刘灿放捕鱼捉虾的本领越来越大，在秧田里能捉到鲫鱼。梅雨季节，用一种叫做"退笼"的鱼笼安放在流水缺口处，能捕到很多各式各样的鱼虾，拿回家，母亲就高兴地加工，烧给全家人改善伙食。但鱼虾烧上来后，母亲往往不吃，最多有时候抿个鱼头喝些汤。刘灿放发现这情况后，就有点疑惑，自己捉回来的鱼，为什么母亲不吃呢？自己捉的鱼让母亲吃，心里有一种自豪感，而母亲不吃，就有一种失落感。刘灿放问母亲："阿娘，你为什么不吃鱼？"

母亲淡然一笑，回答说："我不喜欢吃鱼，鱼有刺，吃起来太麻烦。"

刘灿放听母亲这么说，也以为她真的不喜欢吃鱼，以后也就不再叫母亲吃鱼了。但有一次，刘灿放捉到鱼烧好美餐一顿后，因为口里咸，想舀些水喝，一进灶间，只见母亲在细细抿着碗里的鱼刺。刘灿放惊讶地问母亲："你不是说不喜欢吃鱼吗？怎么在这里抿鱼刺啊？"

母亲反而嗔怪着对刘灿放说："我看你们吃鱼吃得这么马虎，上面还有好多鱼肉没吃干净，浪费了可惜，作孽的，所以我把它抿干净。"

刘灿放听了半信半疑。后来才知道，母亲不是不喜欢吃鱼，她是想把鱼留给家里几个儿子、儿子父亲还有太婆吃。

三、追赶儿子卖小羊

刘灿放母亲没有上过一天学，没有念过一天书，但她懂得做人道理，也许比一些读书人懂得更多。中国古人讲"百善孝为先"，母亲是十分懂"孝"的人。她不断教育三个儿子要懂礼貌，见到长辈要叫人爷爷奶奶、伯伯娘娘、叔叔婶婶……母亲会在睡觉前一遍又一遍地讲解，哪个应该怎么称呼，哪个是什么辈分应该怎么叫。母亲十八岁与父亲成亲后，爷爷就叫他们分家独立门户自己过。太婆（曾祖母）看到孙媳妇美玉贤惠心眼好，就提出分家后跟长孙、长孙媳妇一起过日子，从此，太婆就成了这个家的一员。几十年里，母亲对老人家一直恭恭敬敬，孝顺服侍直到终老。每年冬天，母亲还叫十岁左右的亚放、啸放轮流去帮太婆焐脚，对老人家而言是个陪伴和照应。

母亲不但对太婆孝顺，对爷爷奶奶也是一样。过去，一年到头也吃不上几次肉，只有到逢年过节时，生产队才会杀猪、捉鱼，或者亲戚来才会买一点鱼肉回来。这时候，母亲总会在开饭之前用小碗装上几块热气腾腾的鱼肉，差遣儿子送到前屋早已分开过日子的爷爷奶奶那里。家里只要有一点好吃的，三个儿子狼吞虎咽吃得所剩无几，母亲总是只吃些残羹剩菜。

江南的农户人家，一般都会饲养一两头猪或羊。这些羊一般都是山羊，也不出售，不只是为了吃羊肉，更主要是为积肥料。

刘灿放家也养了两头山羊，山羊生了两只小羊。慢慢地小羊长得活泼可爱，由于两只大羊还年轻，只要养两只踩羊灰做肥料就足够了，所以母亲决定把小羊卖掉去换一点钱。

卖小羊要到三里外的郑陆镇集市上去，一来一去要花大半天时间。在人民公社年代，社员每天都要参加生产队集体劳动，生产队有记工员按时记工分，耽误了出工时间或早退都是要扣工分的。

虽然如此，社员们每天争着出工，抢着挣工分。农民没有其他经济来源，只有挣工分才能称口粮活命，多挣到工分才能把口粮称回来。

为了多挣工分，母亲从不缺工，身体不舒服，也硬撑着出工，就是为了挣足每天的八个工分。母亲还是妇女队长，各方面都要带头。非但每天都出工，还要比别人多出力，脏话累活都抢在前头。母亲经常回来讲，某某人出工不出力，撑着锄头柄讲空话，偷懒磨洋工。

由于大人要出工，家里的油盐酱醋都没空买，叫上街的老人带回来，怕的是耽误队里挣工分。这样，母亲想把卖小羊的事情只能交给还不挣工分的三儿子啸放。

啸放才十岁，星期一到星期六要上学，只有星期天放假才能去。这天，啸放还在睡梦中就被母亲叫醒了，叫他去卖羊。听说要上街去卖羊，啸放还是高兴的，他拎起母亲交给他的竹篮就走。

母亲连忙拉着他说："养两只小羊不容易，这小羊很壮实乖巧，你一定要两三块钱才能卖，便宜了不能卖！"

啸放答应着。母亲又说："两只羊开价要三块钱，人家还价的时你要咬住，至少要卖到两块五毛！"

啸放点点头。母亲又关照说："钱要点清，放好不能丢掉了！"

啸放听着嫌母亲唠叨，拎起篮子，一边答应着一边往外走去。他看看篮子里的两只小羊，雪白雪白的，蓝底铺着碧绿碧绿的青草，小羊蹲在青草上不吃也不叫，一声不吭，眼睛向外张望着，神态可爱极了。啸放看了有点舍不得卖掉。

小孩的脚步是细碎而急促的。啸放拎着篮子走到村西头，正要拐弯向南往上街的大路上走，忽然听到身后母亲喊他的声音："啸放，啸放，你等等！"

啸放以为母亲还是不放心又要来关照一遍，不情愿地停下来。母亲气喘吁吁地赶到啸放面前，右手拿了一个铝饭盒。这饭盒还是刘灿放念初一时带饭用的。母亲对啸放说："你把小羊卖掉后，到郑陆街上小乐意饭店买三客小笼馒头，带回来给太婆和奶奶吃。"一边说着一边把饭盒递给啸放。

啸放这才知道母亲追来不是唠叨什么，于是答应着。

母亲又说："买三客，记住了，一客小笼馒头有六只，你不要偷吃啊。"

啸放悻悻然一脸不高兴，含糊地答应着转身要走。

母亲见啸放有点不高兴的样子，又说："你不要吃，回来我奖励你五分钱。"

啸放运气很好，把小羊卖掉了，卖到四块八毛钱，马上到小乐意饭店买了三客小笼馒头。因为起得早没吃早饭，回来的路上，啸放饿得肚子咕咕叫，几次想拿一个吃吃，但他想到母亲气喘吁吁的样子，叫他不要偷吃，答应奖励他五分钱的话，终于压住喉咙里的口水没有伸手拿一个。

回到家，太婆和奶奶拿到啸放买的小笼馒头，高兴得很。啸放告诉说是母亲叫他买的。太婆和奶奶知道这个媳妇的贤惠，口里赞扬着，太婆一定要啸放吃一个。啸放没有推让，早想吃一个杀杀馋虫了。

啸放心想，这是太婆给我吃的，可不是我偷吃的，母亲还要奖我五分钱呢。

四、先叫公亲坐酒席

刘灿放父亲有兄弟四人。父亲是长兄，母亲就是四个兄弟妯娌中的长嫂。兄弟成家后都已独立门户分开生活了。每年春节或庙会，是走亲戚的日子，特别是庙会，当地人叫"作节"。郑陆作节是农历三月十九日，这一天四个兄弟家的亲戚都会来上节串门。这时正是春光明媚的春季，所以也叫"踏青"。这一天，每家每户都会提前两三天就采购各式各样的菜，准备招待客人。

由于大家都在同一天作节，桌椅板凳短缺，亲戚又多，无法调剂。于是，亲戚来得多的人家只能分批坐席，即使这样，又会遇到叫哪些亲戚先坐席的问题。一般长辈如岳父、岳母、娘舅、舅母、姨娘、姨夫都会先坐，坐时又要按年龄大小依次让坐。其余小辈要等长辈酒足饭饱之后，才能坐席喝酒吃饭。

在亲戚里边，还要分老亲和新亲。老亲又称公亲，是父亲兄弟四个共同的亲戚，是父亲、爷爷、奶奶辈上的亲戚，新亲就是母亲娘家那边的亲戚。

每逢三月十九，从西石桥母亲娘家来的亲戚特别多。相比较父亲面上的公亲少得多，况且公亲既是刘灿放家的亲戚，也是其他三位叔父家共同的亲戚，他们也会招待这些公亲的。但是，母亲总是早早地烧好满桌的菜，先叫那些公亲坐席吃，而让自己娘家来的亲戚待他们吃完后再坐席。未成年的刘灿放、亚放、啸放三个儿子都不明白母亲为什么这样做。

面对儿子的疑惑，母亲笑着开导说："你父亲是长子，长子应该代表其他兄弟招待好亲戚，抢先叫他们坐席，是表达诚心诚意请他们来吃饭的。因为公亲见四个兄弟都待客，不知道今天到哪家去才好。如果到正常开席时间，这些公亲就会分散到其他叔父家去吃，就显得我们家不真心请客，所以要提前叫坐席。"

母亲继续说出其中的道理："我们菜准备得多，让公亲吃得好，他们就高兴，你爷爷奶奶见了也就高兴。"

母亲又说："至于外婆家来的亲戚（指母亲娘家来的亲戚）反正要坐两次，还不如把公亲喊到我们家先吃，两次都坐得满满的，又热闹又开心，作节不就是让亲戚到家里来吃饭喝酒图个热闹高兴吗？"

母亲这么一说，三个儿子都明白了母亲这样做的道理，也暗暗佩服母亲的良苦用心。原来每次作节前几天，母亲总是思忖着要买多少多少菜，准备好什么东西，宁多勿少就是想着要招待好各方面来的客人。母亲在这方面从不吝惜，舍得花钱。

其实，家里经济很不宽裕的，全靠母亲平时治家节俭，一点一滴省下来，家里往往几个月都没有荤腥菜上桌。弟弟亚放、啸放总埋怨母亲，叫着上街买点肉回来，母亲却说："小佬不要嘴馋，有粥有饭吃饱就好佬连。"

母亲还给两个弟弟忆苦思甜："过去闹饥荒，连粥都吃不上，现在有饭有粥吃就不错了。"

可是母亲一到作节招待客人时，突然变得十分慷慨起来，采购很多鱼肉。母亲这种对自己十分节俭，对待客又十分慷慨的品德一直影响着刘灿放，这让刘灿放又想起了多少年前已经年迈的老母亲在上海宾馆睡地毯的一段往事。

母亲勤俭节约，不肯多花一分钱，为的就是把六口之家操持好，哺育培养三个儿子长大成人，所以连毗邻的无锡都没去过。她后来经常说："这辈子唯一要求就是想到无锡、杭州、北京这三个地方去游玩一下，一生就心满意足了。"母亲六十多岁的时候，刘灿放提议带母亲到青岛去旅游。因为村里"老右派分子"顾琪大（真名顾伯琪，后与刘灿放成为莫逆之交）回原籍劳动改造时，母亲和全家对他很照顾，他一直很感激，后来落实政策回到青岛后，几次来信邀请全家到青岛去。起初母亲不同意，说要花很多钱，又要麻烦人家，说了几次后母亲终于同意了。于是刘灿放和夫人带着小儿子刘宇、侄子刘晨龙坐火车到了青岛。顾琪大十分高兴，带着在青岛玩了好几天。之后因为母亲晕船，所以乘飞机到上海，准备从上海回常州。

这时，刘灿放旅居荷兰的表舅严忠明也到了上海，他用车到上海虹桥机场接了一行五人到刘灿放的二娘舅家吃午饭。饭后严忠明又提议一行回延安西路的贵都大酒店吃晚饭住宿。大家都想走，母亲却不吭声，刘灿放看出母亲是想住二娘舅家不想去宾馆，可以省些钱。

母亲说："我还是第一次到你二娘舅家来，我住这里，不想去宾馆。"

"对的，美玉妹妹还是第一次到上海，第一次到我家，应该住在我家才对。"二娘舅和二舅母都热情地挽留母亲住在他们家。

刘灿放和夫人刘定妹却劝着说："从贵都酒店到娘舅家要穿一个上海城，一来一去要花两个小时，堵车时间更长，还是一起去酒店住好。"母亲听了想想也有道理，就同意去住宾馆。她对严忠明这个表弟说："又要破费你多开一个房间。"

严忠明告诉她："阿姐，不要客气，房间早已订好了，就开两个，灿放和定妹住一间，您和两个孙子住一间。"

到了贵都宾馆，母亲从孙子刘晨龙那里听说一个房间要两千多块，惊讶得说不出话来。她立马要求刘灿放把她送回去，"灿放，你把我送回二娘舅家去住，两千多元的房间要把我吓死的，也睡不着，我没这副骨头享受。"

刘灿放说："这么晚了，回二娘舅家住又要多花一百多元打的费。"

母亲听说又要多花一百多元打的费，不吭声，在大家的劝说下，她勉强同意住下来。

严忠明带着一行人进了房间。母亲一看，房间真漂亮！松软簇新的地毯，雪白的床单，沙发家具一应俱全，房间里还散发着一股清香，母亲连声称赞，说这一生从来也没有看到这么气派漂亮的房间，母亲又提出让她看看隔壁刘灿放他们的房间。严忠明给刘灿放和夫人开的是套间，给母亲和两个孩子开的是一间标间。母亲看到套间那么大，就对严忠明说："把我的那间去退掉，我和两个孩子一块住到这大房间来。"

严忠明说："那怎么行，一张床怎么能睡五个人？"

母亲对刘灿放说："灿放，你和定妹困在大床上，两个孩子睡在沙发上，我只要困在地毯上就好了。"

"那你拿什么盖呢？"刘灿放反问道。

母亲指了指柜子里叠着的被子毛巾说："那不可以盖嘛！"母亲这次不管刘灿放和严忠明怎么说，坚决要住在一个房间。她一直说她住了那房间会睡不着觉，又要浪费两千多块钱，农村上不少人一年也挣不到一千块钱，过去一年辛辛苦苦养两只大肉猪也只能卖到一百多块钱，叫她怎么睡得着觉？

刘灿放见母亲态度坚决，只得对严忠明说："那就让她在一起睡吧。"母亲见刘灿放同意了，很高兴，叫严忠明赶紧去把另一个房间退掉，不要浪费了两千多块钱。

严忠明面有难色，正要开口，刘灿放向他眨了眨眼睛，严忠明立即领会了。转而对刘灿放母亲说："阿姐，你放心好了，我会去退掉的。"母亲一听很高兴，马上去柜里拿了备用的被子毛巾在沙发上和地毯上铺起来，准备睡觉。

严忠明忙说："咱们还没有吃晚饭呢，晚饭早已订好了，走，咱们下去吃晚饭。"

母亲说中午吃得太饱，不饿，想睡觉了。说什么也不肯下楼去吃晚饭。刘灿放见母亲一天从青岛到上海还没有休息，一定很累了，就跟表舅严忠明说，让她先睡。

吃完晚饭，严忠明悄悄对刘灿放说："灿放，那个房间是旅行社订的，超过时间不能退了，与其空着，不如你和定妹两个人去住吧，房间钥匙在这里。"

刘灿放说："我们如果不回房间，母亲醒来肯定要问，让她知道房间退不掉又要难过，还是回房间一起住吧。"

严忠明听了只得摇摇头无奈地说："也对，你们就五个人挤一个房间吧，也只能这样了。"

轻手轻脚地回到房间，母亲还是醒了。给她带回一个面包，问她要不要吃，母亲说不饿，留着明天吃。

其他人很快就入睡了，母亲也又睡着了。刘灿放却睡不着，他顺着房间昏暗的床灯，看着母亲躺在地毯上酣睡的样子，花白的头发，憔悴的脸，母亲操劳了一生，如今老了。刘灿放在床上翻着身，怎么也不能入眠。回想起母亲招待亲戚时那么慷慨舍得花钱，家里的农具随便借，经常给落难乡亲送这送那，而对自己生活却节俭到苛刻，眼前又浮现出母亲听说住一夜要两千多块钱时吃惊的样子，母亲的许多往事在脑子里反反复复地浮现……

今天，表舅和自己把母亲骗了，那个房间还空置着，钱却照付。母亲睡在地毯上，睡得很香，因为她觉得省掉了表舅严忠明两千多块钱，所以心里特别踏实。但愿这个善意的谎言永远不要让她知道，让她永远不要觉得心有愧疚。

刘灿放又想着，当初人称"半个秀才"的舅公给母亲起"美玉"这个名字的时候，一定是希望她人美如玉，德美如玉，也许还有更深的意思。

第四章　乡村少年

一、随父莳秧

（一）

江南盛产大米，夏熟收割小麦称"小熟"，秋天收割稻子称"大熟"。全年丰收不丰收主要看秋季水稻能不能丰收，而"莳秧"是水稻能不能丰收的关键。

江南农村把栽秧、插秧说成"莳秧"。莳秧的农时必须及时而准确，不能错过那么几天，最好在梅雨季节下雨天气，因为水稻喜水。水稻的秧苗拔出后，分棵插到水田里去是一个迁移的过程。如果晴天栽种，虽然田里有水，但露在水面的秧苗稍往往会被太阳晒蔫，甚至干枯，严重影响水稻生长，而如果雨天栽插，秧苗因受雨水淋浇就免受太阳暴晒而能迅速生根成活。

水稻从秧苗到水田分插的过程是一次脱胎换骨。江南农民有句农谚叫做"秧要分棵，猪要分圈"，意思是说秧要分插后才会发棵，小猪要分圈后才能长大。这也常常用来说明生活的辩证法，那就是"兄弟分家了才会兴旺发达，人要离开自己的'血地'干事业才会有成就"。

大自然恩赐给水稻分栽的时间，就是长江流域的黄梅季节，这时候正好杨梅成熟，所以叫"梅雨"。梅雨一般在公历六月二十日，农谚讲"二十分龙，廿一雨，廿二、廿三下大雨"。正像诸葛亮能够掐算出冬至前三天必有大雾，农民们祖辈长期积累的经验，也早知道这三天一定会下雨，莳秧就要抢这几天，不能错过，所以农谚又说"头莳不抢，二莳不让"。

莳秧第一天，农民还要举行一个不成文的"开秧棵仪式"，准备一桌好菜，有咸鱼咸肉或者火腿肉。这几天往往又是端午节，端午节是中国人纪念屈原的节日，要包粽子，莳秧时又往往要请"短工"来帮忙，这时就用这些好菜、好酒、粽子来招待他们，显得丰盛而又隆重。

这时节家家户户都像在迎接一件大事。男女老少齐上阵，女人们在村前村后的秧田地拔秧苗，扎成一把一把的秧把，男人们将秧把挑到各处水田边，抛秧栽插，小孩子则负责送饭送粽子送水。一切为的是不误农时。

江南的农民祖祖辈辈就这样在这块土地上莳秧收割，年复一年，到20世纪60年代仍然是这样，要在短短的五六天时间里，靠人工把几亩、几十亩的水稻插完。人们打着赤脚，把裤管卷到膝盖处，浸泡在水里，任凭天下着滂沱大雨也不能停歇。

这是水的世界，每个劳动力甚至小孩、每户人家、整个村庄似乎都浸泡在雨水中，头上戴着各式各样的斗笠，身上穿着各式各样的蓑衣、雨披，有的打着油布伞……一眼望去，好不壮观。

这时候，除了青壮男劳力一个不拉地莳秧外，一些男孩也会早早加入莳秧的队伍，他们要尽快学会这件重要的农活。这些小孩，有的十四五岁，有的才十二三岁，还在小学或初中里读书，农忙时学校会放假让学生回家帮父母亲农忙。刘灿放十二岁那年就开始跟随父亲学莳秧了。

（二）

刘灿放的父亲刘金良1962年下放回老家务农，由于有点文化被选为生产队会计。他很早就离开农村到上海学徒，因此一些农活只能勉强跟上，比起种田好手来就差远了，像莳秧这种农活他也不能和别人比，就带着儿子来帮忙。

刘灿放父亲是队会计，被分派和生产队苏副队长为一组，同在一块田。苏副队长也是父子兵，带着比刘灿放大三岁的儿子一块来莳秧。

天刚蒙蒙亮，刘灿放正当好睡，只听父亲一边推醒他一边叫着："灿放，起床了，跟我去莳秧！"

刘灿放答应着，一下爬起来，揉揉眼，穿上衣服，脸也不洗跟着父亲就走。

"来，把这个竹竿、绳子带上。"刘灿放父亲把一根一米长的竹竿和一圈100米长的绳子交给和竹竿差不多高的刘灿放，而且教他把绳子撅在竹竿一头，掮在肩胛上。这竹竿和绳子是要用来隔秧的。

刘灿放父亲自己则挑了两只"土垯"，去村口挑秧把。

原来，刘灿放的母亲和其他村上的妇女早在三更、五更天就去秧田里拔秧苗了，拔好的秧苗一把一把浸在水里，男人们来后就一把一把地装进"土垯"里，挑到大田里去。

就在大人们装秧把时，刘灿放和苏副队长的儿子先拿着绳子上大田了，他们两个小孩就在水田的田埂两头，拉绳隔秧廓。

原来，莳秧是要先用绳子隔出"秧廓"的。当时公社和大队有规定：一廓秧规定为一米宽，一米内莳六棵秧，一米等于三市尺，横向六棵即棵距为5市寸。每个人就在这廓内插栽，这样就有基准线，而不会歪到外面去。

两个小孩就按照大人讲的，用绳子按一米宽拉成秧廓。等到拉好时，刘灿放父亲和苏副队长也先后挑着秧苗来了，两个大人就一起把秧抛散到已经隔好的秧廓内。

这抛秧把也是一门技巧活，一必须抓住秧把，抛出去要保证根落地稍朝上；二抛得要均匀，这样莳秧时莳掉一把，马上随手就能拿到第二把，不至于还要跨出去拿影响进度。抛秧把主要靠用力得当和眼力，特别是越抛越远，无论抛得太密还是太疏都会浪费时间，影响莳秧速度。还有，如果在水田里过多走动会踩出脚印，把耙平的水田踩出许多坑坑洼洼，如果莳秧刚巧插在这脚印里就会矮半截，或者旁边泥塌下来把秧苗埋了，后面就生长不好，或者不着泥，被水漂起来。所以不能在平整好的水田地里随便走动，谁要是不懂这规矩，农民可要斥骂的。

莳秧的规矩很多，既不能插得太深，也不能插得太浅，太浅了没有扎牢在泥里，会被风吹得浮起来，太深了秧苗会烂根不发棵。还有一种现象更不允许，就是插秧时，把秧苗的茎弯在泥里，这叫"烟筒头秧"，像旱烟筒弯曲着，这秧苗就完全不可能发育成长。如果有这种情况发生，被大人们知道了，要吃"秧把子"的。什么叫"秧把子"呢？就是用秧把打耳光。

可见从古至今，农民非常重视莳秧这桩农活，也是考验一个农民是否成熟的标志。因此，男孩子们（包括女孩）从小就会被大人督促学莳秧，有时还会进行莳秧比赛，看谁莳得又快又好。

莳秧能手会穿一身白色衣服，一天下来，衣服上不沾泥水就表明这个人莳秧的水平已经到了炉火纯青的地步。这种人莳的秧一定不浅不深、又快又好，莳秧的手插进水田和提出来几乎听不到响声，像武术大师练就的轻功。在速度上，江南农村有一种形容词叫"鸟叫六棵齐"，形容鸟叫一声，他横向六棵秧苗就插好了。

旧时，莳秧时不用绳子隔秧廧的，莳秧快手一定莳头廧，他一定莳得横平竖直，第二第三个人就会跟在他后面下田，以他为标杆顺次序栽插。农民们有句俗话总是这样说："莳秧看头廧，三廧看二廧"，从这里也可以看出生活中"标杆"的作用有多么大。

实行人民公社后，用绳子隔出秧廧来，就避免了必须论资排辈才能下秧田的局限，慢的也可以下去，因为他在用绳子隔好的独立廧内莳，这也算是一个"进步"。

虽然一个人可以在自己秧廧内独立栽插，慢的也不会影响快的，但有人可以"偷工减料"。这些人为了赶速度，纵距就插得疏，为此生产队就规定要抽查，看横向和纵向间距是否合格，插得深浅怎样，如发现偷工减料，就要求返工，甚至扣工分。

除了这些规定，每棵秧的根数也有要求，一般在五六根，上不能超过七根，下不能少于四根。但实际每插一棵，不可能去点数，全凭感觉，熟能生巧。

莳秧这农活面朝水田背朝天，两只脚浸泡在水田里，弯腰往后退，退得越快说明莳得越快。有首"莳秧诗"写得好："手把秧苗插满田，低头便见水中天，六根清静方为道，退步原来是向前。"

莳秧一般又是下雨天，必须穿蓑衣或雨披，一天下来两脚被水泡得发白，眼皮由于一直低头而肿。田里的蚂蟥也趁机到浸泡的脚上来吸血，由于人们集中精力莳秧，等到发现蚂蟥叮咬的时候，已经被蚂蟥吸足了一饱血，拉都拉不下来，用力拍打才能掉下来，叮咬处鲜血直流。这样弯着腰一天下来最强壮的人也会腰酸背痛，疲惫不堪。所以做过这种农活的人们，不管有没有念过书，都会情不自禁地念上那首唐诗：锄禾日当午，汗滴禾下土。谁知盘中餐，粒粒皆辛苦。

刘灿放父亲是生产队会计，莳秧莳得一般，和苏副队长这样的莳秧能手搭档，可以互相照应一下，再加上各自带着自己的一个儿子，他们心里自然想着应该在生产队莳得比别人好才行。

刘灿放父亲下田后，刘灿放就跟着下田。他按照父亲教给他的要领和规矩越莳越快，后来几乎和父亲没有多少差距。苏副队长毕竟是莳秧高手，一会儿莳完一廂上田埂了，比刘灿放父亲要快一刻钟，让人望尘莫及，但他的那个比刘灿放大三岁的儿子，才莳了三分之一。刘灿放和他父亲几乎有一样的速度，两人很快也到田埂了，平均速度明显快过了苏家父子。大家都心知肚明，其实双方都在暗暗较劲，比试谁更快。

苏副队长看到刘灿放这小孩竟莳得这么快，就有点不相信，暗暗去察看刘灿放莳得符不符合规矩，有没有"偷工减料"。他反复看了，发现纵向横向棵距都符合标准，分棵均匀，四根到七根之间，都不比他父亲莳得差。

苏副队长没有说话，看到自己儿子慢腾腾的，只得对着他喊："你快点莳啊！"

他儿子快不起来，原来他儿子是个慢性子，悟性不够。

眼看着刘灿放父子两人一人一头拉着绳子，又要去隔第二个秧厮了，苏副队长坐不住了。他只得到他儿子那一厮的后面去接他儿子，他空出一段让他儿子继续莳，自己将后段接到田边。这种帮忙农民们叫"包馄饨"，照例是不允许的，因为他儿子已经被苏副队长莳的秧苗包围在里面了，他儿子上田埂时只能从已经栽好的秧苗间小心翼翼地上来，这样势必会踩坏已经栽好的秧苗。

刘灿放十二岁的小孩，莳秧莳得又快又好的消息很快在村上传开了，人们都啧啧称赞。

回到家，刘灿放父亲告诉刘灿放母亲：

"灿放学会莳秧了，而且莳得和我差不多一样快。"他父亲显然心里很高兴，话语中明显带着夸奖。

刘灿放母亲听了，当然也高兴。因为在农村，莳秧是一门很了不起的农活，谁家小孩学会了，莳得快，谁家大人似乎脸上有光。

刘灿放父亲好像意犹未尽："苏队长的儿子莳得太慢了，被他老子骂，骂了也没用，苏队长还急得不行，去帮他莳，结果儿子就'包馄饨'被包在里面了。"

刘灿放母亲听了自然欢喜，在分粽子的时候，分给刘灿放的和分给他父亲的一样多，盛粥的时候捞了粥里的"瘪细头米团子"，也捞得和他父亲一样多。她知道刘灿放平时肚仓大，吃得多，就是给他两份他也吃得下。

（三）

莳秧还在继续。刘灿放父亲看到儿子莳秧莳得又快又好，就把头廗秧也让给刘灿放莳，自己甘居第二廗。

刘灿放居然当仁不让，第一个下田莳起头廗来。村上的人见后，又羡慕又讥笑似的对着灿放的父亲开玩笑："啊哟，老子还莳不过儿子，有点'坦冲'①的！"

又有人喊："儿子胜过老子是应该的嘛。"

"好啊，金良，你有接班人啦。"

又有人说："种田还要接什么班？苦生活啊。"

"你不要瞎说：种田万万年，不种田吃西北风吗？"

刘灿放父亲听着大家七嘴八舌，也不生气，笑着，其实他心里很高兴。

果然，刘灿放后来莳秧越莳越快，连他父亲也莳不过他了，甚至能和苏副队长这样的莳秧能手一比高下。特别是到了下午和傍晚，苏副队长已经腰酸背痛，有点支撑不住，刘灿放这个小孩越战越勇，越莳越快。俗话说"夜莳要抢"，因为太阳下山前多莳一棵就多一夜露水滋润，增加成活率，所以要趁天还没黑，多莳几把。这时刘灿放背不酸腰不痛，超过苏副队长，苏副队长只得甘拜下风地笑着说："小孩子没有腰！"

这是农民们形容后生可畏。刘灿放父亲说："哎，腰是人人都有的，只是我们的腰老了，不及他们小孩子了。"

刘灿放父亲虽然把头秧让给刘灿放，但挑秧的活他全部自己揽下，不让刘灿放挑。因为他知道，刘灿放才十二岁，他的腰还嫩着呢，不能压坏了。况且由刘灿放在莳，自己也乐得轻松一点。

---

① 坦冲：常武地区俗语，丢面子的意思。

二、丹阳买糠

刘灿放十四虚岁那年在郑陆中学读初中一年级。一个星期六的早晨，母亲拿了络索捆绑着两只蒲包（用蒲叶编织的袋子），又提着一根扁担，同时给了两块钱，对刘灿放说："今天放学后你在学校不要回家，跟着隔壁公公（与爷爷同辈）到常州，再乘火车到丹阳去买糠，买回来给家里养的猪吃。"把糠拌着菜做猪食，猪长得快。

母亲又告诉他："下午两点到三点时，隔壁公公会买好汽车票到学校来寻你，刚巧你学校就在长途汽车站旁边，你把书包寄放在老师那里，明天星期天学校放假，你去把糠买回来，后天星期一不耽误上课。"

刘灿放问："要买多少糠？"

母亲说："花了汽车票、火车票，好容易去一趟，看你挑得动，能挑尽量多买一点，但不要超过一百斤，一是钱就这么多，二是怕你挑不动，所以你就'尽蜡烛念经'，把带去的钱买掉，能挑回来就好。"

刘灿放一一记着母亲的嘱咐，拿了两块钱和工具就去上学了。

刚走到门口，母亲从灶房间追出来说："挑不动就少买点，不要硬撑压伤了。"刘灿放答应着。

刚要下课的时候，隔壁公公和村上的甫生两个人真的到学校来叫他了。刘灿放向老师说明了情况，把书包放在课桌的抽屉里，跟着他俩就到汽车站去，在车站等了几十分钟，班车终于来了。从郑陆到常州三十里路开了一个小时，因为路况太差。

到常州火车站就去买火车票，到丹阳火车很多，但隔壁公公说："买常州当晚十一点钟的末班慢车票，一是便宜，二是车厢空，我们拿着蒲包扁担上下车不方便，三是时间虽晚，但到丹阳不过十二点多，足够明天早晨赶丹阳南门的早市买糠，与其早到丹阳等天亮，还不如在常州火车站附近的新丰街逛逛。"

甫生很赞成，刘灿放是小孩家，自然听大人的。

火车票买好后，三个人就拿出家里做的干粮来，隔壁公公把一个布包交给刘灿放，说是他娘给他准备的夜饭，省得花钱去买了。

刘灿放打开一看，是五个用糯米做的米粉饼。这糯米粉饼做得圆圆的，光光的，放在油里煎过，颜色黄烘烘。刘灿放从小就喜欢吃糯米粉做的饼，他娘是知道的。这时刘灿放肚子也饿了，一下子就把这五个饼全吃光。

隔壁公公和甫生带的是用面粉做的干面饼（当地叫"水笃头"），这种饼不要油煎，随便贴在饭锅和粥锅周边就熟了，既省柴又省时。而糯米饼一般是招待客人才做，平常是根本吃不到的。刘灿放想到这里，觉得要是不出来买糠，哪能吃到这样的美食呢？他又想，也许是母亲故意让他出来，好让他吃糯米饼的。

三个人吃完自带的干粮，又到车站开水炉装开水喝。那开水炉的水龙头上绑着一根小铁链，小铁链上栓了一个解放军用的搪瓷杯，用杯子到水龙头上装了水就可喝，白开水免费不要钱，杯子是栓住的不能带走，只能站在那里喝。杯子只有一个公用的，所以人们口渴了只能走到开水桶那里轮流喝。

刘灿放觉得很别扭，家里怎么不方便，也不可能许多人共用一只杯子呀！刘灿放总听大人们说："在家千日好，出门一日难，金窝银窝，不及家里草窝。"现在似乎体会到了。

但是刘灿放还是觉得这顿夜饭吃得特别香，因为在家里吃晚饭一般就是三碗"咸菜搭搭粥"而已。

吃完干粮，三个人就到火车站广场前的新丰街去逛悠。这时各家店铺灯全开了，有吃食店，有布料店，有钟表店……刘灿放还是七岁时跟爷爷到上海去度饥荒上过城，这是第二次上城，看到各式各样的商品十分好奇，一路看得"眼花绿花"[①]。特别是看到柜台里的桃酥饼等各种各样

① 常武地区俗语：眼花缭乱、目不暇接的意思。

的饼干，嘴就馋起来了。

他回想起往事，那时候父亲在上海当工人，买回来一小铁桶饼干，那饼干又香又甜，母亲只给两三块杀杀馋，就把饼干桶藏到柜台的高处，小孩够不到的地方。那时还小，自己馋瘾上来，趁母亲不在家，用小凳子垫着，爬上去开了柜门偷两块，也不敢多拿，怕多拿了母亲发觉要骂的……想到这里，他就觉得好笑起来。后来饼干吃完后，铁桶就当作一个宝贝放在家里当奢侈品，还可放各种工具，又是一个很好的装饰品，那饼干桶上印的是一只大公鸡，真漂亮。

想到这些，刘灿放看着柜台里一排排的饼干桶，羡慕不已，但也只能看看，身上只有母亲给他的两元钱，那是要去买糠的，动不得。除了这两元钱，再无分文了，连汽车票火车票都是隔壁公公填付的，因为母亲讲好回去后按实付还给他。再说，柜台里摆的食品大多数要凭粮票或凭城市居民证才能买，那时买什么东西都要凭票，有布票、烟票、油票、粮票，买豆制品也要凭豆制品票……即使城市居民也是限额的，农民哪能买呢？

三个人就这样走走停停，停停走走，一个店一个店地东张西望。店里的店员看着这几个乡下人也不搭理，特别是看着这两大一小三个人肩上的扁担，一头挑着络索捆绑的蒲包，不知是做什么的，那眼神都有些怀疑。

三个人走着也觉得实在无趣，况且肩上的扁担挑着蒲包，横横搁搁①的，有点儿狼狈相。隔壁公公提议说："走吧，我们还是回车站去吧，这样瞎转悠也没什么意思。"他一提议，甫生马上拥护说："对，走吧，饱饱眼福就可以了，你又不买。"

刘灿放插嘴说："买是想买的，那桃酥饼就是给我吃五块也吃得下，要不是刚才吃了五个糯米饼，就是买十块我也吃得下的！"

甫生和隔壁公公听着还是小孩、个子又矮的刘灿放这样说，都笑

---

① 常武地区俗语：碍手碍脚的样子。

起来。

甫生补充说："你吃得下，我也吃得下呀！走吧，我们不要在这里'画饼充饥'了，索性回车站蜷蜷养养神，比这里乱转好。"

虽然离上车还有两三个小时，他们还是回到了车站。

十一点多钟，火车进站了，三个人拿着扁担蒲包上了车。深夜虽说是慢车，车上空一点，但还是没有座位，甫生手脚快，抢到了一个座位。刘灿放和隔壁公公只得在两节车厢连接处找个空地方，靠着车厢用蒲包垫着扁担席地坐下。

刚坐下，甫生拿着扁担蒲包跑过来说："虽然抢到一个座位，但一张位置要坐三个人，扁担蒲包不好放，把扁担蒲包拿过来放在你们一起。"

甫生还调侃地说："你们没座位，我看你们着地坐，比我坐得还舒服，又能帮我看管东西。"

隔壁公公回了甫生一句："你把扁担蒲包拿来就拿来了，不要'得福嫌轻'，笑话我们没有座位，你说这里舒服，要不我们换一换！"甫生狡猾地一笑，放下扁担蒲包，逃回自己座位上去了。

农村的习惯是天黑就吃晚饭，八九点就睡觉，现在已是深夜十一点，刘灿放早就困了，上了车不一会就把头趴在自己膝盖上睡着了。正当好睡，隔壁公公就推醒他说："灿放，丹阳车站快到了，快起来！"常州到丹阳，火车只须半个多小时。

刘灿放赶快揉揉眼，拿起扁担蒲包跟着就下车出站，这时才凌晨。三个人讨论着，从火车站到丹阳城南买糠还早，隔壁公公已问了当地丹阳人，告诉他说到城南农贸市场约五里路，半个小时就走到了，这么早还没开市。三人又商量着还是再折回火车站大厅，等天亮。

回到车站大厅，隔壁公公去售票处买当天上午十一点返回常州的车票，他说，不管买到买不到糠，时间上肯定够了。就在隔壁公公去买车票时，刘灿放抱着扁担蒲包靠在墙上打盹。年轻人好睡，刚才下车眼睛看着站台上的灯光混混浊浊，现在脑子里晕乎乎的，一下又睡着了。还没睡多久，只听隔壁公公又是推又是叫："灿放，天快亮了，我们还是早点到市场上去定心。"

刘灿放虽然想睡，但一下子就站了起来，拿起工具就走。这时才凌晨四点多钟，沿途虽然有几盏路灯，却昏暗不明。刘灿放还没睡醒，走路跌跌撞撞，一边走还一边在打瞌睡，一会儿就掉在后面好长一段路。隔壁公公回头催刘灿放："快点呀！"刘灿放只好打起精神，小跑着追上去。

五点钟左右，东方发白，三个人到了农贸市场。趁着亮光，刘灿放一看，嘿，市场道路两边整整齐齐摆满了卖糠的摊头，他们也都是一人担两个袋子，袋子口打开卷起，好让糠露在外面让人看货。刘灿放从来没有看到有这么多人这么早就来卖糠。

他问隔壁公公："怎么这么多人卖糠，我们早知道这么多也不要这么早就来买啊！多睡一个小时，天亮了来也不迟啊。"

隔壁公公说："你这小佬不懂，这卖糠的人虽然多，但质量来去很大，有的粗糠我们不要，价格也有贵有贱，我们要买价格低一点的，才合算，这样一样的钱，可以多买一些糠。我们来得不是太早，而是正好，现在糠多，选择余地大，我们有时间多转转，买最好的。"

刘灿放没睡到觉，本来有点埋怨隔壁公公，现在听他这样讲，说得很有道理。刘灿放知道隔壁公公和自己爷爷一样，很有头脑，这一路上来也看到他买车票，上车下车算时间都安排得很紧凑，一点也没耽误，所以心里也有点敬佩他。正想着又听隔壁公公对他说："你娘交代我，要帮你看看好坏，然后再买，所以你不要太心急，我们先转一遍，看看问问后再下手买。"

刘灿放这时听隔壁公公这样说，好像学到了不少知识，自然听从他的话。跟着两个大人在市场上转着，一边看一边问价格，隔壁公公觉得较合适的就弯下腰来用手伸到糠袋里去摸一摸，有时用手插进深处抓一把出来看看。刘灿放跟着也看不出好坏，听听价格也差不多，都是一分多钱一斤。这样转了两圈，刘灿放有点不耐烦了，就催促说："公公，我们不要再转了，就在这里买吧。"

隔壁公公看看确实大同小异，就同意停下来买。刘灿放选袋子小的卖糠人，因为怕挑不动，一称下来两袋仍然有九十八斤。刘灿放问："能否减少十八斤，买八十斤？"

卖糠的说："不卖，要买一起都买去，剩下来的卖给谁？"卖糠的好像一点没有商量的余地。

刘灿放一看没有办法，想想也许挑得动，来一趟不容易，就全买下来了。当刘灿放把糠倒进蒲包付清钱时，隔壁公公和甫生也买好了。他们买的大袋有一百二十多斤。这时天已大亮。

从五点多到市场，现在已经两个多钟头过去了，三个人早已饥肠辘辘，就在市场里寻一个粥摊吃早饭。

隔壁公公帮各人叫了两碗粥。刘灿放问："为什么叫两碗？在家吃早饭都是三碗，我肚子饿煞咧！"隔壁公公说："吃了要挑糠走路，吃得太饱反而走不动。"刘灿放想想也对。不一会就把两碗粥吃光了，觉得肚子还没饱，看到旁边摊位上有油饼卖，只要五分钱一个，刘灿放买糠还找下来几角零钱，就去买了一个油饼，吃下肚才觉踏实。隔壁公公笑着说："灿放，你年纪不大，肚子倒比我们还大！"

刘灿放也不搭理，心里暗暗想：自己怎么比大人还觉得饿呢？昨晚糯米饼虽然好吃，但可能没有他们的"水笃头"耐饥吧。

三个人吃完早饭后，就挑了各自买的糠往丹阳火车站走。刘灿放从未挑过这么重的担子，刚上来还可以换换肩能跟得上他俩，但一段路下来就觉得越挑越重，只能不断地换着，但几次换下来，换来换去两个肩胛一样都痛，气喘嘘嘘，直冒汗，一会儿就落在后面一大段路。只见隔壁公公和甫生仍然像刚挑时一样，而自己肩胛痛得受不了。

隔壁公公停下来回头问："怎么样，挑得动吗？"

刘灿放喘着气说："你们先走吧，我要歇歇脚再走。"

说完又觉得失面子，补充一句："反正时间还早，早到火车站不也是要等到十一点才上车吗？”

隔壁公公看看这么小的孩子挑这么重的担，知道难挑，就说：“也好，我们就一块歇歇脚吧。”

趁着休息的时候，刘灿放喘着气，埋怨起母亲来：“父亲在家里，为什么不叫他来挑？叫我来挑，不知道我挑不动吗？”转而他又想：“也许母亲真的是故意让我出来锻炼锻炼，压压担子吃点苦的。”他又瞎想，也许是母亲和父亲早就商量好了的，让自己出来见见世面，尝尝生活的艰辛，不然为什么又是准备糯米饼，又是准备好络索蒲包，又是叫放学后不要回家……

正在胡思乱想，隔壁公公又在叫他走。他只得咬咬牙，挑起糠担，加快步子跟上，向丹阳火车站走去。

终于到了丹阳火车站。隔壁公公又去买了六个油饼，准备当中饭吃。因为到常州已过中午，不能搭长途车，要从站台上抄近路到北塘河边搭船回郑陆，还有一段担要挑。

到了常州火车站下了火车，三个人就横跨铁路往北塘河的石灰窑班船码头赶。这段路约一里多路，要下站台，跨铁路，高高低低，刘灿放虽然觉得肩胛很痛，但好像比在丹阳时力气反而大了一些。也许觉得自己不可能指望别人来挑了，反而激发了一股勇气，或许是肩胛已经痛过了头，麻木了，或许是离家越来越近，看到希望来了精神呢。

上了班船，终于一颗心落地了，这时才下午两点多钟。班船当时老百姓都叫它快船，其实不快，每天经过焦溪到常州，不是用机器作动力，不过是岸上纤夫拉纤，还不停地敲着铜锣。到郑陆已近六点钟，天快黑下来了。

郑陆码头到顾家头还有三里路。一上岸刘灿放对隔壁公公说：“你们先走吧，到家后叫我父亲来接我。”

等刘灿放挑了一里多路时，他远远看到父亲急匆匆向自己走来，知道来接他了，终于松了一口气。

三、开荒风波

（一）

1967 年，本应读初二的刘灿放看不惯并厌恶人与人之间的无端折磨，学校也不上课了，于是他就正式回到顾家头老家，当上了一个小农民，当时刚十五虚岁。

顾家头村有两个生产队，刘灿放家在顾东队，顾东队又叫八队。顾东队的土地大多是祖先们在黄天荡边缘地区开发出来的塘田，土地贫瘠，粮食产量没有顾西村等其他生产队的高，加上队里缺乏好的队长当家，所以生产一直搞不上去，是全大队出名的落后队，故又称"穷八队"。

但穷归穷，由于靠着黄天荡，一些半荒不熟的塘田还是蛮多的。这些塘田只能种稻，不能种麦，在未遇到特大洪涝灾害的年份能收上一些稻谷，但产量比其他良田（熟田）的产量少得多，最好收成时也只能收到熟田的一半左右。这种塘田虽然收成少且无保障，但倒是顾东村的"外快田"，原因是由于是荒田，还未被政府纳入纳税范围，是不要上缴"公粮"的田，收多收少全是归个人所有。

在黄天荡里，比这塘田还要低的地方连水稻也不能种，人们只能将其开挖成蒲田。蒲草和芦竹均是水生植物。开挖蒲田的土堆在两边垒成旱埂，在旱埂上，人们种桑养蚕，所以黄天荡周边的居民世代靠种蒲草编蒲席、种桑养蚕增加副业收入。

（二）

在经历了大饥荒后，政府在农村工作上开始执行"以粮为纲"的工作方针，其学习的标杆是山西大寨大队。农业学大寨在全国农村被持续推广达十余年之久。虽然千方百计抓粮食增产，口号是学习大寨的战天斗地精神，农民一年下来，除掉上缴公粮外，所分的口粮仍然不够吃，好多人家一到春季就要断粮闹饥荒。

这其中有各种原因，一是粮食产量因土地肥瘠不同有高低，二是不能搞其他副业补充，例如养鱼等。虽然如此，在计划经济年代，为了学习大寨"向荒山要粮"的做法，羌家大队的领导们也提出了"向荒山蒲田要粮"的战天斗地计划，目标就是要将顾东村的那些还没纳入交公粮范围的塘田和桑树埂蒲田平整成可种水稻的良田，并建设一个创新队。

羌家大队革委会领导商量后立即召开了全大队社员大会，大会标语写着"人换思想地换装，向荒滩蒲田要粮"。

顾东村的社员参加会议后都愣住了，纷纷问队长："事先大队和你商量没有？"队长回答说他也不知道，社员们听了就七嘴八舌闹开了。

"大队来和你队长商量，你队长也应该来和我们顾东村的社员商量商量呀！这么做不是要平调我们的塘田吗？我们八队本来就人多地少，土地又贫瘠，过去还可以有些编外的塘田作些弥补，这样一来连塘田也没有了，我们不是更穷了吗？"

大家一致要求队长到大队去提要求，大队必须明确平调后的补偿条件，并告知顾东村的社员。队长答应去试试，但态度很勉强、很为难。第二天一早，顾东村的队长像往常一样吹哨上工，人们探头问："队长，干什么活呀？"

队长说到黄天荡割蒲。大家追问："现在割蒲做什么？"

队长说："昨天大队不是开了向荒滩蒲田要粮的动员大会了吗？将蒲割了后才可以平桑树埂改造成稻田啊。"

社员们不解地说："怎么还没和我们队里讲好，说平就平了呢？"

队长说："下级服从上级，全国服从中央，大队要这么干我又有什么办法呢？"

大家听了都很生气且愤怒，纷纷责怪队长不负责任，不敢和大队领导论理。

虽然如此，大家还是习惯地回家拿上工具，懒懒散散地向黄天荡走去。

到了黄天荡，不知哪个说了一句，"今天我们这个活是不能做的。一做下去，后面就没有办法了，被大队平调了这些蒲田和桑树埂，今后我们会更穷的啊！"

大家齐声附和，坐在桑树埂上七嘴八舌地骂队长和大队干部们不讲理。队长催促了几次也无人下蒲田割蒲，队长一看无法，只好自己下去开割了。

社员们转而向队长开火，骂他无能，出卖了队里的利益。队长割了两把蒲草，想想不对，就爬上岸，一溜烟到大队去报告了。

（三）

中午时分，大队革委会正、副主任带着一大班不认识的干部来到了现场，公社书记随即赶到。大队主任向坐在桑树埂上的社员说："这是公社新来的党委陈伯范书记，他来查看我们羌家大队向荒滩蒲田要粮、建设创新队的工作，你们跟陈书记讲讲，为什么不服从大队的领导，不开工啊？"

社员们抬头望着这一班干部，特别是看着这个新来的黝黑瘦小的手里夹着香烟的陈书记，一声不响。沉寂了一会儿后，陈书记操着京腔开口了："你们为什么不说话啊，你们的队长呢？"

大家环顾左右找队长，不见人影。原来队长去大队部汇报时，被大队领导训了一通，又怕回来再被社员骂，不知溜到哪里去了。正在这时，有个叫顾定玉的愣头青站出来，他张口就说："我代表顾东村的社员说的，这个蒲田不能平！"

顾定玉的绰号叫"翘嘴黄鱼"，因为他的牙是拱着露在外面，人长得瘦削，头发蓬松，样子很难看。陈书记见有人站出来说话了，瞟了翘嘴黄鱼一眼，问："为什么不能平？"又问，"你是谁？"翘嘴黄鱼没回答。陈书记又问："你是谁？是不是队长？"翘嘴黄鱼仍不吭声。

旁边的大队革委会主任说："陈书记，他不是队长。"陈书记听了，将脸一嘘说："你不是队长，怎么说代表顾东村？你想篡权？今天消极怠工的行动是不是你组织的？你想要顾东村的人不服从大队、公社的领导？不学习大寨吗？你真不得了，把他请到公社的学习班里学习学习，清醒清醒头脑！"

陈书记一边说，一边向身旁的人示意着。

翘嘴黄鱼一听新来的公社书记这样讲话，脸都吓白了，连忙说："陈书记，我不是这个意思……"

陈书记说："你不是这个意思，是什么意思？"陈书记一边说一边向翘嘴黄鱼逼近。翘嘴黄鱼连忙后退着，往人堆里钻。这时原先坐在桑树埂上的上百个社员也都站起来，一是再坐着显得对干部不敬，二是坐着显得你还在对抗，三是站起来好避退，害怕自己也被抓到学习班里去。

当时，大队公社设有"学习班"，名义是学习班，抓进去就是"拘留所"，拳打脚踢、捆绑吊打一起上，不听话的人，随便找个罪名，整也整到你服帖。

所以陈书记一讲学习班时，大家知道不好了，闯下大祸了，纷纷站在那里不知所措。领导个个眼露凶光，社员个个惊恐躲闪。

刘灿放这个刚刚回村的少年农民，在一旁听着、思考着，先前没有吭声，直到这时他拨开人群挤到了前面，开口说："陈书记，羌主任，于主任，你们听我来说几句好吗？"

大队两个主任都认识刘灿放，因为刘灿放母亲是顾东村的妇女队长，刘灿放的父亲也做过顾东村的队会计，知道刘灿放还在学校读书，可能是回来帮忙的。平时刘灿放家是村上"中规中矩"的人家，对大队领导也比较尊重听话，谅也不会对公社领导讲不得当的话。于是大队羌主任态度缓和了一点，让刘灿放说说情况。

刘灿放趁机说："陈书记，学习大寨向荒滩蒲田要粮，我们顾东社员都是支持的，问题是国家的'六十条'政策规定，以队为基础核算，这荒滩蒲田也是顾东村的一部分副业收入，现在大队说平调就平调，没跟我们讲清平调后的土地归谁和耕种对象，我认为是不合理的。大队昨天开了动员会，今天就要求平垾，大队领导和生产队领导均未到我们顾东生产队开过会，作出明确仔细的开荒方案，这怎么能叫我们顾东村的社员放心呢？

"你们的口号是'人换思想地换装'，现在思想还没有换，地怎么换装啊！你们大队、生产队领导不和社员们说清楚，他们怎么会有积极性配合开荒呢？"

所有的人听了都觉得刘灿放说得对。

刘灿放指了指翘嘴黄鱼，对陈书记说："他是不能代表顾东村，但这些社员坐在这里都不肯干，他们这么多人总能代表社员的意见吧。"

陈书记、大队两个主任，还有来的一班人员，看着近一百号人，估计顾东队的社员基本都在这里了。

说到这时，刘灿放又向陈书记瞄了一眼说："陈书记，我也是学校的学生和红卫兵之一，还不算是队里的正式社员，回来在家里没事才来挣点工分的，我不是队里的什么领导，只是讲些个人的建议，请陈书记指教！如果陈书记认为有道理，只要大队里明确开荒后的耕种收益仍归我们顾东村，我想我们顾东村非但不会反对，还会积极主动开荒的。"

说到这里，刘灿放回头对惊魂未定的村上人大声说："大家是不是这样啊？"

大家顿时一起说："刘灿放说得对，我们是支持开荒的，只要能将平整的田给我们就行！"

陈书记原本听大队主任汇报的是顾东村反对学大寨，反对开荒平整土地，本想来抓个典型，在全公社杀鸡给猴看，推动全公社的开荒。刚才听了刘灿放一席说辞后，自觉羡家大队工作方法有问题了，又知道刘灿放不是一般社员，是学生红卫兵回村的，谈吐说理也不一般，那时的学生和红卫兵也不是好随便摆布的。于是就对大队的两位主任说："刚才那小青年讲得有理，开荒要开，对开荒后的耕种要明确，你们工作要细一点，顾东村社员是支持开荒的。"

大队两个主任一听公社领导批评他们好不尴尬，感到委屈，但还强着牙冠①说："我们已经三令五申了，反复给他们说，想得通要执行，想不通也要执行，是他们队长没有回来和社员们做工作。"

陈书记回头瞪了两个主任一眼。他们自知失言，也不再吭声了。

刘灿放知道今天自己已经得罪了两位大队的领导了，就说："前天是大队和生产队误会了，现在既然陈书记作证表态开荒后仍给我们顾东村耕种的，我们应该马上就下蒲田割蒲，以实际行动支持开荒！"

社员们齐声说"好"，纷纷下蒲田割蒲。

翘嘴黄鱼第一个跳下去，不几下就割倒了一大片蒲草。

陈书记和大队几位干部看到这个情景，也满心欢喜地走了。待他们走了一程后，翘嘴黄鱼才敢抬头望望他们一行，见大队两个主任还在一边走一边和陈书记说着什么。

在混乱中，突然人们发现割蒲队伍里，队长不知什么时候回来了。

一场剑拔弩张的僵局就这样化解了。陈书记有了面子，大队干部也有了台阶，社员也都愿意割蒲了，又没有社员进学习班。

开荒风波的平息使村上人对刘灿放刮目相看，暗暗佩服他的胆量和口才。在后来生产队选举队干部时，将正在武进县滆湖农场当民工的刘灿放选为生产队会计。这是刘灿放人生中第一次当"村官"。

---

① 俗语：强词夺理的样子。

四、结识顾琪大

（一）

1966年秋季的一天，刘灿放正在田头劳动，只听满村人都在议论说："东村的琪大回来了……"

大家一齐往村子的晒场上跑，刘灿放也跟过去看，只见琪大的四弟伯助挑了一担行李，后面跟着琪大一起的一男一女，都是中学生模样，这是他的儿子和女儿，还有一个瘦小的妇女，那是琪大的老婆，他们都低着头，一声不吭，默默地跟着往村里走。

所有村上的人都带着疑惑不解但又似乎都明白的眼光，看他们这一家人慢慢地走进村东几间老屋里，没有人说话，也没有人去打招呼。

一个老头站在人群边上，默不作声，很久很久，他长长地叹一声气，不知是同情、惋惜还是无奈……他对琪大这一家的情况太熟悉了。几十年的往事，还得从头说起。

琪大是村上人的叫法，其实他的真名叫顾伯琪。这顾家头村顾名思义顾姓是大姓，也是顾姓人家第一个拓荒到此。顾伯琪家是这个村的"大户"，他家的"家堂"①里供奉着做官人穿的官服、花翎和顶戴。顾伯琪的父亲叫顾顺康，他本来是准备考秀才的，但这时正是清末民初，废除了科举考试，顾顺康本想通过科举进入仕途的梦想破灭了。因此，常常发些"怀才不遇、余生已晚、生不逢时"的感叹和牢骚，慢慢变得颓废起来，染上了抽鸦片的毛病，甚至卖田卖地，家境越抽越穷。

顾伯琪此时已经在黄天荡北下墅读小学五年级，成绩很好，但他父亲没钱给他交学费。校长和他父亲是熟悉的，就埋怨说："做老子的自己

---

① 家堂：供奉祖先神像的厅堂。

吃鸦片，儿子的学费倒拖着不交，不交就不要来念书了。"说着就把顾伯琪找来，告诉他不要到学校来了。

顾伯琪没有书念，只得回了家。这时他一个在郑陆街上商号里的姑母见侄儿没事做，就帮他介绍到常州城里的一个景德镇人开的碗店里当学徒。顾伯琪这时只念到五年级，人也长得瘦小，老板见了说："你白天帮店里做些事，晚上陪我儿子读书。"

顾伯琪当然十分乐意，他本来读书就很聪明，几年下来，老板儿子读初中，他也把初中读完，老板儿子读完高中，他也把高中读完，只是没有文凭罢了。

1937年，日本兵到了常州，那时进城、出城或到什么地方去，见到日本兵都要鞠躬。有一次，顾伯琪出去办事路过岗哨时，不知怎么忘了鞠躬，日本兵上去就给顾伯琪一记耳光，打得他两眼直冒金星。

顾姓这个人家的人，个个脾气都很刚烈，眼眶子高，容不得别人说不是。顾伯琪被打了一记耳光，虽然敢怒不敢言，又怎么甘心受这种窝囊气，心中一直耿耿于怀，愤愤不平。

顾伯琪姑母有一个亲戚在上海，是新四军地下工作者。有一次顾伯琪到上海去给碗店采购东西，这个人让他把一些"青霉素"夹带出上海。这是要送到皖南新四军部队的，但他不知情，也不知道有多危险，这种事被查出来可是要杀头的。

就是这次到上海去，顾伯琪看到了美国记者斯诺写的《红星照耀中国》（也叫《西行漫记》），他从中了解到延安，了解到抗日的队伍，他萌生了去延安抗日的念头。

顾伯琪和老板的儿子都是有些文化的热血青年，商量着一起去。但后来老板儿子说："我是走不掉的，我父亲身体又不好，碗店里也需要我。我支持你八块大洋，你去吧！"

顾伯琪觉得到延安去，这可是不得了的大事，总要回去跟父亲说一声。于是他回到郑陆告诉父亲要去延安的想法。

父亲顾顺康坚决不同意。这种事又不能对外声张，父子俩就关起门来在屋子里争执起来。激烈时顾顺康拿起"蒲夹子"①打他，顾伯琪一气之下逃出门，从此没有回来。

这件事外面的人只知道，琪大是被他老子用"蒲夹子"打出门的！但都不知道为什么打他。

顾伯琪把老板儿子给他的八块大洋细细缝进了鞋底里，辗转了许多地方，终于到了西安，但西安到延安的道路早已被胡宗南部队封锁。顾伯琪只好先住进江苏同乡会馆，这里连吃连住每天五个铜板。两个月快要过去了，眼看着八块大洋也快用光了，顾伯琪想，必须到外面去找些活干，不然这样下去要饿死的呀！

他看到铁路局在招工，就去报名考试，一考就考中了，但招工处的人告诉他要有"店保"，店保就是担保人。他刚到西安举目无亲，哪里去找担保人呢？他又看见邮电局在招工，再去考，又考中了，但邮电局仍要他找一个担保人，他没办法。看见西京电厂在招工，他又去应试，一考又中了，顾伯琪有高中文化，他对考试当然是不在话下的。但西京电厂仍要他找担保人，顾伯琪走投无路。

情急之中想起了一个人，江苏同乡会馆是常熟人开的，有一个姓顾的老板是主要股东，请他做担保人，只能这样了，顾伯琪就去求他。其时顾伯琪已经在会馆住了快两个月了，这个姓顾的老板见是同姓，又觉得这个年轻人忠厚老实，就决定冒险为他做保人。顾伯琪终于被西京电厂录用了。

顾伯琪进了西京电厂后，经过几年打拼，交了很多朋友，而且和电厂上层关系很好，做到了管理层级，也赚到了钱，还把家乡的四弟伯助介绍进了电厂。抗日战争胜利后，他成了国民党的接收大员，后来调到青岛。1949年后，他又成了国民党的留守人员，在青岛供电局工作。

---

① 蒲夹子：一种打蒲席的工具，像棍子。

一个村上的人，三十多年了，只听其名，没见其人，听说被他老子用"蒲夹子"打出门的顾琪大回来了，大家怎么能不好奇呢？

后来，人们慢慢才知道顾琪大过去是西京电厂的高级职员，抗战胜利后是接收大员，解放时又是国民党留守人员，按理说这是他历史上的一般问题，并不是大的污点。但这就使一些人看不起他，甚至鄙视他。村上有一个叫祥兴的初中生还当着面羞辱他。刘灿放当时刚十三四岁，因为初中不上课被他母亲叫回来在家务农了。他见祥兴这样对待顾琪大，就对祥兴说："祥兴不要这样，主要看他表现就行了！"

这一举动被顾琪大看在眼里。有一天，他远远看见刘灿放经过，就问身边一个人说："这个小孩是谁家的？"

"他是刘金良家的大儿子刘灿放。"这人告诉他。

顾琪大"哦"了一声，没有再问。但他第一次认识这个大孩子。

（二）

顾琪大回乡的第二年，上面的政策有了松动，他老婆和两个孩子又回城到青岛去了，唯独留下顾琪大一个人在原籍劳动。

顾琪大的家原来是一个大户，前面有三间，后面有两间，中间有一个天井，两边还有几间侧厢，原来就由顾伯助一家人住，很宽敞。哥哥顾琪大回来后，就隔出厢房的一个"六步房"给哥哥，另开一扇单门进出。所谓"六步房"就是只有六步长，进门一个独眼灶头，后面搭一张床铺，也没有桌子，顾琪大吃饭就只能在灶头上吃。

这弟弟伯助原来是由哥哥伯琪介绍到西京电厂去的，解放战争时他兑换了金条，回到了家乡，在乡税务所工作。

照例，弟弟过去受到过哥哥的照顾，现在哥哥回乡应该多给一点方便，多照顾一些，但弟弟只给他一个"六步房"，农具、水缸等生活所需各方面都刁难他，使得顾琪大孤身一人的日子更加不好过。

这情景给还没成年的刘灿放留下了许多思考和感慨："兄弟之间，在困难中，不能互相帮衬还弄得形同陌人，水火不容，真是人心险恶，世态炎凉啊！"

（三）

这种境况也使得刘灿放对顾琪大生出许多同情心。

这时还有一个年轻人对顾琪大也抱着同情心，他就是顾琪大的侄子，也就是伯助的儿子顾琪山。顾琪山是初中生，这是顾家有血缘关系中唯一对顾伯琪还有点照顾心的人，但他也只能暗中帮助他这个伯伯，因为他的父母亲都对他这个伯伯视若仇人，他如果表现得过分明显，就会遭来父母的斥责。

对顾琪大有同情心的还有刘灿放的家里人。

村民农闲下来要做一种叫"打蒲席"的手工副业挣点钱，这需要大一点的地方。顾琪大那一点地方根本无法打蒲席，他弟弟住的地方大，可是不给他用，刘灿放家里人叫他到自己家里来打，他家地方大。过去农村为了节省煤油，吃完晚饭后都是"暗坐"，也就是不点灯，在黑暗中坐着，要打蒲席时就要点上盏灯了。顾琪大也就借着这一盏煤油灯在刘灿放家里打蒲席。

过年的时候，顾琪大孤身一人，没有条件也不会弄年货。刘灿放的母亲看他实在可怜，就把刚做好的团子、蒸好的馒头或者肉圆送过去一点。平常家里包了馄饨，他母亲总要叫家里人端一碗过去给他。

顾琪大抽烟，而且抽得很厉害，就常常叫刘灿放到街上带"大铁桥"香烟。他的烟瘾很大，那时一般人都抽"大前门"香烟，但他只抽"大铁桥"，因为"大铁桥"便宜很多。

刘灿放的小叔叔刘金尧和顾琪大的大儿子刚巧同岁，刚回原籍那时，因为和刘金尧都喜欢看书，很谈得来，不久就成了好朋友，顾琪大老婆孩子回青岛后，来信大多数是他大儿子写信给刘金尧，由刘金尧转交给顾琪大，有时信中夹寄三元五元的钱，也不用到邮电局去取，总是由刘金尧交给顾琪大，省去了不少麻烦也为了节省邮票钱。没必要重复写信，这是他们完全信赖刘金尧才会这样做的。顾琪大感受到了刘灿放一家人的善良和对他的好意，他与刘灿放一家的人自然就接近多了，后来几乎成了刘灿放家的常客。每天吃完晚饭就来坐一会儿，谈天说地，然后回去睡觉。有一阵子，顾琪大几天不来了，刘灿放母亲很纳闷，问："琪大怎么过去天天来，这几天不来了，怎么回事？"全家被这么一提醒，才发现他真的已经有三天没来了。

"啸放，你过去望望看，怎么回事呢？"刘灿放的母亲对刘灿放的弟弟啸放这样嘱咐。

刘啸放跑到顾琪大屋里一看，只见他睡在乱草堆似的床铺上呻吟着，已经发烧三天了，爬不起来，没饭吃，连一滴开水也没有。啸放赶快跑回来告诉母亲，他母亲连忙烧了一瓶开水，弄点吃的叫啸放送过去……

顾琪大在村上劳动，脾气有点孤傲，村上人都疏远他，唯独刘灿放全家人都待他好，他内心自然知道什么叫患难之交见真情，有话也只和他们家的人说，一起养绿萍、种瓜、看瓜、干农活，就像一家人一样。

后来还发生了一件让人哭笑不得的趣事。

顾琪大在顾家头村上劳动好几年了，有一天，他对刘灿放说："灿放，我已经一年没有吃过肉了，现在屙屎也屙不出，能不能给我弄点肉，我出钞票买！"

这时刘灿放二十岁左右，已经在村办的塑料厂跑供销，厂里做的"化工球"原料要到上海金山石化厂采购，而那时金山石化是赫赫有名的国有企业，原材料是不允许卖给村办社办厂的。但后来有了变通办法，可以拿农村的猪肉、鱼、米等农产品去串换。名义上是给国营企业职工增加福利，上面来查也有理由。这样，村上就养了猪和鱼等去串换原料。顾琪大见生产队里杀了猪，就悄悄地向刘灿放提出了这个要求。

刘灿放听了他的话，看他佝偻着背，瘦削的脸，僵黄的脸色，内心很同情他，他真的太难了，一年没吃过肉，现在连屎也屙不出来。但刘灿放只得说："这猪肉是不能卖的，你看哪个社员能吃？这都要拿到上海金山石化厂去换塑料粒子的！"

顾琪大点点头不说话了，他也看到没有一个社员提出要买肉，自己这种人怎么好开这个口呢？这不是为难他吗？

刘灿放见他不说话，心里很难受，真想给他一刀肉一斤猪油，或者割一片猪肝给他，但当着这么多社员的面，就是一块猪皮、一根猪毛也不能给，也不能卖呀！

刘灿放暗暗想着，终于想出了一个办法。

原来那时拿这些农副产品到上海去，也只能在晚上去，而且总是从江阴常熟方向到上海去，生怕路上检查，一般总是下午杀猪，装好货，待天黑后出发，用两吨半的卡车运输。刘灿放悄悄对顾琪大说："你今天夜里七点半到黄天荡去上海的十字路口等，我车开过来时，把肉扔下来，这样，村里只知道我把肉送到上海去的……"顾琪大一听心领神会，心里十分高兴。

临走时，情况发生变化，大队书记突然提出要和刘灿放一起到上海去，驾驶室连驾驶员本来就可以坐三个人，刘灿放又怎么能拒绝大队书记呢？这时也来不及通知顾琪大，车子就出发了。

顾琪大早就在十字路口等着，眼看时间也差不多了，前面开来一辆卡车，知道是刘灿放来了，急忙跑到马路中间挥手示意。这时坐在车上的大队书记远远看清楚了。

"那不是顾琪大吗？他到这里来干什么？"刘灿放也看到了顾琪大在挥手，但他什么也不能做，只能装着不知道。大队书记坐在边上，他怎么可能把猪肉扔下去呢？这事要给大队书记知道那还了得！

卡车轰隆着飞驰而过。这时大队书记也不知道怎么回事，而顾琪大被抛在马路上发着呆，也不知道怎么回事。

这个天大的误会，谁也不能说穿，说穿了对谁也不好。顾琪大心里虽然责怪着，但也不能说呀。刘灿放也很内疚，叫顾琪大白跑一趟，猪肉又没吃到，可是又有什么办法呢？大队书记虽然觉得今天这事很有点奇怪，但也说不出什么问题来。

后来刘灿放还是想了别的办法，给顾琪大弄到了一点猪肉。

（四）

顾琪大过去很喜欢文学，和沈雁冰（茅盾）还有过交往，他不但对中国的《三国演义》《水浒》这些名著都很熟悉，连外国的许多名著他都说得头头是道，如《牛虻》《复活》《钢铁是怎样炼成的》，这些小说他都能讲。刘灿放也很喜欢听他讲故事，晚上到他的"六步房"去，一个坐在独眼灶的灶堂里，一个坐在那乱草堆似的床铺上，有时一谈就谈到快天亮的时候。顾琪大讲得高兴时，一会说英文，一会说中文，有时讲得手舞足蹈。刘灿放当时还小，后来也没读什么书，听他讲了这些故事才知道外面的世界，也懂了不少人生的道理。

顾琪大不但讲故事，还好评论。他讲到"三国"时，说金圣叹评三国，诸葛亮是想报刘备"三顾"之恩，又说诸葛亮这个人谨慎有余，但不会培养人才，所以后继无人，弄得"蜀中无大将，廖化当先锋"。他称赞曹操培养人才，后来猛将如云，这才是曹操后来打败蜀国的主要原因。

顾琪大给刘灿放讲《牛虻》，说牛虻也是个热血青年，为了民族独立视死如归，最后被他做神父的亲生父亲处死。讲着讲着，他站起来，像一个话剧演员表演那样，手脚并用，念出牛虻上刑场前写给他心爱的姑娘琼玛的一首诗："不管我活着，还是我死去，我都是一只牛虻，快乐地飞来飞去！"

他又给刘灿放讲《复活》，说这书是俄国伟大作家托尔斯泰根据真人真事创作的世界名著。他最后评论说："这本书主要讲世人的'忏悔'心，讲精神和道德上的复活，还有讲的是'宽恕''博爱'，人们要能对伤害过自己的人有宽恕心……要做到这点不容易！"

顾琪大还给刘灿放讲《钢铁是怎样炼成的》，他念了一段主人公保尔·柯察金的名言："人最宝贵的是生命，人的一生应该这样度过：当回忆往事的时候，他不会因为虚度年华而悔恨，也不会因为碌碌无为而羞耻。"

顾琪大还告诉刘灿放，这本书是保尔·柯察金自己写的，那时他的眼睛已经双目失明了，是别人根据他的口述写出来的。

顾琪大这个人在这些农村孩子的心中无疑是"上知天文，下知地理"的大知识分子，所以都有些佩服他。他讲的东西，大家都听得津津有味，但也有遇到反驳他的人，而且驳得他哑口无言，直至破口大骂。

顾家头村上有一个农民叫潘产根，老实忠厚，是从江北逃荒到这里的，从来没念过书，只知道种田，是一个有名的"死脑筋"。

有一次，顾琪大不知怎么兴致来了，跟产根他们讲起地理知识来了。

顾琪大说："我们的地球其实是圆的，它天天在转。"他还怕别人听不懂，找来一个圆球一样的土块，演示给产根几个人看。

产根火了，说："你不要瞎说八道，地球怎么会是圆的啊，地球当然是方的了！"

顾琪大说："地球就是圆佬在转，它每天转一圈，转到朝太阳的一面就是白天，转到背朝太阳的时候就是夜里……"

产根老头驳斥他："你说地球圆佬在转的，那么我们人怎么没有倒过来脚朝天、头朝地，我家水缸里的水怎么第二天没有翻出来呀？"

顾琪大一时说服不了产根，发起火来，连连骂他："你这猪猡！你这猪猡！"

大家一起笑起来，刘灿放一边笑一边劝顾琪大说："琪大，产根从来没念过书，也不认得字，你给他讲什么牛顿定律，地球是方佬还是圆佬，他怎么听得懂你讲的东西呀！"

顾琪大听刘灿放讲这话，也就不作声了，想想自己真的不该对潘产根讲这些知识。

这种"抬杠、争死话"的情景，农村上经常有，顾琪大和产根关于地球是圆是方的争论，说过就过去了，不过后来还是掀起了一点风波。有人到大队里去检举说："村上的顾琪大骂贫下中农产根叫'猪猡'，这不是在污蔑贫下中农吗？"

大队接到检举，当然是要到村上来调查，大家都说："我们都是在说笑话的，不是正经话，说过就丢过了。"

他们又去问产根，产根也说："琪大没有污蔑我，我光火的时候也骂人家'猪猡'的。"

这件事后来也就平息了，但产根老头说的"地球是圆佬，那我家水缸里的水怎么没有翻出来"这句"名言"，倒一直成了农民们口头上的笑话。

顾琪大在村上劳动十年，和刘灿放结成了"忘年交"。他知识渊博，似乎什么都懂，他教刘灿放种北瓜，一分地要比别人多收十多担，他提议要发明一种扎蒲草的机器，既省时又省工还省力，顾琪大虽然在农村劳动，但他关心着国家的变化和前途，似乎还像当年的那个热血青年一样高谈阔论。邓小平复出后，他高兴地说："这个国家不可能一直这样下去，这下可好了，国家有希望了。"后来邓小平又被打倒，全国都在"批林批孔"，顾琪大又灰心丧气说："完了，完了，这个国家没有希望了……"他担忧国家再这样下去，真的要"完蛋"了，但他又不死心，他对灿放的父母亲说："国家不可能一直这样下去，你们一定要让灿放去读书，因为读书才有知识，才有力量。"

村上的人都这样说："顾琪大这个人，敢爱、敢恨、敢说，很有激情，他还关心国家前途，关心国家大事，肚皮里学问深得很。"还说："他这个人穷归穷，从不做偷鸡摸狗的事，骨子里硬得很。"

顾琪大和少年刘灿放的交往，无疑为生活在偏僻农村的刘灿放打开了一扇了解世界的窗户，让他看到了外面的世界，顾琪大实际上是他的一个启蒙老师。

第五章　农村二三事

一、漕桥开河

（一）

武进县是全国闻名的大县，有一百二十万人口，面积达一千多平方公里，就人口来讲，除了广东的中山县外，它排名第二。

武进北至长江，南临太湖，是著名的鱼米之乡。太湖是中国第三大淡水湖，流域遍及江浙两省，毗邻太湖的西北有一个六十万亩的湖，叫做滆湖，它又是武进、宜兴两县的交界处。这里湖河密布，水网交叉，江南雨水又多，因此常常闹水涝。政府十分重视这里的水利建设，一到秋收秋种结束后,几乎年年都会组织各种水利工程建设,农民们俗称"开河"。

1970 年，刘灿放十七岁。那年秋天，武进县又组织"开河"会战，要从全县六十五个乡镇中抽调民工。这次开河是要开掘疏通太湖和滆湖之间的通道，使它能流水顺畅，避免水涝发生。刘灿放父亲从上海下放回乡，也属于壮劳动力，自然被挑选其中，但他不愿意参加这种"大呼隆"的民工生活。刘灿放母亲就对刘灿放说："灿放，你父亲不肯去开河，你就代替你父亲去吧，隔壁龙龙也去呢。"

刘灿放过去从来没经历过开河，心里没底，但多次听人们谈论过开河的那些事，听起来又热闹，又有趣，心里很有点向往那种热火朝天的场面。年轻人从来就有一种"初生牛犊不怕虎"的精神，况且，比他大一岁的小兄弟龙龙也去，他更加高兴了。因为他和龙龙从小在一起玩，又是同学。他母亲也知道他和龙龙是小伙伴，告诉他说龙龙也去，意思是鼓动他去开河。

吃中饭的时候，他看见龙龙走过来，故意问："龙龙，听说你这次去开河？"

"是啊！你去吗？"龙龙回答。

刘灿放笑着说："你能去，我就不能去吗？"龙龙也没经历过开河，"听说开河很苦的，你吃得消吗？"

刘灿放半开玩笑地揶揄他说："你不要充老相了，你是挑担挑得过我，还是哪件农活做得过我？那次挑桑叶，你忘啦？"

龙龙马上记起来了。那次两人去买桑叶，挑回来的时候，要跨过一个大水沟，自己挑着一百二十斤重的担子怎么也不敢跨过去，还是刘灿放过来帮自己挑过去的。想到这事，龙龙连连惭愧地说："对的，对的，你力气比我大。"

两人耍了一会"嘴皮子"，都很兴奋。

"听说，县里拨的钱都分到各乡各村了，每天一小荤，三天一大荤，而且每天两顿饭，饭也是'尽吃'①的。"

"是啊，我们在家里，不知多少时间才能吃到一次肉呢，饭不要说'尽吃'了，要隔几天才烧一次饭，平时都烧粥吃。"

两人不停地议论着，对开河的生活充满憧憬。

"像我们这样年轻人，若能参加开河，就公认进入了壮劳动力的行列。"

"是啊，以前像我们这样的人，在生产队劳动出同样的力，壮劳力每

① 尽吃：常武地区俗语，随便吃不受限制的意思。

天能拿十分，我们只能拿八分。"

"对的，我们这次去开河，非但在河堤上能挣一样的工分，回队里，以后出工也顺理成章能拿到十个工分一天了。"

（二）

生产队民工去开河的日期定好了。这真叫"兵马未动，粮草先行"，各生产队都用水泥船把民工们开河期间要用的大米、柴草，还有开河用的工具如土挞、铁锹、钉耙等提前两天运到目的地。这次民工的驻地在武进最南端的漕桥镇。队里规定，民工各自结队按规定的时间去工地集合报到。要坐汽车的可乘汽车，愿意步行去的，队里补贴车费，车费归个人，大约一元钱。

从郑陆到漕桥有六十多里路。民工们形成了两种意见，刘灿放和龙龙几个年轻人商议说："我们步行去，沿路还可以见识见识武进的几个乡镇，况且还能省下一块钱的车票呢。"

四五个年轻人都没出过远门，都想看看外面的世界，途经的戚墅堰、礼家桥、遥观镇……这些地方的市面怎么样？和自己家乡郑陆比又如何？比郑陆大还是小呢？

"六十多里路算什么，我们有的是力气，步行去！从早晨出发到晚上总归能走到了。"大家都这样说。

当日一早，刘灿放母亲早早起来烧好一锅粥，又调些米粉在粥锅边贴上几块饼，用毛巾包好，塞在捆好的围桶被①里，好让刘灿放路上当中饭吃。

几个年轻的民工结队，一路向南，经过横山桥，又到戚墅堰，他们

---

① 围桶被：常武地区俗语：可垫可盖的小被子。

一边问路一边走，走到上午十一点多钟的时候，终于走到了遥观镇。

从早晨七点出发，已经走了四个多小时，算算路程也有三十多里了，一开始轻轻松松的脚步，开始沉重起来。大家都觉得又饿又累，向刘灿放提议在遥观镇上寻一个饭店，歇歇脚吃点东西再走。

这次他们四五个人结队伴行，是自愿搭配，也没有规定哪个带队，但刘灿放实际上就是个"头领"。他其实也早已饿了，自然赞同大家的意见。

走进一家饭店，一个中年服务员看到这几个背上背着被子，手里提着网兜的年轻人，疑惑地问："吃饭么？"

刘灿放连忙说："我们不买饭，我们带着干粮，只要讨点开水，找个空桌坐坐就行了。"

中年服务员说："你们不吃饭，到店里来干什么？"

刘灿放又忙解释说："我们是从郑陆桥过来的，要到漕桥去开河，路过这里，我们已经走了三四十里路了，想歇歇脚，喝点水，吃点干粮，马上就走，谢谢你啦！"

这个服务员听着脸上和善起来说："那你们见空的桌坐坐吧，开水也要收费的，一般一分钱一碗，因为我们饭店的开水也是从镇上老虎灶上花钱买来的，是供来吃饭的客人喝的，你们虽不吃饭，我们按碗头卖给你们，一壶水你们分着喝，一壶不够再打，每人收一分钱。"

大家异口同声地连说："谢谢，谢谢！"说着就围着一张桌子，各人倒上满满一碗开水，拿出各自带来的干粮，狼吞虎咽地吃起来，有吃米粉饼的，有吃"水笃头"的。水笃头也有两种，一种是面粉做的，一种是米粉做的。

肚皮吃饱了，该走了，不知为什么，这时一个个都懒洋洋的不想起身，坐了好长一会儿，那服务员走过来催促："你们该走啦。你们又没吃饭，在这里坐了这么长时间，我们中午营业也要结束了。"

大家一听，不好意思连连说道："好，好，我们走了。"说着慢吞吞地站起来，收拾铺盖。

从遥观镇到漕桥镇，大概还有一半路程，大家觉得路越走越长，越走越累，走一会就想坐下来歇歇，嘴里渴得很。刘灿放就走到路边的田里去拉几张油菜叶放在嘴里舔舔，倒也觉得凉快解渴，其他人看见也照样学样，用油菜叶解渴。

太阳已经西斜。打听一下漕桥已经不远了，刘灿放对大家说："我们快走吧，太阳落山天黑后更加不好走。"大家打起精神，从路边的地上站起来，拍拍屁股上的泥土，继续赶路。

在太阳即将下山的那一刻，刘灿放他们终于赶到了漕桥街北的一个村子上，这就是他们这次开河的驻地。郑陆好几个大队的几百号人都安排住在这里。大队的民工指挥部也设在这里，总指挥是大队副大队长苏永堂。他和刘灿放父亲一样是从上海下放的，为人正派，工作负责。按大队分工就蹲点在刘灿放生产队，社员们都很尊敬和信任他。

苏永堂看见刘灿放，眼睛一亮，问："灿放，你怎么来了？你父亲怎么没来？"

苏永堂和刘灿放父亲很早在上海时就认识了，知道刘灿放父亲是老实人，又同时下放回乡，对种田的苦处深有同感。

刘灿放见问，只得如实回答："我父亲怕开河这种大呼隆的生活，所以我母亲叫我代替他来了。"

苏永堂笑笑说："你家老子倒好，会享福的，自己不来，叫儿子来开河。"

苏永堂接着对刘灿放说："开河时间紧，任务重，很苦的啊，你吃得消吗？"

刘灿放说："大队长，我吃得消的，和大家一样干。"刘灿放知道苏副大队长比一些农村干部为人厚道，心里也踏实了许多。

正在这时，刘灿放的小叔叔刘金尧几个人走过来，原来他们几个乘汽车的早在中午就到了，刚才是去漕桥街上溜达回来。苏永堂连忙向刘金尧交代："金尧，你快领他们去住的地方歇歇，准备吃饭。"

这个村子很大，住宿的这家房子也很大。三开间厅屋，砖铺地，屋顶上是网砖圆椽，厅屋正南开了一个小天井，小天井里种着一棵天竺树，粉墙黛瓦的围墙不高也不矮，围墙上开了一个很有传统风格的大门。这是江南农村的大户人家，房子还保留着康乾盛世时的气象，听说解放后给生产队做活动场所了。

在三间厅屋的东西两间，靠墙都打成地铺，地铺上铺着稻草。小叔叔刘金尧指着墙角那里对刘灿放说："我们睡在里边，省得别人来干扰我们，睡在外头晚上有人爬起来小便尿尿，弄不好要被踩着。我们睡在里边，只要我们注意不去踩别人就好，我们自己不会被人踩着。"

刘灿放小叔叔比他大六岁，过去有过开河的生活经验。刘灿放听小叔叔说得有道理，就把带来的围桶被换下刘金尧已经铺在稻草上的大被子当垫被，大被子就换上来当盖被。这是母亲在家里时早就交代好刘金尧的，由刘金尧先乘汽车带大被子，刘灿放因为步行就带围桶被，到了住地叔侄两人合铺。

刘灿放叔侄俩把地铺安顿好，其他人也都陆续结伴两人一铺的收拾好了。三间厅屋里除了中间留有几米空间当走道外，东西两间铺成两个大通铺，又从外面柴场上接过一根电线，从厅屋上方拉过，中间装了一只大灯泡，通亮通亮的，比家里的灯泡不知要亮多少倍。刘灿放感觉到很新鲜。大家蜷着腿，盘坐在各自的稻草铺上，软绵绵的，很舒服，一天赶路的疲劳全忘掉了。

正当高兴时，不知谁尖叫一声："你们快来看，元生的脚！"大家顺着他指的方向看去，只见元生的脚肿得很厉害，在灯光的照耀下，浮扑扑的吓人。有人问："怎么啦，痛不痛？"

元生回答："痛啊。"

又有人问："你这脚明天怎么好上河堤干活啊？"元生不吭声。元生小时候患过病，后来治好后活了下来。但他是一个弱智男人，头长得特别大，个子却不高，村上人都叫他"大头元生"。由于弱智，身材又矮，虽属壮年，干活总是比不过别人，每年队里评工一般只能评八五折，最多九折，这还是村上人照顾他才给的。他父亲已年迈，弟弟还小，开河摊派到他家，也只得他来了。他也没出过远门，走了这么多路，不知怎么脚就浮肿成这么吓人的样子。

一位年长的民工见元生这样子，马上到村上去折了几根香樟树枝，叫食堂炊事员把香樟树枝放在水里煮，又找来脚盆，叫元生把脚放在水里泡，说这样能消肿。

果然，第二天，元生脚消肿了，跟着大伙上了河堤。

（三）

大队指挥部已经召集各队民工负责人上河堤划分了任务，以生产队为单位，分好河段，实行责任制，要求在规定时间内统一完成开掘任务。

每天早晨，天刚蒙蒙亮，民工们就起床洗脸吃早饭，然后就拿着工具匆匆忙忙往河堤上赶。江南的初冬虽然不下雪，但几乎天天有霜，路边的枯草粘满了白花花的霜，寒气逼人。有的戴帽子的把帽沿放下来遮住耳朵，有的家中困难，没有帽子，身上也只穿一件棉袄，里面除穿一件衬衫外，也没有绒线衫之类的可穿，是一件"滑壳棉袄"。为了不让冷气钻进来受冻，就用一根草绳往腰间紧紧地一束，把空壳的棉袄扎紧了御寒。一到河堤，大家马上就干起来，一是要赶进度，二是干起活来就不冷了。

开河是要讲决窍的，一般四人一组，两人挖泥装泥，两人挑担。开始在平地上挑，路途近，后来越挖越深，这时就要改为五人一组，两个人装，三个人挑，因为挑的人路途远了。不管四个人一组，还是五个人一组，都要轮换，因为一直挖装的人手上要起泡，一直挑的人肩上会肿，脚也酸痛，所以必须轮流作业。

到了吃中饭的时候，大队指挥部炊事员把饭菜送到河堤上。一桶大米饭用破棉袄盖着，一打开还热气腾腾，饭是大铁锅烧的，比家里烧的更香。菜是一天一小荤，两天一大荤，小荤有韭菜炒鸡蛋，大蒜炒肉丝等等，大荤就是红烧肉、红烧鱼，还有炒青菜，炒菠菜，荤汤萝卜、雪里蕻咸菜汤。这种待遇只有上河堤的民工才能享受到，平时在家里，哪家也没有这么好的条件。虽然开河辛苦，只要有力气，大家还是都愿意干的。刘灿放年纪轻轻的，平时饭量大，肚子老是觉得吃不饱，现在菜吃得这么好，饭又"尽吃"，他的劲越来越足，感觉力气也越来越大了。

为了完成县里规定时间里规定的任务，各乡各大队都是天不亮就上工地，天全黑了才收工，真是"披星戴月"。

一天早晨，哨子一吹，民工们都从铺上爬起来，只见龙龙躺着不动。刘灿放叫他："龙龙，快起来呀！"

龙龙懒洋洋地说："我两只脚酸痛得要命，站都站不起来……"

刘灿放说："你酸痛，难道我们就不酸痛吗？谁叫你来开河的呀。"

龙龙无奈地苦笑着。

"你只晓得脚痛，你吃红烧肉、吃大米饭的时候倒不叫脚痛嘛。"刘灿放又在嘲讽他这个小兄弟。

龙龙看看外面的天还没亮，嘴里嘀咕着："这真是'鸡叫做到鬼叫'，天不亮就要起来，天黑了才能回。"一边说着一边咬咬牙爬起来。

河越挖越深，越接近河底，坡度就越陡。挖泥装泥倒没什么大的区别，挑的人可就苦了。一担泥从河底挑到河堤，再往越堆越高的堆土高坡上去倒土，就是力气最大的壮劳力都气喘嘘嘘、汗流浃背，心怦怦"乱跳不已。刘灿放当时虚岁才十七，背板还嫩着呢，但他一直默默地熬着和大家一样挑泥。偏偏生产队的进度没有其他队快，几十天下来，明显比别的队落后好几天的工作量。副大队长苏永堂亲自来参加队里的挖掘，并且每天延长开夜工的时间，争取能赶上别的生产队。苏永堂蹲点在刘灿放一组，每次装土时，刘灿放发现苏大队长总会少装一点，刘灿放估摸着他一定是在照顾自己，怕他年龄还小，吃不消，压坏了身体。

挑了几担，刘灿放对苏大队长说："苏大队长，您给我多装一点，装满一点，不要紧，我挑得动的。"

苏永堂和刘灿放父亲一起在上海做工，又一起下放回乡，自然有惺惺相惜的意思，他对刘灿放说："好了，少挑一点吧，不要压坏了。"

刘灿放说："不要紧，我们队已经落后别人好多了，多装一点好赶上别的队。"

苏永堂只是笑笑，继续装他的土，仍然装得少一点。

（四）

开河生活很有点半军事化的味道。河堤上红旗招展，彩旗飘飘，高音喇叭播送着各种各样的革命歌曲，还有五颜六色的板报标语。工地上还拉着一盏盏大灯泡，这是便于开夜工用的。早晨虽然没有军号，但只要起床哨子一吹，民工们纷纷爬起来，自觉地往工地上赶。怪不得过去听人说开河很热闹，现在亲身经历了，的确感觉到热火朝天，刘灿放心里很开心。

最让民工们开心的是每天河堤下工回来，吃过晚饭，大家围坐在软绵绵的稻草铺上侃大山，即便开夜工开到再晚，回来也要侃上二三十分钟。这时大家已经用热水洗好脚，盘腿坐在各自的被窝里，大家天南海北地侃上一通，都想拣新鲜的事说出来，让大家乐一乐。

一个说："听说奔牛乡这次来了一个大力气的，有人跟他打赌，要他挑五百斤泥从河底一直挑到岸上，结果他真的挑上来了，气不喘，腿不软，真是大力士！"

"五百斤哪！吹什么烂牛皮，我就不相信。"

"是啊，我们挑二百斤挑到岸上已经是咬着牙，脚都软了啊。"

又有人说："我们郑陆姚家大队也有一个人，能挑四百斤。"

刘灿放小叔叔刘金尧也会讲故事。他说："唐朝的李元霸，他用的兵器是一把铁锤，有一千斤重，在手里舞得像风一样，有人跟他打赌，看谁扔得高，李元霸把锤子往头上一扔，谁知一直也不见下来，等了好长时间，正当疑惑时，锤子从天上掉下来了，砸在头上……"

"听说李元霸这个人是个奇人，骨瘦如柴，人长得像小孩子一样，却力大无比。"大家听得有滋有味，浑身的疲劳在哄笑声中烟消云散了。

有时候他们又会议论，评论河堤上的某民工，说装得满满的一担泥，一口气爬上岸，气都不喘一喘，真牛皮。

又有人告诉说，某个生产队已经挖到河底，明天后天就可以提前完工了，伙食费省下来，大家可以分，可能分到几块钱一个人呢。

在大家热烈议论的时候，有几个人不说话，只是听。这就遭来好说话人的不满，觉得这种人不和大家一起说笑，真没劲，于是就挑逗他们："你怎么不说话呀？是出来的时间长了，小弟弟急煞了，想老婆想得入迷了吧，所以不吭声。"

"不吭声就是'闷骚'的表现。"有人附和着指责那几个不说话的人。

这几个人本来口讷，平时不会说笑，现在被人取笑，更加无话可说，随便他们说去。

这样说了二三十分钟，十分热闹，实际上一天干活下来，大家都想放松放松，这样一起说笑一通，寻寻开心，也算是一种精神享受。

很快，屋子里全静了下来。没有人命令，一个个脱衣服钻进被窝睡觉，一天干活实在太疲劳了，明天一早还要起来赶任务，不一会，满屋子鼾声大作。

工程完工的那一天，乡里检测组对工程检测合格了。民工们看到一个来月艰苦开掘出来的新运河，心里特别喜悦，大家自我欣赏着、赞叹着、评论着。民工们回到宿舍有打牌的、嬉闹的，有的静静地靠着墙休息，有的有家小的民工，悄悄地到漕桥街镇上去理发，因为明天可以回家见到老婆孩子了。

刘灿放几个年轻人，自从那天来到工地一直起早摸黑忙着干活，还没有到漕桥镇上去看看呢，于是趁着空闲也去溜达溜达。听说这漕桥街，南街属宜兴管，北街属武进县管，想去看看，到底有什么区别。

回家的那天，大队炊事班准备了八样大菜招待民工，庆祝工程完工。民工们大吃一顿，像农村上办喜事那么热闹，开河的成就感，伴随着美味佳肴，怎么能不高兴！

聚餐后，还分到了几毛钱的存余伙食费，在那个年代，分到几毛钱也是很开心的事。因为在生产队劳动，只能记工分，要到年底造方案，去掉口粮款后才能分现金。有的人家会超支，超支户必须靠家庭养猪养鸡卖掉后，把钱交给队里，队里才能把口粮分给你。

刘灿放这第一次开河，遇到了很多开心事，他一开始的担忧，早就一扫而光。这次开河，他自始至终没有休息一天，干的活一点不比大人们的少，他感觉到自己已经进入了壮劳动力的行列，回生产队拿工分再也不会打折扣了。

在后来的农村岁月里，刘灿放还参加过五次开河会战，他忘不掉那个"激情燃烧的年代"。

二、西石桥捞船

（一）

刘灿放所在的生产队是顾东生产队，也称八队。在羌家大队十几个生产队中，人口、田地、规模都不算小，但就是生产一直搞不好，做一个工到年底结算时，只能核到两三角钱，最差的一年只有一角八分，是全大队出名的落后队，人称"穷八队"。

为什么叫"穷八队"呢，一是人多地少，二是土地比较贫瘠，靠近黄天荡低洼塘田多，三是队领导无方。队长是一个好好人，死脑筋，会计性格比较懒散，也不大会当家算计。队领导心不齐，社员心怎么会齐呢？有的出工不出力,有的像"翘裂西瓜子"①般犟头倔脑。队长、会计自身不过硬,也奈何不得他们。

大队领导见这种情况,很是操心,为了能改变穷八队的落后面貌,就派工作比较扎实的苏永堂副大队长来蹲点。苏永堂以身作则,抓了两年,发现主要问题还是队长、会计自身的问题,就和大队支部商量改选生产队领导,推荐刘灿放、刘宗赢两位年轻人和原来的队长、会计实行差额选举。大队这步棋果然很灵,原队长、会计落选了,刘灿放、刘宗赢高票当选。

俗话说:"新官上任三把火",新班子果然不负众望。他们齐心合力,生产明显上升,队里社员的人心也齐了,那几个不三不四的"翘裂西瓜子"也收敛了许多。

(二)

为了增加收入,队里合计在芦埠港旁建一座砖窑搞副业,请来老师傅作技术指导。不到两个月,砖窑建成了,第一窑烧出来的青砖就获得成功。扣除成本有赚头,大家很高兴,社员们称赞生产队新的领导班子有能力。

砖窑虽好,但砖坯要到十多里路外的江阴利港去买。那里的砖坯质量好,运砖坯就成了一个大问题。当时生产队有一条载重五吨的水泥船,就用它来运砖坯,船上一个人摇橹撑舵,岸上两三个人拉纤。

这天,水泥船从利港载满砖坯回来,在船上撑舵的是刘宗赢。

刘宗赢比刘灿放大一岁,属龙,他是新当选的副队长。他父亲在武进县委当秘书,爷爷是老地下党员,他等于是生产队的"红三代"了,让

---

① 翘裂西瓜子:指变了形的难磕的西瓜子。形容那些不三不四难缠的人。

他分管副业，抓砖窑生产就是考虑到他根正苗红。但刘宗赢身体比较弱，力气又小，让他在船上撑舵当然也是照顾他，还有他会游泳。

装满砖坯的水泥船一路向南，这时正是长江涨潮的时候，顺风顺水，岸上拉纤的根本不要花什么力气。船到西石桥，湍急的水流把水泥船冲得像箭一样飞快向前。刘宗赢把着舵，眼看着船像箭一样直往桥洞去，心里十分紧张。如果这时有足够的力气也可以把船头扳正穿过桥洞，但刘宗赢一是紧张，二是力气不够，水泥船就横过来，拦在桥洞口，这样阻力更大了，船就倒向一边。湍急的河水直往重载的水泥船里灌，岸上拉纤的还来不及叫一声，一眨眼，船就被水冲翻了。这时船还没完全沉没，又被湍急的河水冲向桥南五十米的地方才停止不动。除船梢翘在水面上外，其他什么也看不见了。幸好，刘宗赢会游泳，他见势不妙，早就跳入河中，顺水游向岸边，虽然受了惊吓，并无大碍。

傍晚，装砖坯的水泥船沉没在西石桥的消息传遍了全村，村民们个个十分震惊。晚上，队长、会计等一起商量对策。

一个人沮丧地说："一船砖坯肯定化成泥了，要损失不少钱，可惜了。"

另一个说："你还在可惜砖坯哪！快点想办法把水泥船捞上来吧。"

"是的，水泥船是队里最重要的、最大的一笔资产。"大家说。

队长最后决定明天全生产队除妇女继续出工做田间劳动外，男人们全都去西石桥捞船。

（三）

第二天一大早，顾东生产队全体壮劳力几十个人出发去捞船。大家带了绳索、铁锹，又扛了一袋大米，准备烧中饭吃。刘灿放是生产队的会计，心里比其他社员更加焦虑，因为这船沉了，对刚刚办起的砖窑生产是一个不小的打击。他对砖窑的前景忧心忡忡，脚下的步子走得更快了。

西石桥离顾东村有五里多路，太阳刚刚一竹竿高的时候，几十个壮劳力就到了沉船的地方。刘宗赢和拉纤的几个人给大家讲述昨天沉船时的情景，说今天翘出的船艄似乎比昨天露出更高了，大概是河水退潮的缘故，又说船也被水冲得靠近岸了不少，昨天好像船在河中央。大家七嘴八舌地猜测议论，"也许船中的砖坯浸泡后，被水冲掉了不少，所以船艄抬高……"

突然只听队长说："你们不要讲空话了，还是快点想办法，怎样把船捞出来吧。"

大家猛然醒悟，是啊，现在讲这些空话有什么用? 当务之急是捞船啊。

于是大家又七嘴八舌地议论如何捞船。

"先用绳索栓在船上，然后岸上的几十个人一起拉。"

"现在水还很急，等中午潮水退了，人下河去，用铁锹把船舱中的砖坯掘掉，再捞。"

虽然七嘴八舌，但大家的心是往一处想的，目的只有一个，怎样把船捞上来。

队长听着大家的各种建议，最后决定三管齐下: 一是派人去借葫芦①，二是派人去借锅烧饭，三是等潮水退去一点，吃过饭后再捞船。

就这样，几十个人"狗旋风②"。借葫芦的人回来说，借不到，也租不到，因为这工具太少了。刘灿放想，看来只能用绳索拉了。瞎折腾了一上午，船没捞上来肚子倒饿了。

正在这时，借附近人家烧饭的社员跑来喊："饭烧好了，可以吃饭啦。"

大家听了十分高兴，窃喜地说："烧饭倒蛮积极的。"有的装着惭愧的样子说："船倒还没捞，饭倒先吃了，真不好意思。"又有人说："饭总

---

① 葫芦: 起重用的工具，犹如千斤顶。
② 狗旋风: 常武地区俗语，乱忙一通。

归要吃的，吃了饭才有力气捞船，不吃饭哪有力气捞船呀！"

一边说笑，一边拿起碗筷，一个个狼吞虎咽地吃起来。下饭菜很简单，只有一个雪里蕻咸菜，还有一个酱油汤。刘灿放肚子早就饿了，吃得又快，大家吃了一碗刚要去盛第二碗的时候，他已连吃了三大碗，觉得还没吃饱，可是这时锅底已经朝天了，后面还有好几个人还没吃呢。正当大家依依不舍还想吃时，负责烧饭的人说："还有米，再烧，你们不要急。"

不一会第二锅饭又烧好了，后面没吃的也吃上了。烧饭的看还剩下不少饭，就跟刘灿放说："灿放，看你还能吃，这饭又不方便带回去，你胃口大，肚量大，要吃，就再吃吧。"刘灿放先看有人没吃上，不好意思再吃，现在既然饭有多余，也不再客气，又一连吃了两碗，前后一共吃了五大碗饭。

有人看他吃了五大碗饭，惊讶地说："灿放，这一碗饭就有半斤米，五碗饭就有二斤半米，你吃一顿吃掉二斤半米啦，我三天的饭给你一顿就吃掉了。"

另一个在一旁起哄："灿放，再给你吃，你还吃得下嘛？"刘灿放一连吃了二斤半米饭，觉得确实饱了，感到很惬意，也不答理他们。就在这时，有人从河边回来："潮水已退了，队长叫大家快点抓紧时间去捞船，否则下午三点又要涨潮了。"

队长是个"旱鸭子"，不会游水。他知道刘灿放水性好，就叫他下水游到船舱去拴绳索。

刘灿放听队长叫他下水，心里一个咯噔。他虽然水性好，平时"串鼻头翁"[①]能在水里潜好长时间，但刚才吃饭吃得多了，饭已顶到喉咙口了，喘气也觉得短了许多，这时要潜水下去行不行？刘灿放知道村上就数他水性好，俗话说养兵千日，用兵一时，吃了生产队的五碗大米饭，总不能白

[①] 串鼻头翁：常武方言，潜泳的意思。

吃不干活，队长叫自己下水，这是队长和社员对自己的信任，其他又没更合适的人，不管怎样，应该下去。

刘灿放看着河里的沉船，潮水确实退了不少，水流也不急了，就将一根粗绳结在一根木棍中间，脱下衣服，拿着棍子下了河。他吸口气，一下潜到水里，摸到船头的船舱洞口，将棍子塞进去又将绳索拉一拉，觉得没有问题了，就浮出水面。岸上所有的人，紧张地盯着河面，见刘灿放从水里浮出来挥挥手，知道已拴好，一齐使劲一拉，感到绳索着力了。大家喊着号子，一点点地拉，船开始动起来。

几十个人齐心协力地用力拉着，船借着浮力，越来越靠近岸边。大约拉了一个钟头，船已完全靠岸，大半截已经露出水面，一些人连忙下到船上，用铁锹把船舱里的泥浆掘出来扔到河里，船越来越轻了。不一会，整个船就全部拉到岸上。

队长沿着船身仔细检查，看看有没有破损。"还好，船虽然沉了。但没有破损。"大家听了队长的话，都松了一口气。

"就是一船砖坯损失了。"有人还在惋惜。

"损失就损失吧，只要船不坏，水泥船是我们队里唯一的大资产，烧砖窑运砖坯少不了它呀。"

"就是么，这是不幸中的大幸！"大家一边高兴地议论着，一边清理船舱中的泥浆，又用水把船舱冲洗干净。一条好好的水泥船停在人们面前，社员们又看到了希望。

众人齐心协力把冲洗得干干净净的船推入水中，一部分社员顺便乘船回家。一些"旱鸭子"不会游水的社员，想起沉船的情景，心有余悸，不敢乘船，宁愿步行回家。

三、种瓜趣事

（一）

有一种瓜，北方人叫南瓜，而南方人称它为北瓜。常武地区的人又都叫它饭瓜。叫饭瓜是因为这瓜不能像西瓜那样可以当水果生吃，它必须烧熟了才能吃，并且能像米和面粉那样当饭吃，也可以和着米烧饭瓜饭，或者拌着面做饭瓜面。

这很有趣，同样的东西，刚巧用相反的称呼。人们揣测这瓜估计是北方人先种，后来传入南方，所以南方人称它为北瓜。可是北方人又为什么叫它南瓜呢？这名字有点奇怪，谁也弄不明白是为什么。

饭瓜长得很大，有的比西瓜大两三倍。饭瓜虽好，但它是旱作物，不宜在水田地种植，在"以粮为纲"的年代，生产队里是不种饭瓜的，只有社员在自留地上种。它和地瓜（山芋）一样，是二十世纪六七十年代每家每户重要的粮食替代品和副业收入。

饭瓜在早春时就要育苗，一般要选在屋前阳光充足的地方。由于夜间天气还冷，晚上要用稻草盖上防冻，后来有了塑料薄膜，育苗就方便多了。

农民们育出了饭瓜苗就拿到集镇上去卖，一般一小方块土上有两根苗，卖两三分钱。

阳历五月，江南小麦还没成熟，但饭瓜就要栽种了。农民在小麦田垄沟上，每隔一米左右锄出脚炉盖那么大的一块空地，种上一堂秧苗。假如垄沟不够大，先要割掉一点没成熟的麦子，保证瓜苗在麦子收割前有一个空间生长。

（二）

又到了一年一度饭瓜种植的季节了，刘灿放和隔壁的好伙伴龙龙商量开了。

刘灿放说："龙龙，又要种饭瓜了，今年我们一定要比去年种得更好。"

龙龙说："是啊，去年的饭瓜结得一点不好，我一共才收到一百多斤，还不满二百斤，今年要种好一点，起码要收它三五百斤才心坦①"。

"你说收三五百斤就能收三五百斤啦，靠嘴上说说的吗？"

"那就多种一点呗。"

种瓜首先要从选苗开始，两个人又商量着怎样去买瓜苗。刘灿放说："今年我们不要到集镇上去买瓜苗，我们到西杨村专门育苗的苗场去买。因为那里瓜苗好，选择余地大，而且那里可以现场选现场挖，回来立即栽种，可以增加成活率。"

龙龙说："是啊，到集镇上去买的瓜苗，有的挖出来已经两三天了，卖不掉又拿回去在叶子上喷点水，第二天再拿来卖，这样的瓜苗，活棵时间会很长，种下去叶子还会泛黄，生长无力。"

刘灿放和龙龙两人约好了就到西杨村去买瓜苗。到西杨村一看，这里家家户户都育瓜苗，是一个育瓜苗的专业村，每家的瓜苗，一个比一个喜人。刘灿放和龙龙看得眼花缭乱，不知道选哪家的好。

这时各家各户见有人来买瓜苗，都出来招揽生意，吹嘘自己家的瓜苗如何如何好。这真是"王婆卖瓜，自卖自夸"，弄得刘灿放和龙龙两个小青年不知听谁的好，一时没了主张。

其实这些瓜苗的优劣是不大的，最后成交就看各自的感觉和缘分了。

转了两圈，刘灿放决定买他看中的一家的苗，龙龙却要买他看中的另一家的，价格虽然一样，但各人的感觉却不一样。两人于是就争执起来，谁也说服不了谁。最后刘灿放说："不要再争了，你买你的，我买我的。"

龙龙也不服气地说："好的，你买你的，我买我的，咱们回去种出来

---

① 心坦：心满意足的意思。

看谁的好。"

刘灿放也笑着说："好好，我巴不得你这瓜苗买回去，种出来一只瓜长到两百斤大才好。"

龙龙明白一只饭瓜是不可能长到两百斤大的，知道刘灿放在讥笑他，不再理睬，独自去买他看中的瓜苗了。

刘灿放和龙龙家的自留地都在村南同一地方。瓜苗种下后，每天浇一次水，一星期后就要浇一点清水冲淡的肥料，两个人都亲自浇灌，那几天都是天天要看几遍。

因为在买瓜苗时各人都说自己看中的瓜苗好，所以各买各的，现在唯恐自己的比不过对方，各自就多了一个心眼，暗地里既特别关心自己的瓜苗，还特别注意去观察对方瓜苗的生长情况，实际上就是都想证明自己的眼光好。看看两边的瓜苗一起长得很快，两人既暗暗庆幸自己的选择，但也不能说对方的选的不对，一时大家也无话可说。

过了大约半个月，这一天，刘灿放和往常一样到瓜田去浇水，突然发现原来绿油油的瓜叶和瓜藤怎么变得干枯发黄起来，不那么精神了。他心里一个咯噔，"哎，是什么原因呢？"

他立即三步并作两步跑过去看龙龙的瓜田，一看惊出一身汗，龙龙的瓜苗仍然和先前一样绿油油的十分精神。

这是什么原因呢？刘灿放首先想到买瓜苗时两人的争执，难道真的是龙龙买的瓜苗好吗？莫非自己真的看走眼了？不对，这瓜苗其实没有什么大的差别，肯定还有别的什么原因。

刘灿放忍不住立即去找龙龙，想问个究竟。

"龙龙，你的瓜地是不是多施了肥，还是用了什么化肥，瓜怎么长得这么好呢？"

龙龙嘿嘿一笑，说："我施什么肥呀，我也没用化肥，是我买的瓜苗好，现在可以证明我选的瓜苗好了吧，你当时不听我的。"

刘灿放被龙龙数落，虽然不相信自己选错了，但也无话可说，因为眼前确实他的瓜苗长得好。

到底什么原因呢？刘灿放百思不得其解。他回想选苗、栽种每一个细节，回忆浇灌每一个经过，不停琢磨这瓜苗发黄的原因，一个个又都被他否定，平时好睡的他，今夜失眠了。

第二天，天刚亮。刘灿放一起床就跑到瓜地里，想找出问题的原因。他仔细观察后发现，龙龙种的瓜叶上有很多地方沾有不少草木灰。刘灿放恍然大悟，前几天倒春寒，天气骤然变冷，龙龙在瓜苗上撒了草木灰遮住瓜叶，瓜叶就没有冻着，而自己种的瓜苗，没有采取防冻措施保护瓜苗，结果受冻了。为了证实自己的判断，刘灿放又去找龙龙。

"龙龙，我找到原因了，我的瓜苗是前几天倒春寒冻伤的，而你的瓜苗长得好，是撒了草木灰没有受冻，并不是你瓜苗买得好。"

龙龙遮遮掩掩地说："我也不知道，是我父亲弄的。"

龙龙父亲是一个经验丰富的老农民，但自从种下这瓜苗后，他从没有来过，他怎么会来撒草木灰呢？肯定是他父亲教他来撒的，想到这里，刘灿放对龙龙说："你这贼坏，我晓得你的，你怎么不把你父亲教的办法告诉我一声呀？你是想证明你买的瓜苗好，是不是啊？"

刘灿放和龙龙是无话不谈的好兄弟。龙龙也经常把父亲传授的一些种田经验说给刘灿放听，没有什么保密的，但这次为了证明自己的眼光好，他就保守一回了。

刘灿放的话确实戳到了龙龙的心里，他嘴上只得支支吾吾。龙龙长得憨厚老实，平时说话做事总是慢半拍，村上人都喊他"呆龙龙"。

刘灿放见他有点尴尬，缓口气笑着说："你这个呆龙龙，你呆，但你老子不呆，他是有名的老农民，能叫你防冻经验，算你福气好。"刘灿放知道自己父亲上海下放回乡务农，是半路出家，不会有这些方法的。

龙龙听了刘灿放的这些话，只好无可奈何地讪笑着，也不否认，也不承认。

事情既然已经到了这个地步，又不能拔掉重栽，只能想办法补救了。

刘灿放想，这瓜苗，受冻程度并不算太严重，只要好好养护，是可以挽救过来的。于是他加倍细心照料他种的那些宝贝瓜苗，看着天气好，他又暗暗地多施了一次肥料。

没过一个月，瓜苗又恢复了长势，赶上龙龙种的瓜苗了。六月麦子收割后，这瓜秧也开始发棵游藤了。人们将瓜苗旁边的麦田翻锄，好让瓜藤攀爬，瓜藤会沿着翻锄的高低不平的地面不断地长出白色的根须，紧粘在地面上，越长越茂盛，直到地面上覆盖成一大片。

（三）

这饭瓜按刘灿放爷爷和产根老老的传统，他们只浇灌不整枝，藤蔓长得很茂盛，藤上开花后的花蕊也从不对花①，任它自然传粉，这样的饭瓜看起来茂盛，但实际产量不高。

特别是刘灿放爷爷种的瓜藤，由于他勤奋，浇灌认真，瓜藤重重叠叠竖起来，看上去十分喜人，但叶子多，结的瓜少。

在农村，农民多少年来就是这样种瓜的，也从来没有人对这样的种瓜方法提出过异议。

但是，村上回来劳动改造的琪大就多次提出过不同想法，他多次向刘灿放爷爷讲"对花"的科学知识，建议他要给饭瓜进行整枝和授粉。

谁知刘灿放爷爷听了不以为然，不愿听他的建议。虽然碍于礼貌不反驳他，但心里头想："你这老右派，我文化是没你高，你能说会道，但种田你是不懂的，我们种了几十年田，种瓜还不是一直这样种的，还要你来教我们吗？"产根老老对琪大提出的种瓜建议，更是听不进去，鄙夷地说："琪大，你种田种了几年了？我们种田种到快老死了，饭瓜也种

---

① 对花：人工授粉。

了几十年，从来没听过还要整枝、对花，过去不也照样长饭瓜吗?"

琪大过去曾经和产根老老有过口角，就是争论"地球是圆形还是方形的"问题。产根老老是贫雇农出身，一字不识，但他还很有优越感，那时这种身份是很有优越感的。他还会认死理，认准了的死理，三头牛也拉不回来。

琪大过去和他争论"地球是方形还是圆形"的时候，曾经骂他"猪脑筋"，现在根本无法与他交流整枝、对花这些科学道理，琪大只得又愤愤地骂他"猪脑筋"。

村上很多人听了琪大说的这些话，都怪他又在多嘴了。

"琪大说别人不会种瓜，说什么整枝、对花，人家种瓜，关他什么屁事。"

"是啊，他这个人就是多嘴。"

"他又骂产根猪脑筋了，上次骂了大队里来调查，他忘记了。贼无记性!"

正当琪大愤愤不平埋怨没有人听他的话时，刘灿放找到琪大，认真地说:"琪大伯，我认为你讲得有道理。我种的饭瓜，按照你讲的方法来做，你来帮我，我们一起来做。"

琪大听了非常高兴，他满腔热情，终于有人赏识他了，自己懂的科学知识终于有施展才能的地方了。其实他和刘灿放早已成了忘年交，刘灿放来找他，他更是高兴愿意。

刘灿放按照琪大详细讲的方法，对每一棵瓜藤都进行整枝，一棵瓜，只让它长一根主藤，让它往一个方向攀爬，有杂枝的就剪掉。一根藤上也只留一个雌的花蕊，在和雄花蕊对花授粉后，又捡最大的一个雌花蕊留下来，其余的摘掉，让光合作用和根须上所有的营养都送到这个花蕊上。这些瓜越长越快，越长越大，再加上瓜藤排列有序，瓜叶疏密均匀，每根藤上结的瓜都能充分吸收阳光和营养，这瓜是长得出奇的喜人。

秋收的时候到了。刘灿放的瓜田里，一溜儿排着，长的都是大饭瓜，而爷爷和产根老老他们按农村传统方法种的瓜田里，只见叶子而看不见瓜，即便有几个瓜也长得不大。

　　秋收结束，刘灿放种的一分地的饭瓜，足足收到上千斤。龙龙虽然前期选苗防冻都做得好，但他没有按琪大说的去做，收成也不好，他父亲也不信那一套"胡说八道"。

　　龙龙当然听他父亲的话。

　　直到现在，刘灿放终于说话了。他笑嘻嘻地对龙龙说："龙龙，看来瓜苗还是我买的好。"龙龙知道刘灿放还没忘记买瓜苗打赌的事，一定还在证明自己选苗的眼光好，但这时他还有什么话好说呢，只得说："你收的瓜，比我多好几倍，当然是你买的瓜苗好喽！"

　　说着两人一起哈哈大笑起来。

第六章 经营村办厂

一、从会计到供销员

（一）

1969 年前后，许多地方仍然在停产，而在苏南常武地区，人们更多地认识到"抓革命、促生产"的重要性。当时，国家提出了一个响亮的口号"抓革命、促生产"，报纸上天天以大幅通栏标题号召"抓革命、促生产"。常州人率先觉醒，像这样折腾，今后的日子怎么过？喝西北风去吗？人心思变，纷纷办起了各种工业，自行车、录音机、照相机……一个一个的产品让人感到生活的希望。

在农村，农民都很穷，依靠农业收入，一年到头只能勉强地把口粮称到家，就没有其他收入来源了。但有的生产队、大队有副业的，收入普遍比没有副业的要高。有搞运输的、轧米粮食加工的大队和生产队，农户每年可以分到现金，这使其他队的农民有些眼红和向往。农民们越来越意识到只有搞副业，才能增加收入。穷则思变，许多村子更是萌生起"办工业"的念头。

羌家大队也跃跃欲试。办什么厂呢？谁也说不上来，有人不知从哪里打听到做"鞋油管"，就是装鞋油的管子，有点像牙膏管的样子。

大队书记听了羌家村羌玉川的建议，联系到一种叫做"化工球"的业务，办起了塑料厂。这种产品是专门供给化肥厂反应锅和串流塔里用的，也叫串流球、塑料球，样子和乒乓球差不多。羌家大队有一个电灌站，有几间空房子，那时也不叫工厂，而叫工场，工场就办在那里，十来个人就到工场来上班，断断续续好几年。

经过努力，有一年的产值达到了八万元。羌家大队号召第二年要向十万元进军。到1974年前后，工场正式改为厂，厂名叫"羌家塑料制品厂"。

刘灿放这年二十一岁，在生产队做会计。厂里缺少供销员，供销员能否采购到原料、能否推销出产品，决定一个厂的全部命运。大队要调刘灿放到厂里去跑供销。

爷爷第一个反对他去跑供销，因为跑供销名声不大好。那时乡下人有一个奇怪而又固执的说法，他们说："只有见供销员坐牢监的，没有见供销员见毛主席的。"意思说供销员没有一个有好下场。

"你当着生产队会计掌握着财权，还去当什么供销员？"很多人包括家里人都这样劝他。

刘灿放当时年少气盛，也有点"愣头青"的脾气。他说："我就要'常在河边走，就是不湿鞋'，我就不相信供销员都是坐牢监的。"刘灿放本是会计，他知道只要一分一厘公私分明，就不会"坐牢监"。

刘灿放愿意把会计这个财权交给别人，自己出去跑供销，还有一个原因，是他听过琪大讲过许多天南海北的故事，也真想出去看看外面的世界，长长见识。

羌家塑料制品厂做化工球，这产品的原料是塑料粒子聚乙烯。兰州化工厂有，但那时要去采购这种原料，比现在到月球上去采一点矿石样本还要难。

几个农民、大队干部、刚进厂的"泥腿子"、铁路上的朋友，甚至下乡回来改造的右派，聚集在遥远江南偏僻的一间农舍里，议论着、筹划着……决心要到几千里外的兰州去采购这原料。

羌家村的羌玉川是从军队清理回乡的，这厂就是在他建议下创办的。他自告奋勇地介绍兰州那边有关系，他的妹妹、妹婿都在兰州医院里工作，可以牵线到兰州化工厂搞到粒子。他还说："有一个中央化工部派到兰州化工厂的特派员，他有权批到粒子，只要找到他什么问题都解决了。"

大队干部、羌家塑料厂的领导，还有刘灿放这个初出茅庐的供销员，眼前似乎在黑暗中打开了一扇门，看到了光明。

铁路上一个姓黄的朋友，原来是兰州铁路局下放回来的，他也拍拍胸脯说，他有很多兰州熟人，通过他们再到兰化去找人，一定能买到粒子。

郑陆还有好几个支边的老乡在兰州，他们也会帮忙的。大家似乎都很乐观，到兰州去有很多人脉关系，采购塑料粒子一定会成功。

羌玉川是回乡接受劳动改造的，政策规定不允许他出去，只能由他写了好几封信，给他在兰州那边的朋友，叫他们到时接待。

厂里筹集了两百多斤米，还有咸肉、火腿、鱼等，满满地装了十几个旅行包。这些都是带到兰州去做礼品送人的。

（二）

1974年4月17日，大队书记带着刘灿放，还有那个兰州铁路局回乡的朋友一行三人，带着十几个装着各种农副产品的旅行包，登上了开往兰州的列车。

他们买到了一张卧铺票、两张硬座票，坐硬座的人可以悄悄地到卧铺厢里去换着睡一会儿。但刘灿放正当年轻，第一次出远门一路兴奋，所以他根本不需要去睡，两天一夜一直坐到了兰州。

一路上，他特别喜欢从窗户里往外看风景，田野、河流、高山、房屋。四月的天气，北方的树木开始泛绿，田野里的麦子也绿油油的。一望无垠的黄土、从没见过的马车、白雪皑皑似的梨花……就像电影一样一幕一幕在他眼前闪过。刘灿放感觉到心旷神怡。车过潼关,崇山峻岭更加雄伟壮观。他原来听过老右派顾伯琪讲过,从潼关到宝鸡,八百里秦川,还有渭河泾河,那时想象很神秘,现在终于亲眼看到了,不禁豪情满怀,心中的激情促使他想作起诗来。他是不会作诗的,但眼前的大好河山、壮丽景色还是让他忍不住做了几首打油诗。好像不作几首诗,不足以抒发他内心的兴奋和豪情。

火车到兰州车站,已是黄昏。他们一下火车,刘灿放在白花花的灯光下看到兰州车站的围墙,那还是黄土垒的,满眼看到的东西都破破烂烂,灰头土脸。四月的兰州,晚上寒气阵阵袭来,叫人一阵寒颤。刘灿放的心一下子凉了半截,难道这就是传说中的大城市兰州吗?

果然有人来接站了,他感到很欣慰。在这么远的兰州,下了车就有人来接,心里感觉暖洋洋的。郑陆在兰州支边的几个老乡接了他们,还请他们吃晚饭,然后安顿住宿。

接着就按照羌玉川开的名单送东西。有的送一袋米,有的送两袋米,有的送咸肉,有的送火腿。这些人都是要为采购塑料粒子帮忙的。

过了几天,大队书记和铁路上姓黄的那个朋友,看看该办的事都办了就回常州了,留下刘灿放一个人在兰州继续做采购工作。原先书记在时住旅馆,书记回常后,他就借住在兰州铁路上工作的一个人的宿舍里,这人是家乡芙蓉人。兰州化工厂在兰州城西郊,很远很远,刘灿放每天就乘公交车到那厂里去"上班"找关系,一趟一趟地去找那个"特派员"。

一个月过去了,两个月过去了,原先铁路上的那个朋友讲的几个熟人没有介绍到兰化厂的关系,羌玉川妹妹妹婿医院里也没找到关系,羌玉川说的那个中央化工部驻兰州化工厂的特派员,也始终找不到他的踪影。在茫茫人海中,竟然没有一个能帮上忙的,很大一个兰州城,竟然找不出一条通往兰化厂的"路"。

刘灿放独自一人,在兰州快要蹲满三个月了。

采购不着塑料粒子怎么办呢?常州的羌家塑料制品厂在"等米下锅"

呢。后来写信回去向大队塑料厂请示后，厂里告诉说采购不到塑料粒子就采购电机、电缆吧。那时农村电机、电缆都是紧缺物资，农村抽水、脱粒都要用电机电缆，还有钢筋、线材都可以，农村上这些东西奇缺。

于是刘灿放就开始在兰州寻找电机、电缆……

终于，在以后的日子里，刘灿放买到了几只小型电机，还有电缆，再把采购到的几百公斤钢筋托运回常州。

在兰州的三个月，刘灿放心中焦虑。他有时一个人跑到兰州火车站，呆呆地看火车，只听到那火车头缓慢而沉重地吐气，吐一声要隔好长好长时间再吐一声。他突然生出一个奇怪的念头：这铁路假如断了，这火车头假如坏了，这家怎么能回去？

（三）

他开始想家了。他第一次出远门，而且这么长时间了，家里的爷爷、奶奶、父母，还有年迈的太祖母，他们怎么样？他们肯定也在牵挂自己。他又想想这次大队叫自己出来，花了这么许多钱，农民一年到头也吃不到几次肉，连米也不够吃，从嘴上省下来这么许多农产品送礼，礼都送了，可一粒粒子也没采购到，实在对不起家乡的父老乡亲。转而他又想，我不能采购到原材料，厂里的"化工球"产品总还要推销的，这也是自己的职责。想到这里，他又振作精神，筹划着到张掖、敦煌这些兰州周边县城去推销"化工球"。后来终于签到了几份"化工球"合同，他暗暗庆幸自己虽然连一两塑料粒子也没有采购到，但总算这一趟没有白跑。

刘灿放岂止没有白跑，他简直"满载而归"了。这三个月他见识到各种各样的人，真叫人生百态。这三个月，他每天吞下根本吃不惯的北方饭菜，很多时候一顿饭就是一角几分买一碗面，填饱肚子就算，实际上就是充充饥。这三个月他每花一分钱都记账，准备回去报销，他可是会计出身。这三个月，他没有忘记要给厂里做事，到各地去推销厂里的产品"化工球"。这三个月他还顺便游览了一些名胜古迹，到过西宁的塔尔寺，还乘了一趟飞机，那飞机二十四人座位，还有白馒头供应，真让他大开眼界。那时门票机票并不贵，但需要介绍信，而他身上带着空白介绍信呢，这是公社"工办"开的介绍信。这三个月，塑料粒子虽没有采购到，但他买到了小型电机和电缆，他把这些东西装了满满四个旅行包，准备回乡了。

原先，他听村上的顾琪大讲过西安那里的风土人情，特别讲过西安临潼的"捉蒋亭"。老右派说："当时如果没有张学良捉了蒋介石，没有这次西安事变，抗日统一战线就不一定会形成。"琪大也曾给他绘声绘色讲过活捉蒋介石的经过。他当时早就想有一天一定要去看看，这次去兰州时路过西安不能下来，回去时一定要去看看"捉蒋亭"。可是身上带着四个沉甸甸的旅行包，上车下车十分的不方便，而且这时正是七月，天气十分炎热，但为了看一下"捉蒋亭"，年轻人不怕累，他把两个旅行包用绳一结，前后肩膀上一搭，两手一手提一个，毅然决然从西安下了车。

二、客栈与车厢

从兰州回来，虽然大队和塑料厂看到买回了几只小电机，还有电缆线，都很高兴，这些东西都是紧缺物资，都是农村上很需要的，但终究没有采购到塑料粒子聚乙烯。其实塑料厂只要采购到几百公斤塑料粒子原料，就可以正常生产了，谁知一点也没有弄到呢。大家心里都很遗憾，也有各种各样的闲话出来。刘灿放心里也不好受，想想这次到兰州去，厂里花了这么许多钱，带去的这么许多农副产品全送掉了，自己在兰州三个月，竟一两粒子也没有买到，不禁懊恼。

"这倒真的被爷爷说中了，我该是上了人家的当了，这供销员真不是一件好做的事。"刘灿放这样想。

塑料厂还是叫刘灿放跑供销，因为工厂的供销员包括两个职责，一是供材料，二是销产品。这次去兰州刘灿放虽然没有采购到原料，但在兰州周边县城推销了厂里的化工球产品，说明他还是有点供销头脑的。

　　塑料厂里几个领导研究向北面走，寻找那些使用化工球的化肥厂、化工厂。刘灿放找来地图，带好化工球样品和说明书，还有介绍信。那个年代不管做什么事，都需要介绍信，那可是护身符，犹如出国护照一般，不管采购、推销都得介绍信，还有住宿等也都要用。

　　刘灿放计划好路线后，一路向北，先从江阴、靖江开始。那时每一个县就有一个化肥厂，他的目标就是要到这些厂里去推销化工球。从长途车站下车后，他就叫了一辆载客的脚踏车（自行车）。这脚踏车后座书包架上放一块木板，这样坐在上面屁股就不会那么痛了。

　　交通不方便的地方一天就跑一个县，交通方便一点的，一天就跑两三个县。一般每天跑两个县城，他几乎刚跑完这个县城，马上去赶长途汽车再往另一个县城出发。

　　他到这些化肥厂去推销化工球，有的顺利地订了合同，更多时候是看人家脸色，有时候还免不了吃闭门羹。

　　他一路上从泰兴到泰州，从扬州到宝应，然后盐城、涟水、淮安、淮阴，一直再往北到灌南、灌云、连云港、赣榆。接着跨到了山东省，跑遍了山东省的县城。如今他又跑到东北，跑到辽宁省的辽阳来了。

　　从辽阳下火车时，已是深夜十一点多钟，找不到旅馆了，这时有人告诉他有一个赶马车人住的客栈，人马混合过夜的客栈。刘灿放没有办法，就只得去找这个客栈。

　　这是一个大院子，院子里满是马匹、马车。他走进一个大厅，只见大厅两边靠墙一排炕，长长的一眼望不到头。中间通道上，半空中一条绳索上挂满了各式各样赶马车的器具。这种北方的炕上用芦苇席铺着，每一块席上有一条被子，这些被子都是五颜六色的花布做的。只见那些赶马车的人个个都剃着光头，光着膀子，下面穿着一条大裤衩。刘灿放有点好奇，悄悄问身边一个人：“你们为什么都光着身子睡觉呀？”那人回答他说：“这里有臭虫、虱子，好捉。”

刘灿放一听浑身鸡皮疙瘩都起来了，但他不愿赤膊睡觉，这里也没有枕头，他就用旅行包当枕头，和衣躺下。这时东北早已入冬，外面冷，屋里炕烧得很热。刘灿放没脱衣服，一会儿已经汗流浃背，热得受不了。

这一夜，他根本没有睡。

这一趟，他算了算，一共签订了一万多元的化工球供货合同，成绩不算好，但也不算差，喜忧参半。而这一夜受的罪，让他实在忍受不住，他要赶快回家了。

如果说和衣躺在人马混住的客栈不能睡觉，那么站着睡觉又是什么滋味呢？

他在外面东跑西颠，行踪不定，买火车票、长途汽车票都是临时决定，不可能预售，往往赶到车站，买到什么车，就上什么车。这次他买到的车票是没有座位的，他想，还不是经常这样吗？上车找个位置，也没有什么了不起的事。

谁知从辽阳上车时，车门口挤都挤不上，好不容易挤上车，只见车厢两头，一眼望去全是人头，通道上都站满了人，挤得水泄不通，他只得站在车厢连接处。

所有车厢里站着的人群，只能胸贴着胸、背贴着背站着，烟味、汗渍味、吃食味、各种各样的异味混合在一起。厕所门前也挤满了人，有人要上厕所，人们只得艰难地侧一侧身。车厢里无法走动，水和食物一样都没有。

就这样熬着，车子一直往南开，到徐州已经一天一夜。刘灿放这样站着已经有二十多个小时了，他的两只脚已经肿了起来。他实在坚持不下去了，决定在徐州下车，试图换乘另外一列火车回家。谁知徐州下车换签一趟车同样拥挤，一直站到南京才坐了一会，很快就到常州了。

三、"夜壶厂长"失业

常州率先响应"抓革命、促生产"号召，探索兴办工业的热情十分高涨。经过这几年的努力，常州已经形成了纺织、轻工、电子、机械加工等工业体系。生产的"金狮"自行车、"红梅"照相机、"星球"收录机、"幸福"彩电、"月夜"灯芯绒布、"常柴"柴油机、手扶拖拉机享誉全国，远销海外。小型柴油机、灯芯绒、卡其布等出口量位居全国第一。常州用仅占江苏省4%的土地面积创造了全省50%的生产总值和税收。

新华社记者蹲点常州采访，写成两篇调查报告，介绍常州工业发展情况。一篇题为《农字当头滚雪球》，另一篇题为《小桌子上唱大戏》，《人民日报》在1975年5月10日、11日连续整版发表，引起了全国轰动。当时人们把这两个题目当顺口溜挂在嘴上互相传诵，中央也明确发出"全国中小城市学常州"的号召，全国各地来学习取经的络绎不绝。

这样的形势，极大地鼓舞和激励了常州人民，也带动了常州村办企业、乡镇企业的迅猛发展。在农村，上上下下热情高涨，个个摩拳擦掌，各种各样的工厂、作坊等像雨后春笋般生长起来，有很多成为常州工业产品的配套企业。

刘灿放自从1974年到兰州采购开始，再到苏北、山东、东北等地去推销产品，一晃在供销员这岗位上干了两年多。原先兰州化工厂的原料是没有指望了，后来又与上海金山石化厂挂上了钩，用农村上的猪肉、鸡、鸭、鱼、大米这些农副产品去串换塑料粒子，工厂的原料问题总算解决了。产品的销路也不错，虽然厂子小，倒也能赚钱盈利，成绩还不小。

后来又联系到一种用胶木生产电灯开关的业务，于是又办起了"胶木厂"。这胶木厂接到业务就做，接不到业务就歇，倒也没什么"压货"。那时到工厂做工的都是农民，这些人都不发工资，而是记工分，供销员和厂里的领导，也都是记工分，只不过他们要比工人多记一些罢了。农忙时工厂就停工，做工的全部回农村去收割、耕种，等农忙完了再到工厂去上班。后来大队叫刘灿放当了厂长，刘灿放发觉工厂这些产品无论是做鞋油管、化工球还是胶木开关，没有一样不是"两天打鱼三天晒网"，没有一个不是"求爹爹拜奶奶"，全是做的"讨饭生意"，没有一点稳定性。当时人们给这些社办厂、村办厂的厂长起了一个绰号，叫"夜壶厂长"，意思是用着时用，用不着就扔在一边。"这个比喻倒蛮形象的"，他有时常常自嘲地笑笑，心中总想着，有一天要办一个像模像样的工厂，像国营企业那样生产经营。

机会终于来了。他在上海的一个娘舅，有个好朋友姓蒋。这姓蒋的经常和他娘舅下围棋，是棋友，当时是上海无线电厂的厂长，他愿意帮助刘灿放在乡下办一个无线电元件厂。这无疑是给刘灿放和羌家大队的农民们带来了福音。无线电厂有设备，有原料，有销路，有稳定性，这不是"讨饭生意"，这可是"金饭碗"。大队里得到这个好消息，一合计马上就决定办一个无线电元件厂。

羌家大队有一个从上海无线电元件厂下放回来的人，名叫汪贵，原先在上海工作，后下放到原籍。他回来后能安装矿石收音机，对农村上的广播喇叭等电器上的东西都会弄，有点小聪明。因为大家都不懂无线电知识，也不知这厂办起来好不好，于是大队书记去咨询他："汪贵啊，我们大队想办一个无线电元件厂，你说会不会好啊？"

汪贵一听，回答说："好透佬，这很有前景，我在这方面是懂的。"

大队书记听了很高兴，因为上海无线厂要求派人到厂里去培训学习，就对汪贵说："汪贵，那就请你带人到上海去培训，技术上由你负责。"

大队就挑选出了男男女女十九个人到上海无线电厂去培训学习。

汪贵一听当然很高兴，因为他又可以回上海了，而且他的家就在上海延安路的一幢老式洋房里，房子很大。汪贵原先在上海的家境很不错，他豪爽地让去上海培训学习的人全住在他家里。

正当大家感激汪贵把自己家让出来给大家住，又兴高采烈地到上海无线厂去培训时，问题出现了。这汪贵原本在上海就是个不安分的人，这时到无线电厂后，一个人天天钻到无线电厂去弄元件，私自安装收音机和黑白电视机卖给别人赚钱，天天想着去"捞外快"了，把带队负责培训的事全部丢在脑后。

刘灿放是大队里委派的筹备这个厂的负责人，对汪贵这些做法早已不满，但又没有办法。后来看着汪贵毫无收敛的样子，一股火气上来了，就宣布开除他。

培训结束了，无线电厂的设备也运到了羌家大队，还暗暗送了两罐"金丝银线"。这是焊接电子元件用的，这可不是一般的物资，这些物资都是要银行开具证明才能购买的。无线电厂能赠送两罐这金丝银线，可见他们对农民办厂的期望和支持。

所有设备安装好，这时技术、人员都已俱备，只欠东风了，这东风就是要有五千元资金开工。刘灿放和大队商量了就到农村信用联社求贷款。谁知请这班信用联社的领导吃了几顿饭，连一分钱也不肯贷，这可憋死了羌家大队和正要开工的这些英雄好汉。刘灿放眼看着辛辛苦苦筹办起来快要开工的"羌家无线电元件厂"，一筹莫展。

资金被"筑坝"，没有资金就无法开工。汪贵被开除了，技术上没人管。这时汪贵姑母家的儿子，他的表兄是大队的副书记，他在庇护着汪贵，要把汪贵重新安排进来。

实际上这时作为负责人来讲，刘灿放应该调动一切可以调动的力量，发挥汪贵的作用，因为他是技术员，他没积极性技术上怎么能做得好呢？对汪贵捞外快睁一眼闭一眼就算了，而且大队副书记那里也好有个交代。

但这时刘灿放正当年少气盛，眼睛里容不得半点沙子，就是不肯通融让汪贵当技术员，结果和大队干部闹得很僵。他眼看着资金没有，大队干预，自己说话不作数，这种局面再也无法做下去了，一气之下，决定不干了，任凭领导怎么来做工作，他坚决不干了。

还没诞生的羌家无线电元件厂就这样夭折了。

著名社会学家费孝通后来总结了中国乡镇企业发展的"苏南模式"。"苏南模式"的意义和定义就是非农经济的发展模式，它最早产生在苏州、无锡、常州一带的长江三角洲地区，也叫"苏锡常模式"，比广东的珠江三角洲发展得还要早。那时常州又走在苏州、无锡的前头，所以有全国中小城市学常州的口号。

刘灿放创办的电子元件厂就是在"苏南模式"大潮中激起的一朵浪花，刚刚激起又被打碎了，这样被打碎的浪花不知有多少。

刘灿放"失业"了。他脱离了原先与大队所有村办厂的关系，再也不当这个"夜壶厂长"了，一个人"赋闲"在家。在家的日子里，他其实没有闲着，在外面当个体户，做电焊手套生意，赚了几千元的钱。这在当时是非常了不起的了，因为当时社会上尚未有"万元户"。

第七章 经营乡办厂

一、又当供销员

1978 年，春潮在神州大地上涌动。当年 12 月召开的十一届三中全会是中国改革开放的标志，是一次历史性的伟大转折。从此，党和国家的工作重心转向现代化经济建设，确立了"计划经济为主，市场调节为辅"的方针，确立了对外开放政策，确立了"改革首先在农村突破"的方向。

1979 年 7 月，又试办深圳、珠海、汕头、厦门特区，在这样的形势驱动下，苏南乡镇企业蓬勃发展。"春江水暖鸭先知"，渴望改变现状的广大农民，天生有着比大多数城里人更灵敏的嗅觉。苏南农村随处可见的村办乡办企业更如雨后春笋般地生长起来。办企业迫切需要各种人才，"供销员"就是到处抢的一种"人才"。

这时，刘灿放"失业"在家已一年多。1980 年的时候，公社里乡办厂的老会计知道刘灿放的为人和能力，又当过供销员，就推荐他到乡办企业郑陆胶木厂去。胶木厂是乡里的骨干厂，年产值超百万元，年利润十几万元，在当时是一个很好的企业。刘灿放当然愿意去，开始还是做供销员，既然是供销员，就要负责供与销两头。

一天，厂长蔡双宜把刚进厂的刘灿放带到仓库里，指着一堆胶木半成品说："这堆胶木半成品，堆在这里好几个月了，就是因为采购不到 45

号元钢做配件，不能装配为成品，而交货合同期限快到了，你能否弄两吨元钢，解决厂里这一大困难？"

刘灿放知道这是蔡厂长考验自己的能耐，虽然心中无底，但刚进厂总要努力一下，做出点成绩来。况且自己在羌家大队社办厂一直干供销这一行，又在外独自闯荡了一年，总会有办法的，于是就一口答应了。

那年代，物资奇缺，45号钢更是稀少。刘灿放通过各种渠道打听到无锡一个生产资料公司有这材料，就赶去采购。谁知人家不卖，他们说这材料是为一个工程定制的，因为项目停了，就暂时搁置在这里，如要卖必须要王经理审批。刘灿放赶快去找那个素不相识的王经理，王经理说："这怎么可以卖给你们呢？这是定制的库存。"

刘灿放不肯放弃，就到他家上门拜访，诉说乡镇企业的燃眉之急。可那王经理是个"死户头"①，不管刘灿放怎么磨就是不答应。

当时正值盛夏季节，刘灿放每去一次，衬衣都是湿漉漉的，像是从河里刚捞上来一样。王经理见刘灿放来了几次，也有些心软了，终于对刘灿放说："等我和上面领导商量请示，或加一些费用，转给你们吧。"

事情终于得到了解决，两吨元钢运回来了。全厂加班加点，很快就把这一批胶木成品组装完毕，按时交货，避免了损失。蔡厂长打内心里感谢刘灿放，年底给他特发了两百元奖金。刘灿放从奖金里拿出六十五元，去买了一台摇头电风扇送给无锡那位王经理，表示谢意。那时摇头电风扇也是紧缺电器，谁知王经理坚决不肯收，后来讲即使收但一定要付钱，刘灿放见这王经理虽然脑筋有点"死"，但实际上是有原则性的人，他确实是诚恳的，就收了他四十五元钱。王经理付了四十五元钱后，才收下了这只摇头电风扇。

刘灿放刚进厂不到半年，因为胶木厂的产品单一，郑陆公社决定再

---

① "死户头"，意思指思想僵化的人。

上新产品,做纺织上用的"锭子"。做锭子要厂房,造厂房就需要钢筋水泥,蔡双宜厂长就对厂里的几个供销员下达任务,去采购钢材和水泥。当时钢材和水泥在建筑材料市场上十分紧缺。刘灿放接到这个任务后,就设法通过关系到南京江宁去采购到了三百多吨水泥,还有几吨钢材。

这些材料用一条大拖轮运回来,这大拖轮一共有九条船,运到厂里时,全厂都沸腾了,整个郑陆乡也轰动了。在那个物资匮乏的年代,其他采购员还没有采购到一斤一两钢筋水泥的时候,刘灿放一个人几乎把建造新厂房的材料都搞定了。

全厂上下对刘灿放纷纷投来称赞的、羡慕的眼光。当时推荐刘灿放进胶木厂,是因为乡里的老会计了解刘灿放当过会计,做事很牢靠,还有一个公社管工业的沈副主任在羌家大队蹲点,知道刘灿放在村办厂跑过供销,当过厂长,很能干,现在看来刘灿放果然是个大能人,刚来就大显身手。后经郑陆乡党委研究,很快就任命刘灿放担任这个厂的副厂长,分管供销和对外协作。

二、副厂长的苦恼

(一)

胶木厂上了纺锭产品,后来改名叫"郑陆纺锭厂"。刘灿放去该厂不到一年,原来的厂长蔡双宜被乡政府调去乡工业公司任职了,又任命另外一个姓姜的副厂长任厂长。这姜厂长比刘灿放早进乡办厂,比刘灿放大十多岁,也是郑陆的一个能人,姜厂长习惯称呼刘灿放"小刘",而刘灿放习惯喊他"老姜"。

刘灿放作为主管供销与外协的副厂长,把供与销这两头抓得有条有理、有声有色,外面的朋友有事都找刘灿放。这种情况照例是很正常的,谁知姜厂长心里有点不是滋味,似乎这"风头"被刘灿放抢去了,内心有失落感，但嘴上又不能说，心里酸溜溜的。

有一天，姜厂长在会上宣布说："小刘，你去管厂里的生产、财务吧，这也是很重要的，外面的供销和外协由我来抓。"

刘灿放完全服从姜厂长的安排，开始主管厂里的生产、财务。刘灿放管生产和财务后，他和工人、财务人员打成一片，威信越来越高，工人们都听他的话，有什么事情都去找刘副厂长。

这情况照例又是很正常的事，可是姜厂长看在眼里，心里又觉得不舒服。过了一段时间，他又对刘灿放说："小刘，你还是去管外协和供销吧，厂里的生产和财务原由我来管。"

刘灿放答应说"好的"，又重操供销外协那一摊子的事。可是没过多少时间，姜厂长见刘灿放抓外协供销更吃香了，人缘又好，找他的人又多，就叫他去管厂里的生产财务，不要管供销和外协。

就这样反反复复，一会儿拨到东，一会儿拨到西，折腾了几个回合，也没有一个准儿。刘灿放也悟出了姜厂长这样折腾主要是怕功高盖主，抢了他一把手的风头。刘灿放虽心知肚明，但仍不露声色，依着姜厂长的要求干，忽抓这，忽抓那。

可是这样就出现了一个问题，原先外面建立起来的客户关系，包括供货单位、销售单位，还有聘请外面的技术专家、请师傅这些事情都产生了混乱，没有一点连贯性，使得别人无所适从。有的只认刘灿放这个人，不认别人，于是就不愿意来纺绽厂出力。厂里的外围环境出现了严重问题，产生了重重矛盾。

（二）

面对这种局面，刘灿放觉得这工作没法做下去了，打算离开。但转而又想，这厂毕竟是大家的，合作方和工人们都支持自己，对这些工人还是很有感情的，姜厂长小鸡肚肠，武大郎开店容不得人，我总不能甩手不管，姜厂长对不起我，可是，郑陆乡还有厂里的工人们没有对不起自己。他又想，照例叫我管生产，我只要管好生产就可以了。可是眼看外面这么许多事一件一件在出问题，影响工厂的生产、销售、技术，最后吃亏的不还是整个工厂吗？

思来想去，还是应该把这些事情担下来。但这外面的工作姜厂长在管，自己又怎么好去插手呢？我要是去管这些事，自己是一片好心，可是姜厂长心里又要生疙瘩。

"不要弄得吃力不讨好吧，还是少管闲事为妙。我是副厂长，反正厂长叫我干啥就干啥，做好配角就行。"刘灿放这样想着。

但是刘灿放的脾气不是唯唯诺诺混日子的人，他是做实事的人。他想，一切还是要以工厂为重，不管姜厂长他怎么想，怎么折腾自己，我还是要帮他，帮他实际是帮厂里，个人恩怨不要影响了工厂的利益。他想明白了，面对姜厂长这个人，我既要做好工作，但又不能显得超过他，也就是不要"功高盖主"。要做到这一点不容易啊，但不容易也要做。

为了既要把本不是自己份内的事做起来，又不要"盖主"，刘灿放在夹缝中想出了一些办法。

白天，他照样在工厂抓生产。到下午四五点钟的时候，他就回常州城，赶到常州火车站乘上去上海的火车，到上海大约是晚上七八点钟，和朋友连吃晚饭连谈事情结束后，马上赶十点钟的火车回常州，到常州是凌晨一点钟，回家可以睡半夜。有时候来不及，赶不上十点钟的火车就在上海火车站找一个地方打一个盹，乘第二天凌晨两点钟的火车回常州，直接乘头班汽车到郑陆纺锭厂去上班。这时刚巧早晨七点半钟，一点不耽误，别人也不知道他夜里已经到上海去跑了一趟。

这样的"秘密"活动不知经历了多少回，他就这样把上海的关系一直维持得很好。而且刘灿放这时还要做好一件事，他要一个个向上海的有关人员交代清楚，关照他们不要说自己夜奔上海的事，免得姜厂长生疑，只要把厂里的事情做好就行。

这样，郑陆纺锭厂与上海各方面都维持着良好的关系，因为厂里的生产、技术、销售都离不开上海，工厂里一切都显得正常而又畅通。

姜厂长当然自我感觉良好。他感到自己治厂有方，上海这些专家、技术人员、老师傅都积极来帮助，要什么原材料，要什么销路，似乎都很顺当。而刘灿放在这种夹缝中做的工作，不但自己不能提，还要交代有关人员一定不能说出去，所有的委屈、辛苦、不眠都独自承担下来。

二十年后，刘灿放和著名作家高晓声相遇。他们虽然是同乡人，但过去素不相识。高晓声一开始就问了刘灿放一个问题："做生意，什么最难？"

刘灿放不假思索地回答："做人最难！"这句话，一定包括了他在纺锭厂担任副厂长这段刻骨铭心的记忆。

刘灿放不计较个人的荣誉、功劳、得失，但很看重自己的自尊心。当姜厂长简直在污蔑他人格和自尊的时候，他奋力抗争了。

纺锭厂有两吨拉光圆钢，加工机械零件不合算，成本很高，而龙虎塘武进第四轻工机械厂正需要拉光圆钢。于是和四轻机厂的周荣秋协商好了，用45号圆钢来串换，价格各自按原价核算，这样各得其所，纺锭厂也降低了不少成本，这是好事。在生产调度会上，刘灿放和另一位分管技术的副厂长提出来后，包括姜厂长在内的工厂领导干部都一致同意了。

但当龙虎塘四轻机厂周荣秋来提货时，姜厂长却变卦了，不允许发货。他认为刘灿放把材料送人了，又怀疑刘灿放有什么"私皮夹赃"的事在里面，怀疑他从中得了什么"好处"。其实龙虎塘四轻机厂已把在武进金属仓库里存放的两吨45#圆钢提货单给了刘灿放，只要去提货就是了。

刘灿放觉得受到了人身的侮辱，一腔怒火终于爆发了。

他指着姜厂长怒斥道："你这小人，你当面一套，背后一套；会上一套，会后一套。这圆钢调换的事在生产调度会上都一致同意的，你也同意的，如今你又变卦了，你把自己的脸丢光了，还把纺锭厂的脸都丢光了。"

姜厂长被刘灿放一顿臭骂，自知理亏，一句话都不敢吭声。刘灿放还意犹未尽，心中的怒气和怨气一点消不下去，继续斥责他："你这人是武大郎开店，容不得比你高的人，你有事有人，无事无人，你是薄皮棺材，心胸狭窄，这是郑陆纺锭厂，不是你姜记纺锭厂！"

姜厂长被骂得贼气不透，无地自容，只想钻到地缝里去。

"你别以为别人得了什么好处，你自己到清水茅坑里去照照，自己是一张什么嘴脸！"

刘灿放从来没有发过这么大的脾气，这次痛痛快快地把姜厂长骂了一通，完全是姜厂长自取其辱。

（三）

然而，闹归闹，骂归骂，这厂还要办下去，这日子还要过下去，纺锭厂的一桩桩、一件件事，还要和姜厂长一起做下去。这副厂长虽然当得有点窝囊，但还是要当下去。

纺锭这产品，技术含量还是很高的，都是请上海的专家到厂里来帮助解决技术上的难题，还要请一批老师傅到厂里来手把手指导操作，最多时，上海有十来个师傅住在厂里帮助解决生产上的问题。没有他们的帮助，纺锭厂的生产质量很难过关。

但是，这种事情在当时也是合理不合法的，这些国有企业的专家、老师傅到乡下来帮助乡办企业是可以罗列不少罪名的，例如"地下包工""假公济私"，等等。

其中有一位姓杨的工程师，他是纺工部挂上号的专家，他为一些乡办企业包括郑陆纺锭厂做些技术指导，就受到了上海公安检察机关的审查，被关了一年多。为了审查他，上海公安检察机关三番五次来厂里调查取证，把姜厂长找去谈话训斥，要他交代杨工到厂里来的种种"罪证"。姜厂长平时经常对上海来的这些专家、老师傅拍胸脯吹牛皮："我是硬气的，我在乡里是吃得开的，你们有什么事情只管找我。"

可是当上海公安检察机关来找他时，他却哭哭啼啼，觉得大难临头，说自己要吃官司了，整天如丧考妣的样子。

刘灿放安慰他："老姜，你不要老是哭，哭有什么用！你今后把事情都推到我身上好了，就说这些事都是小刘办的，我不知道。"

姜厂长听刘灿放这么一讲，真就把事情全往刘灿放身上推。果然，公安检察机关的调查人员就找刘灿放，传唤他许多次。刘灿放把杨工为厂里做技术指导的事一一说清楚，当然为杨工开脱了不少在当时所谓的"罪名"。

这时间里，又发生了一件事，那就是上海第一丝绸机械厂施一民工程师的案件。

施一民是上海丝绸公司下属丝绸厂的总工程师。他们厂里有一个从日本引进的纺机产品项目，叫"大园框分条整经机"。本来想给郑陆纺锭厂，但郑陆纺锭厂姜厂长不肯做这个产品，不想上这个项目。因为这时郑陆纺锭厂日子很好过。

姜厂长不愿上这个项目还有更深层的想法，因为这是刘灿放的"关系来头"，又怕抢了自己的"风头"。但刘灿放的观点是：那时全国都在学常州"小桌子上唱大戏"，可我们要注意，必须"嘴上吃一粒，筷上夹一粒，眼睛盯一粒"。刘灿放认为"人无远虑，必有近忧"，工厂产品必须要升级换代，这么好的项目有机会给我们，多好的事！但姜厂长不肯做，又不想浪费掉，于是刘灿放就介绍给龙虎塘武进第四轻工机械厂，施一民就把上海的图纸给了他们。

但是，这事被上海公安检察机关知道了，就来调查施一民。那几天，人们都在议论着："上海虹口区的公安人员戴了白帽子，穿了白制服，已经把施一民的材料都录去了，施一民被抓起来了。"

又有人说："刘灿放过去'海威得^①'这一次要吃官司了。"

刘灿放的母亲听到风声，在家急得团团转。

"灿放要吃官司了，这怎么办？"刘灿放看见母亲着急，连忙安慰她说："阿娘，你也不要着急，我心底无私，全是为厂里做的事，我不会去吃官司的。再说为了保护一个帮助过我们工厂的朋友，我去吃点官司也是情愿的。"

母亲听了他这番话，心里稍微定心了一些。

等到晚上快吃晚饭的时候，他突然醒悟，这件事不能等，必须到上海去看一看，到底施一民现在情况怎么样。于是马上找龙虎塘的周荣秋说："我们马上连夜到上海去，去看看施一民的情况。"

说完他俩立即赶到常州火车站，乘车赶到了上海。

一到施一民家，谁知他们一家好好的。原来施一民还蒙在鼓里，不知道上海公安检察机关在调查他。刘灿放和周荣秋把上海公安来常州调查的情况说了，施一民知道了问题的严重性。

刘灿放这样和施一民商量："如果公安检察人员来询问，就说是常州刘灿放到上海厂里来时，我把图纸给他看的，你千万不能说是自己把图纸给了龙虎塘武进第四轻机厂，否则你的罪名就大啦，明白吗？"

施一民当然知道问题的严重性，那样起码只是一个"泄密"的罪名。

刘灿放继续和他商量："倘若有人来调查我，我就说是施一民把图纸给我看看，我把图纸带回常州，复印了一份，给了龙虎塘第四轻机厂。"

接着又关照周荣秋："一定要说是我给的图纸，千万不能说是施一民给的。"

这样大家就统一了口径。后来上海公安检察机关的人员来常州询问刘灿放："图纸是不是施一民拿到龙虎塘第四轻机厂去的？"刘灿放回答："是我到上海向施一民提出要看看图纸，然后被我私自带回常州复印

---

① 常武地区俗语，神气活现，十分吃香的样子。

了一份，后来我就给了武进第四轻机厂，那份原件又拿到上海还给了施一民，他并不知情，这是我的错。"

公安人员说："你知道这是泄密吗？"

刘灿放说："我们乡镇企业缺乏技术，要上产品，虽然我这种做法是不对的，我心里也是为集体着想，就一时糊涂了，请你们原谅，从轻处理。"

公安检察人员听刘灿放这么讲，态度也蛮诚恳，似乎起了点恻隐之心。他们也体会到现在的乡镇企业为了生存都在和国有企业搞合作、上项目，到上海挖工程师和"偷"技术也是普遍现象，所以后来此案也就未深入追究，只让施一民写了份检查了事。

三、带走一辆"长征"自行车

刘灿放到郑陆纺锭厂从当供销员到当副厂长，一晃快五年了。

这五年来，他是甜酸苦辣都尝遍。从刚进厂采购元钢解决燃眉之急，到建造新厂房买来 300 吨水泥还有钢材，可谓是立下了汗马功劳。更难忘的是，他在副厂长这岗位上，来回折腾，忍辱负重，在受尽窝囊气的夹缝中为了工厂的生存发展，以大局为重，不计较个人得失，暗里到上海去落实许多诸如采购、销售、请技术专家、请上海老师傅等等外协工作。有一年，他一年中去上海多达六十次，而且许多时候，是在他抓生产、不分管供销外协的时候，为了避免与姜厂长有矛盾，都是暗地里去上海做工作，好多费用都是自己掏腰包，这一切都是为了工厂着想。

但是，自从为了调换两吨元钢，姜厂长出尔反尔，推翻会上大家都通过的决定，还以为刘灿放从中得了什么好处，做了"私弊夹赃"的事，刘灿放觉得人格受到了侮辱，把姜厂长痛骂了一顿，虽然还在继续工作，但去意已决。

郑陆乡党委知道了情况，也准备调整刘灿放的工作。乡党委的设想是，刘灿放虽然是副厂长但外抓外协抓供销，内抓生产抓管理，都有水平，而且群众威信又高，所以第一方案就是调离姜厂长，任命刘灿放为纺锭厂厂长，第二种方案是调刘灿放到乡里另一个骨干企业，去郑陆农机厂当厂长。

消息传开后，两个厂的管理层和员工们都议论纷纷。特别是纺锭厂的领导班子和员工，都劝刘灿放留在纺锭厂，因为他们心中都有一杆秤，姜厂长说话不算数，私心杂念重，待人刻薄，群众早就窝着一肚皮气。

"这厂是郑陆纺锭厂，可现在简直就是'姜记纺锭厂'。"人们说。

"上头领导眼睛瞎佬，叫这种人来做厂长，倒霉的。"不少人愤愤不平。

各种难听的话早已在坊间流传。

对姜厂长的所作所为，不是没有人去向乡党委反映，但那时乡党委、乡政府的经济来源主要靠乡办厂，特别是经营业绩好的乡镇企业。如果对姜厂长这样的人处理不当，纺锭厂很可能要垮掉。因为乡党委看到刘灿放这几年外抓经营，内抓生产，对人诚恳，群众反映好，所以才敢于调动姜厂长，提议让刘灿放当厂长。

郑陆纺锭厂的许多干部员工听到这个消息，心里都很兴奋。但是刘灿放听到这个消息后，并不高兴，他思考得更多。

有一天，乡党委书记找他，就两种方案征求他意见，刘灿放终于说出了他经过慎重考虑的想法。他对乡党委书记说："书记，我已经想好了，这两种方案我一个都不接受。乡党委和群众的意见也许是对的，也是好的，但这两种方案都不可取，理由是：假如我还留在纺锭厂，以副换正取代姜厂长，不正好证明了姜厂长多年来对我要抢他饭碗的担心吗？他这几年，一直不断折腾我，怕我抢了他的风头，其实我只想做好我副厂长份内的事，根本没有想去抢他厂长位置的念头。现在让我去当厂长，把他调走，正好印证了他的想法，他要恨我一个洞，别人也会反过来议论我，说我真的抢了他的饭碗，好像我不仁不义，我不愿意被人说。再说姜厂长毕竟先到这企业，他也是一个能人。"

乡党委书记默默地听着刘灿放的叙述，感觉说得在理。

"要说让我到农机厂去当厂长，我更不愿意了。"刘灿放继续汇报他的想法："农机厂是比纺锭厂更老的大集体企业，厂里人事复杂，经营管理落后，假如我空降去当厂长，光协调处理好各种复杂的人事关系，已经够我忙一阵子，而且那里想当厂长的人还多着呢，假如我刘灿放去当厂长，那些想当厂长的人必然会嫉妒我，从中作梗。"

刘灿放干脆把自己的所有担心都直率地诉说给这位乡党委书记听，因为他知道这位书记还是很近人情的。

"书记，我不是没有当过厂长。我二十三岁就当了村办厂的一把手厂长，乡镇企业是在计划经济的夹缝中求生存，没技术要找技术，没资金要找资金，没原料要找原料，没业务要出去寻饭吃，那样的厂长看起来很吃香，其实是活受罪。"

"所以，书记，我这两个厂长都不干，我要求到郑陆区靠常州郊区的青龙乡去筹建农工商公司，我想再换个地方试试我自己的才能。"

乡党委书记沉思良久，说回去和几位领导商量后再决定。纺锭厂的一些干部群众听说刘灿放要离开纺锭厂，纷纷跟刘灿放说："你换单位，我们也跟着你走，到你去的地方帮你干！"从上海请来的技术人员、老师傅也悄悄地对刘灿放说："刘厂长，你到新的地方办厂，我们一起去帮你办厂。"

刘灿放对他们说："过去我是代表纺锭厂请你们的，你们为郑陆乡创造了财富，郑陆纺锭厂和郑陆人民是会感谢你们的，不会忘记你们的，所以你们应该继续为郑陆纺锭厂服务作贡献，这是我的拜托。如果我把你们带走，我是挖了郑陆乡的墙脚，我就成了郑陆人民的罪人，郑陆是我的家乡，我决不会做对不起自己家乡的事！"

刘灿放又对那些想跟他一起走的几个同事说："你们还是好好留下来，把纺锭厂搞得更好，我和姜厂长的矛盾其实都是工作上做人的理念不同，个人没有什么恩怨。我希望我走了之后，你们要支持姜厂长的工作，因为工厂总是郑陆的、大家的、集体的。"

乡党委研究决定同意刘灿放离厂去筹建农工商公司。就这样，刘灿放在一声声挽留、叹惜声中离开了郑陆纺锭厂，离开了他为之奋斗了足足五年的企业。他对纺锭厂是有感情的，因为这感情使他几次想离开又留下来了。如今下决心真要离开的时候，他生出依依不舍的惜别之情，他看着和职工们一起建造起来的一排排厂房，望着他一年六十次到上海去采购运回来的各种车床、磨床，又回想起许多职工日日夜夜和自己一起工作的情景，他们是多么支持理解，多么憨厚朴实。他的眼睛湿润了。

不管有多少同事的惋惜声，还是个别人幸灾乐祸，对于刘灿放来讲，那都是过去的事了。他的留恋也随着他对新工作的渴望而渐渐淡去，他要把所有的留恋换成对新工作的向往。他什么也没有带走，只带走了纺锭厂发给副厂长工作用的一辆长征牌自行车，还有是比这辆自行车多得多的磨练，这是一笔无法用物质来衡量的财富。

刘灿放带着这辆长征牌自行车，踏上了新的征途。他一直使用着，一直保存着，直到他坐上了上海牌轿车的十多年后，他仍然舍不得扔掉。

第八章　进城经商

一、筹建农工商

（一）

筹建农工商的事,早已在武进几个乡传开了。农工商到底是干什么的,大家众说纷纭,但大致说是经营公司,隶属于武进农工商总公司,也早已有人给刘灿放吹过风,所以他才会有离开纺锭厂去农工商,换一个地方再试试自己才能的打算。

1984 年6 月3 日,刘灿放被郑陆区委副书记欧玉明叫到办公室。欧玉明和刘灿放很熟悉了,他对刘灿放说:"区工委决定在邻近常州市区的青龙乡搞开发,组建一个农工商公司,区委决定在各乡办厂中选拔优秀人才去筹建,东青是元件厂的邓筱平,郑陆就是你,焦溪是工业公司的席春豪,你们三个人配合区工委派去的黄中、周润初组成一个临时筹建班子,政府工作人员临时先做书记和经理,将来公司应该交由你们企业出来的人来担当。"

欧玉明很严肃认真,接着又说:"之所以选择你和邓筱平,还有一个考虑,你们的家属都是知青,现又都在城里工作。农工商建成后,你们上下班也更方便一些。"

刘灿放早就想到新地方去试试。欧玉明书记这么一说，更觉得符合自己的想法，女儿才六岁，妻子又在武进医院工作，家里确实需要照顾，就答应着，说服从组织上的安排。

"我们说干就干，刘灿放，今天你就代区委、区工委起草一个《征地报告》，报县里批准后立即动工建设。"欧书记吩咐。

刘灿放不敢怠慢，回去后马上以区委、区工委的名义起草了一份征地报告，给欧书记过目后呈送武进县。很快，批复就下来了。

征用的这块地在常州东郊，离牌楼弄不远的三角场，常青村。共六十亩，征地费用每亩三千元，主要用于青苗费补偿，常青村也没有收这征地费，而是折股加入了农工商公司。这农工商公司的股东就有郑陆区九个乡组成，每乡出五万元，加上当时郑陆最大的村办企业黄天荡钢窗厂和常青村的土地入股，共计有十一个股东，折成四十多万股。郑陆区又以公司挂靠武进县农工商总公司为由，要求县农工商总公司出资十多万元，冠名为"武进县农工商总公司第一分公司"。

有了股东，有了班子，有了牌子，但没有办公地方。刚征地房子还没建造，区委决定将常青村原先的养猪场改为公司临时办公地点和筹建处。

常青村废弃的养猪场，破旧不堪，杂草长到齐腰高，他们一起动手，拔除杂草，清理道路。

六月的江南，天气十分炎热。青龙来的邓筱平个子本来就矮，这时钻在杂草丛中，连人都看不见。他一边擦着满头大汗，一边对刘灿放说："你在纺锭厂好好的办公室不坐，你辛辛苦苦造的那么多厂房全给别人了，现在到这里来拔草，不知你心里想的是什么？"刘灿放一边拔草一边笑着说："你不也一样吗？好好的元件厂厂长不做，到这里来拔草干农活。要说厂房，那些厂房造了也不是我个人的，今天我们造农工商今后也不是我们个人的。"

刘灿放停了一会儿又说："我们为什么要自讨苦吃来开疆辟土，恐怕一时也说不清，你看朱德、刘伯承、陈赓这些老帅们，蒋介石都请他们去做大官，金钱美女都有，可他们就是不去，到山沟沟里冒着生命危险打仗，不要说吃不饱，就连命都可能要丢掉，为什么呢？"

邓筱平听了也有同感说："是的，道不同不相为谋嘛，人各有志！"

道路清理出来，猪舍也打扫干净了，铺上了红色的"九五砖"，可是吃饭问题还没解决，于是就把原先烧猪食用的大铁锅洗刷干净当烧饭、炒菜锅用。邓筱平又和刘灿放开起玩笑来："你看，烧猪食的锅，现在用来烧饭吃，不要变成猪啊。"

刘灿放乐了，说："1960年三年自然灾害时，我们都是吃的野菜、胡萝卜、米糠这些猪吃的东西，人也没有变成猪啊！现在只是用烧猪食的锅子烧饭吃，你放心，你不会变成猪的。"

大家嘻嘻哈哈地开玩笑，似乎都有一股革命乐观主义的精神。

他们搬来台子、桌子，拿来碗筷，新建立起来的农工商公司，就在区委派来的两个干部的带领下，开展经营，做起生意来。

（二）

区委派来的两个干部，一个是周润初，担任支部书记，负责基建；另一个是黄中，担任总经理，负责经营业务。这两个人原先都是在政府部门做行政工作的，从来没有搞过企业，根本不懂经营管理。现在区委派他们来搞农工商，他们还是官腔一套，心高气傲，好高骛远，总是用行政命令式的口气，而且自以为可以在生意场上大显身手，都想自我表现一番。

黄中这人原来在区委工作时本来是个"哈里哈气①"的人，只是靠听话和服从而得到领导的赏识，不知怎么就派他来搞经营了。他自己没有本事，他就请一些别人介绍的或自己个人喜欢的社会"能人"来办农工商。

_____

① 哈里哈气：常武地区俗语，做事想问题粗糙，行为不符合常理。

他们不三不四，但能说会道，黄中就把他们当成了经营骨干。这些人整天在外瞎捣鼓，把城东的东西倒到城西来，没有进货的渠道，也没有销货的阵地。他们从金属、化工、五金、钢材水泥到大米、黄豆，从生产资料到生活资料，反正见到什么就做什么，看上去好像是一个无所不能的公司，挂在嘴边的一句话就是"农工商公司就是各种经营都能做的公司"。

这群"无头苍蝇"在常武地区市场上乱撞乱飞，完全是一批投机分子，一群乌合之众，整天做些"贩子手里贩木头"的生意。

这些人做些小商小贩的生意倒也翻不了什么大船，但时隔不久，有人就提出要做一笔大生意，说本溪某公司可以供应几百吨厚钢板。

"黄总，这笔生意做成了，公司一下子就可以赚几十万元呢！"有人对黄中总经理建议。

黄中本来就要做些成绩出来给上级领导看看，这笔生意能挣几十万元还不做吗？那个年代出个万元户都是不得了的事。

黄总经理不顾区委领导劝阻，更是不听刘灿放、邓筱平这些在企业经营中摸爬滚打过来的行家的劝说，他到处去筹集资金，好不容易凑足了四百万元，一下子就汇到了本溪这家公司的账上。

谁知这公司迟迟不发货，派了好几批人马多次催问也没有结果。

几个月下来了，连新上任的区委副书记也亲自带队去追债，区公安、法院的人也去了，后来万般无奈下甚至请出了"白道""黑道"，但对方就是避而不见。

"我们使尽了各种手段，可谓是软硬兼施，没有办法。"去追债的人垂头丧气回来说。

"我们请客送礼，牛都要吃掉一头了，没有用。"去处理这事的人沮丧着脸说。

这可怎么办？农工商是九个乡出资的，当时潞城乡穷困，连五万元也拿不出来，好不容易凑了五十万元资金成立了这家公司，谁知一笔交易就骗掉了四百万元，这公司还开得下去吗？

农工商刚刚起步，谁知出师不利，马失前蹄。领导班子开始闹不团结了，书记埋怨经理无能，经理埋怨书记"说现成话"。

就在公司被本溪骗去四百多万元时，公司又有两个做电器的部门出了大事。

这两个做彩电、做电器的部门经理，被抓起来了，说他们倒买倒卖彩电是违法经营，后来一个居然被判了十三年徒刑，另一个被判了十年徒刑。这使得农工商第一分公司更是雪上加霜，声名狼藉。

正当农工商第一分公司风雨飘摇时，武进农工商总公司又出了问题，也被外地人骗去四百多万元。农工商总公司是武进县办企业，总经理是武进县原粮食局长汪长达。他是武进县三大经济红人之一，位置仅次于财政局长，红得发紫，本该要退休了，谁知他看到改革开放大潮兴起，社会上经营做生意的人十分吃香，也想过把当总经理的瘾，县里就让他出任县农工商总公司总经理。

可他是做官出身，饭来张口、衣来伸手的日子过惯了，在计划经济时代，他根本不需要动脑筋，靠国家皇粮只管朝南坐，做官当老爷，哪里知道市场经济其中的风险和苦处。他财大气粗，大笔一挥，一出手就是几百万，这四百万就是他大笔一挥批出去的。

汪长达原先当官，也算是一个清官、红官，这一下子掉在"阴沟里"。他是要面子的人，如今臭名远扬，他受不了，整天不知所措，茶饭不进，加上年纪也大了，不久就躺倒，去医院一查是癌症。

（三）

武进县委知道这些情况，决定派分管供销，熟悉流通的副县长周福元来负责整顿。

周福元到武进农工商总公司后立即采取了两条措施：第一，立即停止各地办农工商分公司，凡政府所投的钱全部收回；第二，党政工作人员不准到企业担任总经理。这两条措施也是贯彻当时中央"不准政府官员经商"的新规精神。

郑陆区委也对农工商第一分公司进行整顿，准备任命刘灿放担任总经理。

可是等待刘灿放的是一副有十三场官司缠身的烂摊子。这些官司怎么打？怎么摆脱困境？如何开展经营？一万多平方的烂尾楼怎么处理？能否转亏为盈？又能否收拾残局？这些都是一个个未知数。许多人都劝刘灿放不要接受这副烂摊子。

郑陆区委副书记兼农工商董事长欧玉明找刘灿放谈话，"经郑陆区工委研究后，我代表九个乡的股东，请你出来担任农工商的总经理。"

刘灿放对欧书记说："上级派了几个根本不懂经营的人来经营，他们又去叫了他们喜欢的不三不四的投机分子来折腾。欧书记，起先也是你信任我才分派我到这里来的，这才一年就折腾到这地步，简直成了一副烂摊子。现在他们拉的屎，叫我来擦屁股？我不干。"

欧书记当然知道农工商现在的处境，但也不好命令，只得用缓和的口气对刘灿放说："起先是我叫你到农工商来的，我也说过，区委派来的干部，今后要让出来，给你们几个企业来的人负责的。现在他们两个人按新的政策不能经商要回区委了，你们三个人中看来也只有你出来当家了，你把这担子挑起来吧。"

刘灿放心里想，区委派来的干部即使没有新政策不让经商，他们也干不下去了，现在刚巧借着国家新政策回区委工作，他们就像捞到了一根救命稻草，嘴上说服从组织调动，心里早是暗暗庆幸，天照应他们可以脱罪了，他们拍拍屁股一走，这个摊子怎么收拾？

再想想从企业来的三个人中，还真的只能由自己出来。欧书记这话也不像是给自己"戴高帽子"，欧书记是个好人，他的许多关心和支持不能忘，现在他如此诚恳，如果拒绝他，他到区委去也不好交代。

刘灿放又想起了过去许许多多的往事。当初第一次出来跑供销，许多人包括爷爷都反对自己，后来不也闯过来了吗？到胶木厂纺锭厂去，开始要采购元钢和水泥钢筋，看起来一点希望也没有，后来不是也解决了吗？

他又检讨起自己来。开始创建农工商，也是凭一股热情来创办的，现在弄成这种样子，自己也有责任，不问不管眼看着让它烂下去吗？真有些于心不安，于心不甘。现在领导既然相信自己，自己也应该临危受命，有所担当。

刘灿放又想到了农工商虽然千疮百孔，但这个平台还是好的，况且业务上已经按照经营规律有了一些很好的布局。例如，按照"前有阵地，后有基地"的经营思路，通过太原的老友华万荣，已经和太钢建立了良好的关系，还有其他一些供销渠道都逐步建立起来了。他想再试试自己的才能吧，再说自己的家又在常州城里。

他终于答应接下武进农工商第一分公司总经理这个职务。

在当时，武进农工商第一分公司，老百姓都习惯称其为"九龙商场"，更简单点就叫"九龙"。常州人对这称呼早就约定俗成了。

二、铝锭被骗

（一）

1985 年，刘灿放正式接手九龙物资公司总经理职务，掌管农工商这个集体办的物贸公司。农工商公司下辖好几个业务部门，经营物资贸易流通方面的业务，周荣秋就是其中的业务员。

一天，周荣秋到中山门椿庭大厦的常州第二物贸公司去。那里的总经理杨晓惠，原来知青下放时在周荣秋所在的龙虎塘农村，他俩早就熟悉了，还有公司的主管朱玉辉，也早就认识。相互见面后显得亲热而又随便。

谈话间，杨晓惠和朱玉辉对周荣秋说了一件事：他们公司常驻北京的办事员小恽在北京首大实业公司联系到两百吨 A00 铝锭，总价要八十万元，但他们公司一时没有这么多资金去拿货，同时给货的中间介绍人还要些"好处费"。他们商量两家公司是否可以一起合做这笔生意，大家各做一半。

常州第二物资公司是国有企业，那时有得天独厚的各种优势，实力规模都比集体办的农工商要大得多，但一时资金不足也是情理中的事，让一半生意给农工商当然也是看在周荣秋多年老朋友的交情上，否则也不会让给农工商去赚这笔钱。杨晓惠和朱玉辉对周荣秋讲，这笔生意做成后，利润各半。

中间介绍人说穿了就是"倒爷"。"倒爷"的名称难听，但没有他们，你能找到买货的大门吗？所以人们对"倒爷"往往是爱恨交加。

杨晓惠和朱玉辉提出跟周荣秋所在的农工商物贸公司合做这笔生意，当然有他们的小算盘，其中一个原因是第二物资公司是国有企业，倒爷那笔费用，他们不能入账，不好开支。而农工商是集体企业，机制比较灵活，由农工商负担这倒爷的费用，刚巧抵消了农工商应该给他们提供信息的回报。

具体怎么操作呢？双方协商，由第二物资公司把货款打到农工商公司账上，然后由农工商公司开出汇票和介绍信，也就是说，这笔生意完全由农工商出面去做，货款和利润则各半负担，各半分成。

周荣秋听了这个消息，赶快回公司向总经理刘灿放汇报。农工商前面大小窟窿有许多，还有十三场官司缠身，光东北就被骗了四百多万。刘灿放这时保持着警惕，有风险意识，听周荣秋汇报说这是真的，他觉得要慎重些，不能再出问题。

但刘灿放又认为，开了公司，不管怎么说，总是要做生意的，总是想赚钱的，总是要有经济效益的，自己刚刚接手农工商这公司，也应该积极开展业务，做几笔生意才行。当时物资紧缺，只要随便拿到什么东西，一转手卖出去总归赚钱的。就拿A00铝锭来说吧，国家体制内的价格是四千元左右一吨，拿回来到市场上去一出手，赚头就要翻一个"跟头"，卖出去每吨八千元，去掉七七八八的费用，说什么也有百分之七八十的利润。这二百吨铝锭八十多万元成本，就有四五十万元的净赚头。

至于说给中间介绍人"倒爷"的好处费，由农工商支付这本来是"周瑜打黄盖"，一个愿打、一个愿挨，双方自愿的事，这也是做生意中的潜规则，大家心知肚明。刘灿放认为这笔生意应该考虑，但必须要弄清情况后再定，绝不能再出问题。

刘灿放派周荣秋跟着常州第二物资公司的朱玉辉一起赶到北京，与常州第二物资公司常驻北京的办事员小恽会合。

（二）

在这段时间里，小恽和北京首大实业公司谈妥的操作办法是，由常州开出承兑汇票到北京，北京首大业务员见到承兑汇票后就领着去看货，否则不让看货。这里要简单介绍一下承兑汇票的功能，承兑汇票由常州农工商物贸公司的开户银行开出，开到北京首大公司的开户银行，其中有一个星期的迟滞期。一个星期后，开出银行就要把这款汇至接收银行，否则就违反银行业界规定，开出银行要受到处罚，具体经办人要受到处分。

常州第二物资公司总经理杨晓惠和农工商物贸公司总经理刘灿放都同意开出承兑汇票，这样，常州第二物资公司把部分货款打到农工商账上，由农工商一并开出承兑汇票。农工商物贸公司因为一个银行没有这么多钱，就由两家银行开出，这样一张有四十多万元，另一张有四十多万元，汇票就由周荣秋带着。

第二天，小恽领着他俩来到了北京首大实业公司。

一进北京首大实业公司，只见一层楼面上，有总经理办公室，有业务科等很多部门，墙壁上还贴着红色的"为人民服务""诚信为本"等宣传标语，财务科里有好几个人在埋头工作，对面一个很大的房间里，还有物资样品陈列室。

周荣秋和朱玉辉一看这场面，原先惴惴不安的心稍微定了下来，两人悄悄地咬了一下耳朵："这公司看样子实力还蛮强的嘛！看上去蛮正规的。"

正当他们窃窃私语的时候，小恽已经领着首大的业务员一起过来了。双方作了自我介绍，打过招呼后就问汇票带来了没有，周荣秋和朱玉辉就把带来的承兑汇票拿出来，递过去给业务员过目。

业务员反复验看这两张承兑汇票，觉得没有什么问题，于是又还给周荣秋和朱玉辉。按原先约定，汇票要等到看到货后提货前才能收受。

业务员答应明天上午九点去仓库看货。商量完毕后，首大公司派了一辆公司的皇冠轿车送他们回旅馆休息。

这一天，周荣秋和朱玉辉包括小恽都很兴奋。

第二天，皇冠轿车准时到旅馆门口来接他们，连同小恽一起由首大实业公司的业务员领去仓库看货。

一到目的地，周荣秋他们大为惊讶，这个仓库巨大无比。常州的102仓库是国有大仓库，已经很大了，但眼前的这个仓库看上去起码有常州102仓库三十个大小，门口还有解放军在站岗。

业务员给站岗的解放军出示了什么证件，他们就进了仓库。只见一堆堆的铝锭堆成小山似的，各种物资一眼望不到头。业务员指着一堆铝锭告诉周荣秋他们："这铝锭就是我们公司的，一共二百吨。"

这就更加坚定了周荣秋和朱玉辉的决心。走出仓库，只见这个仓库的一幢一幢房子，范围好大好大。周荣秋吐了吐舌头，自言自语又像是说给朱玉辉他们听似的："哇，这么大的仓库，恐怕两三个小时也跑不过来呀！"

但他脑中闪过一丝不确定的念头："这仓库不会是首大一个公司的吧，他公司怎么会有这么大的仓库？"

转而一想，也许是首大公司租用这仓库堆放货物，他们在这几年做生意中，这种情况多的是，不足为奇。

但周荣秋也是个细心人。他又提出一个疑问："为什么我们来看货只有门卫而没有保管员呢？照例应该首大的业务员和仓库的保管员联系，而这里为什么没有保管员呢？又怎么能够确定这堆铝锭就是首大的呢？"

至于说上渠道是哪个单位给首大的，这是商业秘密，首大也不可能透露，也可理解。

周荣秋左思右想，货是看到了，但吃不准是否是首大公司的，转而又想，这公司看上去也是有头有脸蛮正规的，应该没问题。他想做这笔生意，但又怕上当受骗，周荣秋这时有点吃不准了。他在兴奋和怀疑中交织着，他想必须向刘灿放总经理汇报，请他来分析研究，由他来作决定。于是他拨通了常州的长途电话。

周荣秋在旅馆，请北京邮电局总机打到常州邮电局，由常州邮电局通知农工商物贸公司叫刘灿放打过来。农工商总机接线员史蓉芳接到北京邮电局电话后赶紧去找刘灿放。周荣秋就在服务台等刘灿放的电话，等了一个多小时，刘灿放的电话终于来了。

只听旅馆服务员在喊着："哪位是常州的周荣秋？常州的长途电话来了！"周荣秋马上跑过去接电话，有点激动。电话那头一千多公里外的刘灿放也很激动，因为他要知道这许多天周荣秋在北京做这笔生意的情况。

周荣秋在电话里告诉了他来北京的全部经过，请刘灿放最好亲自来北京一趟，刘灿放答应马上来。第二天，刘灿放乘了十几个小时的火车赶到了北京。

周荣秋到北京火车站接到了刘灿放。在地铁去旅馆的路上，周荣秋向刘灿放介绍来北京后的一切经过。

刘灿放默默地听着，一声不吭，后来终于开口了："老周，我听了你的介绍，凭我的直觉，我看这是骗局！"

周荣秋本来说给他听，是想说动他同意做这生意，谁知给他一下子否定了，有点不情愿，就说："你还没去看他们公司，明天你去看看首大公司再说嘛。"

第二天，他们到首大实业公司，算是考察。刘灿放一看这公司名字倒不小，场面也很大，也很正规化，所以不好说什么。于是又提出去看仓库，首大的业务员又用皇冠轿车带着刘灿放他们再去仓库看货，这铝锭果然像小山似的堆放在那里，这就更没话说了。

回来的路上，还是皇冠轿车送他们到旅馆去。刘灿放不经意间问驾驶员："这车是你们公司的吧？"

"不是，是租的。"驾驶员脱口而出。

说者无心，听者有意，刘灿放心里咯噔一下，没有再问。他们的车往丰台一个小旅馆开去。到了旅馆，他们几个人又开始商量起来。

周荣秋说："这货么，我们已经看到了，但是不是首大公司的，吃不准。"

刘灿放说："对啊，你怎么能断定这铝锭就是他们的货呢？我的意见还是那样，我们的汇票可以拿到银行里去验，证明是真的，等铝锭装上车，我们再交汇票。"

朱玉辉和小恽反对说："不可能，首大公司要求先交汇票，后开提货单，然后装货，这是原先和首大谈好的事。现在叫先装货后交汇票，他们决不会同意。"

周荣秋心里想，他和朱玉辉他们来了十多天了，生意谈到这个份上，做好了利润不薄，不做也太可惜了，况且这公司也蛮正规的，货物也看到了，看来不会是骗我们，就劝刘灿放做这笔生意。

刘灿放说："老周，宁可放弃，你跟我回去吧，我的火车票已经买好了。"

周荣秋有点依依不舍，一时不说话。

第二物资公司的朱玉辉和小恽这时不高兴了，脸色难看起来，和刘灿放争执起来："我们提供给你们信息，钱又打到你们账上，又来了这么多天，首大公司、铝锭仓库也都看到了，花了这么许多精力，你们说不做就不做了，不是弄白相①吗？你们农工商要负责，要赔偿我们的损失。"

---

① 常武地区俗语：开玩笑的意思。

四个人在旅馆一时弄得很不开心，几乎要翻脸。

刘灿放想，这第二物资公司是物资主渠道，信息又是他们的来源，钱也是他们打过来的，他们要做我又怎么能阻挡呢？先付汇票后提货的情况也是经常有的，见他们坚持要做这笔生意，于是也就不再阻拦，说定明天去首大实业公司交汇票。

第二天，刘灿放、周荣秋、朱玉辉、小恽四人到了首大后，双方终于在那位业务员的见证下，把汇票交给财务出纳。这个财务会计长得很漂亮，待人也和气。

那个年代北京有一个规定，像铝锭这种紧缺物资是不允许运出北京的。常州第二物资公司的总经理杨晓惠神通广大，通过什么关系联系到十辆军用卡车，每辆十吨，他们计划分两次把二百吨铝锭运到郑州铁路站，再由郑州站发运回常州。军车运输可以避免被北京有关部门检查。

他们把汇票交给财务科出纳会计后，就商量明天九点钟去仓库提货。那位业务员说："明天上午九点钟十辆军用卡车能准时到位吗？"朱玉辉因为总经理杨晓惠早就联系好的关系，胸有成竹地回答："一定准时到！"

首大实业公司的那位业务员说："好，那我准备在仓库安排工作人员装货。"

一切事情都谈妥后，首大又指派驾驶员用皇冠轿车送他们回旅馆。

车刚开出五六分钟，刘灿放突然醒悟到什么，他对周荣秋说："老周，我看这生意不好做，我们马上回头，去把汇票要回来。"

周荣秋一时很惊讶，怎么讲得好好的又变卦了呢？但看到刘灿放突然改变主意，而且十分坚决，也没有话说。

他们请驾驶员掉头往首大公司开，但这驾驶员不肯掉头，而且车开得更快了。

旅馆在丰台一个很远的郊外。车到旅馆门口，刘灿放跳下汽车就去找出租车，可是这郊外哪里有出租车呢？这时他们才似乎感觉到，这驾驶员其实是公司早就安排好的，把他们安排在这么远的郊外住，也是故意的。

刘灿放转了几个圈，突然看到一辆破自行车没有上锁，他不管三七二十一，骑上自行车就去找出租车，那时出租车有固定点。他叫到一辆出租车后马上叫周荣秋上车，直奔首大实业公司。

他们径直往财务科走，问那女会计要汇票，谁知女会计说："汇票刚刚已经到银行去入账了。"

从刘灿放他们出去，再从旅馆赶回来，前后也就一个小时左右，谁知钱已经进入他们银行账上了，真快！这是火中取栗、迅雷不及掩耳啊。

刘灿放和周荣秋气喘吁吁，大汗淋漓，一时愣在那里，说不出话来。

那女会计说："其中有一张四十万元的汇票，上面有一个字写错了，银行拒收，所以没有入账，请你们带回常州重开一张来。至于铝锭，明天照提。"

他们又和那位业务员联系，业务员也回答他们："明天货照提，汇票回常州再开一张来，没有问题！"

刘灿放和周荣秋看着出纳会计讨人喜欢的脸蛋，又听到业务员豪爽的回答，觉得所有的担心似乎又是多余的。

第二天上午九点前，杨晓惠神通广大，那叫来的十辆军用卡车准时来到仓库门口，一字儿排列着，十分壮观，只等那位首大的业务员来了就可以装货。

九点钟快到了，这时就像一场战斗打响前的沉寂，人人都好像特别紧张。可是九点钟过去了，仍然没有声音，那位业务员没有来。大家开始议论："怎么还没到呢？这么许多车在等着。"

"不要急，会来的，昨天讲好的事。"朱玉辉和小恽安慰大家说。

周荣秋自言自语："讲好九点钟的，迟到了，北京人睡懒觉，他们起床总比我们晚。"

刘灿放一声不吭，心里闪过一丝不祥的念头。

九点半过去了，十点钟了，那个业务员还没来。朱玉辉和小恽电话不知打了多少，但始终联系不上。开始他们还一次一次地安慰大家也安慰自已"不会的，不要急，会来的"。直到十一点已经过了，仍然不见业务员的影子。他们焦急起来，但还在一次一次假设那位业务员可能有什么特殊情况，不相信他会骗自己。

这时朱玉辉、小恽他们已经开始感到这笔生意从头到尾可能就是一场骗局。

到现在为止，也终于证实了刘灿放的怀疑和担心！周荣秋也在这时终于彻底打消了各种各样的侥幸心理，他的种种良好的愿望在这时彻底破灭了。他不禁脸色大变，一时什么话也说不出。

还好，那四十万没有入帐，也算侥幸，他又这样宽慰自己。

（三）

回到旅馆里，刘灿放领周荣秋到一个小饭店去吃晚饭。刘灿放点了几个菜，叫周荣秋吃饭，他吃不下。刘灿放对他说："钱被骗了，饭总要吃的，吃！不吃要饿煞的呀，吃吧！"周荣秋还是不肯吃，说："我不想吃，吃不下。"

刘灿放大口大口地一会就吃了两碗饭，这时他肚子很饿了。他看着周荣秋愁眉苦脸，心想：叫你不要做你偏要做。但也不能过分责怪他，刘灿放知道周荣秋这个人的脾气，胆子小，心里放不下事，有点婆婆妈妈，现在责备他没用，劝他也没用，还不如逗他一下，不禁打趣他说："你急什么？那女会计蛮漂亮的，你和他眉来眼去，明天你去问她要汇票，说不定她会给你的。"

周荣秋是个谨小慎微的人，想想这事是自己闯的祸，实在没法交代，被刘灿放打趣，一脸苦笑，结结巴巴地说："我现在饭也吃不下，你还寻我开心呢。"

这时的北京天气十分炎热。刘灿放吃完饭光着膀子，穿了一条短裤，在旅馆的院子里和其他客人下起象棋来。

周荣秋这时愁眉苦脸，饭又不想吃，拿了一本书，可是刚拿起又放下，根本看不下去，再去看刘灿放下象棋。只见刘灿放和素不相识的客人下得全神贯注，似乎什么事也没发生。早晨十辆军用卡车来空跑一趟、生意被骗、四十万汇票……所有的事好像没有发生过一样。

周荣秋愁眉不展，刘灿放旁若无事，这后面的事怎么收场？汇票能否追得回来？包括常州第二物资公司的朱玉辉、小恽，还有远在常州的总经理杨晓惠，一个个都在心里翻江倒海。大家都抱着一线希望，这公司还在，"跑得了和尚跑不了庙"。他们一直唠叨着这句话。

常州第二物资公司的朱玉辉和小恽知道被骗了，也一直闷闷不乐，但还不死心，明天一起去首大公司交涉，把汇票要回来，或者叫他们退款。

第二天，到了首大公司，问那业务员的下落，所有人都说不知道。去找领导，可是领导一个都不在。再去问那个女会计，她说："我们只管做账，业务上的事管不着。"

周荣秋和这女会计经过这段时间接触下来，已经很熟了，交谈也蛮投机的，虽然不像刘灿放逗他说的那样"眉来眼去"，但算熟人了，就和她套近乎，叫她帮忙想想办法。可那女会计一脸爱莫能助的样子，后来似乎都有点不耐烦了。

以后几天，他们天天去公司找那个业务员和领导，可是一个也不见踪影。

周荣秋这几天每天寝食不安。刘灿放看他这样子，又想取笑他一下，开开心。

"你去和那个'体面'的女会计说说，她一定会给你的，她喜欢你的。"

周荣秋一脸苦笑，结结巴巴回他说："你老不正经！"

刘灿放知道他的脾气，对他说："你去哭哭吧，她一定会给你，你是婆婆头，去用点软功。"

说着，两人咯咯咯笑起来。

这是苦恼人的笑。刘灿放知道周荣秋的性格，心里放不下事，如果再给他压力他真的要愁死的，所以跟他寻寻开心，反正事情已经出了，只有想想补救的办法才是，天天愁眉苦脸也不能把钱要回来。

（四）

他们想来想去，只有一条路可行，打官司！

然而，打官司是好打的吗？他们回到常州后就立即走上了漫漫的诉讼之路。他们写起诉书，找律师，找关系……费尽周折终于通过常州的老先生吴之光介绍找到了当时任纺工部部长的吴文英，由吴文英找到了于春开。于春开是20世纪50年代常州的老市长，后来调到北京任西城区、崇文区区长，这时刚巧调任北京市工商局局长。

他听了事情的经过后，不禁拍案而起，决定过问这场官司，而且这诈骗行为也是工商局应该管辖的，于是就向法院提出要严肃处理。

经过三四个月的时间，北京法院终于作出判决，判定首大实业公司退还四十多万元的货款，利息一并退还。

正义虽然得到了伸张，然而教训却是深刻的。周荣秋后来感慨万千说："这一次八十万铝锭经历和打仗有什么两样？"接着又激动地说，"'将军决战岂止在战场'，我体会到人的素质是后天可以培养锻炼的，而人的气质是先天决定的，刘灿放的气场大，我是学不来的啊。"

三、收拾残局

（一）

1985年，国家开始整顿全民经商中的乱象。郑陆区委派来的两个干部借着这个新规，冠冕堂皇地又回区委去做官了。

接下来的农工商是十三场官司缠身，各种各样的矛盾重重，经营亏损，基建全部停工，人心涣散。面对这样的局面，刘灿放这个刚走马上任的总经理一时不知从何做起，他既要处理遗留下来的各种问题，又要开展新的经营业务，旧的问题还没解决，新的问题又来了。譬如北京的铝锭诈骗一事，又要请律师，还要找关系去诉讼去追款，真叫"树欲静而风不止"。

农工商原来留下的十三场官司，有的是公司诉别人要去追债的，有的是别人来诉农工商被追债的，这些经济官司剪不断、理还乱，该追的追，该还的还。最头痛、最要命的还是刑事官司。原先总经理聘请的一些社会上所谓"有路子的经营能人"，在外面不知惹了多少乱子，检察院不断上门来调查。他们当然要先找公司总经理，刘灿放都要一一认真接待，不能怠慢。

但遗憾的是，那些当事部门经理不以为然，一副无所谓的样子。

电器部门的唐经理，听说检察院来调查，他只管叼着烟，昂着头，翘着腿，对前来通报的刘灿放说："不要理他们。我不偷又不抢，钞票是自己赚来的，我拿多少钱关他们什么屁事！"

刘灿放说："不能这么讲，现在刚刚改革开放，国家新法律没出来之前，对照原来的老法律，也许你这样经营是违法的，也许有罪的，要吃官司的！"

唐经理哈哈大笑说："真是笑话，我靠本事吃饭，刘总你别来吓唬我，随他们怎么办，刘总你不要理他们！"

刘灿放按照检察机关的要求去找另一个部门的宋经理，叫他配合检察院调查。这个宋经理，上次检察人员来找他时，他拍桌子拍凳子与检察机关人员吵了起来。

刘灿放对宋经理说："人家是代表国家司法机关来的，你即使有理由，也用不着盛气凌人，同人家大吵大闹。他们有他们的办事原则，不能不合你胃口就大吵大闹。"

这位宋经理说："我就是要骂他们这班狗日的……刘总，我晓得了，不要怕他们。"

这些人都是原先王总请来的"能人"。这些人靠着社会上一些关系，或许还有一些"背景"，赚了点钱，眼珠子就朝天看。他们借着农工商这块牌子做他们自己的生意，平时从来不受农工商管。刘灿放这个新上任的总经理，从乡办企业上来的，他们根本不把他放在眼里。

虽然这些人不听相劝，但刘灿放作为总经理，又是检察院多次要求，他还是要不断地去讲、去劝、去做工作，告诉他们要依法经营，要配合检察机关做好调查工作。

没有多久，唐经理和宋经理都被检察机关抓走了。

大家一片惊愕，议论他们有什么问题，今后有什么结果。有的说关几天可能就回来了，想不到这两个自以为不偷、不抢，靠自己本事赚钱的人，唐经理被判了十三年徒刑，姓宋的被判了十年徒刑。他们其实是从事贩卖进口"磁带碟片"获罪，因为里面有许多"黄带"。

"啊！他们不偷不抢怎么吃官司了，犯了什么罪？"有人问。

"肯定是犯了什么罪，不然怎么可能判十几年啊。"

又有人说："这些人平常目中无人，狂妄自大，我晓得总有这一天！"

"犯了法还不知道犯法，脑袋掉了还不知道怎么掉的，真可悲。"有人惋惜地叹气。

事情简直出乎所有人的意料。多少年后，人们回忆当时的情景，认为他们做的事肯定是违法的，他们所谓的不偷不抢地赚钱肯定是触犯了法律，但都想不到有如此严重的量刑。

但是也有人反对这种看法。他们说："不能这么说，要在历史背景下看问题，解放初毛主席处置刘青山、张子善，那时他们才贪腐多少钱？还不照样枪毙了。"

刘灿放也对他们两个落到这个结局唏嘘不已，十分惋惜：

"哎！早知今日，何必当初呢。"

（二）

姓唐的和姓宋的这两个能人，稀里糊涂都被判了十年以上的徒刑，让农工商的一些人开始清醒起来，但造成的影响已经让农工商名誉扫地，雪上加霜。

农工商除了名气臭，还有最艰难的处境就是没钱。做生意的都知道现金流的重要性，现在欠了一屁股债，外面被骗的钱要不回来，自己借别人的钱又不断有人来追。还有那些部门的倒爷，把欠来的货卖掉了，又不给别人货款，供货单位天天来要货款，刘灿放也同情这些受害者。这姓唐姓宋的两个部门经理坐牢了，部门欠别人的债，人家就到总公司来要，刘灿放被这些事弄得焦头烂额。

按理说，冤有头，债有主，一人做事一人当。从法律角度来讲，部门欠的债务就是部门的事，因为那些部门仅仅是挂了农工商这块牌子，他们是独立的法人组织，牵涉不到农工商总公司。但既然有挂靠关系，找到总公司门上来，刘灿放也不得不接待人家，一个一个地向别人作解释说服工作。听了许多人的诉说，这几个人平日里是如何的趾高气昂、花天酒地，刘灿放又回忆起那两个人判刑后被带走时露出的惭愧和悔恨的眼神，心里就为他们难过，但为时已晚，自己也爱莫能助。

郑陆农工商最缺的就是钱，紧张的时候食堂烧饭要买两千元煤钱都付不出来。那时煤也不是随便就能买得到的，农工商虽然是九个乡组成的乡办企业，在计划经济体制下，这种乡办企业是没有配给指标的。刘灿放跑到县地方工业局的煤炭公司，走关系批到两吨煤，先把自己的钱垫付了煤款，又去租了一辆拖拉机装煤。拖拉机一般只能装一吨，刘灿放就到煤站提货处发香烟，跟发货员说好话，请他每车装满一点，这样食堂可以多烧几天。公司还有许多进回来的库存压货，刘灿放就安排员工到大街上去摆摊叫卖，回收一些资金。

农工商就这样缺吃缺烧地艰难度日。不仅如此，还有更大的困难在等着他。

原计划建造一万多平方米的三层楼，框架、柱子已经浇注出来了，负责基建的周书记调回区工委就扔下不管了，现在哪有钱继续造下去呢？停工了几个月的烂尾楼，一眼望去，钢筋、水泥、垃圾裸露着，伴随着杂草丛生，满目疮痍，一片狼藉。

这天早晨，刘灿放还没到上班时间就到基建工地上去转转看看，想办法处理这烂尾楼。刚到一会儿，区委副书记兼农工商董事长欧玉明也来了。欧玉明瘦小的个头，因胃癌做了胃切除手术，现在看上去显得更加瘦骨嶙峋。他这么早来，刘灿放知道他也惦记着这里的基建工程。

"欧书记，你这么早就来啦。"

欧书记说："虽然国家规定我不能担任公司董事长了，但我心里一直不好受，公司弄到这样子，我怎么对得起郑陆区十七万人民啊！"欧书记说着有些动情，眼睛也湿润了，"我也睡不着觉，所以一早就跑过来，看看想想有什么办法。"

"欧书记，你身体要紧，不要太急。"刘灿放安慰欧书记，其实自己心里也很着急。

一个总经理，一个董事长，两个人不约而同来看这摊烂尾楼，何尝不是都为此而揪心，两个人就说开了。

欧书记说："看这形势和现状，基建就彻底停下来吧。工地用围墙围起来，筹建人员留几个人看管现场，其余的都辞退，哪里来哪里去。"

刘灿放一听，暗暗吃惊，问："这急刹车的处理办法是区委决定的吗？"

欧书记回答："是的。"

"那这样急刹车对公司伤害更大了呀。一停下来，可能就永远都搞不起来了，影响和损失会更大、更多。"

欧书记听着也沉默不语。刘灿放建议说："我看先维持一段时间，等公司稳定一段时间再说。人员除个别要处理的，其余的暂时留用。房子长远规划，分段实施，先把屋壳盖起来，再把部分急需要经营和办公的地方装修起来，使公司有一个立足之地，慢慢再解决其他问题。"

欧书记听了，稍微松口气，对刘灿放说："你这个建议让我再向区委杨书记和陈区长汇报，商量商量再说吧。"

事后，刘灿放又把自己的思路向区委一把手杨书记和二把手陈区长作了专题汇报，他们都同意刘灿放的建议和方案，要求刘灿放全面整顿挽救这个快要濒临倒闭的公司。刘灿放得到区委一、二、三把手三位重要领导的一致认同、支持和鼓励，心里增加了一些底气，升起了一丝希望。

可是人员不全减，基建不全停，即使分段实施也要钱哪，公司已负债累累，巧媳妇难为无米之炊，除了要钱还是要钱。于是刘灿放就设法借钱。武进县税务局局长给他出主意："你公司可以跟刚成立的武进建设银行去协商，贷些款，将这基建计划实施下去。"

刘灿放马上到武进建设银行去协商。建设银行是刚从武进财政局分出来的，和武进税务局在同一个楼上办公。税务局长是个热心人，他在建设银行行长面前竭力帮刘灿放游说、推荐，理由是刘灿放信用可靠，如果让农工商烂下去，县、区、乡的经济利益将遭受更大的损失，这不符合国家清理整顿"不让国家受损失"这条根本的原则。

建设银行终于同意贷给农工商一百五十万元。

拿到一百五十万元贷款后，农工商公司喜出望外。搞基建的同志算了又算，精打细算地用，按先建一个屋壳，部分竣工装修的目标推进。

农工商从开始到现在，一年多时间过去了，仍然在长青村的猪舍里办公。这猪舍低矮，个子高的人还要低着头进门，防止碰头。屋内昏暗，虽然地上铺了九五砖，总是潮湿气闷。大家都盼望着早一天把新大楼盖起来，看到大楼重新启动，大家的精神一下子振奋了许多。

（三）

原先，农工商在市区还有三个门市部。自从"倒爷"被抓，就把在清潭、清凉的两个门市部给关掉了，局前街的一个虽然开着，但也是苟延残喘，勉强维持生计。这些门市部都是承包制，他们赚点钱连发工资都不够，哪里还有钱上交给总公司，所以也帮不了总公司的忙。

那两个部门自经理被判刑后，其他的人都寻找后路。原先单位出来的想回原单位，盘算着或许还可以做官办生意。虽然原单位没有农工商这么自由，但铁饭碗一拿，铁交椅一坐，日子还是很舒服。在这里钱虽然赚得多一些，自由一些，但总是担惊受怕，弄不好还要吃官司，像姓唐的姓宋的那样。

刘灿放知道他们心里的小算盘，就和他们说，只要遵纪守法做生意，农工商照样是欢迎的。特别是局前街还没关闭的这个门市部，总经理也姓刘，刘灿放对他说："你也姓刘，一笔写不出两个刘字，我真心对你说，姓唐的姓宋的判了刑，这是他们犯了法，但国家开放搞活的政策不会变，你好好经营。"

这位经理面上笑呵呵，连说"好好"，可肚子里心怀鬼胎，随时准备一走了之。

刘灿放看出这个人靠不住。假如局前街门市部关门，农工商真的就变成一个皮包公司了，因为没有一点经营业绩，就成了国家清理公司的对象，必须考虑另办一个门市部搞经营。

有一个熟人向刘灿放建议，市场上玻璃十分紧张，常州玻璃制品厂的供销科朱科长已经到了退休年龄，这个人吃了一世玻璃饭，和全国的所有玻璃厂都有关系，能弄到货源，我们不妨请他过来。

刘灿放"三请诸葛亮"，登门拜访请他出来。朱科长也正想退休后弄点事情做做，看到刘总亲自上门，态度诚恳，就同意来帮农工商开展玻璃业务。但朱科长说："三角场太荒凉了，玻璃门市部最好要靠市区近点。"于是刘灿放就在东门牌楼弄打听到一个门面房。房子找到了，价格也不贵，三开间的门面只要三万元，条件是必须要有城市户口的居民才能买。刘灿放老婆的户口虽在城市，但刚买了房子已经不能再买，于是找了职工周荣秋老婆的城市户口办了房产证。

玻璃门市部开起来后，这个朱科长确实有门道，生意红火，第一年就赚了三十多万，第二年赚了五十多万，公司靠建行一百五十万贷款再加上玻璃门市部赚来的八十多万，终于把大楼屋壳建起来了，而且还对部份商场和办公地方的几千平方米进行了装修。

当时三角场那地方仍然是一片稻田、菜地，矗立起来一幢一万多平米的三层大楼，很是壮观。有人评价说，这年武进新建了三个标志性建筑，一个是武进一招改造成的武进宾馆，一个是常州新丰街汽车站边上建造的物资大厦叫武进大厦，第三个就是常州三角场郑陆农工商盖的这幢大楼。

由于农工商的名气做坏了，大家议论不要把农工商的名字用在大楼上，刘灿放想了想，提出叫"九龙联合公司"。为什么叫九龙呢？刘灿放说出一番理由："第一，这大楼在青龙乡；第二，九个股东由郑陆九个乡组成，把它称为九条龙；第三，常州历史上称为'龙城'。"

中国的老百姓是很有想象力的，总是喜欢用谐音或者象征祥瑞的事物来起名图个吉利，叫"九龙"也很响亮。

有人又发挥出更多的想象力。

"啊！全国中小城市都在学常州，常州有灯芯绒一条龙、柴油机一条龙、照相机一条龙、金狮自行车一条龙！"

所有的人越说越觉得这九龙的名字起得好，区委也采纳了刘灿放这个建议，将郑陆农工商公司改名为"武进九龙联合公司"，新建的大楼称为"九龙联合大厦"。

为了彰显新大楼的新气象，把原来农工商的坏名声、坏影响消除掉，刘灿放托人到南京请武中奇写了"九龙商场"的招牌，悬挂在大楼上。开张那天还张灯结彩，举行了一个隆重的落成典礼，请来常州武进物贸供销系统的老领导、老商家来捧场。还特意到上海《解放日报》请来记者，写了一篇报道，题目叫做《常州九龙商场开张》，导语是这样写的："武进郑陆农民顺应改革开放大趋势，开发常州北大荒，创造了农民进城办商场的新奇迹。"

大楼的建成，热闹的场面果真让大家精神为之一振，三角场这里给人一种"换了人间"的新面貌。一个濒临倒闭的农工商一扫以往的"晦气"，生意逐步好起来，新办的市场人气越来越旺，全体办公人员都高高兴兴搬进了新的办公室。

刘灿放又把二期的房子也装修起来。他和大家商量，学习浙江义乌的做法，招商办起了九龙小商品市场，生意越来越红火，变成了常州东大门最热闹的小商品交易市场。从此，这里有了一个常州人尽皆知的"九龙小商品市场"。

（四）

1987 年，郑陆区实行招投标竞选总经理。刘灿放离开九龙去创办九洲实业公司，由支部书记席春豪任总经理。一年不到，九龙商场又陷入困境。上级看席春豪实在不能胜任，就撤销了他的总经理职务，由副总邓筱平接任，才慢慢地又有了起色。

如今三十多年过去了，九龙小商品市场一直很兴旺。虽然也面临转型升级，但仍然是常武地区家喻户晓的购物天堂。

四、第一辆轿车

（一）

世界上真有"一见钟情"的事吗？有！

不过刘灿放这次碰到的不是妙龄姑娘，而是邂逅了一位山西大汉。

1985 年夏天的一个傍晚，刘灿放在常州博爱路 178 号自己家里吃过晚饭，搀着六岁的女儿静静出去散步。往东不远走到武进第二招待所，偶然停下来看闲景。这时从招待所里走出一个人来，四十多岁模样，见到刘灿放上前就问："请问火车站往哪儿走，不知道能不能买到火车票。"

刘灿放和他素不相识，看到一个和善的北方人来问询，自己过去到兰州到北方去跑供销见得多了，也经历过问询和买火车票这样的事，也就客气地回答："火车站就在前面，一里多路就到了。"刘灿放笑着对他说。那汉子说："就是不知道能否买到火车票，我急着要到济南去参加一个会议。"

刘灿放突然有了想帮助他一下的念头，他经常出差，也有难处的体会。常州火车站上有一个姓李的朋友，他想去争取一下，也许可以买到。

刘灿放对他说："你等一下，让我把小孩送回家去后，我帮你去看看能否买到。"

那位汉子很高兴，答应在这儿等他。刘灿放抱起女儿加快脚步，把女儿送到家后，骑上自行车又回来，问清买什么样的火车票，又骑上自行车到火车站，不一会就回来了，把买到的车票递给这位山西大汉。

这汉子一看自己要的火车票，眼睛一眨就到了手里，十分感激，连声对刘灿放道谢。

他告诉刘灿放，他是太原钢铁厂的，名字叫华万荣，这次和厂里的书记、厂长一起来参加全国煤炭会议的。会议在湖塘召开，朱镕基、李鹏都来了，他们的书记和厂长还都在，如果要去见他们，可以介绍去见见。

说着就把厂长和书记的联系方式告诉了刘灿放，他就急急忙忙去赶火车了。

这一见一别，竟成就了刘灿放和这位太原老友华万荣一世的交情。

湖塘离这里并不远，自己刚接任了郑陆农工商总经理，本来就想结识一些国有企业的领导。刘灿放想到这里，就赶到湖塘拜访太原钢铁厂的书记厂长，后来还请他们来自己家吃了一顿饭。

（二）

刘灿放执掌郑陆农工商公司后，一方面收拾残局，另一方面开展新的业务。郑陆农工商原来的坏印象和臭名气一扫而光，人气越来越旺，生意越来越好。

俗话说："人往高处走，水往低处流。"九龙各方面好起来后，刘灿放就想买一辆轿车，这在当时似乎是天方夜谭。

那时别说一辆轿车，就连一辆卡车也没有。九龙商场是青龙北大荒，马路虽然通了，但公交车还没通，平时员工经理上下班都是自行车。刘灿放骑的还是郑陆纺锭厂带来的那辆长征牌自行车，遇到有外面合作单位来人需要接送时，就到郑陆区委去申请借用。而区委也只有一辆旧吉普车，书记要用，区长要用。虽然区委也支持区办企业九龙商场，但总是腾不出空，爱莫能助，所以往往十借九空，刘灿放只能花钱到常州外事旅行公司去租用，既花钱又不方便。

刘灿放总是思忖着，企业一定要买一辆车子。这是他又一个梦想。

买什么车子呢？轿车吧，根本买不到，即使有，也要凭集团控制购买证才能买。原先成立武进农工商第一公司时，武进县财政局倒是给了一张集控购买证的，但当时农工商搞得一塌糊涂，都在"关、停、并、转"，哪能还去买车？假如车子买回来，说不定一打官司这车就被抵债抵掉了。

再说郑陆区委还只是一辆旧吉普车，你九龙商场大不了只是一个区办企业，你能超过区领导坐轿车，那不是太张扬了？但不买吧，集控证两年期限快要过期了，作废了多可惜，不知今后还能不能搞到集控证呢。

刘灿放左思右想，能否先买辆客货两用的卡车来解决企业的用车问题，但那时候客货两用的卡车也买不到。再说这种车真要送客人，既没派头，又不礼貌，装货吧，又不实用。

刘灿放就找武进财政局高局长请示，农工商集控证能否转到九龙商场名下。高局长的夫人也是郑陆人，他清楚郑陆农工商和九龙的事，很赞赏刘灿放的为人和工作能力，她就帮着敲边鼓，说这应该可以的，反正原来的指标给农工商，现在农工商整顿改为九龙，顺理成章应转给九龙。

高局长也觉得这要求合情合理，同意把集控证转给九龙，刘灿放非常欣慰，对高局长千谢万谢。

刘灿放却又犯愁了，集控证是拿到了，但钱呢？买一辆国产的上海牌轿车要七万五千元，公司基建刚告一段落，资金紧张，根本拿不出钱买轿车。郑陆区委只有一辆旧吉普，你九龙刚开张还没赚钱，怎么去买轿车呢？

（三）

自从那天傍晚刘灿放和山西的华万荣一见钟情交了朋友，知道华万荣是太原钢铁厂的"三产"经理，并一直保持着联系。刘灿放还派堂弟刘啸林常驻太原钢铁厂当联络员。华万荣曾经问过刘灿放是做什么的，刘灿放也告诉他在经营着一家农工商公司，但华万荣不知道刘灿放究竟做些什么，真的还是假的，总想摸摸底。

有一次，华万荣到常州来，也不通知刘灿放，一个人就直接寻到地处常州"北大荒"的农工商所在地，想"微服私访"摸摸刘灿放的底细。那时农工商还是一片荒芜，公司人员还都在青龙的猪舍里办公。华万荣看到眼前的情景，心就凉了半截，看到刘灿放这种境况，当然感到寒碜。

这次正当刘灿放在为买轿车犯愁的时候，华万荣出差到常州，顺道又来看望刘灿放。刘灿放想起他到太原去时，华万荣曾用进口的小霸王送他上五台山旅游，华万荣公司进口的轿车就有好几辆。

于是刘灿放就将企业想买轿车的事告诉华万荣，问他能不能买。

华万荣那次突然"考察"私访农工商，看到的是一副烂摊子，现在眼前看到的是新气象。他看到了刘灿放的处事为人和能力，也证实了自己原先的判断。他曾对刘灿放的堂弟刘啸林讲过："农工商这副烂摊子，看来只有他才能弄得好。"现在看来自己没有看错。

当华万荣听到刘灿放说要买一辆轿车时，就坚决地说："一定要买一辆车，集控证不要放弃，购车缺钱的话我们太原公司的三产可以先借五万元给九龙。"

"啊呀，七万五千元，华万荣一下子答应借五万元，还有二万五千元怎么也能凑齐了！"

刘灿放听华万荣主动提出借五万元买车，连说华大哥是"及时雨"。

华万荣是太原钢铁厂"三产"的经理。所谓"三产"就是国有企业利用有原材料优势办的小企业，用以创收，改善职工福利，也是厂长书记的"钱袋子"。华万荣虽然文化不高，却是经营上的一把好手，他做事谨慎，办事得体，深得厂长书记的信赖。这次他一下子借五万元钱给刘灿放是冒风险的，因为他不知道刘灿放的诚信度，也不知道后面刘灿放能不能还得起。

华万荣内心有一个感觉，刘灿放看上去是一个可以让人放心的人。

华万荣很快把五万元借款汇过来了，集控证也办好了，刘灿放凑满了七万五千元汇到上海轿车厂。

一周后，轿车厂通知刘灿放去上海提车。刘灿放到上海后，找到老朋友上海丝织厂供销科长张宝金，由他请了一个驾驶员，又灌了一桶汽油。轿车提出来时已是傍晚，刘灿放和驾驶员一人吃了一碗面，就开着轿车往常州赶。那 SH760 轿车是上海牌最新型号，里边还有音响，刘灿放躺在后座，听着音乐，乐滋滋的，心想自己长到这么大，第一次能买轿车，这不是做梦吧！

但眼前的确是真的，他先是翻来复去睡不着，后来不知不觉随着车子的起伏一会儿进入梦乡，一会儿又回到现实。这是 1985 年的隆冬时节。

从上海到常州，那时马路很简陋，过无锡要经过有名的"太湖十八弯"。汽车在十八弯公路上转来转去，过去他总会感到眩晕不舒服，今天躺在轿车里美滋滋的，一点也不觉得颠簸。车子开了五六个小时，到凌晨一点钟的时候，驾驶员叫醒刘灿放，告诉他常州到了。

"常州到啦？"刘灿放揉揉眼睛。

公司有了轿车，这不但对刘灿放来说非同寻常，对全体员工也是一个惊喜，大家奔走相告，围着新车看个不停。

刘灿放这时才想到如何使用这轿车这个问题。

他想这轿车可是市长书记才能坐的，我坐了不有点奢华了吗？人家会有什么议论，自己从来是不喜欢要派头、出风头的人。

想到这些，走进家门，他眼睛瞥见那辆从纺锭厂带回来的长征牌自行车，许多往事浮现在眼前。这辆自行车承载着他多少辛劳汗水和酸甜苦辣，如今有了轿车，自行车也用不到了，但当初其他什么也没带，就带上这辆长征牌自行车……想到这些，他拿起抹布，上上下下给自行车擦了个遍，又各处整一下，给链条上了点油。他请驾驶员带着他从常州到郑陆的外围边缘绕到芙蓉，转了一圈，满足一下坐轿车的感觉，今后仍然骑那辆老旧的长征牌自行车。

后来这辆上海牌轿车几乎就给郑陆区委专用了，成了区委领导的第一交通工具，那辆旧吉普车毕竟不能和这轿车媲美。

1988年，刘灿放离开九龙，创办九洲公司后，桑塔纳、奥迪、凌志、奔驰先后购买了几十辆车，连奔驰320到600也换了几茬。虽说刘灿放不玩车，也不爱开车，但他对九龙商场买的这第一辆轿车一直念念不忘，情有独钟，讲起来津津乐道。

时间已经过去三十多年了，刘灿放已经六十五岁，华万荣也有七十七岁，他们成了莫逆之交。刘灿放几乎每年都要到太原去看老友，见面几乎每次都追述一遍买第一辆轿车的往事。

2017年6月，笔者跟随刘灿放一行去太原上五台山，他果然又在桌上回忆买轿车的事。华万荣只是笑着默默听讲，那样子就像五台山上那尊佛陀，你对它崇敬，对它诉说，对它礼赞，它总是对你笑而不答。

五、招标圈套

（一）

九龙大楼造好后，借鉴义乌的经验办起了小商品市场，名字叫"九龙商场"，与常州另一家俗称"香港滩"的迎春市场相呼应，人气越来越旺，名气也越来越响。干部员工从猪舍搬进了新大楼办公，个个心情舒畅，精神面貌焕然一新。

刘灿放一边进一步调整人员，一边狠抓规章制度建设，经营上改变"从贩子手上去贩木头"的投机取巧的经营方式，探索"后有基地、前有阵地"的经营思路。慢慢地，濒临倒闭的烂摊子起死回生了，没有多久开始扭亏转盈，年利润达到四十多万元，这在当时是一个不小的数目。

过了两年，1987 年郑陆区张书记带着一批人到东北去参观，回来就搞革新，开始推行"公开招标，选拔人才，竞选企业领导"的做法。区里的宣传口号是为了调动积极性，谁有本事都可以竞选厂长或总经理的职位。

慢慢地人们开始弄明白这竞选厂长或总经理究竟是怎么一回事，就是谁报的上交利润高，谁就当总经理或厂长。区里有一个采石厂，按照这种方法搞招投标竞选厂长，结果厂长报的利润没有厨房烧饭的报得高，厂长就下来让位给这个烧饭的当了厂长。

这股风也吹到了九龙，人们都在议论纷纷。

一次，新当选的郑陆区古区长到九龙商场来检查工作。古区长刚当选区长，对郑陆区的重点企业九龙公司当然要巡视一遍。

古区长新官上任，正当意气风发，他先赞扬九龙联合公司，对刘灿放说："九龙这两年改变了落后面貌，扭亏转盈了，这很好啊，你这总经理当得好！"

刘灿放说："我这个总经理没什么，这全靠区委、区工委领导得好，我们做些工作是应该的。"

古区长说："区里提出的口号，要大干快上，把郑陆经济搞上去……"

讲着讲着，古区长话锋一转，对刘灿放说："你们要继续努力，明年要向一百万利润进军，对郑陆区作更大的贡献！"

刘灿放听了古区长一番话，知道是给九龙加码来了。九龙就像一个大病初愈的病人，前几年职工工资很低也没福利，现在职工收入也需要增加，怎么可能一年上缴一百万的利润呢？他想到这些，就对古区长说："古区长，搞经济还是要按经济规律办。原先派来的两个干部，把农工商搞得一塌糊涂，现在刚刚好起来，不要单纯追求利润，那样就会忽略风险。我想，我们还是稳扎稳打，还有好几场官司要打呢。"

俗话说，新官上任三把火。古区长刚当区长，正想搞点成绩出来，建立自己的威信，一听刘灿放这话，心里就很不高兴，脸色当时就沉下来，稍微寒暄几句就走了。

在"九龙"，刘灿放为总经理，去年一起来创办的邓筱平担任副总经理，席春豪做了支部书记。席春豪和古区长在"文化大革命"中是一派的，两个人关系很好，现在老朋友当了区长，自然高兴，走得更近了。那天他带了两瓶好酒两条好烟到古区长家串门，两人谈话间古区长就问席春豪："你们九龙联合公司现在每年利润可达四十多万元，你说，明年能不能达到一百万元啊。"

席春豪虽然是支部书记，不管经营，但这两年九龙搞得越来越兴旺，他是知道的，也晓得刘灿放经营很有成绩。他既有高兴的一面，也有矛盾的心理。

过去农工商弄得一塌糊涂，那是区里派来的两个干部无能，现在交给刘灿放经营，两年就搞得这么好，想想假如交给自己来搞的话，照样也会搞好的，没有什么了不起，自己也当过乡工业公司经理嘛。

这时他听古区长问他，不知出于什么想法，对古区长说了这样的话："做一百万利润是完全可能的。你听他说得！"席春豪说给古区长这话的意思是说：你不要听刘灿放在糊弄你，一百万是做得到的，只是他不肯上交罢了。

古区长听了这话，勾起了那天在九龙与刘灿放交谈的不快，心里就有"换帅"的想法。他对席春豪说："他不干，你来干，怎么样？"席春豪回答："可是刘灿放现在干得很出色，随便换掉他也没有什么理由呀。"

古区长一笑，露出一种掌管一方生杀大权的霸气，心想，我一个区长，要换掉一个人还不行吗？

他又狡黠地说："现在不是要招标吗？"席春豪马上领会了。这几年当书记，经营上也没权，前几年一副烂摊子自己也不想出头，现在九龙一天比一天好，交给自己管还不照样搞好？过去是一点没这个可能性，现在既然古区长这么说，他突然强烈地产生出要当总经理的欲望。

（二）

刘灿放和一些知心朋友也在议论招投标竞选总经理的事，刘灿放能否卫冕成功呢？

"刘总，招标不招标，这个总经理总归是你当，这地方谁来也弄不好！"

"事情没那么简单，听说席书记要出来竞标，他是书记，很有可能。"

"什么？他能当总经理？他只有一张嘴，什么事也不做，天天捧着一本琼瑶的小说书，他会搞经营吗？"

"但他要是报得高呢，就能当总经理，不是说谁报得高谁就当总经理吗？"

"你们都不知道，我听说刘灿放说不投，邓筱平也说不投，席春豪也说不投，他怎么又投了？"

"我还听说让外面的人也来投呢。"

刘灿放听着朋友们的这些议论，淡淡一笑。他心里早已作好打算，自己只会在去年的利润上加一些，因为涉及到职工的收入，还有公司以后的发展，决不会为了当总经理而不切实际报得太高，谁要当总经理就让他来当吧。

这时郑陆区正在大造舆论发动各地贯彻上级精神，推行招投标竞选总经理，九龙联合公司也确定席春豪出来参加竞标，与刘灿放竞争。群众对这种竞选方式也众说纷纭，有的说这方式是好的，也有说这方式不好。

"我闭着眼睛瞎报上交两百万，也弄一个总经理当当。"

"报得高当这个总经理，完不成指标也是活受罪。"

群众说这些话当然都是说空话，但担任区委副书记兼区工委书记的冯书记却不能光看热闹。他知道九龙的过去和现在，好不容易有了点起色，他也知道席春豪这个人，华而不实，理论上一套又一套，说的一套，做的又是一套，假如他来当总经理，九龙联合公司恐怕要被他弄垮。他想自己是席春豪的入党介绍人，决定去找席春豪谈谈，做做他工作，叫他不要出来投标，不要与刘灿放去争这个总经理。谁知席春豪说："怎么？把九龙商场搞好，有何不好？我也要实现我的自我价值！"

冯书记看他态度坚决，也就不好再说下去了。

1987 年的 10 月份，郑陆区正在为明年 1988 年取得更大的成绩而大造声势，九龙联合公司的竞标大会也快要召开了。

一天，席春豪邀请刘灿放吃饭。

"灿放，走，我们和邓筱平一起去吃饭。"席春豪比刘灿放年龄大九岁。一般刘灿放有饭局都请他，席春豪请刘灿放吃饭是不多的，今天难得请客，一定是有事，而且刘灿放隐隐约约感觉到他可能是为招标的事。席春豪叫上邓筱平，可能是他需要有一个人作陪。

三个人就在常州博爱路上一个小饭店里坐下了。席春豪果然是为招标的事，他对刘灿放说："灿放，这次招标，你不要报得太高啊，没有人来抢你的总经理位置，这个总经理总归是你做的。"

刘灿放这些日子听了外面各种各样的议论，早就有心理准备，也有了自己的心理定位。

他对席春豪说："是的，不能多投，明年争取一百万利润是有可能的，但投了一百万，职工的收入如何增加呢？"

席春豪对刘灿放说："前几年我和邓筱平跟着你勒紧了裤带过得很苦，是要增加点收入了。"

席春豪也早听了许多风声，知道了一些刘灿放的底数，就说："我们报五十万，怎么样？不要多报。"

刘灿放也就这个底数，最多报五十万，更高就不投了，听席春豪这么说，没往深处想，也说："报五十万元就可以了，最高上去就不投了。"

刘灿放接着说："区里要对外招标，让外面的人来招了去，你想想，我们自己的公司叫外面的人来经营，我们这些创办的人岂不丢人。"

席春豪说："对对，这九龙是我们创办的，岂能让给外面的人呢？我们讲好了，就投五十万，反正总经理还是你当。"

席春豪喝了点酒，露出豪爽大度的模样，对刘灿放说："这次招投标，也是走走形式，走过场的，叫我出来做一个竞标的陪衬，给别人看看样子的。"

刘灿放见他说得坦率、诚恳，也就答应下来。

十月份的一天，天气已经转凉，九龙联合公司的招标大会正式开始了。全体九龙的职工，郑陆区委张书记和古区长，还有区里组织干部科胡科长都来参加招标大会。

为了显示公正和民主，区里决定无记名投票，然后再招投标。

说是无记名投票，但并没有在黑板上公开唱票，而是由区里几个人把选票收上来后，在背地里统计票数。统计的人把计票结果递给区几位领导看，结果是刘灿放七十三票，席春豪八票。

几个领导传阅着，傻眼了，但只好不露声色，这结果怎么好公布呢？马上就宣布下面进行竞标。刘灿放和席春豪开始宣读各自的标书，读完后就开始揭标。

开标结果出来了，刘灿放投标五十万元，席春豪投的是六十万元，席春豪胜出。

全场一片哗然。

（三）

投标结果出来了，席春豪要当总经理了。大家都不相信这个结果，纷纷指责这种竞标方式不合理，有的叫骂着，有的说不干了，有的说要写"人民来信"向上级反映。突然有人提醒："叫我们无记名投票，投票为什么不公开唱票呀？"

"对呀，为什么不公布选票结果，为什么不宣布得票数？"大家好像突然醒悟过来。既然选举为什么还要投标？大家虽然不知道选举票数到底多少，但自己投刘灿放的票，自己总是知道的，总之大家都不能接受席春豪当总经理，不愿意接受这个结果。

刘灿放看到竞标是这样的结果，当然也是五味杂陈。回想前几天吃晚饭说的话，他发现是席春豪愚弄了他，也发觉这里面一定做了手脚，但是谁做的，到底是怎么一回事，他不知道。

"这总经理谁要来当，就让他当吧，自己没什么，但席春豪来经营这个九龙联合公司恐怕又要弄垮了。"他这样想。

"圈套，圈套，这是一个圈套。"许多人都这样说。

"我们不要卖账，联名写信给县委，反对席春豪当总经理！"

"我们到县里去告状，告区里那班当头头的。"很多人都写人民来信向县委反映情况，也有去县里上访告状的。

会计金丽萍，平时性格温和，从来不会和人高声粗语，看到这种结果也抑制不住心里的愤怒，写了一首打油诗想寄给武进县委，但她又胆小，生怕说错了，就把写的打油诗给刘灿放看。其中有这样几句："九龙九龙在呼救，不听民意听口号，无视现实放空炮，人心所向刘灿放，政治骗子席春豪，几年坐吃无民心，花言巧语唱高调，骗得了股东骗不了群众，有谁信他那一套……"

刘灿放看了，对金丽萍说："算了吧，不要寄了，你去告诉那些写告状信的人，叫他们也不要写了。"他不想多辩。

这时有消息说，虽然竞标结果出来了，最后还要由九个乡组成的董事会通过才能作出最后决定。

董事会是由郑陆区区长、区委书记、区工委书记等人，还有九个乡的乡长、副乡长组成的。

董事会终于召开了，区副书记兼区工委书记冯书记率先发言：

"九龙联合公司大多数职工都拥护刘灿放当总经理，这几年又很有起色，我建议还是由刘灿放继续当总经理。"

因为选举的票数他是知道的，七十三票对八票，悬殊太大了，他又是分管的区工委书记，知道席春豪接收九龙这个摊子是搞不好的，所以提出仍然让刘灿放当总经理。

古区长说："不行，竞标是一个严肃的问题，既然投标出来了，怎么可以更改呢？那今后让我们再怎么工作呢？现在都在推行竞标选厂长、选经理，九龙不执行，在全郑陆区会是什么样的影响？"

又有人说："这几年刘灿放把九龙搞得很有起色，能否叫他再报高一点，还让他当。"

古区长说："那不行，竞标已经公开了，怎么可以改变？"区委书记张书记是带队到东北去参观学习回来后提出推行这做法的，他提出要"大干快上"，当然不可能违反自己提出的口号。

又有人说："我听县里的意见讲，对经营不善的可以用招投标形式，对经营好的就不需要这样做。"

张书记一拍桌子说："谁说的？经营不善的要招投标，经营好的照样要招投标。"

各个乡里来的乡长、副乡长他们根本不清楚九龙联合公司的经营，而且都是看上面区里领导的脸色行事，现在看区长、区委书记都是这态度，都附和说:"总归看投标结果呀,谁投得高就是谁当总经理,这还用说吗?"

"是啊,区里怎么决定的,我们乡里没有意见。"

这时,冯书记还想发表自己的意见,张书记坐在他旁边,拉拉他的手,意思是叫他不要烦吧,不要再管这事了。

董事会正式通过了席春豪担任九龙联合公司总经理的决定。

(四)

一天,业务部门的周荣秋和多年的老朋友刘灿放到上海去,坐在火车上,周荣秋对刘灿放说:

"刘总,你还记得吗,黄中、周润初离开九龙回区里去时周润初说的话吗?"

刘灿放默不作声,听他讲下去。

周荣秋说:"当时周润初就要叫席春豪离开农工商,说他是阴险分子,我过去也曾经跟你说过,席春豪这个人太阴,什么事也不做,太虚了,叫他离开。可是你却说,一起来创业的,而且他家里负担重,怎么可以就叫他离开,不要他了呢?现在好了,他做这样的缺德事,眼睛眨都不眨,这不是农夫和蛇的故事重演吗?你救了他,他反过来咬你一口。"

刘灿放听了,也回想起过去的事。周润初虽然不会经营,但人很正直,当时他确实看不惯席春豪,要叫他离开。席春豪也没有人缘,没有朋友,他自己也感觉到在这里已经无趣,自己也想离开了。那时,倒是自己想一起来创业的,他家里又困难,好心好意就把他留下,而且平常自己有一份,书记也有一份,从不亏待他,想不到他来这么一手。那天吃晚饭时,听他很诚恳地说"没有人来抢你这总经理的位子",说这些好话时,还有些感动,原来这都是早就算计好的阴谋,放的烟幕弹,设的圈套。

刘灿放似乎醒悟了什么,对周荣秋说:"真是,俗话说'害人之心不可有,防人之心不可无',我总是不把别人想得太坏,总是把别人往好处想。"

刘灿放接着说："我心底坦荡荡，没有对不起席春豪的地方，有什么好处总是想着他，给他留一份。考虑到他毕竟是支部书记，他要做什么事，走什么路，我也没有办法，两只脚长在他身上。"

"是啊，他这个人又做军师又做鬼，外表看上去文绉绉，其实内心里坏得很。"周荣秋愤愤地说，"可是上面的领导喜欢他，你也没办法，他会拍马屁。"

不管怎么说，大局已定，刘灿放要把总经理的位子交给席春豪了，两个人总要做一些交接班的事。刘灿放很坦率地说："席书记，这总经理的担子交给你了，有几句话不知当讲不当讲？"

席春豪说："你讲。"

刘灿放说："你当总经理，我很高兴，但我知道你好大喜功的个性，所以有一点我要说的，就是九龙千万不能再走原先黄中在这里时的老路，去招聘一些不三不四的所谓能人，只能学习义乌把摊位租赁给经商户，我们只收租金，这样就把经营风险分散了，我们只能走这条路。"

席春豪听了刘灿放这番话，面上允诺，心里想着这是刘灿放的客套话，心里一定还在嫉妒着自己，他说："谢谢你的提醒，我会搞好的。至于说怎么经营，各人有各人的想法，我会有一套经营规划的。"

刘灿放从内心讲，一点没有嫉妒的心理，也不是客套话，只是想到在此奋斗了五年辛辛苦苦创办起来的公司今后的命运。他见席春豪一点没有倾听建议的意思，一副踌躇满志的样子，知道多说也无益，也就不再说下去了。

第 二 编

第九章　创业九洲

一、除夕长谈

（一）

九龙联合公司的招投标选人风波就像一场地震，闹得沸沸扬扬。刘灿放被人设了圈套，丢掉了总经理的职务，但心里也有思想准备，谁要当就让他当去吧。他把总经理的摊子交掉后，乐得轻松了不少，趁空闲在家休息了几天。

新上任的总经理这时却忙得不亦乐乎，连夜召集几个支持他的人开会，商量招兵买马，重新组阁。因为他知道大部分员工、骨干没有投他的票，也不认同他报的经营方案和利润指标，他必须要撤换许多不听话的人，否则他的一套是没办法贯彻下去的。

这时公司的员工仍像翻了锅似的，拍桌子骂娘的，写人民来信的，直接到县里去告状的，认为区委用人失察，也有和县领导熟悉的，当面诉说九龙招投标竞选总经理的经过。这时恰巧县里正在开人代会，人大代表也在会上向县领导反映。县委书记蒋惠良在大会上批评郑陆区的做法："有些人不懂经营，搞什么招投标竞选总经理、竞选厂长，听说还把一个烧饭的选出来当厂长，谁报得高谁就当厂长、经理，也不问他能不能当。

一个好端端的九龙联合公司，这几年经营很有起色，搞招投标弄得乱糟糟的，这不是瞎折腾吗？有人说这是贯彻上级精神，我们要求你们这么做了吗？我们说经营不好的，可以试试搞招投标，没有说一刀切全部要招投标，可有的领导就是歪嘴和尚念歪了经，这是对集体、对人民负责吗？"

郑陆区领导听了武进县委的批评，知道捅了乱子。原来招投标选厂长、选总经理并不是县里的指示，而是郑陆一些领导去东北参观后回来自说自话搞的一套不成熟的改革。现在九龙招投标遭来这么多批评，他们心里有点慌张了。

郑陆区委张书记带着一些人亲自登门拜访来了，他们当然有他们的打算。张书记对刘灿放说："企业虽然招投标了，中标的和落标的都有压力，中标的不一定上，落标的也不一定下，因为最终要看今后的经营和数据，能否兑现承诺才算数。"

区委书记对刘灿放说："我们区委为此也承受了不小的压力，县委已经批评我们了，批评我们的轻率和不慎重，我们确实对中标者的经营能力和品德方面心中无数，但改革总是对的，竞标也是形势的要求，希望你能理解区委的出发点。"

"现在上访的、告状的、骂人的、想走的都有，职工情绪很不稳定，还请你做做上访员工的思想工作，请他们配合中标的人搞好经营。"

区委书记说这话时显得十分诚恳、谦恭，堆着满脸的笑。刘灿放说："你放心，我不会去让员工与新任总经理作对的，我也叫他们不要再去上访告状，这是真话，我不愿意看到我奋斗了五年的九龙败掉，我只有希望九龙能搞得越来越好。"

区委书记连说："对的，对的，我们都希望把九龙公司搞好的。"

区委书记又诚恳地征求刘灿放今后的工作安排。

"区委已经研究过关于你的工作去向，有四个方案让你挑选：第一，派你到九龙联合公司所在的青龙乡当副乡长；第二，派你到海南去筹建开发公司；第三，仍然留在九龙联合公司当支部书记，与席春豪调一调，换个位置；第四，你去党校脱产学习一二年，再作安排。"

刘灿放想了想，对区委书记说："我一直搞企业的，不是当官的料，到海南去我没有这个思想准备。至于留在九龙当书记，那就更加不妥了，搞得好固然是好，搞得不好，将会引起不少矛盾，过去书记、经理之间就曾经发生过这样的矛盾，搞得不好，可以说是我从中捣的鬼，说不清楚。既然席春豪要承包，就让他一人做事一人当吧。"

"至于说去党校脱产学习，因为过去我没有读什么书，先天不足也想后天补上，倒是想去再读点书。"刘灿放回答。

在对刘灿放的去留工作安排上，区里也有不同意见，区分管组织的说："上级组织部门说了，落选了就不能再聘任当干部了。"不同意刘灿放到乡里去当副乡长。

在刘灿放接待几批区委领导的同时，不少公司的员工也来告诉他九龙公司的情况。

说席春豪当总经理后，连夜开会，招兵买马，叫某某人当什么，又叫某某人管什么，又是商量经营规划，提出利润指标。

"是啊，他又聘请了一些外面的人来当各部门的经理，听说要到新疆去进一批羊毛回来。"

"这不是完全在走原先黄中的老路吗？他一定是弄不好的，我们不愿意跟他干了。"

"听说席春豪准备把没投他票的大部分职工都要解聘，并且放话说，他已经招到新员工了。"

"刘总，你去成立一个新公司吧，我们跟你干。"

这些员工一个个群情激愤。

有一个员工说，外面流传着一个顺口溜：张书记官迷心窍，古区长只要钞票。胡科长捞根稻草，冯书记说得公道。

听了这些员工说的情况，刘灿放叹了口气，他想到交接班时给席春豪说的话，告诫他千万不能走农工商成立时的老路。他为九龙的前途捏了一把汗，但又无能为力，只得自言自语说了一句话："哎，他是不到黄河心不死，不见棺材不掉泪啊！"这时刘灿放也暗暗感到不少压力，他的落标竟害了这么多人，这些支持他的员工确实面临着巨大的生存危机，可能丢掉饭碗。

来登门拜访的还有一些公司和武进县职能局的领导，他们知道九龙招标刘灿放落标的事，认为刘灿放是一个难得的经营人才，都想邀他去他们那儿干。

分管水利的周福元副县长，请他去县水利局下属的一个公司当总经理。九龙刚划归常州市郊区了，郊区商业局薛局长邀请他去商业局所属公司当总经理。武进农业局奔牛农场书记、原来创办农工商的周润初，他当然知道刘灿放，又几次上门邀请他去国营农场兴办企业。

各方面的邀请让刘灿放感到为难，他犹豫不决。

（二）

九龙招投标乱哄哄的日子过了一阵，不知不觉到了1987年的农历除夕。已经退居二线的原郑陆区委副书记、原任农工商董事长的欧玉明打电话给刘灿放："灿放啊，今天是大年三十，今夜我在三角场青龙工业公司过春节，你来坐坐，我们说说话。"

刘灿放这才想起，欧玉明退居二线后，就借住在刚划归常州郊区的青龙工业公司。他在电话里对欧玉明说："欧书记，我正要向你老领导拜拜年，向你汇报汇报，我一定来，我在家吃了年夜饭后就过来。"老百姓的风俗习惯，无论多么忙，大年三十的年夜饭是一定要在家里吃的。

吃完年夜饭，刘灿放骑着那辆从纺锭厂带回来的舍不得扔掉的长征牌自行车，来到欧玉明的房间，两个人就开始聊起来。

欧玉明比刘灿放要大二十多岁，早已是忘年交，也不客套，也不拘束。欧玉明给刘灿放倒了一杯开水，给自己也倒了一杯，两个人都不喝茶。

欧玉明首先问刘灿放九龙招标的事，刘灿放一一说了。刘灿放又把招投标后的情况，把区委书记来讲的话，员工们来告诉的情况，还有一些职能局请他去的情况都说给欧玉明听。欧玉明听得很仔细，有时插话有时问这问那，听完后，他开口说话了："这次九龙招标，实际上是设了一个圈套让你钻的。"

欧玉明虽然退居二线，但他毕竟在郑陆当副书记多年，对郑陆区的情况是熟悉的，对有些人的所作所为也是看得很清楚。

"这个圈套的来龙去脉，我给你总结一下，也就是'四个人为了四个字'，围绕着一场闹剧展开的。"欧玉明说。

刘灿放哈哈一笑："要是你还在的话就好了！"

欧玉明说："我即使在也不一定能阻挡他们的。"

欧玉明接着说出了他"四个人为了四个字"的见解。

"这四个人四个字叫做'张书记的迷、古区长的计、胡科长的屁、席春豪的利'。"

"怎么说呢？区委张书记是新官上任三把火，他想搞大干快上，他是一个不顾实际的'改革迷'，他想搞出点名堂来，出人头地，还想往上爬，他是个官迷。"

"而古区长也是新官上任，他只想要钞票，和张书记一样想搞点成绩出来给上级看，刚巧和张一拍即合。你刘灿放不会拍马屁，又不肯顺着他们吹牛皮。你当总经理干得最好，威信最高，对他们都不重要，他们就想换掉你，但又不能随便换你，就借用改革招标来换掉你，让听话的人来，前面跳的是席春豪，其实后面操纵的是他们。"

"这就是古区长的计。"

"而管组织的胡科长他只是科长，当然听书记区长的，他当然要拍领导的马屁呀，所以说是胡科长的屁。"

"席春豪这个人，当书记没有权，总想有权可以谋利。他不惜昧了良心，请你吃饭，骗你少报，他多报，使你落标，他是为了一个利。"

刘灿放听着欧玉明的分析，心里暗暗佩服，欧玉明毕竟是一个老干部，看问题看得深。

欧玉明继续说："而你刘灿放呢？我也给你总结一个字，叫做'粗'，你太粗心，你以为自己搞得不错，你只要把业务抓好，不管领导的意图如何。这是区办企业，属区里管，怎么能不注意他们的动向？我知道你待人好，没有防人之心。"

刘灿放听了欧玉明这样说，连连承认自己心粗，也没想得那么复杂。

欧玉明说："我看这次落标了，也并不是坏事，你还年轻，重新创业！"

刘灿放说："我正在考虑这个问题，今后怎么做。"

欧玉明露出坚定而又坚决的神态，似乎要对刘灿放交待一桩郑重其事的任务。

"灿放，你要创业，但要坚决赶快离开九龙这个是非之地！我看得出，席春豪这个人夸夸其谈，肯定是弄不好的，你再不走，后面肯定好事无你份，交恶在眼前了。"

刘灿放回想起许多好友和员工们对他说的话，再听欧玉明说的一番分析，刘灿放更加坚定了离开九龙的决心。

欧玉明进一步建议道："你这次创业，不要再到什么局什么政府办的下属公司去了，不管是武进的、郊区的，不管是国营的、集体的企业，你都不要去了，要白手起家自己干！现在国家政策已经下来了，鼓励私人办企业，你最多只能挂挂国营集体的牌子，也叫做'红帽子企业'。如果你再在国营集体企业干，今后还会遇到像郑陆区这种瞎折腾的事。这几年，这种情况我见得多，你也经不起再折腾。"

刘灿放最近正在为各个职能局邀请他去而犹豫不决，一时也理不清，欧玉明这么一说，他茅塞顿开。回想从大队村办企业创办无线电元件厂，又到了乡办企业纺锭厂，一直到创建区办农工商，何尝不是行政干涉，长官意志，折腾来折腾去，走到哪里，哪里都有一根绳索套在自己的手脚上。

"你开始即使自己本钱小一点，可以慢慢来，逐步发展。"欧玉明说。

听了欧玉明的一席话，刘灿放豁然开朗了，坚定了自己创业的信心。

两个人说说谈谈，越说越投机，不知不觉过了十二点钟。

1988年的新年到来了，赶早的老百姓都抢着在新年最初到来的时间放炮仗、放鞭炮，劈劈啪啪的声音此起彼伏。这是老百姓祖祖辈辈留下来的习俗"抢罗头"，意思是抢个好兆头。

刘灿放又给欧玉明倒了热水。深夜天气很冷，两个人就不断倒点热水焐焐手。他看着欧玉明瘦弱的身体，也知道他动过大手术，不要熬夜太累了，就对欧玉明说："欧书记，时间不早了，我们休息吧。"谁知欧玉明谈锋正健，一点也没有睡意，他对刘灿放说："不要紧，我们再说说，今天是除夕夜，老百姓除夕夜不是有坐夜坐到天亮的习俗吗？"

刘灿放其实肚子早已饿了。他坦率地说："我怕你吃不消，我肚子也饿了，你要坐我就再陪你坐坐。"

欧玉明听刘灿放说肚子饿了，才发觉这个临时的住处没有可吃的东西。他突然想到准备明天大年初一待客的长生果（花生），马上拿出来，两个人就剥着长生果壳，喝着热开水充饥。

欧玉明是念过一些书的，肚子里很有一点墨水。这时他笑着对刘灿放说："我记起来一句诗，不知是谁的，叫做'草草杯盘共笑语，昏昏灯火话平生'，我们今天连草草杯盘也没有，只有几粒长生果搭搭白开水，但是我们有笑语，昏昏灯火话平生，也是很贴切的。"

刘灿放觉得欧书记想起来的这句诗很有意味，今天的情景不就是这样的吗？

待到两个人分手的时候，1988年大年初一的天快亮了，远近家家户户的鞭炮声更加热烈地响起来。

（三）

春节过后几天，欧玉明送来自己写的一首诗。刘灿放打开一看，诗是这样写的：

芍药牡丹生来贵

松柏长青寿常在

秋熟莲子炎伏有

铁树蜡梅严寒志

高楼大厦平地立

大好河山人建业

字号恰逢九中九

城中确有洲中洲

原来这是一首藏尾诗，最后一字连起来便是一句话，"贵在有志，立业九洲"。

欧玉明虽然不是写诗的人，但他这几天一直在为刘灿放的创业思考着。他写出这首诗是想给刘灿放励志，并且为他未来的公司试图起一个好名号，这诗中暗藏着"九洲"二字。

1988年3月份，刘灿放创建了自己的公司，起名就叫"九洲实业公司"。

二十八年后的2016年春节，欧玉明已经八十六岁了，他住进了医院，已经不能用笔了，但九洲仍挂在他心上。他要写一封信给刘灿放，就叫来他的孙女欧怡君，自己口述让孙女记录下来：

灿放：

新年好！

光阴似箭，日月如梭，又到了农历岁末年终，你肯定格外忙吧。

2016年是猴年，我送你一副不成文的对联：

金猴奋起千斤棒，护僧西天取真经。意在新的一年里图个吉利，讨个平安。

这次与你通信，主要是学习和探讨中央经济工作会议精神……

作为一个企业，与国家有相同之处，方向、目标是相同的，但企业实体经济是"自负盈亏"，周旋余地小，调节能力差，经不起大风大浪，自己的命运只能靠自己主宰……

欧玉明虽然在病中，但他一定听到了九洲集团因担保引起的巨大风险。他告诫刘灿放，企业虽然和国家的命运是相同的，但作为私营企业，总是承担着自负盈亏的风险，经不起大风大浪，自己的命运只能靠自己主宰。

他又语重心长写道：

要拿出当年"四千四万"精神，"千言万语、千辛万苦、千方百计、千山万水"，要鼓起"异军突起"的勇气（邓小平称乡镇企业是异军突起），利用好专搞市场经济老手的强项，下定"不到长城非好汉"的决心，在认识新常态形势引领下，在新一轮改革大潮中，有新的突破，出奇制胜，作出新的贡献……

在生命快要走到尽头的时候，欧玉明一定在回忆着二十八年前，1987年除夕夜与刘灿放的彻夜长谈。

这是欧玉明给刘灿放的最后一封信。

二、白手起家

（一）

1987年除夕，刘灿放和欧玉明彻夜长谈。欧玉明为刘灿放谋划了独立创业的愿景，并且还写了一首藏尾诗，连新公司的名号也考虑好了。这次彻夜长谈，说透了问题，指点了迷津。

1988年春节一过，刘灿放就辞职离开了九龙，筹备成立新公司。他首先找到武进物资局原局长陈志勇，征求他的意见。

陈局长比欧玉明还年长五岁，也是一个非常有智慧的老干部。他在位时，武进物资局曾经获得过全国物资系统先进五连冠。退休后本来打算受聘于农工商当顾问发挥余热，因为他很欣赏刘灿放，谁知招投标中刘灿放总经理落标了，他就放弃了到九龙来当顾问的念头。

陈志勇一听刘灿放想自主创业开办公司，非常赞同。但他毕竟是多年公有体制环境下的思维，不赞成刘灿放去办私营公司，而竭力主张他到武进农口去创办企业。他对刘灿放说："农口一直以粮为纲，缺乏企业，原有农场都是以种田种粮为主，收入微薄，他们正想办些新企业搞创收增加收入。"

刘灿放默默听着陈志勇老局长的分析。陈志勇接着又说："到农口办企业，第二个好处是农口的领导不懂工业，不懂流通贸易，你去了他们会让你有更多自主权。"

陈志勇说这些话，其实他和欧玉明一样，也早就体会到行政干涉是办不好企业的。他说这些话是怕刘灿放再遭磨难，对刘灿放完全"单打独立"也有几分顾虑。

刘灿放耳边又响起除夕夜欧玉明的告诫，还真担心今后再发生这样瞎折腾的事。但要知道，那时个体户和私有企业在社会上是没有地位的，人家都不相信个体户和私营企业，国家工商管理一般还不允许个体和私营企业搞物资经营。

刘灿放这时又想到欧玉明"至多挂靠国营集体，做一个戴'红帽子'企业"的话，毕竟"红帽子"企业生意要好做。

刘灿放觉得陈志勇老局长说得有道理，就答应到武进奔牛农场去办企业，因为这是国营农场，好挂靠在"国营"招牌下。第二是因为农场的书记是周润初，原就在郑陆农工商共事，相互了解。第三，周润初为人耿直，而且听说九龙招投标刘灿放落标后，早就来邀请过他。

周润初见刘灿放终于选择到农场来办企业，当然十分高兴。但刘灿放对周润初提出三个要求："我办的公司挂靠在国营奔牛农场名下，但公司要独立核算，自主经营；第二，公司要办在常州城里，我自己租房子；第三，不要奔牛农场投资，我自筹资金，公司盈利后，按核定对农场上交一定利润。"

周润初一听，刘灿放都说得合情合理，又不要农场投资，每年还有上缴盈利收入，于是一口答应下来。他领着刘灿放到主管单位武进农业局作汇报。武进农业局三位局长都了解刘灿放的人品和能力，也一致同意，并且热情欢迎刘灿放来农口创办企业，也同意公司就办在城里。武进县政府和农业局就在常州城里，联系、指导、管理都方便。

（二）

要领企业执照就要先落实场所。正在思忖着，周杏生来告诉他一条消息，在《常州日报》看到港务处有办公楼要招租的广告。

周杏生是武进农机公司离休老干部，刘灿放在九龙商场当总经理时，他在当顾问，现在看到刘灿放要创办新公司，也一直在关心着。

刘灿放听到这个信息后，马上就去找常州港务处询问租房的事。周杏生一定要跟刘灿放一同去。

常州港务处是一个县团级单位，在计划经济时代，常州所有港口都是属于常州港务处领导，企业职工近万人，掌控常州整个港务运输与管理。港务处书记兼主任的洪云生是参加过中国第一颗原子弹会战的，领导能力很强。他掌管港务处后，在靠近火车站的常面路"十八间"那地方，造了一幢六层办公大楼，整洁、大气、宽敞明亮，外墙马赛克，内室磨石子，一排十二间。洪云生将4—6层作为港务处总部，准备将1—3层对外出租，产生点收益。等刘灿放、周杏生去时，1—2层已被常州石油公司租去了，还有3楼十二间待租。刘灿放决定把它租下来作为新公司注册场所。

走进洪云生办公室，洪主任正在看资料。当听说有人找他要租房时，他略抬一下头，见是一小年轻和一个老头子，就冷冷地问："你们是哪里的？有什么事？"刘灿放连忙回答："我们是九洲公司的，听说你们港务有办公楼要出租，我们想来看看。"

洪云生又抬头看了一眼这一老一小，问："九洲公司？怎么没听说过？"

刘灿放心里想，我大言不惭讲是九洲公司的，其实九洲公司还没成立呢，这不，要找经营场地才能注册吗？但他不能说还没成立，必须要虚张声势一下："是的，我们九洲公司刚成立，原先在东门三角场九龙那里的，现在出来新办了一个九洲公司，想来租你们港务处的地方做办公地，因为你们港务处离火车站、汽车站很近，出入方便。"

洪云生好像听懂了，他知道东门三角场确实有九龙商场和九龙公司。他稍微停顿了一下问："那你们想租两间还是三间呢？"

刘灿放说："我已看了你们的房子，两间、三间是不够的，就把你们三楼十二间全租给我们吧。"

"三楼一层十二间全租下来吗？"洪云生不相信自己的耳朵。

"对，全租下来！"刘灿放坚决地回答。

洪云生停顿片刻，又问道："你们一个新公司，一下子要这么多办公房？石油公司是常州国营大公司才租两层，你们一个新公司要这么多干什么？"

刘灿放认真地说："洪主任，我们虽然是一个新公司，但我们会有好几个部门和科室，确实需要这么多才够用。再说，你们三层一块给我们，也方便管理，水电费也好计算，安全等职责也明确。"

洪主任听了觉得有道理。他转而说："我们房子可以一层全租给你们，但租金要一年一次性付清，因为你们是新公司，我们吃不准你们的能力和信用。现在社会上皮包公司多如牛毛，两天开门，三天打烊，到时我们找谁要房租？"

刘灿放说："可以。"

在一旁听着的周杏生插话说："洪主任，我们刘总是诚心要租的，你要一年一付，刘总也答应了，但你要一年租金一次性付清才能入租，是否有点……我们是新公司，资金紧张，洪主任你能否给我们优惠些？"

洪主任立马说："不行，和石油公司一样。"他一边说，一边盯着刘灿放和周杏生补充说，"你们资金紧张，可以不租嘛，或者少租些嘛。"

刘灿放听洪云生有点不高兴，连忙打招呼说："周经理，洪主任是有原则的领导，我们怎么好为难他呢。"说完刘灿放大大方方地对洪云生说："洪主任，我们有缘，就这么定了。我们租你们港务处这块风水宝地，我马上派人来和你们订合同，按照您的意思，把租金一次性付清。"

洪云生听着小伙子很直爽，也不知道是真是假，但也看出这年轻人态度很诚恳，这才站起来和他们两人握手告别。

一出门，周杏生就责怪刘灿放："你也太爽快了，不会讨价还价，不管怎样，这租金应该分期付，也不能让他说什么价就什么价。"

刘灿放劝慰周杏生说："周经理，我们是新公司，人家都怕是皮包公司上当受骗，租给你房子就不错了，如果多计较，可能房子也不租给你，没有经营场所，公司的执照就不能办。看这洪主任难说话，但他是国家干部总要摆点架子的嘛。这里房子确实很好，交通也方便，房子定了才能做下面的事啊。"周杏生听了也就不再吱声了。

刘灿放到原来关系比较好的合作单位去借了一张限额空白支票，又叫原来在九龙时搞基建的陈浩金，让他去和港务处洪主任签订租房合同，并对陈浩金一一作了交待。

陈浩金比刘灿放大十二岁，做过大队书记，有干劲，也能做具体的事。九龙竞标刘灿放落标后，他也不愿意干了，因为他不服席春豪这个人。他本来打算仍回老家运输站工作，听说刘灿放要重新办公司，他很高兴，浑身是劲。没有几天就和港务处签订好了合同，但未盖章，因为新公司执照未领到哪来章呢？就将刘灿放借到的一张空白支票押在港务处。陈浩金又把九龙招标的情况详详细细地讲给洪云生听。洪云生听了也对刘灿放这个人有了更多的了解，一反原先仍有疑惑的态度，热心地支持陈浩金。不几天陈浩金就将办公室、会议室等一套公司经营场地全部整理完毕。

（三）

陈浩金对刘灿放说："洪主任看我们做事很讲诚信，又有效率，对我们很信任了，那张空白支票还没入账。我去和洪主任商量，房租还是分期付，我们资金上可以吃轻一点，我想洪主任是会同意的。"

刘灿放说："不行，借的支票我们仍然还掉，但房租以前已谈好一次性付，我们必须按原先讲好的做，钱我再去想办法。"

刘灿放回到家，把自己家里的一点积蓄全数拿出来，又到他弟弟的大队厂里借了几万元，凑满了全年租金七万五千元，一次性交给了港务处。没有张灯结彩，没有放鞭炮，按常州人的说法叫"闷声大发财"，刘灿放邀请帮助筹办公司的人来吃了一顿饭，宣布"九洲实业公司"正式开张。

新公司刚开张时，只有六七个人，不愿在九龙干的两个会计，还有周杏生、陈浩金等。刘灿放对大家说："你们该做什么就做什么，我要到外面去寻点钞票，还要给你们发工资呢，没钱公司怎么生存。"

他白天整天在外面联系业务，一到晚上，公司里的人都回家了，也没有留守人员，他就到公司去巡视一遍。看到抽水马桶不停地在放水，厕所里脏兮兮的也没有人打扫，楼道里、房间里香烟屁股满处都是，还有一盏电灯还开着，几只啤酒空瓶扔在墙角边。

刘灿放一看，心里就一个咯噔，这个样子下去，这公司还弄得好吗？不行，必须找一个人来管理。

刘灿放想到了原武进供销社退休的崔立成老会计。崔立成是刘灿放在九龙当总经理时聘用的，家在离常州七十多里的西夏墅，所以他一直单身住在常州。他一听刘灿放叫他到九洲来，马上辞掉了九龙物价管理的工作来九洲上班。

刘灿放对崔立成说："崔会计，港务处这大楼几乎一半归港务处自用，洪主任规矩很大，楼道拖得干干净净、清清爽爽，我看有时洪主任还亲自拖地，一到晚上，所有电灯全部熄掉。可是租给石油公司和我们九洲的三层没有人管，特别是石油公司，烟头满地，地很脏也没有人拖。你来了放一张床铺就住在公司，白天做物价工作，晚上要负责关灯和检查抽水马桶是否漏水，早晨要负责把1—3层公共楼道拖清爽，你早晨拖地也是运动，可以锻炼身体。"

崔立成问："一层二层不是石油公司的吗，我们也要给他们拖地吗？"

刘灿放说："对的，虽然一层二层是石油公司的，但我们帮他们把楼道拖干净，我们上上下下也干净，不要怕吃亏。"

崔立成在九龙时就知道刘灿放的脾气，听他这么说，点点头。

刘灿放继续对崔立成说："我们的水电费虽然包在租金里不要再付了，但也不要浪费。总之，我们卫生搞得清清爽爽，各方面做好也是树立我们公司的自身形象。"崔立成听了完全理解，十分赞同刘灿放的做法。

"你这些外加的工作，公司里多给你一份报酬。"刘灿放说。崔立成连连说："不要不要，多做点也是应该的。"

崔立成是一个勤勤恳恳的老职工，对刘灿放的这些嘱咐既认同又领会。他十分尽心，一到晚上，崔立成把一到三楼的公共楼道拖得精光铮亮，比港务处的还清爽，没有一丝垃圾纸屑，抽水马桶也不再漏水。

刘灿放又召集大家开会。他对大家说："你们跟我做生意先把这些坏毛病改掉，要做生意先做人，人都不会做，还做什么生意？我们这些土八路游击队泥腿子要不脱胎换骨，下去也不会有什么出息的。"大家听刘灿放说的在理，都明白身上的坏毛病不改不行。

（四）

洪云生是部队作风，讲究一丝不苟。他以前常常看到租给石油公司的一二层楼，纸屑满地，办公室里乱糟糟的，烟雾缭绕，香烟头满处丢，晚上电灯有的整夜开着。现在看看三层的通道和办公室里，始终保持清洁干净，下班后有专人收拾，所有门窗电灯都关锁好，看了舒服，心想这个刘灿放年纪轻轻，带领的公司很有素质。他自己属下也有一个像九洲那样搞三产的经营公司，一百五十多号人，也远比不上九洲公司。看着九洲办公室清洁整齐，待人客客气气，又会做人，又会做生意，这位洪主任打心眼里喜欢。

隔了三个月后，洪主任把陈浩金叫到办公室，诚恳又郑重地对他说："你们的房租就按季度收吧，多余的钱退给你们，我知道你们白手起家创办新公司资金紧张，也很不容易。"

陈浩金连声道谢，回来给刘灿放汇报。刘灿放也很高兴，连说洪主任这个人厚道，能体谅别人，并交代大家，洪主任、港务处这样对待我们九洲公司，我们各方面一定要做得更好。

九洲在港务处经营了三年，从一亿销售做到了三亿元销售，一年上一个新台阶。洪主任心里敬佩刘灿放带领的这个九洲实业公司，并把它作为港务处下属十几个公司的学习榜样，经常在各种会议和场合以九洲为案例教育职工。后来几十年里，洪云生一直是九洲的老朋友。

三、第一桶金

（一）

1988年3月15日，刘灿放请相关朋友在港务处三产公司办的小饭店吃一顿饭，对外宣告武进九洲实业公司正式成立。邀请参加的领导和朋友都了解刘灿放，虽说知道刘灿放的能力，但九洲能否撑得下去，闯出一番天地，大家心中无数。出于朋友感情，大家都暗暗担心着刘灿放所办公司的命运，特别是周杏生和陈浩金，深知九洲的内情，开办和租赁房子的钱，都是刘灿放私人和外面去借来的，真正的白手起家！

刘灿放心里也没底，到底能不能办好这个公司，他既担心又忙碌。一切都要从头开始，眼前缺钱、缺人、缺货，而开门七件事，柴、米、油、盐、酱、醋、茶，哪一件不要用钱？钱从哪里来？要做生意赚钱，那进货又要本钱，本钱从哪里来呢？

刘灿放找一些好朋友，商量如何渡过难关。有一天，常州江南化工市场的许博先经理，打电话给刘灿放："刘总啊，我朋友告诉我，南京军区有一个军队企业在国外进口了一批二甲苯，到货时间晚了，天气又是盛夏，二甲苯是易燃易爆物品，没有储存条件，没有危险品许可证的单位是不敢接收和销售的。这个军队企业的老总急着要找接收这批货的企业，同意可以先拿货，销出后还钱。"

刘灿放听了先是一喜，接着是一惊，不敢说话。只听电话那头许博先又说："刘总，你们九洲敢不敢做？"刘灿放问："进价多少，有多少差价盈利？"

"肯定有差价呀。你接下来，因为他们急着要找人出手，估计还能降一点。"许博先在电话里说。

这二甲苯当时在市场上也是紧缺物资，刘灿放目前既无资金，又无渠道，心想有这无本生意跑上门来，不是"踏破铁鞋无觅处，得来全不费工夫"吗？怎么肯放弃呢？

刘灿放在电话里坚定地回答："我们做的！"

许博先告诫刘灿放："刘总，关键要确保安全第一，这可是危险品啊！"

（二）

按照许博先提供的联系地址，刘灿放很快在南京找到了那个叫"利源"的军办企业。总经理王鹏飞给刘灿放介绍了情况，很快就谈成了。

因为利源公司进的二甲苯货到港口已经有好几天了，苦于找不到买家，南京港务一直催促并要罚款。这批货总价值五百万，一分钱不付就让九洲拉走，天下哪有这样的好事？但确实是真的，因为这王鹏飞总经理已被这批货弄得焦头烂额，巴不得请人赶快拉走。

刘灿放心里暗暗高兴，窃喜真是天助九洲也！

刘灿放只顾高兴，却不知道做这笔二甲苯生意的危险性。回来商量如何去提货、储存、销售，这时才发现二甲苯运输要有许可证，储存仓库必须国企的专业仓库，而国企仓库不接外单。

1988 年的夏天，是历史上有气象记录的酷暑，连续的高温更让这些仓库不敢接收这种易爆易燃的二甲苯。假如放在非专业性的没有危险品许可证的仓库，又是违法的，如被发现，是要吃官司的，一旦出了事故，谁也担当不起。

有的仓库负责人，他们都是化工经营的专业人士，告诫刘灿放说："你们决不能开玩笑，不能拿这烫手山芋！"

"莫非你们吃了豹子胆了，敢做这危险品！"又有人说。

陈浩金听了这些人的话，也劝刘灿放："不要做吧，我们把货退掉吧。"

刘灿放听了这许多人的劝告，心里忐忑不安，也知道这其中的风险，但想到既然已经和利源公司说定了，就应该兑现。况且，正是因为有危险、有风险，利源公司才会一分钱也不要就把货拉走，而我们九洲公司刚创办，根本没有本钱做生意，也确实需要做这一笔无本生意。

刘灿放主意已定，就叫陈浩金在常州采菱港的河边找到了一片前后左右都无人居住的空旷堆场，把南京运回来的二甲苯平放在那里，上面用湿稻草铺席遮好。

（三）

1988 年盛夏的持续高温天气，用"酷暑晒人干"来形容都不为过。

为了尽可能降温，刘灿放他们想着用皮龙头抽水来浇。他们雇佣了十几个人，日日夜夜轮流值班，往稻草蒲席上不停冲水。刘灿放白天黑夜不停地去送西瓜、送棒冰，慰劳冲水和看管的人。说是慰劳，实际上他自己也想着轮番去检查巡视，不让他们有一丝懈怠，疏忽了安全问题。

就这样用人海战术和土办法坚持了整个夏天。天气渐渐凉下来了，二甲苯正是走俏季节，这一批货全部销售出去，一算获利六十多万元。

这一年，九洲公司这笔生意，加上其他零碎的生意，总共加起来赚了一百多万元的利润，缴足了给奔牛农场的上缴费，又买了一辆桑塔纳轿车。

二甲苯销售快要结束时，常州市组织安全大检查。分管安全的副市长到采菱港检查时，才知道今年夏天这里曾存放过五百吨二甲苯，吓了一大跳。他跟陈浩金说："你们真是好大胆，放了一颗定时炸弹在我们眼皮底下，你们知道这要是炸起来，半个常州城都要炸掉的啊！"刘灿放听了，也主动作检讨。

第二年夏天，又有一批二甲苯要九洲销售，刘灿放果断拒绝。他说："上次那是无奈之举，冒险经营，也是不得不做。今后，我们绝不能再做这种生意，利润再高也不做。世界上的一些事，不可无一，不可有二啊。"

这笔二甲苯生意，是九洲名符其实的"第一桶金"。

第十章 物贸大战

一、念诵"生意经"

（一）

1988 年 3 月，九洲实业公司成立的这一年，正是中国改革开放进入第十个年头。1978 年改革开放后很长一段时间，我国经济实行的是价格双轨制。价格双轨制是指同种商品国家统一定价和市场调节价并存的价格管理制度。价格双轨制是从计划经济向市场经济转型过程中所采取的一种特殊制度安排，是实施渐进式改革战略的一个重要特征，其特点是同时存在体制内和体制外两种价格体制。

双轨制存在很多弊端，双规价格并存必然会助长计划内外的倒买倒卖和权力寻租现象，造成腐败。但是另一方面价格双轨制又给市场经济开了一个口子，也给个体和私营经济提供了一个机遇。生产资料和生活资料的供需，放出一部分给企业自主经营，企业有了一部分自主权，个体、私营经济随着国家开的口子，也有了经营的机会和空间，形成了另一条比较自由的市场经济运行轨道。

别看这一部分的放开，在那商品短缺的年代，这可是一股"活水"和"暖流"，催生了许许多多新生个体经营者和私营公司，九洲公司也在这股暖流中应运而生的。当时有句口号叫做"让一部分人先富起来"，九洲也是最先觉醒、试图先富起来的一部分人。

九洲是白手起家的新公司，缺钱、缺人、缺渠道，国家计划内的物资沾不到边，要投资办实业又没资金，只能靠物资流通领域里一手进一手出，从中赚取一些差价谋生。

1988 年这一年国家正在实行"价格闯关"，冰箱涨价，彩电涨价，钢材涨价，什么都涨价，人们越涨越买。这对生意人来说，无疑是福音，机会多多。九洲实业公司本行是贸易，做钢材生意，做化工生意，做建材生意……他们几十个人顶着烈日，冒着风雨，穿梭在大街小巷，奔走在异域他乡；一碗面条，一块饼，就打发了一顿中饭；几块钱的招待所，小旅馆，就度过了一个疲劳的夜晚。但他们又很兴奋，因为他们得心应手，左右逢源，城东的货拿到城西去一出手，就有大把大把的钞票赚进。有人欣喜若狂，有人窃窃自喜，"一只冰箱，从这个店拿到那个店就赚了一千元；一吨镍，一涨价就是几万元"。

"哎呦，真是臭狗屎也卖得掉。"有人这样形容当时商品的匮乏和人们的购买欲望。

九洲有求于别人，也有别人有求于九洲。包括生产资料、生活资料的供需，不知不觉，九洲的一些经营人员就摆出了"朝南坐"的面孔，不讲信誉，以次充好，蒙骗客户的事也常有发生。

刘灿放是九洲的掌门人，他看到这些情况，心里很不是滋味。虽然看到这些经理、业务员很辛苦，也很会赚钞票，但总感到生意不能这样做法，必须要和大家念念"生意经"，不从思想上认识"生财有道"的问题，九洲这生意做不长。

刘灿放把大家召集起来，他说："世界上哪有靠'偷猫叼狗'把生意做长的？我们不能'做短寿命事体'。"这是常州人的俗话，意指短期行为。

"常州还有一句俗话，叫做不要做'露水夫妻'。我们做生意也不要做露水生意，早晨的露水，太阳出来就化掉了，不会长久的。"

所有九洲的员工都静静地听着刘灿放的讲话，从心底里对自己的所作所为有所反思。

刘灿放继续说："针对前面一些人发生的事，欺骗客户，以次充好，不讲信誉的行为，我提出警告，并且要求好好处理，把我们的名誉挽回来，并且保证今后不再发生这样的事情。"

"为了保证我们九洲公司能走下去，必须要制定经营纪律，我现在提出我们九洲的'三优''六不'经营纪律。"

"三优"即优质的商品、优惠的价格、优良的服务。

"六不"即不谋暴利、不偷漏税、不经营伪劣商品，不做损人利己的事、不强买强卖、不靠赊欠占领市场。

刘灿放在公布了"三优""六不"经营纪律后又说："我们还要建立九洲公司的'信用体系'，我们公司要取得银行的支持，能够贷到款，谈何容易？俗话说，好借好还再借不难，我们只有绝对遵守借还合同，做出信誉来，才会得到银行的信任，我们才会借得到款，才会有生路。"

九洲公司在刘灿放的掌控下，取得银行的贷款，总是按时归还，不敢有半点怠慢。

生意场上风云变幻，不等于包赚钞票，也不等于立时三刻就能回笼资金，弄不好可能失信，所以刘灿放又一再要求大家："要打有准备之仗，要打有把握之仗，首先要确保资金安全，放得出要收得回，确保按时还贷，赚多赚少在其次。"

在刘灿放严格的要求下，九洲贷款笔笔按时还清，赢得了银行的信任。1989 年，九洲要做一笔一万吨纯碱生意，需要银行开出一张一千多万元的信用证。这是一笔令人吃惊的数字，也是九洲第一次开这么大的数字，但银行最终同意了。

这一年，银行前后一共给九洲开出了五千多万元的信用证。

（二）

在双轨制经济特定的环境中，滋生出了一个社会的特殊人群，就是"倒爷"。

什么是"倒爷"呢？有权有人脉的一些人，他们有渠道有办法拿到计划体制内的物资。例如，有人可以到国营钢铁厂去批到一百吨钢材，这钢材价格是每吨一千元，到市场上倒给一些经营者，每吨一千五百元，这些经营者再卖给用户每吨两千元。这些"倒爷"不要花本钱，从中倒卖拿好处费。

倒爷还有"民倒"和"官倒"之分。民倒是个人行为，有点像我们讲的"黄牛"，官倒就是官方的政府部门，或者国有企业，他们利用手中掌握的资源，到市场上去转手从中获利。人们对"倒爷"既恨又"爱"，九洲也是身不由己，只能"与狼共舞"，同时也深受其害。

如果光是"倒爷"做中介，大家各得其所也不算什么，但在"倒爷"中又滋生出一些利欲熏心之徒，他们用倒买倒卖发展到各种骗术，防不胜防。他们在外吹牛说，能拿到太钢、马钢、扬子石化的计划内物资，等把钱汇到他账上后，非但拿不到物资，连本钱也要不回来。这种以"倒爷"身份行骗的人满地都是，一时狼烟四起。原先郑陆农工商被东北诓称能拿到钢材，骗去四百万元，人就不见了踪影，还有北京铝锭的骗局，刘产泉、刘啸林芜湖电解铜被骗都是这种情况，说来实在是触目惊心，不堪回首。

在这群魔乱舞的市场上，新的九洲公司跟跟跄跄、跌跌爬爬地做了两年。第一年冒险做二甲苯生意，加上大家辛辛苦苦做生意，赚了一百多万元利润。第二年1989年，因为做二甲苯生意和南京军区利源公司交了朋友，又帮九洲进口了两万吨纯碱，一下子又赚到了几百万元。

这个骄人的业绩让九洲的员工们欢欣鼓舞，也让主管九洲的武进农业局和挂靠的国营奔牛农场十分高兴。

"众人皆醉我独醒"，刘灿放却在一片沾沾自喜中看到了潜在的弊病和危机。他清楚地看到了九洲的物贸经营队伍还只是一支游击队，难听一点就是"流寇"，东串西串，没有一个根据地。要用造房子来比喻，打的两层地基造十层的大楼，这不要楼倒人亡么？

刘灿放又把大家召集起来，讲出自己的想法和见解，想把大家的思想观念再一次统一到新的经营战略上来。

刘灿放对大家说："我们九洲还是个游击队，有吃时狼吞虎咽，没有吃时'饿颈根'。前面我们赚到了钱，靠做了几笔进口生意，进口和国内的差价大，所以盈利也多。但差价千变万化，路途又遥远，订货时很俏销，到国内时市场价格就变了，这是第一；第二，有时待到货到时已延误了客户的时间，他们要索赔，有的就拒收；第三，货俏销时大家一哄而上，都去进货，造成供大于求，恶性竞争，价格势必下滑，特别是化工产品，一些公司货到岸后因为无储运仓库等条件，往往低价倾销。"

刘灿放对大家说："这些实际上都是做的投机生意，虽然也赚钱，但这叫'从贩子手里贩木头'，受中间人盘剥。常州人有句话叫做'江西人贩木头'。我们要贩木头，就要到江西山里去采木头，直接到山里产木头的地方去买，和林业部门建立关系，这样就不受江西中间贩子的盘剥了。我们过去吃这种'贩子''倒爷'的苦头还少吗？"

大家听着刘灿放的分析，觉得句句在理，但到哪里去"采木头"呢？心里也很迷惑。刘灿放又说："我们要改变我们的经营方式，我们要到太钢，到首钢，到马钢，到扬子石化……到产品生产的源头厂家去直接采购，去开拓供货基地，建立牢固的供货关系，不再受中间人的制约，先把上水道供货的渠道打通。"

"当然，这还不够，我们还要去把下水道销售的渠道打通，和需求方用户建立起牢固的销售关系。"

"这就叫'前有销货阵地，后有供货基地'，也叫'前有阵地，后有基地'的经营战略，这才是我们立于不败之地的长久之计，这样我们九洲才有真正的前途和出息。"

刘灿放的一席话，让九洲各级经理和业务员听了大受启发，但不少人心里有畏难情绪，怎样去打通上水道、下水道呢？

刘灿放早已看到大家的表情，他说："我们一定要从内心明白这个道理，也就像过去红军要去开辟革命根据地一样，我们过去办乡镇企业，创造了苏南模式，还记得'四千四万'精神吗？这就是'跑过千山万水，说尽千言万语，吃尽千辛万苦，运回千车万车'。开始我们要苦一点，建好后就顺当就轻松了。"

刘灿放还怕大家不能完全领会他的这种经营战略，他继续说："我们农村上捉鱼，有几种方法，一种是揣着鱼叉满处去找，一种是建拦河网。建拦河网就要选地址，挑选鱼必经之路的河段，还要搭一个栅，日日夜夜守在那里，成本当然比鱼叉大，但一旦建好了，就可以不断起网捕鱼，遇到发大水就可能捕到大鱼。"

九洲的许多经理和业务员都是从农村出来的，有几个喜欢捉鱼的人，情不自禁地议论起过去在农村捉鱼的往事，也联想起拦河网捉鱼与建立供销基地的相同之处。

刘灿放把业务经营人员分成几个小组，分赴太钢、宝钢、首钢、齐鲁石化、扬子石化……要求他们长期驻扎，开辟供货的根据地。

在开会的时候，或者吃饭的饭桌上，大家喝茶、乘凉的时候刘灿放不失时机地告诫大家说："你们各小组，必须选好自己的经营定位，花苦工夫和供货基地生产厂家挂好钩，做出信誉，投入感情，要做到供货厂家在俏销时保证供货，在滞销时能让利，做到互惠互利，长期合作。"

"这就叫做'背靠墙头，好打拳头'，你们看到过打架吗？当几面受敌时，这个人就会看背后有没有墙，他赶快选准背靠墙头，这就避免了腹背受敌。我们做生意也要找一个靠山。"

在刘灿放反复、耐心、生动形象的念叨下，经理和业务员们都慢慢理解了刘灿放的这些"生意经"，改变了过去投机取巧的心理，自觉自愿地去开辟基地，建立阵地。许多人长期驻扎在外地，几个月才回家一次。

刘灿放堂弟刘啸林长驻太钢，从穿着单衣出去，等到回家时已是棉袄加身的季节了。在刘灿放的带领下，九洲锤打出了一支能吃苦耐劳的经理人和业务员队伍。

（三）

刘灿放经过反反复复的念诵，他的一套"生意经"终于被大家接受，完成了他"后有基地，前有阵地"的经营布局。但是他明白，这些人思想理念上的认识和素质还必须要不断提高，这个"生意经"还必须要继续念下去，要时时念，事事念。

他看着各路人马分布到天南海北，既有欣慰的一面，又有担心的一面，所以他一而再、再而三地关照大家："要做生意先做人，经营信为本，经营就是做人，你们出去开辟基地，首先要学会做人。"

"不管市场上怎样群魔乱舞，我们九洲人绝不能骗人。当然，九洲也不能被人骗，过去这种教训太多了，大家要深刻吸取。"

要做生意，势必要和各个企业、各种人物打交道，特别是在双轨制时期，如何既和国有体制的各级人员搞好关系，又不能做违法乱纪的事，拿捏得不好，既害别人，又害自己。刘灿放又特别跟大家强调："在协作方面，我们提的口号是，九洲要在阳光底下赚大钱，在光荣榜上分小钱，绝不在阴暗角落分黑钱，特别是对供货商、国有企业，搞好关系必须感恩，回报也是必须的，但不能去害人。"

当时盛行一种"业务费承包使用"制，就是你做多少业务就有多少业务费用，财务不来管你怎么用的。刘灿放坚决反对这种做法，坚持实报实销审核制。刘灿放说："对帮助我们的人要感恩，但九洲决不能让协作单位的人犯罪吃官司！"

做生意一定会有赊欠情况发生，九洲经营纪律"六不"中就有一条叫"不靠赊欠占领市场"。刘灿放深知赊欠在经营中的弊端，他又一再告诚下面的经理和业务员："对供货厂家，我们不赊欠，该付的钱，坚决按约定时间付清，我们不要老是想欠人家的；而对我们供货的用户，我们也不赊欠，必须按约定付款交货，不要为了占领市场拉住顾客欠款，我们送货上门可以，价格优惠可以，但绝不赊欠，这样我们的货款才会安全。"

九洲公司1988年成立以后的两三年中，按照刘灿放的经营思路，特别是"取之有道"的一系列生意经的理念灌输，提高和统一了大家的经营认识。伴随着一系列经营战略上布局的初见成效，九洲公司逐步红火起来，各类钢材和化工产品供销两旺。九洲先后成了首钢、宝钢、太钢、扬子石化等在华东地区最大的销售窗口和协作单位，名气越来越大，超过了国有、集体主渠道的物资企业，也成了武进农口系统的一面旗帜。

二、"三小"羊得海

羊得海原先是武进水利局下属一个国有企业的业务员，后来到郑陆农工商（九龙）跟着刘灿放搞经营。看到刘灿放因竞标风波而离开，自己去创办九洲，就向刘灿放要求跟他到九洲搞经营，因为他和现在的总经理席春豪也合不来。刘灿放知道他头脑灵活，做生意精明，九洲又刚刚成立，正需要经营人才，就答应下来，并叫他负责金属业务部。

羊得海负责的金属业务部做得不错。他搞经营多年，社会上人头熟。九洲是新办公司，于是他就有点"倚老卖老"，常常吹嘘他做生意如何如何做得好，走起路来也大摇大摆，摇头晃脑地高人一等。

刘灿放知道他的这个毛病，一时也不能拿他怎么样，但总也想敲敲他警钟。有一次，刘灿放找准一个机会，半真半假地对羊得海说："羊得海，你部门生意做得蛮好，总结总结为什么做得好呢？"

羊得海有点得意的样子，轻松道："这有什么，生意就是这样做做的。"

刘灿放说："我肯定你的成绩。"接着半开玩笑地说，"但是你有三个'小'，就是'小聪明，小牛皮，小算盘'。"

羊得海尴尬地一笑。

"你这'三小'的毛病，我看要改掉才好。"

刘灿放是想提醒他注意改正这些缺点，但羊得海不以为然。时隔不久，有一天羊得海约了时间向刘灿放汇报工作。

"刘总，我们业务部最近开拓了常熟一个电厂的新客户，这个项目是政府的重点工程，可以给九洲带来好多销售，估计利润也不会少。"

羊得海又汇报说："我们已给这电厂供应了第一批货，二十多万元的货赚了三万元。"

刘灿放听了一惊，心想怎么有这么高的利润？

羊得海向刘灿放提出："公司规定的考核机制，利润率与奖金挂钩的，我们利润高，自然奖金也要增加。"

刘灿放问："你们这生意是怎么做的？"羊得海支支吾吾，看来不说也过不了门，只得对刘灿放说了实话。

原来，羊得海塞了一个一千元现金的信封给了电厂的仓库保管员，让保管员多报入库数量。

刘灿放听羊得海这么一讲，马上把脸一沉，对羊得海说："你这样做，非但不能给你奖金，按规定公司还要处理你！"羊得海问："为什么？"刘灿放厉声责问："你知道公司为什么要制订'三优''六不'这个纪律吗？其目的就是防止你们业务人员做这种不讲道德、不讲诚信的生意。"

羊得海是个"油子"，他说："'三优''六不'讲是这样讲，现在社会上哪个公司真的照规矩去做？他们是国有企业，拿点死工资怎么够用？他们捞点外快，我们得点实惠，何乐而不为？找到这种人的机会不容易，我们还不乘机多赚点？"

刘灿放听他讲得振振有词，正想驳斥。羊得海继续说："我听到、看到好多公司的生意不也是这样做的吗？为什么我们就不能？"

刘灿放说："别人公司如何做我管不了，但九洲公司不赚这黑心钱。"

刘灿放说："人家做到一个国有企业的仓库保管员不容易，我们去行贿他，让他给我们多报入库数量，对他讲是犯罪行为，这不是去害他吗？万一被他企业发现后是内外勾结盗窃的罪名，这是要吃官司的。这不是做生意！"

羊得海被刘灿放一顿怒斥，再也不敢强词夺理。一会儿他问刘灿放："那我塞给他的一千元钱总不能让我自己垫吧，公司总要给我报销掉呀。"

刘灿放说："公司给你报销就等于支持你去做害人的事，弄不好将来还要害我们九洲公司。"

羊得海见刘灿放不同意报销，正要坚持辩解，就听刘灿放以缓和一下的口气说："这一千元钱我看这样处理吧，我们公司把多开的数量红冲，将多收的钱退给常熟电厂，你自己个人给那个人的一千元现金，就作为你个人用掉的，以此吸取教训，在年底奖金中弥补给你，下不为例！"

羊得海见刘灿放态度坚决，个人的一千元钱在年底也能收回，也就悻悻地走开了，但他心里明显不服。

过了一段时间，羊得海部门的业务员和行政部门的人告诉刘灿放，羊得海最近非常消沉，常常发些牢骚怪话，说公司制约太多，他施展不开手脚，好多生意不能做，他想换地方，把业务拿到其他公司去做。

刘灿放听了这些反映，决定找羊得海谈谈。他对羊得海说："无规矩不成方圆，一个公司有一个公司的规矩。九洲公司虽然缺生意，缺人才，但你我的观点不同，人各有志，好聚好散，你如果有另外想法，到其他公司去工作我不拦你，你也可以把你的业务带过去，这样我们大家都自由。"

羊得海说："其他业务都告一段落了，只是常熟电厂的才刚刚开始，我估计做完合同数量巨大，或者移到我办的公司去做？"

刘灿放毫不犹豫地说："只要常熟电厂同意和九洲公司解除合同，和九洲办妥两清手续，明确和九洲没有责任和义务了，你完全可以带给你后面的公司做。"

羊得海一听惊喜万分，连声说："刘总，你宽宏大量，谢谢刘总你的支持。"

刘灿放说："不用谢，业务是你自己开拓的，你可能承诺对方的要求了，但我们公司不同意这么做，你有意见，公司理解，但公司不能破这个规矩，也请你理解。你现在要离开公司，公司同意你把你负责的业务带走。"

刘灿放对羊得海打趣说："打个比喻，嫁女也送点嫁妆，这业务就权当作嫁妆送给你吧。"

羊得海当然欣喜万分，忙里忙外地让对方单位和九洲公司解除了供货合同，又千谢万谢刘灿放对他的宽容和支持，独自开办公司去了。

事隔一年多的某一天，武进检察院反贪局的曹培林局长打电话给刘灿放："刘总，我们局里的一位老处长，这几天要来找你了解点情况，请你配合一下。"曹培林和刘灿放是认识的，今天来电话给刘灿放打个招呼。

刘灿放嘴里说"可以"，但心里却嘀咕着："什么情况呢？检察院，又是反贪局的处长找上门来。"但转而又想，"自己也没有什么违法乱纪的事，君子坦荡荡，半夜敲门心不慌。"

隔了几天的一个傍晚，曹局长说的那位处长，派了一辆汽车，找到刘灿放，把他带到了武进检察院。

检察院反贪局的曹局长和刘灿放很熟，在九龙公司时就认识了，而这位老处长刘灿放不认识。

老处长一开始漫无目标地询问刘灿放："九洲公司经营怎么样，有没有违法乱纪的现象呀？"

刘灿放被他这不着边际的询问，搞得一头雾水，摸不着头脑，但相信自己心底无鬼，所以也不谦卑，也不恼怒。

这位处长吓唬了一段时间，就是不具体说什么事，见刘灿放很坦荡，也不见有做贼心虚的样子，知道这样兜圈子也不能解决问题，凭他是刑讯的老手，需要进一步点题才行："你认识羊得海这个人吗？"

刘灿放这才明白今天找他来是要了解羊得海的情况。

"羊得海认识啊，他原来在我们九洲工作的。"刘灿放坦诚地回答。

"你既然认识，那就把羊得海的所有关系说说清楚。"这位处长脸孔像块铁板，语气明显进入了审讯。

刘灿放一听，就知道羊得海这小子肯定出事了，但出什么事，不知道。

刘灿放回答："羊得海他一年多前在九洲公司当金属业务科科长，后来他自己要离开公司，走了。"他不知道羊得海出了什么事，所以也不能说羊得海离开公司的原因。

"羊得海这个人，我曾经对他说过，他有'三小'，就是小聪明、小牛皮、小算盘。"刘灿放说。

刘灿放想，羊得海既然已离开九洲，他和常熟电厂仓库的事也不便再去抖落。

谁知这位刑侦处长脸色一唬，厉声说："你刘灿放反映羊得海的问题，是避重就轻，你不老实，你不要以为我们没有掌握你和羊得海的问题。"

刘灿放说："我和羊得海没有什么问题，你们可以调查的。"

处长见刘灿放很平静，知道光恐吓也吓不出东西来，只得单刀直入问："我明确告诉你刘灿放，羊得海涉嫌行贿受贿违法的事，已经被检察院拘留审查了，他已经交代了和你刘灿放深层次的问题。你必须聪明点，自己说出来为好，自己说出来检察院可以从轻处理。"

刘灿放见检察院已怀疑他和羊得海有行贿受贿的交易，心想是否就是指的常熟电厂的那件事？但这时还不能说出来，或许羊得海交代的是别的事呢。

刘灿放又想，是否羊得海记恨我把他撵出九洲，因而自己出了问题也要拉上九洲给他垫背呢？或者检察院搞刑讯把羊得海逼急了，他也许会胡说八道的。

想到这些，刘灿放知道，必须要给检查机关讲讲九洲的经营理念和羊得海被撵出九洲的真相才行，不然九洲要背黑锅了。

刘灿放缓口气，理一理思绪，坦率地向这位处长讲了九洲制订的"三优""六不"经营纪律。

"羊得海正是违反'三优''六不'纪律，被我公司辞退的。"刘灿放说。

老处长将信将疑问刘灿放："羊得海究竟是被你公司处理出去的，还是你刘灿放有意安排出去的？"

刘灿放回答："公司正是因为不允许羊得海搞行贿受贿的那种歪门邪道的生意，坚持'三优''六不'纪律才叫他离开九洲的。我当时找他谈话，他还不服气，在公司里常常发牢骚怪话，说在九洲做生意不自由。我说各个公司有各个公司的规矩，你想到别处去就到别处去。实际上他那时候自己想出去办公司，我也就顺水推舟让他走了。而且我要他在九洲订的合同解除了，与九洲没有任何法律上的纠葛了才让他走的。"

老处长哪里会听刘灿放如此陈述，他的职业就是刨根问底。他皮笑肉不笑地说："恐怕事情不是像你说的那样吧。羊得海说是你公司让他带了业务走的，你刘灿放还对他说，嫁女也要拨些嫁妆的。有这事吗？"刘灿放一听恍然大悟，立即说："这话确实是我说的，不但对羊得海说，对公司其他人员也说过。那时员工看羊得海走了，还把业务带走了，就议论，我劝导他们不要看着那有十几万元毛利的业务，让羊得海一粒老鼠屎坏了一锅粥倒算不来，公司必须坚持诚信经营、依法经营才会有后路。我说嫁女还要拨些嫁妆是一个比喻呀。"

"你们检察院不要以为我说了这句话，就怀疑我是安排羊得海出去故意布的局，认为我刘灿放和他内外合伙谋利益。我向你们检察机关郑重保证，假如你们查出我刘灿放和羊得海有半点合伙谋利，你们尽管法办！"

这样拉拉扯扯的询问持续了好几个小时。这时已经是夜里十一点钟了，晚饭都没吃，刘灿放早已肚子饿得咕咕叫，也不知什么时候才会结束。

一会儿，老处长站起来，走到刘灿放身边，拍了一下刘灿放的肩膀，笑着说："你刘灿放处理羊得海也太宽仁了，我们无法理解，所以今天一晚上的工作，要找你刘灿放算账。"

算什么账呀？是他们跟着刘灿放一起没吃晚饭饿肚皮的账，还是磨到夜里十一点钟还没下班的账？其实老处长听刘灿放讲的羊得海的情况确实是事实。对待刘灿放一个证人，今天这样的态度有点过分了，但即使过分了也不是他的责任，刘灿放已经不是对立面的角色，也就和刘灿放调侃一下。检察院的人能与被询问的人说句玩笑话真不容易。

刘灿放对老处长说："你老处长说得对，我们处理方法是不对，要改正，我们小老百姓也只能如此啊。现在改革开放初期，计划经济和市场经济双轨制，漏洞确实多，假公济私、以权谋私的现象我们这些搞企业的也看到，但我们只能自己管好自己，各自扫好门前雪就不错了，哪有能力去管他人瓦上霜呢？所以只能请老处长理解了。"

老处长听刘灿放说得诚恳，也没有吭声。沉默了一会，对另一个记录的说："记录材料给刘总看一下，让他签字吧。"

记录人把几页笔录拿给刘灿放，刘灿放认真看了，并提出几处笔误，改正后签了字。

刘灿放走出检察院大门的时候，已经快深夜十二点钟了。回家的路上，刘灿放思绪万千，庆幸九洲公司早就制定了"三优""六不"纪律，也庆幸那时坚决把羊得海撵出了九洲，不然还真的一粒老鼠屎坏了一锅粥。

走着走着，刘灿放不禁自言自语："羊得海啊羊得海，你名字倒像大海一样大，实际上是一个小聪明、小牛皮、小算盘，这次你要吃些苦头了。"

过了一段时间消息传来了，羊得海被判处有期徒刑一年半。

过了大约三年，又有消息传来，羊得海出狱后不到半年就发现了癌症……

在九洲公司的经营历史上，像羊得海这样的人还有。虽然故事情节各有不同，但矛盾的本质是做生意的"利义观"不同，所以产生了公司和这些人的冲突。刘灿放的观点是"君子爱财，取之有道"，但只说了一半，还有半句是"君子理财，用之有道"。刘灿放说："赚钱是一门技术，用钱才是一门艺术！"

刘灿放又说："记得我爷爷给我讲过金辣子的故事，说'没有铜钱不得活命，铜钱多了也会使人送命'，做生意为了赚钱，但做生意绝不仅是生钱的过程，而是做人和处事的过程。"

刘灿放回想往事。九洲自 1988 年成立到 1993 年的五年间，是纯粹做贸易的五年，这五年一起创办的公司有多少？处境、起点都差不多，缺资金、缺人才，很多都夭折了，倒闭了。

再说那些国家主渠道的商贸企业，不少商界的人才原来在计划经济时代都是贸易上响当当的经营能手，现在还剩几人？

而九洲公司的商道越走越宽，公司逐步壮大，一跃成为区域市场的主力军，成为地区物贸系统的知名企业，这根本原因就是坚持了正确的"利义观"。1993 年九洲在物贸上赚了近三千万元，但那年刘灿放做了这样一件事：武进农资公司缺化肥，九洲从国外进口了一万吨化肥，这批化肥没有赚一分钱，按进货价转给了武进农资公司，因为武进的农业生产正急需要用。

年底县政府送来一块"为农服务十佳企业"的匾额。刘灿放很看重这块匾，一直把它放在会议室。

1993 年，九洲举行了成立五周年的庆典仪式，这为以后的九洲多元化经营和多元化投资作了铺垫。

三、九三风波

（一）

九洲物资生意做得红红火火，进口上万吨的纯碱、上万吨的化肥和上万吨的钢材，国内各地的供货基地和销售阵地上，上水道和下水道通畅，从生产基地来、到生产用户去的经营布局见效显著。由于杜绝了"从贩子手里贩木头"的投机行为，坚持"后有基地，前有阵地"的经营战略，使钢材、建材、化工等各种重要物资的买卖供销两旺。

1993 年，在邓小平 1992 年"南巡讲话"精神推动下，中国经济达到了一个"井喷"的发展阶段。生产资料价格一天一个价，甚至上午和下午都不一样，市场只怕拿不到货，不怕卖不掉。

1993年上半年初，九洲开出信用证，从国外采购的一万吨螺纹钢到岸，在广州港码头上一抢而空，差价每吨达一千元，利润高得惊人。后面还有两万吨货在等着到岸进港，国内各个供货基地也都在排队拿货，因为各个生产用户都在等着要货呢。正是形势喜人！

5月1日，国际劳动节，刘灿放经北京一家合作单位介绍，受俄罗斯一家公司的邀请去考察旅游。这是刘灿放第一次去俄罗斯，他和武进农业局主管企业的副局长张中心等一行十几个人，5月3日从北京飞莫斯科，又到圣彼得堡，边考察边观光，悠哉悠哉，好不自在。

5月10日，刘灿放突然向领队提出请求，要提前回国。领队不解地问："出国行程原计划是两个星期，你怎么这么急着要回去？"刘灿放说："出差期间，脑子特别清醒，目前国内经济形势过热，也特别乱，国家和政府决不会容忍这种物价飞涨的现象持续下去，一定会下措施，我必须回去部署收缩应对。"

许多同行的人都挽留："一起出来的，怎么能一个人先回去，我们还有好多地方没去呢，来一趟不容易！"

有几个熟人打趣他："还没出来几天，就想老婆啦！"

"对啊，不准你回去，你没团队精神。"同行们纷纷挽留，但怎么说也改变不了他提前回国的决定。

5月13日，刘灿放回到北京，又连夜买车票赶回常州。

赶回常州当天，刘灿放紧急召开各业务部门、各分公司经理会议。

刘灿放对大家说："我从俄罗斯急着赶回来，急着召集大家开会，为什么这么急？我有一个预感，'物极必反，否极泰来'，国内市场热过了头，满则亏，热过了头就会冷。形势将很快出现反转。

"我要求各个公司、各个业务部门赶快采取措施，盘点各个基地的预付货款和供货情况，采取如下几个措施：

"第一，有货并且马上能拿到的，赶快提回来，并且赶快销出去，不准囤货。

"第二，一时拿不到货的就赶快退款，把预付款要回来，不要犹豫。

"第三，延误供货的，我们不追究供货单位的违约责任，只要把货款退给九洲就可以了。

"第四，拿回来的货，不许囤积涨价，而是要以略低于市场的价格尽快出售掉。"

各分公司和各业务部门的经理们听到刘灿放的指示，有的初步领会，有的不能接受，有的将信将疑。

刘灿放继续说："外贸进口尚有一万多吨的钢材，供货商未能按信用证开具的时间到货，他们供货商提出，要求九洲和开证银行延期信用证结算日期，我们要断然拒绝，但我们也不追究他们延误交货的责任。"

大家都默默地听着，不敢吭声，有几个人交头接耳悄悄议论："这可要白白向银行交付几十万元的开证费啊。"

刘灿放似乎看出了一些人的想法，他严肃而又坚决地说："银行开证费要付四十多万元，我们照付，我们损失四十多万元，不要肉痛，损失四十多万元不伤筋骨。假如市场变天，万吨巨轮才到，那时价格下跌，甚至倒挂，损失就可能是几百万元几千万元，我们担当不起。"

全国经济过热的局势，当然引起了中央的重视。1993年7月份，中央责成朱镕基抓整顿和调控，朱镕基立即撤下了中央银行行长李贵鲜，自己亲自担任中央银行行长，果断采取行政、金融等各种手段抓整顿，通货膨胀的势头立即得到抑制，经济过热的势头很快就冷却下来。

国家这次整顿一下子就冷却了近五年，加上1997年亚洲金融风暴，直到1998年经济才逐渐恢复起来。这次调控，海南岛、广西北海房地产泡沫破灭，烂尾楼遍地都是。常州高新区的火炬大厦一烂就是十年，十年后才半卖半送地由一家公司收购，开了一家酒店。搞物资的扬州金属公司全年一共订了七万吨螺纹钢，上半年销了三万吨赚了一票，下半年四万吨全部亏本，把上半年赚的全部倒贴进去还亏了几千万元。这个国有主渠道的贸易公司，从此一蹶不振。

（二）

刘灿放 1993 年 5 月 13 日，从俄罗斯赶回来，部署"收缩清仓"措施，虽然有些人一时难以接受，但大多数分公司和业务部门都执行了这个"断腕"措施，但也有个别的经理不听劝阻。

九洲有一个业务部门经理叫葛海坡，是个东北汉子，人长得很帅，原是西安一个大型国企的车间工段长，讨了一个常州籍的老婆，老婆的兄弟是武进税务局的局长。经介绍他加盟九洲来搞经营，按九洲的安排在上海宝钢建立了供货基地，经销宝钢生产的各种钢板。

经过努力，葛海坡与宝钢建立了协作关系，陆续经销了不少宝钢的板材，获利颇丰，在九洲各分公司中名列前茅，大家很敬重他。

1993 年上半年，市场热烘烘，葛经理虽然和宝钢关系不错，但定的货一直被宝钢拖着，迟迟不发货。他拿不到货也就没有销售，看到别的部门和分公司低价进、高价出，赚了大把大把的钞票，心里直痒痒，急得团团转，常驻在宝钢天天催货。

刘灿放五月份从国外赶回来布置收缩时，葛海坡的部门还没提到货，上半年也没实现利润。通过盘点，葛海坡部门还有七百万货款汇在宝钢，并且已逾期，按合同宝钢已违约。刘灿放急忙通知分管业务的江副总和葛海坡一起到宝钢去催货，并且交待如果确实拿不到货就退款。

江副总立即赶往上海，约好葛海坡一起到宝钢催货，但宝钢仍然回答交不出货。

刘灿放亲自和葛海坡通电话，叫他解除合同退款，也不追究宝钢违约责任。谁知葛海坡是个东北"愣头青"，他觉得眼睁睁排队了半年，快要拿到这批货了，刘灿放却要他退款，这半年的经营利润不全落空了吗？

"马上要拿到了呀，等几天吧。"葛海坡回答刘灿放，不愿退款。

"你听我的。"刘灿放说。

葛海坡还是不听，对刘灿放说："我不拿这批货，今年任务就完不成，业务员也没奖金可发，甚至还要扣工资，再说其他部门都完成了，我完不成，面子上也过不去呀。"

刘灿放说："你没完成任务不要紧，也不扣工资，但是奖金没有了，也不影响什么。"

刘灿放进一步强调："你们如果执行九洲总公司的决策，可以承认你们完成了任务，但如果不执行公司决定，不听公司劝告，不把货款退回来，等市场变化了，造成亏损，就要受处罚，非但没有奖金，还要扣发工资！"

葛海坡听着刘灿放的警告，虽然心里嘀咕，却又心存侥幸，心想总不会那么严重吧，你刘灿放也太神经过敏了，目前市场上钢材不仍然紧俏着吗？

就这样，葛海坡不听刘灿放的劝告，仍然在宝钢等待发货。

快两个月过去了，刘灿放和葛海坡都在矛盾中等待着、煎熬着，别的分公司和业务部门已经把事情处理得差不多了，唯独葛海坡迟迟不肯采取退款措施，等到七百万元钢材提到的时候已经是1993年的7月中旬了。中央的各项整顿措施像"十二道金牌"一道一道地下达，过热的市场形势骤然降温。刘灿放见葛海坡拿到了货，立即指示他："你们既然已经拿到了货，那就赶快比市场价降低三百元出售，赶快销掉。"

葛海坡想："我为什么要比别人低三百元销呢，这样到手的利润不是白白减少了吗？"

刘灿放看出了他的心思，严肃地对他说："你低三百元还有利润，优惠一点就比别人多了优势，销售就快，免得市场彻底变化后造成亏本。"

葛海坡说："我们九洲是华东地区宝钢最大的经销商，一些小的经销商都看我们定价，他们都希望我们挺住，价格高一点销售，多赚一点何乐而不为。"

刘灿放苦口婆心唤不回他的转变，不禁勃然大怒道："葛海坡，国家整顿市场就在眼前，降价和滞销是必然的事，通货膨胀，价格泡沫，国家一定会有措施，靠我们一家公司就能挺住吗？市场降温以后，宝钢这样的大企业也只能顺应潮流，你这样天真固执，以后市场变脸造成的损失由你一个人负责。"

刘灿放继续说："我这个当总经理的不给你指出是我的失职，现在我几次三番给你指出，你不听，你就要负责。"

葛海坡仍然坚决按原计划销售，还强硬地回答："刘灿放，我们部门既然承担了经营责任，你就应尊重我们部门的经营自主权，如果像你所说的那样，确实亏了，我们愿意受公司处罚。"

刘灿放见葛海坡这个东北"愣头青"不撞南墙不回头，也只好气愤地说："你们好自为之吧。"

市场的宏观大势说变就变，一变再变，就像过去热的时候，一天涨一个价，现在冷的时候，也是冷得特别快，一天降一个价。

葛海坡挺了两个月不肯罢休，一定要按高价销售，到后来钢材压在仓库里无人问津。

接下来葛海坡不得不降价销售，哪知越降越没人来买，这批货压在仓库里将近三年，才半送半卖处理掉。葛海坡的部门，一方面要支付银行利息，一方面又要降价处理，赔得血淋淋。

这一年年终总结评比时，九洲其他分公司和业务部门都在上半年赚得盆满钵满，又清了仓库。葛海坡的部门灰头土脸瘪着肚子过年，而且一瘪就瘪了三年，部门的业务人员也只得拿部分工资，跟着葛海坡勉强度日子。

第十一章 经营房地产

一、造房梦想

（一）

九洲从成立到 1993 年五年中，单纯从事物资贸易，生意做得红红火火，一跃成为常武地区有名的物贸公司，积累起不小的资本，经营队伍也越来越壮大。

九洲的经营团队，都是"农民军进城"。他们的家都在郑陆老家或在其他乡镇，每天上班都从各个乡镇赶到常州城里，一般要十多里甚至几十里路程，大多是骑自行车，少数几个条件好的骑摩托车，还有一部分人乘长途汽车。骑自行车、摩托车的比较自由，但遇到刮风下雨就麻烦了，往往弄得"半段黄泥半段水"，连裤子、鞋子都湿透了。乘长途汽车的虽然避免了风吹雨打，但要起早摸黑赶班次，唯恐乘不上车，而且天天乘车也是一笔不小的开支。

这时刘灿放早已住在城里，到公司去上班也只要步行十几分钟，但员工上班的苦恼他是深有体会的。1980 年到 1984 年，他家住常州城，却天天要回到家乡郑陆上班，这样刮风下雨的上班路，不知经历了多少次。

于是他想为这些"农民军"在常州买房子，帮他们解决后顾之忧。

20世纪八九十年代，只有常州建设局、房管局有下属的房产公司可以进行房地产开发，其他是不允许搞房地产经营的。有些国有企业也有自建房，那是解决本单位职工的一些住房问题。建设局、房管局的房产公司，主要面向城市居民，只有城市居民户口的才能购买，而且房子少得可怜，各种审批手续十分复杂。

九洲是"农民军进城"，大都是农村户口，即使有钱也没有资格买房子。刘灿放找到常州市房管局下属的房产公司经营科张科长，商量能否买点房子，给九洲的职工解决困难。张科长和刘灿放早就认识，他说："农村户口，按规定不能买房的。"

"有没有别的办法，帮我想想看。"刘灿放盯着张科长。张科长想了想，突然灵机一动，对刘灿放说："你们九洲不是挂靠在武进农业局吗？以武进农业局下属公司的名义倒是可以申请买房的。因为武进县政府所在地在常州城里，好多下属企业也都在城里，他们的员工很多是常州市区户口，这些企业可以购房分给职工的，你以武进农业局下属国营企业名义申请。"

刘灿放一听，十分高兴。心想当初幸亏挂了一个红帽子隶属于武进农业局，现在可以用国营企业的名义买房子了。

后来只要常州城里有房子出售，刘灿放就去订购，当然一定要由企业和农业局开具证明，请房产公司的经理科长审批。为了能够顺利些，刘灿放和他们打得火热，市面上有新奇的打火机就去买了作为小礼物送给他们。这几个经理、科长也是有同情心的人，他们看到刘灿放为职工买房子，解决职工的实际困难，很是赞赏和感动。这种福利就是在大型国有企业也是不多见，所以总是给刘灿放提供一些方便。

从1990年到1993年，九洲陆续花了三百多万元购买了上百套房子，分给公司的经理、员工，这些人户口仍在农村，但都欢天喜地地住进了城里。

（二）

刘灿放是农民出身，深知房子对农民有多么重要。在农村，农民一辈子甚至几辈子最大的心愿就是造房子，很多农民都是把造房子作为自己的、全家的终身目标。农民们有一个单纯的却又崇高的目标，就是造房子给儿子娶媳妇，没有房子，儿子娶不到媳妇，哪来孙子哪来重孙？所以农民祖祖辈辈的传统观念，就是要有自己的房子，要为子孙后代造一点房子，否则会被人看不起。

过去沪宁线两侧，民房的格局是以奔牛为界，奔牛以西大部分是土墙草房；奔牛以东，十有八九是青砖瓦房，但楼房很少见。当地农村一直流传着这样一句话，叫做"十亩三间，天下难拣"，意思是有十亩地有三间房的人家，天下很难找到的。这"三间"当然是指平房。

解放后，一直有一句口号，叫做社会主义就是"楼上楼下，电灯电话"。可是这口号喊了一二十年，农村还是老样子没什么变化。直到20世纪70年代开始，农村纷纷造起楼房来，但那时建筑材料奇缺，买一块砖也要到生产队、大队、公社打三级证明。农民们为了造房子，全家老小省吃俭用，想尽一切办法去采购建筑材料，那精神不比愚公移山的精神差。

刘灿放想起村上的农民顾浩山，家里贫困，和几家贫穷的农民一样，住的是土垒的泥草房。但他一直有一个"宏愿"，要造砖瓦房，一有空闲，顾浩山就背一只篮子，不管走到哪里，见到丢弃的断砖就捡回来。人们既感动他的韧劲，又讥笑他的愚蠢，谁知他说出一番令人佩服的"理论"。

他说："如果地上有五分钱，人人都会去捡，但地上有一块断砖，没有一个人会去捡。我就去捡别人看不上眼的断砖，所以天底下的断砖我一定会捡尽。"

他又说："如果是一块整砖，大家就会觉得一块好砖头丢弃掉可惜，就会拿回去舍不得扔掉，……人就这么怪。"

大家觉得顾浩山说得很有道理。过了十年，顾浩山居然积累了造一间砖屋的断砖。他就用这捡来的断砖造了一间平房，而其他几家仍然住在土垒的泥草房里。

刘灿放自从住进了城里，看到了不少楼房，心生羡慕。但那时城里的低矮房子也很多，特别是"文革"中全家下放的，还有知青，后来逐步返城了，没有房子住，到处搭建各式各样的棚户，在河道的两边岸上，在弄堂里，在庭院里，随处可见。这些棚户不是用砖瓦建的，而是用竹子用木板扎起来，用泥灰涂抹成墙，或者用煤渣乱石垒成。屋顶大都用油毛毡、塑料布、油布遮盖，上面用石头断砖压住。很多棚户房很矮，都要低着头弯着腰才能进去。有的一家祖孙三代就住在十多平方的棚户里，这种寒碜的住房不是一家两家的个别现象。这样看看，城里还不如农村的房子好。

刘灿放从来没想过自己能去改变这种现状，更没想到去造房子解决这些困难户，因为连九洲自己买房的一点权利也是勉强争取到的，更不用说能去造房子搞经营了，那是政府国家才能做的事。可是自从给九洲职工买房，看到城里这么许多家庭的住房状况，他心里自然产生了造房子的冲动。这种冲动慢慢变成了梦想，这梦想虽然还十分模糊，但越来越渴望。

有一次，刘灿放和房管局下属的常房公司一二把手闲谈。他有意问：

"我看你们搞房地产经营，利润怎么样，有赚头吗？"两位经理异口同声说："很好啊，当然有赚头。"

由于两位经理和刘灿放很熟，又很信任，也不避嫌，如数家珍地讲了许多房地产上的内情，从土地到建筑成本，从人工到税费，毫不保留地说给刘灿放听。

"那我们能不能搞房地产呢？"刘灿放问。

两位经理连连摇头："现在国家政策还不允许，常州只有房管局、建设局两家成立的房产公司，还有一家就是市政府和国家建设部联合成立的'中房公司'，其他就没有了。"

刘灿放说："我们九洲也是国营农场的下属公司，能不能申请搞房地产？"

两位经理又连连摇头说："国家也不允许，关键要拿到营业执照呀，恐怕暂时不可能。"

刘灿放说："九洲去买一块地和你常房合作，用你们的资质，一起经营房地产，好不好？"

两位经理更是一口咬定："不行，国家不允许，我们也不敢做。"

（三）

自从那次造房提议遭两位经理拒绝后，刘灿放仍然一直把这个事情放在心上，他知道两位经理不是不讲交情，而是爱莫能助。

有一次，一个朋友介绍汕头有一个叫罗锦秋的人，在汕头拿了一块土地，但缺资金。刘灿放听到这个信息就和罗总联系，罗总说缺口二百万，刘灿放问要用多少时间？他说用一年就可以还了。刘灿放又问："你可以给多少回报呢？"罗锦秋说："一百万。"

刘灿放回答："等我们到你汕头考察后再定吧。"刘灿放和九洲几个人立即到汕头考察，一致同意投资合作，但向罗锦秋提出条件：按同比例投入，利润也同比例分成，不搞固定回报。罗锦秋因为急需资金同意了。刘灿放回来动员退休的原武进物资局陈局长作为合股方派遣的代表到汕头监管，以防有失。陈局长很有经验，与罗总配合默契，年底就还了六十万现金，第二年项目结束时又分红二百万元。

（四）

这一次初涉房地产，虽然是跟别人合伙搞的，刘灿放从中已经体会到了搞房地产的巨大商机，更加坚定了他搞房地产经营的信念。

刘灿放想搞房地产的这个梦想还来源于他内心深处一段刻骨铭心的记忆。

在刘灿放十九岁那年，武进县组织在常州城西南三十多里的滆湖"围湖造田"，刘灿放也派到工地上，一去就要二三个星期或者一个多月才能回家。一天，劳动收工后，刘灿放想回到常州城再乘长途汽车回郑陆家中去。他拖着疲惫的身躯，走到常州想乘车回家，谁知道这时天已黑，早已没有了去郑陆的班车，只好寻家旅馆住在常州城里了。他走进一家旅馆，说明要住宿，那柜台上的一个年轻服务员问："你有介绍信吗？"刘灿放惭愧地回答："没有。"

"没有介绍信不好住的。"那服务员脸一冷。

刘灿放只得退出来，走出旅馆，又寻找到一个招待所。他连忙拐进去说明要住宿，服务员是一位阿姨，挺客气，她对刘灿放说："好的，你把介绍信拿给我。"

刘灿放一听又是要拿介绍信，只好羞涩地说："我没带。"

那阿姨说："小伙子，出门怎么好不带介绍信呢？你是做什么的？"

刘灿放不好意思说他是开河工地上的一个民工，转身就走。

他在街上转了几圈，城里所有旅馆招待所都是要有介绍信才能住宿。天已完全黑下来，他想想明天早晨还要上工地干活，一跺脚转身就往滆湖工地上走，回工地又要走三十多里路。

黑黢黢的旷野，昏沉沉的村庄，不时传来狗吠声，人们这时已经进入了梦乡。刘灿放在漫漫黑夜里的江南田埂上走着，难平心绪，偌大的一个常州城，竟没有自己住一夜的一张床。

他想到了农民们造房子的情景，买一块砖也要三级证明。他又想到十四岁那年去丹阳挑糠，城里吃的东西都要凭居民户口簿，凭居民粮票……现在农民到城里住旅馆也没有资格，老天爷不公平！

回想起这些往事，刘灿放一次又一次地生起搞房地产的强烈愿望。两位经理的话，这次汕头合作的经验，都告诉他搞房地产是有前景的。再看看城市里那种棚户遍地的状况，老百姓都在盼望着改善住房条件。他忽然有一种"兼济天下"的豪情。

但是，这只能是一个梦想，两位经理的话又在他耳边响起："国家政策不允许！"

　　刘灿放只得暂时把这个念想收起来，但一直在关注着。

　　1978 年中国改革开放以后，确立起"计划经济为主，市场经济为辅"的发展道路线。但到了 1989 年和 1991 年在计划与市场这个关系问题上，出现了反复，姓"社"姓"资"的争论十分激烈，报刊上陆续出现批判"市场取向""市场经济"的文章。在这种形势下，1992 年邓小平于 1 月 18 日至 2 月 21 日在巡视南方时发表了"发展是硬道理"和"坚持改革开放"的重要谈话。他说："计划多一点还是市场多一点，不是社会主义与资本主义的本质区别。计划经济不等于社会主义，资本主义也有计划，市场经济不等于资本主义，社会主义也有市场，计划和市场都是经济手段。"

　　邓小平这个"南巡讲话"就像"春天里的故事"传遍大江南北。1993 年 11 月 14 日，中共十四届三中全会通过了《关于建立社会主义市场经济体制若干问题的决定》，勾勒出了中国社会主义市场经济体制的蓝图和基本框架，确立了"坚持以公有制为主体，多种经济成份共同发展"的方针。企业家看到了一轮新的机遇。

　　机会终于来了。常州市规划在常州城北成立高新开发区。开放区要招商引资，有很多优惠政策，其中一条规定，有外资参股的也可搞房地产经营。刘灿放听到这个消息一阵高兴，马上找到第一次见面的回国探亲的远房表舅严忠明。这位亲戚听说国家开放，也想回来搞投资，但他原想是开饭店。刘灿放就动员鼓励他出资搞房地产，只要他出面投入外资，风险不要他承担，经营也有国内负责。

　　严忠明见刘灿放讲得诚恳真挚，又看到他的贸易公司搞得风生水起，更看到了国家深化改革、扩大开放的广阔前景，就同意参股和九洲一起办房地产公司。

　　1993 年下半年的一天，常州高新区政府的批复下来了，不几天，工商局的营业执照也办好了，"中外合资南开房地产开发公司"终于成立。

刘灿放看着油墨未干、盖着鲜红的国家工商局大印的房地产开发公司营业执照，思绪万千，激动万分，终于梦想成真了！

回想过去在常州要住一夜都没资格，后来为了买房到处走门路搞关系，现在自己也能搞房地产经营，可以造房子卖房子，甚至他想什么时候我也在常州城里造它个旅馆，住在自己造的旅馆里。

"造旅馆有什么稀奇？今后造个大酒店！"有人这样鼓动着。刘灿放兴奋不已，感到今后完全有可能造大酒店，造高楼大厦，造居民住宅……他的胸中充盈着"海阔凭鱼跃，天高任鸟飞"的豪情壮志。

二、金子与糠饼

（一）

领到房地产营业执照，刘灿放着实高兴了好几天，想想今后可以和房管局、建设局的房地产公司一样经营房地产行业，内心非常激动。

但如何做起呢？他心里一点也没有数。他首先考虑到的头等大事是要"招兵买马"，要搭一个领导班子，特别是要找一个当头的总经理角色。当时政府机关有一些工作人员，都在跃跃欲试下海经商，刘灿放首先就想到常房公司里的几个人选。他去试探后有好几个经营科长一级的都表示愿意到九洲来。刘灿放又想，九洲本身也必须挑选几个骨干转行来搞房地产。他在脑海里盘算着搞流通的、有能力的几个业务经理，动员他们转行，谁知问了几个经理都是这样的回答："我们不懂房地产，不敢当。"

"我们搞贸易流通不是蛮好的，为什么要去搞房地产？我不去。"

还有几个听了刘灿放叫他去搞房地产，反而劝阻他说："房地产不好搞的，贸易流通多好，来得快去得快，别去搞房地产吧。"

刘灿放听了这些回答，心都凉了半截，难道自己的热情和想法错了吗？

他想听听原先经常给他当顾问的几位老干部老领导的意见。他把在汕头和罗锦秋合作的陈局长请来了，把原郑陆区副书记欧玉明请来了，把搞流通的周杏生请来了。

在座谈会上，刘灿放请他们讲讲搞房地产的前景，有什么好处，有什么风险。这几位老领导个个都在领导岗位上工作了几十年，有见识，有智慧，长期以来对刘灿放都是真心相待，实话实说，尽心尽责。这也是刘灿放之所以请他们来的原因。

"搞房地产肯定是有前途的，市场需求很大，利润空间很高，我坚决支持刘总你们九洲搞房地产。"在汕头已经搞过房地产的陈局长第一个发言，用自己的切身体会表示支持。

欧玉明老书记说："从中外历史来看，世界上许多大企业都是搞过房地产。九洲有了这个基础，又办好了经营执照，这是多么好的机会，应该大显身手。"

一直搞流通的周经理也说："过去搞流通做生意，我们也不懂，还不是慢慢学起来的。只要学习，总是学得会的。"

几个老领导的意见和鼓励，坚定了刘灿放的决心和信心。他加快了搭建"南开房地产公司"领导班子的步伐。

（二）

尚其松是常房公司的经营科长，这时也正和政府部门、国营企业的一些人准备辞职下海经商。他计划到新北区筹建一个房产公司，但一时苦于没有资金，正当在彷徨时，刘灿放找到他讲明了新成立的南开房地产公司的情况，并且真诚聘请他来当南开房产公司的总经理。

尚其松一听，当然十分高兴，有一个现成的房地产公司交他经营，千载难逢。过去刘灿放为解决九洲职工房子，经常找他帮忙，老熟人了，这次请他到九洲来，也是顺理成章的事，他立即走马上任了。

南开房地产公司的领导班子很快就搭建起来了。九洲是主要投资方，刘灿放任南开房地产公司董事长，外方投资者任副董事长，尚其松任总经理。刘灿放为能找到这样一个理想人选而暗暗欣慰。尚其松在迷惘之中，刚巧有了一个发展的平台而感到庆幸，真是两相合拍。

由于尚其松在房管局下属常房公司担任过经营科长，有经验，人头熟，所以主要团队人员就由他召集组阁。刘灿放只是派了一个九洲的江副总当他副手，跟他学习房地产经营。

尚其松走马上任后，就带着刘灿放各处考察，挑选地块，做项目。不久，就拿到了一块近百亩的地块，地处常州南郊，市政府建造的丽华新村旁边。那时郊区和村镇趁刚刚开放政策，想卖掉土地挣点钱，用来弥补村镇的财政收入。南开房产公司很快筹集到了四千八百万元土地款，付给了郊区政府。

正在办理开发手续时，常州市政府对郊区乱开发进行整顿，南开房地产拿到的这块地也在整顿之列。刘灿放一时傻了眼。土地款已付，退又退不回来，造又不能造，怎么办？刘灿放和尚其松从村、乡、郊区和市政府各部门跑了个遍，诉说求情，烧香磕头，折腾了好长一阵子，最后终于补交三百万元费用后，获得了同意建设的批复。

土地手续办妥后，接下来就是规划设计。刘灿放参加尚其松组成的团队讨论，大家都认为，常州民用设计院的户型方案过于保守了，因为方案大都是七八十平方一房为主。现在的形势是"吃讲营养，穿讲漂亮，住讲宽敞"，所以应该多搞一些一百平方米以上的大户型，这样可以提高容积率，多建些面积多赚些钱。

因为是第一个项目，刘灿放心里一点也没有数，就问尚其松："尚总，你的意见呢？"

尚其松显得胸有成竹地说："大家的意见是对的，应该建大一点的。"

刘灿放说："我是外行，你们是专业人士，我就听你们的意见，你尚总作决定。不过，原来民用设计院的户型方案已经设计好了，能不能改？"

尚其松说："改设计要费时间，简便方法是拿出三分之一来内部改一下，不要再去民用设计院。"

就这样，南开房产公司将这块地按民用设计院的户型造了一千多户，其中三分之一是按每户一百一十三平方米的大户型来建造，每平方米成本核算到一千元，小户型的总价每套大约九万元，大户型的总价每套十五万元。

尚其松对刘灿放说："按我们估计，这些房子只要预售，就可以全部卖掉，根本不要等到建好。也就是说，一旦预售，就能将投入的资金全部收回。"

刘灿放听了，十分高兴，第一次搞房地产就这么顺利。筹集的四千八百万，这可是一笔巨大的投入，看现在的情况，风险可以排除了。

楼盘在1994年7月开始预售，可是情况并不像大家期待的那样好卖，不要说十五万一套的大户型无人问津，就是连八九万一套的小户型也卖不动。这形势不像尚其松说的预售就可以把资金统统回收。

刘灿放暗暗着急起来，因为筹集到的四千八百万元都是银行贷款，有的还是"高利贷"，利息不去说它，如果到期还不出，失掉信用可是大事。

刘灿放天天往南开房地产公司跑，不断询问销售进展，售楼处人员的回答总是让他失望。

"卖不动……"

刘灿放心情沉重，去找尚其松，想和他商量采取什么措施。

推开办公室的门，只见尚其松正笃悠悠地抽着烟。打过招呼，刘灿放说："现在房子看来卖不动，我们要采取一些措施啊。"

尚其松仍然悠笃笃地抽烟，也不接话头，停顿了一会，似乎老谋深算地说："不要紧，主要是国家调控，大形势不好，房地产一会就会好起来的，而且价格肯定要涨上去。"

刘灿放听了，似信非信，将信将疑，心里不着落，就独自一个人到其他楼盘去打听，也算是做个市场调查吧。结果发现，其他楼盘虽说也受客观调控的影响，房子难卖，但也不像南开这楼盘一动不动。

刘灿放经过分析又发现：有两种楼盘仍然比较好卖，一种是靠市中心的地段，价格在每平方米两千元之内的比较好卖，还有一种是武进县地处湖塘镇每平方六百元左右的。而南开每平方一千二百元的，总价在十多万元一套的，特别难卖。这就好比一条溪流在一个三岔路口，绕过了前面的一块大石头，水就分开向两边流去。一个是虽偏远价格却便宜的，一个是价格虽然高但靠近市中心地段好的，而南开这地段，离市中心较远，价格又不便宜，又是大户型，要买房的一时拿不出这么多钱，就像那块石头挡住了溪流，消费者都绕道而去了。刘灿放的这个发现，让他大吃一惊。

刘灿放又去找金融部门的朋友咨询。这些朋友告诉他一个数据，当时每户平均储蓄仅五千元，能买房的人只有两种：一种是先富起来的，另一种是有权的。这些有钱的人要买就买靠近市中心的、每平方两千元的房子，而有权的呢，所在单位帮他们买房，要买也买好地段的，价格高些也不在乎。

刘灿放听了朋友的分析，恍然大悟。这些朋友告诉他："目前大部分要买房子的消费者，都是一些既无权又无钱的低收入人群，原来房子就小，他们面临买房子，儿子娶媳妇，结婚分家，凭他们的能力，要凑上五六万元就很不容易了，怎么会选择到你们丽华这样偏僻的地段去买十多万元的房子呢？你们既没有价格优势，又没有地段优势。"

刘灿放听了惊起一身冷汗，知道自己已经犯下了大错误。等到刘灿放弄清原因，醒悟自己铸成大错，南开这楼盘开发已经快三年过去了，这时已经是1995年。尽管南开的售楼人员使尽浑身解数，楼盘就是一动不动，特别是一百一十三平方米的大户型，三年只卖掉三套。

刘灿放想，这不是应了乡下人的一句俗话，叫做"三年卖一条老黄瓜"吗？长此下去，五千万元的投资不知道什么时候才能收回，特别其中有一千多万是通过新北区建行借常州农投公司的"高利贷"，年利率超过

20％。当时中央调控，朱镕基总理整顿金融，银行和农投公司开始催促还贷。农投公司的总经理，由于违反放贷规定，已经触犯了法律，被关押审查。

形势的发展变化，使得刘灿放更加忐忑，寝食不安，天天盘算着如何能把房子卖掉。

经过再三思考，刘灿放下了决心，必须采取"壮士断腕"的果断措施，即使亏本也在所不惜，把房子卖出去。如果再这样硬挺下去，必定坐以待毙，资金链断裂，五千万元投资沉重的本金和利息负担，失去信用后的危机，害人害己的后果……真是不堪设想。

刘灿放不再犹豫，下决心亏本卖房！

（三）

正在此时，刘灿放得到一个消息，常州市政府准备在南开楼盘边上征用一百亩地，建造十万平方米的房子，作为城市解困解危的安置房。刘灿放脑子一转，赶紧找房管局解困解危办公室的吴健康处长，询问证实确有此事。刘灿放立即向吴处长提议："你们不要再征地建房子了，南开愿意将已建好的十多万平方转给市政府作解困解危房用，这样，市政府可以提前一年落实人代会提出的解困解危任务，又省了许多钱。"

刘灿放继续说："我给你们的房子，不按销售价格每平方一千二百元算，而是按成本价每平方一千元计算。"

吴处长是房管局的专业人士，他当然懂得这一千元确实只是成本价，而且还省下许多征地办手续等费用，既能减少许多麻烦，又能提前完成上级交给的任务，何乐不为啊！况且过去刘灿放经常去他那里买房子，早就熟悉得很，也有交情在。

吴处长当即对刘灿放表示："你这想法倒是蛮好的，可以考虑。"他又对刘灿放讲："等我们一起去房管局向姜局长汇报后再定。"

两人说走就走，立即到常州房管局姜局长那里汇报。刘灿放坦诚地对姜局长说："我们南开在丽华建的十多万平方米的房子，已经全部验收合格，但一时卖不动，我们投入的资金回拢不过来，所以我们决定按成本价每平方一千元转给房管局，作为解困解危安置房，你们既省了许多事，又能提前完成人代会提出的目标。"

　　姜局长听刘灿放这么一讲，也觉得这做法可行。

　　刘灿放进一步说："姜局长，这样做你们等于解了两个'困'，一是房管局提前完成解困解危任务，解了社会上无房危房户的'困'，二是解了我们企业的'困'。"

　　姜局长仔细听着刘灿放的汇报，想了想说："你这建议好是好，就是大户型的确多了一点，我们安排解困解危户不需要这么大，大了反而不好安置。"

　　刘灿放明白姜局长的意思，安置解困解危只要解决基本的住房条件，数量要多，户型不需要大。于是对姜局长说："户型虽然大一点，但成本比你们造不知道便宜多少呢，南开实际上是亏本转卖给你们的。"

　　姜局长笑着说："那你怎么舍得亏本卖，房价还在往上涨呢？"

　　刘灿放说："姜局长，你看过刘邓大军《挺进大别山》的电影吗？那时刘邓大军为了迅速进入大别山创立根据地，过黄泛区时把大炮、卡车等重武器全部扔掉、炸掉，为了轻装上阵。我现在也是这样，我把包袱扔掉，也是轻装上阵，减掉了利息等负担，我几千万元的资金不就回笼了？我是情愿亏本卖的！"

　　刘灿放继续说："你把大户型当作中户型安排给困难户，宽一点总比小一点好，人口多一点的，看到房子大总是高兴的啊。

　　"再说了，上面来视察检查，别的城市来参观交流，你们为民生做的工作，你们为解困解危户安置的做法与商品房一样重视，不是敷衍，那就更有亮点了。"

　　姜局长听刘灿放这么一说，觉得很有道理，又很坦诚，他过去也知道刘灿放的为人和工作作风，于是就一口答应说："好的，我们同意收购南开造的房子做解困解危安置房，等我请示市长后立即实施。"

刘灿放大喜过望，几个月来日日夜夜的烦恼一下子扫光了，当天晚上睡了一个好觉。

第二天一大早，刘灿放就去找尚其松，高兴地说："尚总，有一个好消息要告诉你，房管局的姜局长、吴处长同意收购我们南开的房子。"他把和吴处长、姜局长讲的前后经过说给尚其松听。

尚其松听刘灿放这么一说，立即表示不同意："我们这样以成本价卖掉，不是亏本了吗？"刘灿放说："我们这样以每平方一千二百元卖，卖了三年，一点也卖不掉，天天的开支和银行利息，算下来不也是亏本吗？"

尚其松说："现在卖不掉，等形势好了再卖，价格涨上去了，到那时就赚了。"

刘灿放说："你说得不错，但到什么时候涨呢？又什么时候卖掉呢？这房子就像鼻头上的肉看得见却吃不到。我们硬挺了三年了，银行催着我们还贷，农投的总经理也出事被关起来了，我们怎么还能硬挺下去呢？"

刘灿放说："我知道你是要面子的人，我也知道你是为公司着想。"

"我当然是为公司着想的。"尚其松理直气壮地说。

刘灿放知道他一时转不过弯来。他是总经理，原来又是房管局的领导，又是自己亲自聘请他来担任总经理的，不能简单下命令让他执行，于是就耐下心来继续做说服动员工作。

刘灿放说："我小时候听老师讲过一个故事，现在仍然记得清清楚楚。有一年发大水，洪水淹没了村庄，村民们四处逃跑。一个地主家里有许多大米面粉，但他没拿，而赶紧把柜子里箱子里最值钱的金子金元宝装了一大包逃命，逃到一棵大树上。这时有一个农民，带了一袋糠饼也逃来爬上这棵大树。滔滔洪水汹涌奔腾，两天后，地主没有吃的，饿得要命，就和农民商量说：'我拿金子和你换糠饼吃，好吗？'这个农民看到金子当然高兴，但是他想，金子又不能吃，我要它干什么？于是就不肯换。地主这才明白，现在就是有再多的金子，又有什么用？他懊恼当时没有带一些米饭或面饼，现在也可以充饥呀。地主只得熬着。三天过去了，地主实在饿得快昏过去了，就又恳求农民说：'我拿十个金元宝换你一块糠饼吧。'可是，农民知道现在就是这一大包金子全给他，他也不能吃金子呀。农民还是不肯换，地主终于撑不下去，饿昏了，跌落在树底下淹死了。等洪水退去后，农民从树上爬下来，捡了地主的那包金子走了。"

刘灿放讲完这个故事，对尚其松说："这个故事告诉我们：识事务者为俊杰。做事要看实际情况，现在我们积压的房子，就像是地主的金元宝，就是再值钱也不能吃，而有糠饼才能活命，如果抱着金元宝，就要饿煞。"

尚其松听着刘灿放这样讲，觉得也有一定道理，却一声不吭，闷着头抽他的烟。

刘灿放又说："公司现在把房子卖给房管局，解困解危，虽然我们不赚钱，但资金一下子就可回笼。"

尚其松听着刘灿放在讲，也不回答，他不能和刘灿放顶撞，刘灿放毕竟是南开房产公司的董事长，过去关系也不错，假如换了别人他早就要发脾气了。但他心里想着：我是总经理，总经理有总经理的职权。

刘灿放说了这么许多道理，见尚其松还是不为所动，心里也有些不高兴，但又能怎么样呢？还只得耐下心来继续做工作。

刘灿放说："我们虽然不赚钱，但只要命活下来，以后还可以再拿地造房，留得青山在，不怕没柴烧。"

尚其松不吭声。

"你现在是总经理，我是董事长，这个亏本买卖的责任不要你总经理负责，我决策我负责，年底你们经理员工的工资照拿，但我不拿，我说话算数。"刘灿放说。

见尚其松还是不作声，刘灿放又说："尚总，你必须支持我的决策。"

说了半天，尚其松没有表态，既没说反对，也没说同意。刘灿放以为把这金子和糠饼的故事讲给他听，又把责任关系说明白了，应该会打动他，总经理总归要执行董事长的指示，这是上下级关系，也是老板和伙计的关系，尚其松不会不懂。看看这样子僵下去，也没有结果，刘灿放就走了。

（四）

刘灿放心里一直在盘算着下一步怎么办，一时想不出其他办法。

过了两天，常州市解困解危办的吴处长打电话来了。

吴处长在电话里对刘灿放说："刘总呀，我们不准备买南开的房子作为解困解危房了。"

刘灿放心里一个咯噔，问："为什么，是否市长不同意？"

吴处长说："不是。"

刘灿放追问："吴处长，你说实话，究竟为什么？"

吴处长支吾了一阵，只得说："你们南开内部意见不统一，我们不想为难南开啊。"

刘灿放一听，知道吴处长话中有话，就立即赶到吴处长那里了解真实情况。

吴处长被刘灿放追问不过，只得说了实情。

原来，尚其松那天听了刘灿放一大堆话，并没有听进去半点，反而心里憋了一肚子意见，跑到房管局姜局长和吴处长这里发火了。

他唬着脸说："听说刘灿放要把南开的房子转卖给房管局作解困解危房用，我不同意，我是南开房产公司的总经理。"

姜局长、吴处长一听，知道有问题了。尚其松原来是房管局下属常房公司的经营科长，当然和姜局长、吴处长熟悉，他们当然也知道尚其松的脾气，现在下海当了南开房产公司的总经理，没有隶属关系了，不好干涉他呀，况且他离开了房管局担任了南开房产的总经理，也算是一方神仙了，怎么好得罪他呢？

吴处长说："哦，我们只当刘灿放是南开房产的董事长，他说了算，所以我们和姜局长……"

尚其松一股怒气说："刘灿放他不懂房地产开发，南开房产公司由我负责，而不是刘灿放负责，我说了算。"

他又加了一句："南开的事，我总经理不同意，就办不了。"

尚其松过去在常房公司当经营科长时个性就很强，姜局长和吴处长都是知道的，听他这样讲，想想如果按原来和刘灿放讲的做下去，就要造成不必要的矛盾，于是两人就回答尚其松，等和刘灿放重新商量后再说。

刘灿放听了吴处长讲了以上事情的经过，马上解释说："吴处长，尚其松是我们聘用的经理人而已，公司遇到这样重大的事情，应该由董事会决定，他必须服从董事会的领导。这个决策我是和其他几个股东商量过的，我是董事长，而且我给他说清楚了，所有责任不要他总经理负责，全由我董事长来负责，他应该明白总经理服从董事长的这个道理的。"

吴处长听了刘灿放这一席话，也表示赞同，但他又说："可是尚其松的工作做不通，那也不好弄啊。"

刘灿放说："吴处长，请你们放心，南开把房子转卖给房管局做解困解危房的决策不变。"

吴处长说："既然这样，我们还是按原来商量的计划推进。"

（五）

从吴处长那里回来，刘灿放立即到南开房产公司继续做尚其松的工作。

一到尚其松办公室，刘灿放只见尚其松在看一篇他写的经济论文。刘灿放顺手拿过来一看，论文的题目叫《做好房地产的关键是搞好内部管理》。

刘灿放说："尚总，你倒悠闲，还有心思在写论文，我都急得喉咙口快冒烟了。"

尚总说："新北区在考一批高级经济师，这篇论文是考高级经济师的论文。"

刘灿放说："我虽然只是搞乡镇企业出身，只是一个助理经济师，你尚总现在是经济师，又要去考高级经济师，可我搞了三年房地产，觉得你这篇文章说的观点并不完全对。房地产开发搞好内部管理确实不错，但我看今后搞房地产的关键是市场，我们关键要研究市场需求才对。我们南开现在搁置了十万平方的房子卖不出去，虽然有宏观形势的原因，但根本原因是没有找准市场的需求和定位。"

刘灿放把市场调查和金融界朋友给他讲的分析给尚其松听："现在有权的、有钱的、没钱的三种人，这三种客户都不到我们丽华三村南开小区来买房子，证明我们的房子定位有问题，说明当初设计有错误。打个比方说，叫做地段不好不坏，位置不东不西（难听点说叫'不是东西'）价格不高不低，不三不四，所以才'三年卖条老黄瓜'。我们把这房子给房管局安置困难户，是没有办法的办法，你为什么要背着我到姜局长吴处长那里去回绝？有意见你当面对我说呀。"

刘灿放想起前几天苦口婆心讲了这么多话，他就"十气不叹"，心里就来火了。

尚其松一听刘灿放这么说，晓得他已经知道自己背着刘灿放去"触壁脚"的事了，一下子就涨红了脸。尚其松还感觉到姜局长、吴处长一定是把自己说的许多话都说给刘灿放听了，可能把自己说的"刘灿放他不懂房地产开发，南开公司我说了算，我不同意就不能办"等都和盘托出了。

尚其松想到这里，还不如挑明了。

尚其松摆出一副老资格的样子对刘灿放说："你不懂房地产的，我不跟你说什么，反正我不同意卖，你就不能卖！"

刘灿放一听他这么说，顿时怒火中烧，提高嗓门说："我给你讲了这么许多，你怎么还不明事理？"

尚其松也提高了嗓门说："你一定要卖，我这总经理不当了，也不负一这个责！"

刘灿放说："谁要你负责的！我前面不是早就给你说过了，谁出的钱？亏本到底亏了谁？难道你一点不懂这个道理吗？"刘灿放继续说，"不管你是老房地产，还是我新搞房地产的，谁也不是常胜将军，犯错误可以理解，问题是不能一错再错，死到临头都不求饶，悲莫大于不悟！"

尚其松听着刘灿放的怒斥，反而摆出一副悠笃笃的样子，回答了刘灿放一句："反正我不同意！"

刘灿放一听，怒不可遏，"膨"的一声掀了一下尚其松的办公桌，喝道："你什么狗屁经济师？还不如我土经济师，你竟如此执迷不悟。"

尚其松仍冷冷地说："我不同意。"

刘灿放"呼"地一跃向前，把尚其松桌上的公文材料以及一只黑色的公文包全部撸到地上，拔腿就走。

走到门口，回头指着尚其松说："你不是说不要当总经理吗？我就免了你这个总经理！"

刘灿放又对着围过来看热闹的员工说："公司的一切，都听我的，房子卖给房管局解困解危决定不变。"

公司的员工也知道董事长和总经理意见不合，对卖房有分歧，但一时也不知听谁的好，看到刘灿放表态如此坚决，都说房子应该赶快处理掉才好。他们其实心里最清楚，房子不卖哪里来钱？况且总经理总归要服从董事长领导的，所以一下子形成了统一的意见。

尚其松看到所有的员工都听从董事长，自己也不再作声，任他们去操作，没有多久就被解职了。

南开房产公司在刘灿放的直接督促下，很快就将房子全部转卖给了房管局解困解危，回笼了大部分资金，还掉了新北区建行农投公司的贷款，新北区整顿烂帐的那些工作人员对南开的做法赞不绝口："只有九洲南开按时主动来归还贷款，并支付了利息。"

"刘灿放讲信誉！"

（六）

事后，刘灿放编了一段顺口溜，总结九洲南开房产开发的第一个项目。这段顺口溜是这样说的：只知房产赚钱，不知房产风险。南开所以脱险，想想有几个关键：腰杆子硬佬、眼睛光亮佬、脚长佬、逃得快佬，所以没被淹死掉。

刘灿放又说："1992年热哄哄，1993年乱哄哄，1994年强着鼻头哄哄。"这是刘灿放形容那三年经济形势的三句俗语。

刘灿放还说："毛主席打仗的原则是'打得赢就打，打不赢就跑'，看来商场上也用得上。"

事实证明，1992年第一轮房地产泡沫，海南广西北海烂尾楼遍地，常州新北区的火炬大厦一烂十年。这一轮房地产泡沫，直到1998年国家开始实行住房制度改革后才慢慢复苏。

梦想毕竟是梦想，现实毕竟是现实，刘灿放追求房地产开发的梦想虽然成真了，但现实才是一个清醒的世界。南开房产公司开发的第一个项目，交了一笔昂贵的学费，给他太多太多的教训和启发。事后刘灿放一次又一次地总结经验教训说："看来光有好心并不一定能办成好事，这一下呛了一大口水，差一点没被淹死。"他第一次感受到市场这一只无形的手，形影无定却威力无比。他还从尚其松那篇所谓《房地产关键是内部管理》反思出一个重要的理念，"企业经营任何时候都是'经营为纲，管理为目'，没有经营，没有市场，哪里来管理？没有经营，管理什么？有了经营这纲，纲举目张，一切都有了"。

后来他又总结出一条简单朴素的房地产开发宗旨："老百姓要什么样的房子，我就造什么样的房子。"接着又形成了"市场导向、科学决策，正确定位，精心打造"等开发理念，都是源于这第一个项目的深刻教训。

直到二十多年后，九洲成了常州房地产标杆企业，担任了常州房地产协会会长单位，刘灿放仍然深深地牢记着这次难忘的教训。

三、安得广厦千万间

（一）服装城　食品城

九洲房地产经营，从 1993 年起步，摸着石头过河，开发了第一个项目丽华三村南开小区，结果是"三年卖掉一根老黄瓜"。

还好，刘灿放审时度势，以壮士断腕的勇气，把房子亏本转卖给常州房管局解困解危，虽然亏损了几百万元，但回笼了资金，偿还了贷款，逃出了困境。刘灿放形容当时的情景和策略，就是毛主席打仗的策略："打得赢就打，打不赢就跑……"这时，已经到了 1995 年。

后面的房地产怎么搞，第一个项目失败的阴影一直笼罩在人们的心头。到底造什么样的房子好？造了能不能卖出去？能有多少利润？这一系列的疑问仍然郁结在人们心头，九洲不能再来一次亏本买卖呀！

丽华小区开发的经验教训，让刘灿放学会了许多房地产开发的知识，也形成了自己的判断力。他和大家探讨说："看来朴素的思想感情，绝不能代替市场经营思想的把握，不能光凭感情、直觉、经验，还要有视野、智慧、理论、计算、文化等一系列理性基础。"

他对大家说："生意场上充满了机会，也充满着危险，良好的思维就是不守死法，求活求变，敢取敢舍，不钻牛角尖，不要在一棵树上吊死，东方不亮西方亮，一切以市场需求为导向……"

1995 年，各地都在兴办招商市场。特别是浙江义乌小商品市场，对全国的影响很大，起到一种示范作用。常州原先办起一个号称"香港滩"的迎春市场，在全国都是领先的，可惜"播下的是龙种，收获的却是跳蚤"，没有几年就销声匿迹了，所以常武地区还没有一家像样的招商市场。

要说办这种招商市场，其实十多年前刘灿放在郑陆农工商时已经办过，就是现在的"九龙小商品市场"，生意兴旺，在常州几乎是家喻户晓。他敏感地想到，在常州办一个大型的服装专业市场，必定会填补常武地区的商业空白。

可是，办这样的招商市场，要市政府批准，市里的几个领导都不赞成，担心安全问题。几经周折，分管商业的副市长薛锋表态支持，大笔一挥批准了，但再三嘱咐要保证安全。

经过各方面的考察、论证，九洲在常州南大门兰陵地块，决定建造一座"九洲服装城"。它以商住结合为定位，下面三层进行招商，经营服装零售与批发，上面三层以居民住宅出售。

这是自开发丽华小区失败后的第一个项目，经过六个多月的紧张施工，常州第一家大型服装招商市场"九洲服装城"在 1996 年底就开门迎客了。市场里招进来两千多户来自全国各地的经商户，在常武地区一炮打响。

紧接着，在常州小东门桥木材厂的地块上，又建造起三万多平方米的"九洲食品城"（也称"九洲食品日用品市场"），招商进驻了全国各大品牌的食品和日用品，经营商户共三千多户。刘灿放一直关注指导着市场的培育，他说："我们不是招商引资，而是招商兴市。市不兴，引的资早晚也要跑掉。"他又说："服务大众，才能发展自我。"他不断教育管理层："市场三分建，七分育，俗话说开店容易守店难。"

九洲服装城和九洲食品城在短短一年半的时间内相继建成开张，轰动了常武地区。这两个市场里商品丰富多彩，价廉物美，远近上百里路的农民、工人、学生、商人，一讲到九洲服装城和九洲食品城，无不津津乐道，眉飞色舞。

在一次征集"南九洲，北九洲，南北九洲闹常州"下联的征文活动中，收到了来自常州、武进、无锡、丹阳等方圆近一百公里内的三百多条下联。参加的人有八十岁的老翁，有十岁的稚童，他们不分男女，不分工人、农民、学生、教师。有的对"服装城，食品城，衣食二城腾龙城"，有的对"服装城，食品城，衣食两城昌龙城"，还有对"东来客，西来客，东西来客座上客""大老板，小老板，大小老板赚铜板""东客商，西客商，东西客商聚龙乡""商品多，价格公，九洲扎根在民众""新常州，老常州，新老常州爱九洲"……这些征联无不倾注着人民群众对九洲的信任和热爱。

当时八集电视连续剧《陈奂生上城》正在溧阳拍摄。《陈奂生上城》是根据我国著名作家高晓声的小说《陈奂生上城》改编的。九洲有人编了一个十秒钟的电视广告片，拟请剧组演陈奂生的著名演员王绘春出演。

十秒广告片剧本是这样编写的：

镜头：江南一片田野，陈奂生从田埂上走来。

　　　　有一个农民问："奂生，你上哪儿去啊？"

　　　　陈奂生回答："上城去！"

　　　　农民问："上哪个城啊？"

　　　　陈奂生回答："上九洲食品城！"

镜头转换：九洲食品城，陈奂生在琳琅满目的商铺前挑选食品。

（二）丽景花园

九洲服装城和九洲食品城两个大型招商市场的建成，终于使九洲从丽华小区失败的阴影中走了出来。九洲要在常州火车站附近，建一个住宅小区，取名叫"丽景花园"。

在丽景花园应该建成一个什么样的小区这个问题上，九洲管理层发生了激烈争论。

刘灿放到上海等地参观一些精品住宅。这种住宅小区，功能舒适，环境优美，讲究户型多样，立面独特，还包含物业管理、服务齐全等功能。刘灿放敏锐地意识到，过去陈旧的住宅格局正在被人们所抛弃，上海代表着未来，它的住宅小区，必将成为当今人们追求的住房方向。一场房地产开发设计的新理念、新革命已经悄然来临。

刘灿放回来后就召开会议，他分析了房地产开发的新形势，提出了按照新理念建造丽景花园的设想，但负责项目的总经理不理解，说："我们的设计方案已经出来了，难道还要改吗？"

刘灿放说："设计好也要改，不但要改，不行的要推倒重来！"

刘灿放接着解释："现在人们不再满足过去那种呆板的一排排兵营式的、像鸽子笼那样的住房了，不再满足于过去靠廉价房避避风雨、饥不择食的房子了，我们要设计立面好看的，户型大一点的房子。"

项目经理说："我就弄不明白了，那时丽华小区造了大户型的房子，三年也卖不出去，吃了大亏，现在又要造大户型，这不是又要走丽华小区的老路吗？"

"到哪座山唱哪支歌嘛！"刘灿放说。

"依我的观点，还是造普通的房，而且还是以小户型为主。现在国家正在实行住房改革，我们正好搭上这福利分房的末班车，可以很顺利地把房子卖掉。"项目经理坚持他的观点。

这项目经理是九洲的股东，又负责具体项目，刘灿放也要尊重他的意见。但是刘灿放还是坚持做说服工作："我们一定要把丽景花园造成常州第一个一流住宅小区，这个定位，不能变。我不但要把原来的设计全部推倒重来，而且还要花重金请人重新设计。我看到的一种新的房屋立面，十分漂亮，采用的是欧洲哥特式蒙沙顶立面……"

面对丽景花园究竟建成一个什么样的小区，形成两种完全不同的意见，大家争论得面红耳赤。

他想前几年开发丽华小区时，造大一点的房子卖不出去，现在已经有人要买大一点的房子了，我们又不敢造了，这些人产生"不敢造"的想法也情有可原，毕竟在这上面吃过大亏。他们生怕卖不出去，降低建造成本，快点搭福利分房的末班车把房子卖出去，这种想法也可以理解。真是一朝被蛇咬，十年怕井绳啊！

刘灿放想到市场这只无形的手，玩弄着"翻手为云，覆手为雨"的魔术，有时琳琅满目，有时影息全无；有时有声有色，有时销声匿迹，真叫是神出鬼没，眼花缭乱。

经过几次争论，两种意见仍然不能统一，眼看着各项工作必须要向前推进，刘灿放说："这样吧，我们采取表决的方式，即使我是少数，但我也要立下军令状，一切后果由我一人承担。"

刘灿放决定要造的这种哥特式蒙沙顶的住宅建筑，造价确实太高了。在设计中，项目管理层总想修改方案，这里减一点，那里抠一点。这个情况被刘灿放发觉了，他很生气，知道一些人表面上服从、内心不接受他的理念，行动上"偷工减料"。

他把这些执行的人召集起来，重申他的理念，严肃地下了一条禁令："丽景花园必须按规划定位建造，不准少一块砖，不准少一棵草，确保高品位！"

这是一种比喻式的禁令辞，就如"不拿群众一针一线"那样，连一根针、一根线都不能拿，还能拿别人的东西吗？同样，连一块砖、一棵草都不能少，还能少别的东西吗？刘灿放这里并不是较真一块砖一棵草的问题，而是表达一种意志，传递一个信息，丽景花园必须按设计理念建造，绝不能因降低成本而降低质量。

两年后，丽景花园终于建成高品质的住宅小区，引领了常州住宅新潮流，当年被评为常州市优秀住宅小区。

这时，21世纪第一天的太阳已经从东方地平线上冉冉升起，人类进入了一个新时代。九洲也和大家一样，拥抱春天，迎接挑战，去寻找新的机遇。

（三）都市桃源

1992年国家开始住房市场化改革。1994年7月18日，国务院正式作出《关于深化住房制度改革的决定》，开启了城镇住房商品化的时代，确立了商品房的市场主体地位。

2000 年，一个新的世纪开始了。中国的老百姓在崭新的曙光中憧憬着美好的未来，老百姓对住房的渴望和要求也越来越高。

但是对房地产开发的看法，人们徘徊、观望，造低价位的还是高价位的？是要发展还是小脚走路？这些不同的看法一直纠结在心头。

这一年，九洲集团企划部经理到北京参加中国经济发展预测会议，回来后在九洲管理层会议上传达了北京专家学者的判断："这次中央召开的经济发展预测会上，许多专家学者一致认为中国目前人均住宅面积还不足十平方米，人均住宅面积三十平方米是城里居民的住房目标，所以中国的房地产，起码还有二十年的发展机遇期。"

企划部经理传达完后，兴冲冲地提出了自己的建议："我们九洲搞房地产的，有这么好的条件，一定要抓住机遇，大力发展房地产。"

他的话音还没落，立即遭到了一个股东的反对："刚才企划部经理说房地产还有二十年的发展空间，听起来好像蛮鼓舞人心的，但是，据我了解，房地产下半年就将面临调控。"

他的话一出，会场上一片寂静，大家一时摸不着头脑。

刘灿放见大家都不说话，为了打破会场的沉闷，就说出了自己的看法："老百姓对住房的需求，确实很大。我们从 1993 年开始搞房地产，快十年了，每年最多不过做一个亿的销售，而且十年一直徘徊，没有发展，也只是局限在常州一个地方……中国人的住房和先进国家相比，确实还相差很远。我看，说中国房地产起码还有二十年的发展空间，这个判断是对的。以后，我们九洲要加大力度搞房地产……邓小平说的么，发展是硬道理。"

刘灿放继续说："房地产开发是我公司再发展的生长点。城市化是我国经济发展的必然趋势，居民改善居住环境的需求，已经促进并且一定会继续促使房地产的迅速发展。随着农业产业结构改变，将会有大批农业人口流入城市，这将促使房地产市场的兴旺，我们必须抓住这个机遇，开发更多楼盘。"

刘灿放说出自己的意见,大家听后觉得心里明朗了许多,刘灿放继续说:"为此,我提出四个决策意见:

"第一、多楼盘经营,也就是不能像过去那样一个一个楼盘做,而是要同时几个楼盘一起做,扩大市场份额。

"第二、开发高中低不同档次的楼盘,以适应多层次消费需求。

"第三、提升品位,实行成品房销售。

"第四、走出去开发,实施跨城经营。"

刘灿放一席话为九洲的房地产开发定了调子,就是要改变十年来九洲房地产徘徊不前的局面,同时也间接地批评了那种悲观论调,肯定了发展九洲房地产的意见。

没过几天,常州市政府一位副市长告诉刘灿放,市政府有意在常州西部五星乡地块,拿出四百亩地,准备开发居民住宅房。他征询九洲有否兴趣参加招标。

五星乡这块地离城区不太近也不太远,但沟沟河河,一片荒凉,地质情况复杂。九洲集团内部的几个股东和房地产的项目经理都不看好,反对的声浪很大,这给刘灿放出了个难题。

刘灿放在会议上定的"四个房地产发展决策意见",不可能一夜之间就会被自觉地接受,但他相信这个方向是正确的。这时如果优柔寡断,势必错失良机,不能再像丽景花园那样争议不休,甚至要走到举手表决的地步。

这天下午,刘灿放决定亲自起草一份投标方案。这时如不及时投标,恐要误了大事。他要给市政府,给有关部门,好好陈述九洲开发五星这块地的决心和种种理由,争取投标成功,一举拿下地块。

刘灿放拿过一本"中外合资常州南开房地产有限公司"的信笺,从左边口袋里掏出一支圆珠笔,略一思索,就写下了题目:《常州福来房地产开发有限公司五星地块使用权投标方案》。

接下来他从"投标公司简介""投标公司中外三方股东经营业绩""对

五星地块建造定位优势""资金准备"等方面阐述得清清楚楚,有条有理。刘灿放这个投标方案,洋洋洒洒写了足足有七千多字,而且一气呵成,除了个别文字改动外,基本不要有什么修改。他把一个枯燥的招投标方案写得充满激情。

刘灿放在标书里这样写道:"本公司拟将该项目定位在面对广大中低收入者为主要对象,以高品位、低价位为追求,使项目做到社会效益和经济效益并举、品味和价位平衡,使项目产品价廉物美,物有所值。一旦本公司中标,首先将抓好项目的规划设计,项目品味高不高,关键是规划和设计。本公司在充分的前期准备中,已比较和筛选了一批名牌设计公司,假如本公司中标,将聘请世界著名的澳洲考克斯公司做本项目的规划设计,聘请同济大学中建设计院作项目的建筑设计,香港的贝尔高林公司作项目的环境园林设计。本公司愿花昂贵的成本,聘请上述名牌设计公司设计本项目,目的只有一个,即保证该项目的高品位运作,高质量建成。"

（四）三矛盾　三服从

五星这块地拿下了,但九洲内部的个别股东和高管,仍然反对声不断。这时刘灿放决心已定,确定九洲旗下的福来房地产开发公司全力开发。

这个四百亩地的小区后来命名为"都市桃源"。

由于这地块条件复杂,沟河鱼塘交叉,当时还属于常州西边比较荒凉落后的地方,请来的设计师们问刘灿放:"刘总,你要设计成一个什么样的小区呢?我们根据你的要求开展设计工作。"

刘灿放想了想,笑着对设计师们说:"我给你们说这样的话吧,你们的设计如果使我的房子卖掉了,我决不会感谢你们;你们的设计能让我赚钱,我也不会感激你们。"

设计师听了刘灿放的话,一时摸不着头脑,设计了这么多小区,老板都是要求设计的房子要卖得出，能赚得多。

刘灿放把设计人员带到现场，指着空旷的田野说："这四百亩地就要建成高楼大厦，我要你们的设计是能彻底改变此地的面貌、品位，能成为刷新常州住宅的一张新名片！"

设计师们虽然听出刘灿放是要设计出高档住宅的定位，但还是没能弄清刘灿放究竟要设计成什么样的房子。

"作为常州的一张城市名片，是要展示给他人看的，所以要按照'四个一流'来设计，哪'四个一流'呢？就是'一流的设计，一流的外立面，一流的自然环境，一流的配套！'"

设计师们一边听着，一边认真地在笔记本上记着，一边点头答应着，似乎已经领会了刘灿放的设计理念。谁知又听刘灿放说："房屋开发前期，设计是关键，必须向脑子倾斜，为此，我要多请几家设计公司做方案。"

设计师心里一个咯噔，万一自己的设计不采用怎么办？但听刘灿放说："你们放心，你们的设计即使不采用，设计费我照付，我多出点'洋盘钞票'①不要紧。很可能几家公司的设计，其中有一个'点子'可使我发现一个'亮点'。"

设计师们听了，既敬佩他思想的前瞻性，也佩服刘灿放的做人之道，打消了心中的疑虑，不再担心自己设计一旦不被采纳，白费力气。

为了把都市桃源小区打造成常州的一张名片，刘灿放先后聘请了六家设计公司做设计，他除了每家每户都强调他的"四个一流"的设计要求外，反复提出"三矛盾、三服从"的理念。

他告诫说："当容积率和品位发生矛盾时，要服从品位；当规划时间与品位发生矛盾时，要服从品位；当成本与品位发生矛盾时要服从品位。"

设计师们终于领会了刘灿放的思想，这就是"品位、品位，还是

---

① 洋盘钞票：常武地区俗语，冤枉钱的意思。

品位"。

刘灿放半开玩笑半认真地对设计师们说:"你们能不能设计建造一种质量又好,又能让老百姓买得起的房子呢?"

设计师们面面相觑:这不是"又要马儿跑得快,又要马儿不吃草"吗?

刘灿放早就看出他们的疑惑,对这些设计师说:"房屋开发前期设计是关键,一旦确定就难以更改,这道理似乎人人都明白。其实不然,每一次设计,都会因为观念的先进与落后,眼光气质的不同,而会在设计上发生思想的碰撞,对设计产生根本的影响,一切差距都是观念的差距,思想的差距。我说的'价廉物美'是所有商品都需要思考的一个课题。"

都市桃源建成后,许多外地单位和个人跑来参观,他们对刘灿放说:"刘总,你这都市桃源可是都市里的桃花源,闹中取静,现代闹市中隐藏着世外桃源。"刘灿放笑着说:"没有品位,就没有价位,福来房产坚持品位,为都市桃源带来了福气!"

2003年,都市桃源卖得火爆,价格几乎一天一个价地往上涨,项目经理和售楼处的人欣喜若狂。

刘灿放知道了这个情况,立即指示说:"不要再涨价了,留点空间给消费者。"第二天,他又去对项目经理和售楼处的人说:"越是卖得好,越是服务态度要好,千万不要摆'朝南坐'面孔。"

由于房子供不应求,有人在建造中偷工减料,在交付中对发生的问题敷衍了事。刘灿放知道了,提出严肃批评,要求纠正这种错误。他说:"我们已经从田野村姑变成了大家闺秀,不要做偷鸡摸狗的事……要大气一点。"

他又对项目经理和员工说:"人家人家,'人'要放在前面,'家'要放在后面,我们每个人其实既是服务员,也是服务的对象。要设身处地为别人着想,我们不能忘记,我们企业为人民谋福利的这个出发点,企业当然要赚钱,但我们光是为了赚钱而赚钱,最终是赚不到钱的。我们搞房地产开发,固然是为了赚钱,但说到底还是为老百姓造房子,为子孙后代造房子，我们造大厦、造花园最终是留给社会，留给子孙后代的，我们要负这个责。"

都市桃源声名远播，还迎来一批文人墨客参观采风。他们一个个身揣锦绣文字，带着善于发现美的锐眼。如游桃花源，如进大观园，如寻稻香村，叽叽喳喳，议论纷纷。有人说：文艺要为工农兵、人民大众服务。为什么不来写写都市桃源呀？于是各自写下了同题《都市桃源赋》，这里摘录数篇，一赏雅怀，再现当年盛事——

古之辞赋，由来已久，不作也久矣！丙戌三月，春光明媚，桃花盛开。十数常州作家会于龙城都市桃源，开笔会，说陶潜……

席间众人议论，何不借"赋"盛鲜果，装新酿。谁言赋必汉耶？祖宗法可变，不必不如师。只管直抒胸臆，即吐真言，于是乎纷纷率性咏觞，妙笔生花，文采各显，佳篇呈扬，予也乐在其中，赋云：

屋舍俨然，齐刷刷以耸云，阡陌交通，道弯弯而曲径。美池流湍，小河清波，繁花名木，秀色可餐。徜徉得以清欢，留连长遂吾心……呵呵！此地甚好！因去仙界，暂住人间，本爱丘山，故悦大隐，不知有汉，无论魏晋。说什么金灿灿，说什么禄厚厚，共适无尽清风，同观有响浮云。随便翻书，不求甚解，闲来采叶，只顾种兰，夜临风看星，晨对水抛钩。不须猜，不须谤，桃花源妄虚诞，唯此局为真山。

《都市桃源赋》并序（常州作家协会理事　陆林深）

蔼然而列，屋舍峙也，临水而踞，亭台秀也，谦恭援引，长桥善也。询而无应，乃铜雕栩栩如生也。远观近察，春色迪也。桃之夭夭，李之灼灼，樱之绯绯，柳之依依，惹蜂修竹，颜顿开也……先生所示，果不虚也，先生所嘱，奈失信也，自武陵而毗陵，渔人欲永居都市桃源也！

（常州作家协会主席　黄瑞康）

千年易近，心境难收。大材难用之理，深及滕理；方外桃源之说，久入人心。今有好事者，于武阳旧地，植武陵桃花，命为都市桃源，虽无良田美池桑竹之属，但求芳草落英缤纷之韵。设若花朝月夕，有朋欣至，亦足以设酒杀鸡作食，一慰五柳乡情……

（常州作家协会副主席　张戬炜）

（五）按计划签约

刘灿放定下了"四个决策意见"，决心要改变过去一个一个楼盘开发小脚走路的步子，实行多个楼盘同时开发，扩大市场份额，并且实施走出去跨城开发，这个战略部署给九洲房地产发展带来了一个飞跃。

在都市桃源建设的同时，刘灿放到镇江市中心选择了一旧厂房，开发镇江九洲广场，并且建造一个商业配套——大润发超市。经过两年多紧张打拼，项目取得了很大进展，即将与大润发签约了。

可是这一天，项目负责人夏建东突然收到一份函件。该函件是投资镇江九洲广场的股东雅居房产起草的，表示不同意镇江九洲广场与大润发合作，建议与乐购合作。因为乐购不但租金高，而且对九洲提出所有的条件都接受，而大润发给的租金不但低，还对九洲提出这样那样的各种要求。

夏建东一收到这封函件后立即与刘灿放董事长通电话："刘董，我们镇江合作股东不同意与大润发合作，明天就要签约了，怎么办？"

刘灿放了解了事情的来龙去脉，明白镇江的合作股东完全是从当前利益上考虑，而没有考虑到信誉得失问题。刘灿放想，第一，九洲与大润发在常州已合作过，彼此熟悉，有坚实的基础。而且实践证明，与大润发合作是双赢的，名气也打出去了。第二，大润发的经营理念"客户是我们的老板，是来给我们发钱的"，与九洲"全心全意为客户服务，服务大众才能发展自我"的理念是一致的。第三，九洲原先和大润发已经达成口头协议，明天就要签约，做人要讲信誉。

刘灿放想到这些，对夏建东说："明天与大润发签约不变，如果其他股东对此有异议，认为大润发租金低于乐购的租金，那九洲将租金不足部分弥补他们，你去给他们讲清楚。"

夏建东得到刘灿放这个明确的指示后，立即向各位合作股东传达了刘灿放的决定，这几个股东这才放弃了原来的要求。

第二天，九洲按原计划与大润发完成了签约仪式。

镇江九洲广场大润发果然不负众望，在镇江几乎成了家喻户晓的购物天堂。多少年过去了，直到现在，镇江九洲广场的大润发在镇江各大型商场中也是首屈一指的。

刘灿放后来总结出两句话：当信誉和利益产生矛盾时，选择信誉；当事业和利益产生矛盾时，选择事业。

（六）好房子不怕卖不出

刘灿放确立了多楼盘同时开发和走出跨城开发的决策后，九洲的房地产经营取得了长足的发展。在开发镇江九洲广场的同时，又在安徽芜湖开发一条千米商业街。这是旧城改造项目，承建这个项目的芜湖大兴公司本来只设想建一条住宅配套的普通商业街，九洲参与后，刘灿放提出了一系列开发这条商业街的新理念、新思路。但合作单位大兴公司的黄总与刘灿放的意见相左，他说："刘总，你的想法好是好的，但只怕造价太高了，造好后房价高了又怕卖不出去，到那时我们就亏了。"

刘灿放说："黄总，好房子不怕卖不出去，现在商业街的建造理念已经完全改变了，过去的老思想、老脑筋要变一变，现在朝高档的方向发展，这是大趋势，我们要把握它的发展规律，如果还是去建造传统落后的街道模式，我们就要被淘汰。"

黄总听了，若有所思，但并不表态。

"这么好的一块布料，不能把它浪费掉了，我们要裁剪一件好的款式，要做出一件漂亮的时装，走在时代的前列。"刘灿放见黄总仍在犹豫不决，继续不停地做工作。

在刘灿放不断的坚持和引导下，合作方芜湖大兴公司黄总终于想通了。经过重新设计，一条富有现代气息的商业街建成了，名称就叫"新时代商业街"。这条商业街长一千一百八十七米，双向两边同时整体开发，建有公寓、大卖场、沿街商铺，集购物、观光、休闲、居住、娱乐、展览、办公于一体，给素有"安徽小上海"的芜湖带来一股时尚之风。

这一年的9月20日，在温州2003年秋季房展会上，招商空前火爆，所供四十套房源一抢而空。芜湖大兴公司黄总生怕卖不出去的担心完全消除了。他长长地松了一口气，兴奋地对刘灿放说："刘总啊，房子卖得很好，你是对的！"

刘灿放也高兴地对黄总说："房子不是卖不出去，而是不够卖。我说过，好房子不怕卖不掉。"

黄总连连说："对的对的，你说得对！"

2004年9月28日上午，芜湖海螺大酒店五百人座位的银河厅，座无空席，"芜湖新时代商业街投资暨钻石铺位拍卖会"在此举行。销售处决定拿出十套商铺进行拍卖。消息传开，温洲、南京、芜湖及周边地区的购买者从四面八方赶来。

上午十点钟，拍卖开始。1号商铺几轮加价，迅速由每平方米四千五百元上升到七千五百元，被一本地35号拍得。2号商铺从五千元开始竞拍，每次加价额度为两百元，举牌此起彼伏，很快加至九千元，被89号抢得。3号商铺转眼以八千八百元落槌。4号商铺经过二十次加价，以九千五百元成交。每次槌响成交，全场均报以热烈掌声。

拍卖会紧张进行，一点也没有喘息的时间。5号、6号、7号商位分别经过十几轮竞价后，以八千元、九千元、九千二百五十元成交。为了让竞拍更具选择性，拍卖师把加价幅度减为一百元。经过反复角逐，8号、

9 号商位又以八千四百元、九千四百元被 105 号、10 号两位买主拿下。

剩下最后一个商位了。拍卖师介绍该商铺面积为七十二点三平方米，从四千五百元起拍，刚加价三次，来自温州的 99 号拍主一口价喊一万元，拍卖师连喊三遍："还有没有加价的？"最后一万元有效！

这时全场掌声四起，经久不息。99 号拍主高举号牌，始终没有再放下。所有摄像机、照相机镜头纷纷对准他，摄下了这瞬间的场景。

（七）上善若水

芜湖新时代商业街建好不久，就在不远处建造了三十多万平方米的"江岸明珠"小区。这一片原来破破烂烂的老城区，旧貌变新颜，换了人间。

在此同时，扬州"名都华庭"也在如火如荼地开发中。期间遇到了一个意想不到的难题。扬州名都华庭在解放桥东，那时，扬州城过解放桥东就属于"乡下"了。要把一块荒凉的处女地开发成闹市，刘灿放早就指示在小区旁配套建造一个大润发超市，因为这是已经在常州和镇江被事实证明了的成熟模式。

但是，这个地块原先是扬州某副市长有意给另外一家开发公司的，后来给九洲拿下来后他一直心存芥蒂，对名都华庭建造大润发超市的申请，始终不予批准。

这可怎么办？建设进度不能停下来。项目经理向刘灿放汇报后，刘灿放找了各种关系找市长沟通，但市长就是不同意。

刘灿放和大家一起商量着。有人愤愤不平地说："造大润发超市，方便小区居民生活，又把解放桥东边一大片商业带动起来，于情于理于城市于老百姓，只有好处没有一点坏处，为什么不批准呢！"

项目经理说："这其中原因，既清楚又不清楚。这块地原先是市长给某开发公司的，那公司与他有亲戚关系，现在给我们拿下来了，他内心是不高兴的。但木已成舟，他又没有办法，于是就在建大润发超市这件事上

'筑坝设卡'。"

"这市长心胸也太狭窄了，为了一己私念，竟不顾扬州市民的利益。"

"他其实是同意造商城的，只是不同意造大润发超市罢了。"

刘灿放静静地听着大家议论纷纷，唏嘘一声，平静地说："我们找过市长多次了，看来硬碰硬事情只会弄得更僵。大润发超市计划不能取消，我们也不能被尿憋死了，既然市长同意造商城，那我们就改一个名字，先不叫大润发超市，给它起个名字叫购物中心。"

刘灿放接着说："老子说'上善若水'，水遇到坚硬的石头，它就绕过去，遇到前面一堵墙，它就转个弯，照样达到目的地，这就是老子说的'天下之至柔，驰骋天下之至坚'。我们也要用点智慧，还是按大润发超市的格局来建造，一边造一边再去申请注册。"

可是，当大润发快要开张的前夕，营业执照仍然拿不到，把明都华庭的建设者们急得两眼冒火。扬州市民早已听说这里建了大润发超市，也知道了开张的日期，都盼望着超市开张迎客。

刘灿放指示项目经理，一定要找市长说明情况，陈述利害关系。这时市长也逐步了解到名都华庭的建设进程和市民期盼，终于松了口。

扬州名都华庭小区由于大润发超市的开张迎客，房子销售一房难求，买房都要通宵排队取号。为了取信于扬州人民，九洲根据刘灿放的指示，一律不准走后门，所有的编号全是公开排队领取，做到公开、公正、公平，于是发生了九洲财务部经理为税务局长排队取号的佳话。当时有人根据这个真实故事，编了一个小品演出，生动地表现出九洲名都华庭在扬州的口碑。

（八）九洲新世界

2018年3月21日《常州日报》以"房地产市场仍有很大空间"为题，对市房地产商会会长、九洲投资集团董事长兼总裁刘灿放进行了访谈。

其中刘灿放有这样一席讲话："我一直是房地产开发、城镇化建设的'乐观派'，总体来说，我认为房地产市场还有很多机会。关于未来房价，我总结为'四个相信'：一是相信未来房价不会再大涨了。二是相信也不会大跌。三是相信政府一定能监管好市场。四是相信行业仍有很多机会。从长期趋势来看，我国城市化还没有结束，仍有很大空间……"

这是刘灿放担任常州市房地产商会会长以后，对房地产的一个基本判断，是他在大风大浪的实践中摸索出来的认识，也彰显了他的一种自信心。

时间回到十一年前的2007年。当时对房地产的形势判断可没有像现在这样清晰。房地产市场像过山车一样大起大落，对房地产的走势也是众说纷纭，有悲观的，有乐观的，也有更多投机的。当时围绕常州兰陵地区旧城改造，就发生了一系列激烈的碰撞。

常州古时曾称为兰陵，现在常州南大门地区仍通称为兰陵。兰陵这一大片土地，原来一派田园农村景象。人们为了生存、安居、发展、割刈荒草、填充沟壑、拾砖买瓦，孜孜不倦，在这里造起了农舍、工房、商店、菜场等。其中劳动新村那一片民房，大都是20世纪70年代所建，狭窄矮小，没有卫生间，连外墙粉刷也没有。这里的房屋犬牙交错，参差重叠，工厂的围墙打进了村庄，村庄的角落又嵌进了工厂。这里的自然村和城市住宅混杂一起，深巷小弄转弯抹角，叫人辨不清方向。

十多年前广大居民就呼吁进行彻底改造，然而，历史的因袭愈重，时代的创新愈难。十年过去了，兰陵这片土地仍然沉睡着，人们叹息着、盼望着。

2007年，常州市政府下决心把兰陵旧城改造列为城市十大为民实事工程之一。这是一个重大的工程，光拆迁就达三千九百多户，投入的资金也十分巨大，光前期投入的真金白银就达二十多亿。其中最大的难题是拆迁。

常州市政府找了好几家有实力的房地产开发商，鼓励他们来投资开发。一开始，他们感觉是政府倚重他们，但当了解情况后，个个都打退堂鼓。

"我们没有这个能力开发这么大的项目。"

"改造旧城我们做不来。"

"这么多拆迁户够呛，我们不敢做。"

常州市政府当然也邀请了九洲集团刘灿放，来和他商谈改造问题。

是的，谁也不是傻瓜，旧城改造是政府要做的，开发商没有旧城改造的必然职能。刘灿放考虑，企业是要讲赢利的，企业不赢利，一天也别想活下去。这几年搞房地产，他悟出了一个道理：九赢一亏，全盘皆输。也就是说，你十个项目有九个项目赢了，只要其中有一个项目亏了，就有资金链断裂一蹶不振的危险。

刘灿放需要冷静，需要计算，需要思考。

最终，刘灿放还是接下这个巨量工程。他把它视作为政府解忧，为民造福的良心工程。

当时有两种改造思路：一种是纯粹建造住宅，这样可以多赢利；一种是按一个现代化新城市的定位来打造，让整个兰陵区域面貌焕然一新。刘灿放义无反顾选择了后者，他很坦然，首先要把城市建设好，而不能仅仅做一个唯利是图的开发商。

果然，兰陵这个项目的困难和风险很快就暴露出来了，拆迁成了大问题。更为可怕的是，2008 年全球性金融危机来临了，受美国的次贷危机影响，中国的房地产哀鸿遍野。兰陵这地块的项目投入已经达十多个亿，但没有任何回报的迹象，资金链面临断裂的危险。面对危机四伏的市场，刘灿放认为决不能半途而废，采取了各种办法，保证项目继续推进，并且再三强调，不管发生什么困难，项目的规划、建设的质量不能变。在刘灿放的坚持和努力下，终于度过了 2008 年的困难阶段，进入了 2009 年，迎来了一个房地产活跃的春天。

兰陵这个旧城改造项目，一做就是十一年。有人这样感叹："一个项目做白头。"现在称为"九洲新世界"的这个项目，彻底改变了兰陵地块脏、乱、差的环境，呈现出一派城市新貌，多少市民终于告别了过去恶劣的居所旧乡，多年的企盼如愿以偿。

（九）留园

九洲自从 1993 年涉足房地产后，遭受过挫折，也有过收获。经过二十年的打拼，九洲的房地产经营已经趋于成熟，从原来的住宅地产到后来的商业地产；从原来的小打小闹到规模化经营；从局限于本地到走出去开发，品质也由原来的低档化向高档发展。像丽景花园、都市桃源、九洲新世界都是知名小区，在芜湖、镇江、扬州开发的商住小区都取得了很大的成功，建造的九洲环宇写字楼、喜来登五星级酒店都是常州耳熟能详的标志性建筑。2010 年又投巨资建设起全国闻名的养老中心——金东方。

这二十年，中国的房地产蓬勃发展，各种特色项目让人目不暇接，如杭州的"桃李春风"是中国庭院式小区，朗诗做成一年四季恒温的小区，让人可以生活在四季如春的环境中。

刘灿放对九洲的房地产开发是自信的、自豪的，但也感受到了形势发展是无止境的。人们的需求越来越高，房地产的发展必须顺应社会需求，还有待不断探索。

他回忆起十七岁时到苏州、杭州去的经历。

那年村上的顾琪大曾对刘灿放说："我在西安、青岛几十年了，但有句话说，'上有天堂，下有苏杭'，苏州、杭州是天底下最漂亮的地方，苏州的园林、杭州的西湖就像人间仙境一般。"

少年时代总是充满幻想、充满好奇、充满向往、充满憧憬，少年时代也总觉得有使不完的力气，又最觉得无聊、空虚。他们有时会觉得莫名的单调、无趣，常常幻想了解外面世界的渴望，有一种探求未知事物的兴奋。

刘灿放刚上初一，学校停课闹革命，母亲就叫他回乡务农，那时他才十三岁，繁重艰苦的农业劳动已经让刘灿放尝遍了生活的艰辛。春寒料峭的早春，就要赤着脚下到冰凉的水里做秧田；夏熟季节，冒着热浪收割完麦子，连一天也不能耽搁，就要翻田、放水、插秧；到了秋天，秋收秋种大忙刚过，县里、乡里就要叫去开河或者围湖造田。一年四季总是面朝黄土背朝天，天不亮起床，摸黑才回家，农民说这叫"鸡叫做到鬼叫"。农村年复一年的繁重劳动磨练了一个农村少年，也让刘灿放产生了要到外面去看看世界的梦想。刘灿放自从七岁那年度饥荒，跟着爷爷到上海去找父亲，大上海对一个七岁的孩子来说，还不会留下多少记忆，后来就从来没有出过远门。这十年还没有走出过常州一步，十四岁到丹阳去挑糠那次不能算出远门，只等于是从这个村走到那个村罢了。

十七岁是一个充满向往的年龄，现在有一句时髦的话是这样说的：我们不能只有眼前的苟且，我们还应该有诗和远方。

那时的刘灿放没有诗，也没有远方。他听到老右派顾琪大讲的外面各种各样的见闻，特别是岳飞、武松、鲁智深还有济公这些人物的故事和遗迹，他心里就时时刻刻生长着想到那里去看看的渴望。西安太远了不可能去，但苏州、杭州就在江南，特别是苏州，从常州过无锡就到苏州了。凭浑身的力气，就是走也能走得到，况且沪宁线上火车去方便得很，而且他的小姨夫在苏州京剧团工作，倒是可以住到他那里去。

麦子收上场了，稻秧也全部插到田里去了，最繁忙的夏收夏种已经过去。趁着这个空闲，刘灿放决定实行早已埋在心底的计划，他想到苏州杭州去看看"天堂"的模样。

三天的苏州杭州之行，一直留在他的脑海里。刘灿放现在有一个念头一直在翻腾着："我住宅地产做了，商业地产、酒店、养老工程也做了，我还应该做什么？我应该做一个文化地产，中国的园林就是一个文化地产！"十七岁到苏州去的经历，让他回忆起那些园林的美景，他一直有一种说不出来的羡慕。几十年过去了，留在脑海里的印象只觉得它好，真要说，又说不出来。他要再去看看，不但是看看，而且还要好好研究一番。

刘灿放立即叫上几个负责房地产开发项目的职业经理人，一起直奔苏州留园。

几十年前的印象还是在的。一到留园，门前的白墙大门似乎没有什么变化，还是原来的模样，毕竟记忆有些模糊了。这次一定要好好考察，还要弄出点理性的东西来。毛泽东说："感觉了的东西，我们不能马上理解它；理解了的东西，我们才能更好地感觉它。"他已经有借鉴苏州的留园来建造一座园林的初步设想。

苏州留园与北京颐和园、承德避暑山庄、苏州拙政园誉为中国四大名园，而留园和拙政园又是私家园林的代表。走进留园大门，首先看到厅屋上悬挂着一块"吴下名园"的匾额。下面是一副留园全景图，再看背面屏风上刻着《留园记》。刘灿放十七岁到留园来时没有细看，这一次一定要认认真真地看看留园的历史。

《留园记》曰："出阊门外三里而近，有刘氏寒碧庄焉，而问寒碧庄无知者，问有刘园乎，则皆曰'有'。盖是园也，在嘉庆初为刘君蓉峰所有，故即以其姓名其园，而曰刘园也。"

刘灿放正在琢磨，一时没有理解。在场的有人解释说，这留园在嘉庆年间属于一个叫刘蓉峰的，他取的名叫"寒碧庄"，当人们问时，没有人知道寒碧庄，但问有没有"刘园"时都说"有"，后来就以主人刘姓习惯叫"刘园"了。

刘灿放听了解释，明白了，说："原来是这样，那还是我们刘家人的呢。"

再继续往下读，慢慢弄清楚这园后来被常州盛宣怀的父亲盛康购得。盛家请来从事建筑、园林、花卉的能工巧匠，又倾听文化学者、士大夫的意见，前后修筑了三十年，布局更加精巧了，不拘泥于对称定势，灵活多变。园以水景擅长，以筑石点缀，水石相映，花木繁多，蕴含诗情画意，全园以黑白为主色调，显得典雅素净。《留园记》中还写道："但留风月伴烟萝者乎？自此以往，穷胜事而乐清时，吾知留园之名常留于天地间矣！"

留园以原主人"刘"姓的同音字"留",所以叫"留园",同时也寓意此园"长留天地间"之义。因此,园中有一块匾额上镂刻"长留天地间"五字。

留园整个占地约三十五亩,分中东西北四个部分。

看完《留园记》上的介绍,刘灿放一行往里参观。只见一个大的院落,刘灿放一眼就认出几十年前看到的景色。一块高耸的太湖石是整个园中的精品,叫冠云峰。那透迤的假山忽高忽低,诸峰叠翠,犹如一幅山水画。石上植梅树若干,或穿石而出,或依石而立。再看池水,开阔盈数丈,清涟湛人,堤上杏花百株,垂柳、丹桂翠眉绰约。远望池水对面,前楼后厅皆可醉客,整个院落平淡疏朗,简洁雅趣。

刘灿放十七岁来的时候,是匆忙的感受,是囫囵吞枣走马观花式的,哪会有今天这样细致、清晰?况且他这次是带着研究的眼光来考察的。

继续往前走,又发现建筑材料多采用青石,色泽素雅,滑润光泽。花坛线条流畅,造型简约,古朴大方。园中有各式小院,植树栽竹。园墙上各式形状的漏窗,或圆或方,或半圆或扇形。透过看去,配成一幅幅小品,让你移步易景,真可谓匠心独运。

沿着小院东廊向南,折向东,廊壁上嵌有书条刻石,收集了从晋代至清代一百多位书家的名帖,镂刻成碑镶嵌在墙壁上。这是留园最具文化的遗迹,独具书法价值和文史价值,堪称留园的历史档案。

再向前,那里有一组高低错落、曲折深邃的建筑群。楠木厅坊前广植松竹,青翠欲滴。这是园主人和家人日常生活的起居处,室内陈设无不古雅精美,家具极为考究。银杏、榆柏、古树、小桥、流水,闲适澄碧,风亭月榭,美景尽收眼底。

大家一边参观,一边议论。房地产项目经理陈总说:"中国园林在世界上是独一无二的,它和中国的京剧、中国的书法,都是国粹。"

"是啊,在美国,大都会把苏州的整个网师园照搬过去,建在那里。"谢经理说。

"皇帝因为喜欢江南园林,在圆明园里按原样建了苏州园林,圆明园里就有狮子林。"何经理也补充。

丰草是九洲的文化策划,他对刘灿放说:"董事长,你造了这么许多房子,你应该建一个园林,园林是艺术品,艺术才会留得下来。"

"那可要投资上亿元。"有人说。

"不一定要造这么大,可以小一点。"

"小一点也要投资上亿元。"

刘灿放听着大家的议论,心里早有打算,不然平白无故带着一大帮人到苏州来干什么。但他不吭声,就是想听听大家的意见。

"也叫一个'刘园',姓刘的刘。"显然是说给刘灿放听的。

"不要叫'刘园','刘园'太直白也不低调,董事长是低调的人,还是叫'留园'好!"又有人发表看法。

刘灿放不吭声,他实际上在过滤大家的议论,哪个是合理的,哪个是不适宜的。过了一会儿,他郑重其事地对大家说:"我是想造一个园林,我也不会照搬'留园',我也不会造这么大。我可以借鉴'留园',包括苏州其他园林。"

刘灿放接着说:"我也不想攀比,山外有山,天外有天,怎么好攀比呢?但向好的东西学习总是不会错的,至于叫什么名字,倒是可以借用苏州留园的。苏州有留园,常州为什么不可以造留园?世界上同名同姓的人还多得很呢。"

"对啊,我们要借鉴,不要照搬,名字叫'留园'完全可以,扬州有天宁寺,常州也有天宁寺;扬州有香江华庭,常州也有香江华庭。"何总说。

"对,有的地方还应该超越!"

"应该请苏州园林设计单位设计,请苏州古建筑公司施工,他们是专业的队伍。"

大家都知道刘灿放要建造一个园林,纷纷献计献策。

"南方的私家园林和北方的皇家园林有差别,一个精细一个粗旷。皇家园林气派大，但做得粗，大多对称格局，我们要避免。"

来苏州参观考察的都是搞房地产的职业经理人，说出话来都是专业知识。

"有的土豪也造园林，钱花了不少，造出来的宝塔，有点像烟囱，有点像水塔；筑的池塘四四方方像游泳池，大煞风景，又不是园林，又不是宾馆，真是不伦不类，没有文化。"有人大发感慨。

丰草是懂点书画知识的，他说："中国画先须有法，终须无法；先需求似，终须不似。以此观念筑园，就如齐白石作画，妙在似与不似之间。"

刘灿放也说："要造就造精品，小中见大，简中见精，典雅精致，庄重清秀，宁静和谐。这是我心目中园林的品味，要做就要做好它。"

大家都知道刘灿放要么不做，要做就不惜血本，一定要做出品味。过去开发的许多小区、商业区、酒店、金东方都是有返工，有的甚至推倒重来。这次造园林他一定会精益求精，做成精品。

"那么你准备造在什么地方呢？既然要造，就要选一块风水宝地啊。"陈总问。

刘灿放笑着说："我已经想好了一块地方，就在我们九洲喜来登酒店金鹅湖的南面，有一块十亩地的绿化带，就造在那里。"

"十亩太小啦，起码要二十亩。"

"十亩不小啦！"

刘灿放说："我想造在那里，还有我藏在心底的想法。我十七八岁时在卢家巷这地方围湖造田，住窝棚，睡地铺，那段经历至今不能忘怀。"刘灿放又向大家讲起那一天终生难忘的经历。

"那天开河收工后，我想回郑陆老家去，步行到湖塘乘车到常州城里天色已晚，开往郑陆的农公车已经没有了。白天一天劳累，从卢家巷开河工地，走到湖塘二十多里，如果再从常州城走到郑陆又要三十多里。我就想在常州城里找旅馆住一夜。我找了几个旅馆，谁知都问我要介绍信才能住宿。我一个农民，哪来介绍信。我第二天还要上工，想来想去，脚一踉只得往卢家巷工地返回去。在漆黑的夜里，我一个人摸索着路走回工地，已经是下半夜了，刚睡下不久，吹哨子起床，我又爬起来，一早去开工了。这段经历刻骨铭心，在当年劳动的地方又有现成的一块地，这么好的条件建造这个园林最合适不过了。这是一个留念，也是一个生活的铭记，可以让我经常抚今追昔，不忘过去。"

丰草开玩笑地说："喔，你原来还有这个秘密。"

"对，这也不算秘密，这是公开的秘密。"刘灿放接着说，"这里本来是喜来登酒店的一块景观，造了园林就可以作为喜来登的二期项目，同样可以成为一个景观，而且融为一体。"

建造园林的工作迅速开展起来了。苏州园林设计图出来了，苏州古典建筑公司开工了，金螳螂装饰公司进场装修了，这些都是中国顶级的设计施工装饰公司。经过两年多的建设，一座美轮美奂的中国式古典园林呈现在人们面前，没有一处不是可圈可点，完全可以和苏州古典园林相媲美。

取名按当初刘灿放的初衷，叫"留园"。

丰草是刘灿放的好朋友，自以为文笔还不错，给不少地方谱志写过序、记、铭之类的短文，又熟悉来龙去脉，就自告奋勇向刘灿放提出：

"董事长，应该写一个'记'，叫《留园记》，我来写。"刘灿放笑着说："你们这班文人骚客，写东西是好的，但总是文绉绉的，之乎者也，孔夫子的卵泡——没有真情实感。这《留园记》嘛，还是我自己来写。"

丰草听他说要自己写，连说："好好好，你自己来写，你是园主人，有真情实感。"

刘灿放不无自信地说："你们是大学生，我只念七年书，初一刚上就回家种田了，实际上只有小学水平，等我写出来看看，像不像《留园记》。"

丰草也笑着说："我早就说过，我可以骂别人不会写文章，但我绝不敢说刘灿放不会写文章，等你的大作出来，我们一起奇文共欣赏！"

过几天，刘灿放写的《留园记》出来了：

常州淹城森林公园西南隅，九洲花园大酒店、九洲豪庭苑与之相映生辉。在金鹅湖边镶嵌着一座典雅秀丽的中式园林，名曰"留园"。

筑园者是刘灿放，常州郑陆人。据其自谓，筑园表达三层意思。一曰：自小羡慕江南园林建筑技艺之精湛，今有幸筑园，旨在传承弘扬我国园林之经典文化。二曰：身为常武地区一知名开发企业的投资践行者，在芜湖、扬州、镇江及常武地区，建有众多现代化时尚社区、楼盘和标志性建筑，再筑留园以示对自身学习实践的不懈追求、提升和检验。三曰：建园者20世纪70年代初，曾居住于此，参加围湖造田等农垦建设，住窝棚、睡地铺、开夜工，往事历历在目。

现沧海桑田，昔日农舍变别墅，田野变园林，抚今追昔，特筑园以示对以往的追忆。

"留园"以秀雅灵动、小家碧玉为设计理念，集古典西式现代化风格为建筑基调，用感恩、回馈、奉献之心报答吾民族之伟大复兴，报答关心并支持九洲发展的各界人士。

苏州有"留园"，是中华经典之名园；现常州亦筑"留园"，意为向往学习和尊重其"长留天地间"愿景同出一辙。

第十二章　企业蜕变

一、饭桌说笑话外音

（一）

人各有所好，真所谓"取舍万殊，静躁不同"。业余爱好又千差万别，有人喜欢弹琴，有人喜欢运动，运动又各有不同；有人喜欢钓鱼，有人喜欢游泳，有人喜欢下棋。刘灿放的爱好就是下棋，吃过中饭，杀两盘。吃完晚饭，又杀几盘。

刘灿放有一句名言："事要做一点，钱要有一点，名要有一点，做官不做官迷，赚钱不做钱迷，任何事情不要痴迷。"

有人笑指他说："不对，你有一个痴迷，你是棋迷。"

刘灿放也承认，他笑着说："哎，我的爱好也就是喜欢下下棋，消消闲，放松放松。"

刘灿放其实也喜欢热闹，有时爱开个玩笑，所以工作之余，没有那么严肃，和员工关系也没那么"规矩"。

有一年，九洲的朱科长儿子结婚。公司有一个绰号叫陆博士的和朱科长说笑惯了，就想去闹新房，给朱科长开开玩笑，增添点热闹气氛。

刘灿放在江南农村长大，农村上的红白喜事见得多了，他也喜欢热闹，就鼓动陆博士他们一伙人去闹新房，大家乐一乐。

江南流传的闹新房习俗是叫当公公的扛"灰耙头"，还要敲着锅盖喊:
"公公不扒灰，孙子哪里来!"不扛不喊，大伙就不依不饶。

陆博士和几个与朱科长称兄道弟说笑惯了的朋友就筹划起来，趁机
闹他一下，哪怕出点格也没关系:"我们闹新房，就是把自己的快乐建立
在别人的快乐上，朱科长讨媳妇是乐事啊，我们也跟着乐一乐，光叫他扛
'灰耙头'还不够，还要加一个项目!"

"加一个什么项目?"大家急切地问。

"叫朱科长对着他老婆念《保证书》，向何芳作保证。"朱科长老婆何
芳也在九洲一个分公司当经理，她本来是九洲的人，彼此都熟悉，大家
纷纷拍手喊好。

办喜事那天，一伙人把朱科长围在中间，不让他脱身，硬要他扛上
"灰耙头"。这灰耙头是陆博士几个人商量着做的，那样子就像猪八戒扛
的九齿钉耙。

朱科长没办法，只得举起这猪八戒的钉耙来，引得大家一阵哄笑。

接着大家又起哄叫他喊"公公不扒灰，孙子哪里来"，他只得喊，又
引得大家哄堂大笑。

陆博士这时拿出早已准备好的《保证书》，对大家高声说:"这里朱
科长写的一份保证书，是写给何芳的，现在让他给众人念一念。"

大家当然知道何芳是他的老婆，听说有保证书，都十分好奇齐声喊:
"好，好，念，念。"

朱科长明知道是陆博士在捉弄他，推搡着不肯念。陆博士威逼着:"你
今天不念，休想过关。"

全体人一齐起哄:"不念不行，不念不让他走。"朱科长见这阵势，知道
不念不行，也知道今天是闹新房，不要扫了大家的兴，一咬牙就念了起来。

保证书

何芳，我向你保证：

第一、喜新不厌旧——少年夫妻老来伴。

第二、寻花不问柳——决不在外过夜。

第三、决不扒灰——一般人我不告诉他。

第四、每月工资上交——留点汰浴钞票。

第五、拿出年轻时的干劲——尽量满足老婆的需要。

以上真情告白，请全社会监督。

听他念完，一屋子人都笑得合不拢口。听他念"接受全社会监督"时，又哄堂大笑起来，乐不可支。

（二）

这种热闹的场面也不经常有，说笑的机会要看人头与场合是否合适。

2000年，新千禧年来到了。刘灿放叫上几个九洲的好朋友吃顿饭，聚一聚，既是庆祝，又是叙旧。其中一个是九洲的顾问，叫潘英达，过去打成右派回原籍郑陆劳动改造，曾经和刘灿放一起在乡办企业跑供销，后来平反回城仍当老师，早已退休，今年已经七十五岁了，人称"老顽童"；另一个是财务科长，外号叫"郭师爷"；还有一个也是聘来搞企划的绰号"陆博士"，九洲人合称他们为"三个师爷"。他们平常都喜欢说笑，刘灿放虽然是董事长，但平常喜欢和大家谈天说地，尤其是在饭局上。

饭局开始，刘灿放和潘英达不喝酒，刘灿放也许是想制造点活跃气氛，就转向潘英达问："潘老师，我问你一个问题。"

潘英达回答："什么问题，你说。"

刘灿放装着神秘的口气，压低声音问："你和你老太婆那事还行吗？"

潘英达一时没反应过来，不解地问："什么事？"

"那种事……"刘灿放努力忍住笑，但话还没说完就笑出声来了。

潘英达终于明白了，也"噗嗤"笑出声来，指着刘灿放说："你这个人呀。"满桌的人都明白过来了，一齐哈哈大笑起来。

潘英达这时摆出老师讲课的架子，一本正经地说："性命，性命，没有性哪来命。"

他的话一出，哄堂大笑，纷纷说："对啊，没有性哪来命啊。"

"潘老师，你说得经典。"

"潘老师，毕竟是老师，一般人说不出这个理来。"

刘灿放也笑着说："你真是个老顽童！"

酒桌上的气氛顿时热闹起来。市场科的翁翔提议："上次我听陆博士用一个字来概括九洲几个人的脾气性格，倒蛮有意思，不妨听他说说。"

陆博士实际上并不是博士，是九洲人给他的绰号。他担任九洲食品城副总时，曾经对下面几个科长这样评价过，其中也有调侃的成分。他先不肯说，经大家催促也就答应了。"你们要我说，我就说说吧，说的不对，或有得罪处，敬请原谅。"

"不会动气的，说说玩玩的嘛。"有人附和着。

陆博士就说了："食品城的几个科长，因为我在食品城工作，对他们太了解了。我就用一个字来概括他们的性格脾气：丁敏娟忒软，顾建南忒硬，张伯之忒腻，须建平忒滑，朱小平忒油……"这几个都是食品城的管理部门的科长，大家也都认识，觉得他说得很有道理。

正当大家都在议论这几个个性脾气时，陆博士突然说："还有，潘老师么，忒酸！"他这话一出，大家哄堂大笑，眼睛都一齐看潘英达，生怕他受不了，谁知潘英达先尴尬一下，接着也大笑起来。

潘英达和著名作家高晓声从小是同学，肚子里知识很丰富。打成右派回乡劳动后吃了不少苦，当了一辈子老师，做事谨小慎微，勤俭节约。他的学生、朋友送给他香烟，他一时抽不完，又舍不得送人，就用几条棉被层层包裹起来，有的香烟放了好几年才拿出来抽，有的已经发硬了，他照样抽，而把新拿来的香烟又放进棉被里包起来，这样他抽的永远是发硬的香烟。他还在人面前隐瞒自己的出生年份，永远不肯说出自己的真实年龄，身份证也从不让人看。有一次，他和食品城总经理刘啸放、陆博士、丁敏娟一起去长沙参加全国食品展销会，住宿要身份证登记，他就是不肯把身份证拿出来。刘啸放就对潘英达说："潘老师，今天你不把身份证拿出来，就别想住宿。"

潘英达一听，只得不情愿地慢斯吞吞从一只十分陈旧的皮夹子里把身份证抠出来。陆博士凑上去一看，他出生年份是1927年，比平常他说的大了三岁。

陆博士说："你瞒三岁年龄有什么意思，又不要去找对象！"几个人都笑。你说他酸不酸？

正当大家在担心潘英达会不会生气的时候，只听潘英达用自嘲的口气说："唉，怎么办呢？我这辈子甜的吃不到，苦的吃不来，只能吃点酸的了。"

大家当然知道他有点酸，背地里都说他是"酸先生"，但平常谁也不敢当面说出来，现在既然他自己也认可了，自然十分开心。

说到这里，郭师爷发问了："陆博士，你不要有嘴说别人，你也说说你自己嘛？"陆博士从容地说："你不要急，我还没说完呢。"

陆博士说："我也说说我自己，我用一个字来概括我自己，就是忒直，我是直坯子，所以做不得官。"

大家都觉得他说得对，陆博士就是一个"直坯子"。

闹了一阵，众人正要端杯，谁知潘英达冷冷地冒出来一句："那么你也用一个字来概括一下董事长啊。"

这句话，只有潘英达会问，因为其他人对刘灿放都很尊重，一般人不敢问，潘英达是老资格，和刘灿放几十年交往了，他开这玩笑没问题。

陆博士实际上对董事长刘灿放也早有一字放在肚子里，只是没敢说出来，因为对董事长尊敬，不敢妄加评论。现在潘英达点他的将，也真想说出来，其实说了也不是什么坏话。

于是，陆博士就说了："要说用一个字来概括董事长嘛，那就是忒仁。"

大家都知道刘灿放心地仁慈，这当然是好事。但在管理上忒仁，就怜悯之心多于严格管束，给个别心术不正、尖头巴细①的人占了不少空子。但是大家都不敢笑，怕是得罪了老板。

陆博士见大家不敢笑，也不吭声。就说："你们要懂我说的意思啊！我说的一个字前面都有一个'忒'字，也就是说过分的意思，这忒软、忒硬、忒酸、忒直……都是说'过分'的意思，并不是说它绝对不好。"

大家也附和着说："对对，是这个意思。"

陆博士又说："今天董事长请我们吃饭，这叫'太守之宴，与民同乐'，大家说说笑笑，乐一乐，不要介意。"

说笑了半天，一桌子菜也没有吃掉多少。大家言犹未尽，不知怎么话题又转到刘少奇过去说过的"是资本家养活了工人，还是工人养活了资本家"的话题上，自然又说到现在"是老板养活伙计，还是伙计养活老板"这话题。

刘灿放开玩笑说："怎么不是我养活你们啊！这几百号人，牙齿敲敲下来也要装几升箩②，每月工资发发也要几大捆，一百块头的'大青鱼'③不知道要分掉多少条呢。"

郭师爷是财务科长，他说："一点不错，老板不要说这辈子钱用不完，就是下辈子钱也用不完，还不是帮你们这班人在忙乎吗？"

陆博士说："董事长你譬如就是孟尝君，养了三千食客，尽是吃闲饭的，等到要用的时候，学鸡叫的鸡叫，学狗叫的狗叫，都是一班'鸡鸣

---

① 尖头巴细：常武地区俗语，形容惯于钻营，贪图便宜的人。
② 过去量米的一种盛器，十升箩为一斗。
③ 大青鱼：过去的百元人民币颜色是青色的，人称"大青鱼"。

狗盗之徒。'"

笑声中，不知谁又说："要感谢邓小平，没有邓小平，我们哪来万元户？"

一个说："我只要赚满十万元，我就不做了，把十万元钱存在银行里吃吃利息，养养老。"

潘英达对刘灿放说："董事长，你要赚这么许多钞票做嗲？一辈子也用不完了。"

又有一个说："我是赚点吃吃用用，不想再去闯天下了，也不想去赚什么大钞票了。"

"你这是典型的'老婆孩子热炕头'。"有人说。

刘灿放听了大家的议论，没有吭声。其实他最近正在思考的许多问题，正是与这些议论有关，他在沉思着，琢磨着。

（三）

酒席上的话，不能全当真，但有的话还是会留下许多回味和思考的，例如"是老板养活伙计，还是伙计养活老板"，又如"要赚这许多钞票做嗲？"正是九洲当前存在的一些思想情绪的反映。

那个阶段里，九洲的一些骨干，确实袋里有点钱了，想过安逸的日子。下属分公司有的人滋生出骄傲自满情绪，赌博的、享乐的、家庭不和的，还有的分公司经理，把九洲搭建出来的平台当作自己个人的小山头，做安乐王。

九洲是一个民营企业，人员大多数是从农村来的，这叫"李自成农民军进城"。面对当时弥漫着的"小富即安"、贪图安逸的思想，刘灿放早就想好好整顿一下。九洲还要不要发展？九洲如何发展？

2001年5月份，他想写一篇文章，在九洲办的小刊物上登载，并且要在经理会议上讲话。主意已定，他用了两个晚上写成了《将我们的企业纳入健康发展的轨道》一文。

他写道：

一、九洲公司发展到今天，摆在我们面前的仍然是如何进一步发展的问题。因为不发展就意味着停滞，停滞就会落后，落后就要淘汰。所以如何进一步发展，就成为我们企业的严肃课题。

企业经营也必须跟着形势和社会不断发展，固步自封、小富即安、不思进取的思想，是狭隘的小农经济思想，它会严重地妨碍我们继续发展……所以，我们在确立不断发展思想的同时，更要探索健康、持续、科学发展的有效途径。

二、经过十多年艰苦创业，我公司构建了一定基础。我们应该珍惜这些来之不易的成果，并要作开创性的努力，奠定新的发展基础。

三、我公司现已有经营性资产三亿元，在此基础上进一步追求规模化，把生意做大，才能提高效率和效益。

四、一个能不断发展的企业，其成功必定离不开一套管理有序的运作机制。企业的运作就像一台机器，机器运作靠的是各个部件的配合，企业运作则需要各部门组织有序持续高效的配合。很难设想一个构架不清、权责不分、组织混乱、运作无序、杂乱无章的企业，能够快速发展和持续发展。即使侥幸凭一笔横财或一时机遇而膨胀，今后也不会走得很远。由此看，大发展前应该大整顿，从而达到大提高……这就像打仗一样，决战前的动员、整训，其重要性丝毫不亚于决战那一刻。我公司今年确立了"巩固、充实、提高、发展"的工作总方针，主要是要通过学习和培训，引进现代科学管理理念和模式，结合企业实际，进一步完善规章制度，规范运作机制，以达到更科学地管理企业的目的……

二、制定《九洲典章》

（一）

刘灿放写的这篇文章，在经理会议上作了讲解，在员工中也作了宣传，引起了大家的热议，初步纠正了一些模糊思想和错误认识。要统领大家的思想和行动，还必须要建立起九洲的一整套规章制度，也就是刘灿放在文章中所说的："引进现代科学管理理念和模式，结合企业实际，进一步完善规章制度，规范运作机制。"刘灿放指示企划部来负责这项工作。

企划部的职能，担负着企业发展策略、企业架构、企业制度建设以及企业文化建设，负责这项工作的就是绰号叫"陆博士"的陆经理。他向刘灿放请示："我们要形成一个多大、多宽、多远的九洲理念和规划愿景呢？"

刘灿放回答说："九洲过去是游击队出身，难听点讲，是'草莽英雄'，是'李自成农民军进城'，假如不好好改造整顿，提高大家的觉悟，一些人很快就会腐化堕落，很快就会大浪淘沙被淘汰，首先要确立起一个正确的理念，作为九洲的指导思想。

"第二，现在形势在发展，九洲从游击队要向正规军转变，怎么个变法，我也想了好长时间。现在有些人赚了点钱，不知道天高地厚，福就变成祸了，像玻璃门市部的顾经理，九洲投资给了他这个平台，赚了点钞票，挥霍无度，在外面搞女人，乌七八糟闹离婚，大打出手，闹得鸡犬不宁。"

陆经理说："当今有句话说：'小人发财，等于受罪！'这就是典型的例子。"

刘灿放说："真是，这样赚钱，不等于活受罪吗？所以要从思想上认识，不要认为经商就不要讲世界观了，经商同样要讲世界观。我们在制订九洲的规章制度中，一定首先要把九洲必须遵循的正确的理念讲清楚。

"还有，九洲过去投资给他们创造了平台，现在却变成了一个个小山头，他们占山为王，各自为政，这个问题也必须要作出规定，制订出约束制度。"

刘灿放对九洲"占山为王"的弊端早已深恶痛绝。

陆经理说："古人言'不谋万世，不足以谋一时'，'人无远虑，必有近忧'，是应该从宏观方面确立九洲的理念、目标、方向，再从微观方面制订一系列规章制度的时候了。"

刘灿放说："我们是企业，又是民营企业，但也是一个小社会，我们要制订一套企业的'宪章'。"

陆博士提议说："我请常州企管协会的孙秘书长一起来做这件事，他原先是国企的厂长，对实践和理论都有独到的认识。"

起草工作很快就展开了。

首先确立第一部分《总则》。总则确定："为了跟上时代前进步伐，向建立现代企业制度目标迈进，九洲集团本着实事求是的精神，总结、提炼、归纳自身积累的实践经验，兼收、并蓄、借鉴一切先进的理论、理念，进行制度创新，制定本典章。"

接着，从九洲理念、九洲核心价值观、九洲事业基础、九洲发展策略、九洲远景等几个方面确立原则、宗旨、目标。

后面更加详细地从组织原则、管理者、人事原则、企业领导、财务原则、员工权利、民主管理、干部建设、社会责任、利益分配、市场策略、组织控制、分层控制、预算控制、资金监管、审计监督、危险控制、融资战略、资产重组等各方面作出规定。

《总则》最后确定："力争用二十年时间（2001—2020）依照社会发展规律，根据市场要求，不断创新，与时俱进，把九洲集团发展成为一个全国知名的企业，并保持九洲集团的长期、稳定、持续向前发展。"

要发展成为全国知名企业，这个目标不可说不大，很多人原先是没有这个目标的，这实际上是打破了九洲普遍存在的"小富即安"目光短浅的思想框框。

在起草过程中，慢慢形成了一个比较清晰的轮廓，经过讨论把它定名为《九洲典章》。

《九洲典章》的起草工作进入第二部分，这是法章部分，包括九洲集团股东大会管理条例、董事长工作管理条例、财务管理条例、监事会工作管理条例、总经理工作管理条例、下属公司管理条例、专业市场管理条例以及担任行政职务的股东廉洁履职若干规定，等等。

《九洲典章》还包括九洲章程、管理模式、员工条例以及组织架构设置，工作程序等。

（二）

正当《九洲典章》起草工作加紧进行时，九洲接二连三地发生了几桩事件，更加证明了制定《九洲典章》的必要性和迫切性。

九洲集团有好多下属公司或经营部。玻璃门市部的经理，因为违法乱纪触犯了刑法，被判刑吃官司坐牢去了。这个风波还没平息，另一场巨大的风波又来了。

九洲曾投资千万元，创办了一个幕墙装饰公司，经过几年建设已打下了相当好的基础，厂址在青龙乡地块上，但苦于没有一个好的经理人来负责管理。

有人推荐了一个叫黄忠清的中年人。因为他本身就做幕墙装饰，九洲决定请他来担任幕墙公司总经理。这个黄总能说会道，上任不久他就向刘灿放提出："刘董，你把厂全交给我，我保证每年上交一百万，其他你就不用管了。"

刘灿放想，九洲下属有很多公司，自己本来就管不过来，听他作出这样的保证，看到他讲得蛮诚恳，也就同意放手让他去干吧，但法人代表还是刘灿放。

过了几个月，黄忠清又向刘灿放提出："刘董事长，我们生产已全面展开了，销路很好，完成任务是没问题的，你放心好了。但我在外面打交道，有些事情不好办，我想把法人代表变更，你看行不行？"

刘灿放明白：你讲的变更不就是要把法人代表变更成你吗？又一想，既然人家是为了方便工作，法人代表变成黄忠清也不是不可以，用人不疑嘛。于是就答应他把营业执照上的法人代表变更成了黄忠清。

过了一些时候，突然幕墙公司所在青龙乡的农民跑到刘灿放办公室告状，诉说黄忠清与周边的农民闹矛盾，侵占损害农民的利益，甚至农民十分愤怒地叫嚷着要"砍死他"。

刘灿放一听，这不是要闹出人命吗？就马上带了一些人赶到幕墙公司。刚想了解情况，突然围上来很多农民，手里拿着锄头钉耙，说要找黄忠清算账，要求刘灿放主持公道，解决问题。

在吵闹中，有的农民就去关厂门，要把刘灿放一些人关在厂里不让他们走，要把问题解决了再放行。吵闹中，双方扭打起来，事态发展严重。有人报了警，后在各方劝说下总算平息了下来。

不久，又有好几个人到刘灿放面前告状。这些人都是幕墙公司的供应商、工程商，都是郑陆本地家乡人，都诉说黄忠清拖欠材料款和工程款。他们都知道，幕墙公司是九洲的下属公司，"儿子欠的钱不还，就找他老子要去！"

刘灿放听了他们这些人的诉说，就吩咐集团财务科的郭科长："你先带八十万元去幕墙公司，把欠人家的钱还上。"

刘灿放看到这些要债的人，都是家乡人，面子上过不去，心里也不好受，先付给他们再说吧。

第二天郭科长带了八十万元现金到幕墙公司，一天下来八十万元全付光了，还是不断有人来要债。

郭科长回来向刘灿放汇报："这钱不能再付下去了，八十万元还只是幕墙公司欠人家的一个皮毛，带再多的钱去也填不上这个坑！"

刘灿放说："怎么办呢！你明天再带一点去付吧。"

郭科长说："我不去了，这个坑是填不满的。"

刘灿放想，一个好端端的幕墙公司，没有多少时间，就被黄忠清弄成这个样子。他吩咐郭科长："你带几个人去查账！"

郭科长就打电话给黄忠清："黄总啊，集团总公司明天来查账。"

黄忠清一听说集团公司要来查账，没理由拒绝，脑筋一转就想拖延。

"我明天要到市里去办事，没有空，不在家。"

"那你什么时候在厂里呢？"郭科长追问。

"等几天吧。"黄忠清显然在使缓兵之计。

过了两天，郭科长又打电话，黄忠清又说没空，避而不见。集团财务人员在郭科长带领下，直接赶到幕墙公司，要求吴会计把财务账本拿出来清查。吴会计虽然平时被黄忠清管着，但她毕竟是集团委派下去的，她知道集团来查账是正当的，就把账目捧出来。

郭科长和几个财务人员查看账目，主要看：一是签订合同完成率，二是资金到账情况，三是销售费用多少，四是资金回报率。郭科长和财务人员查完账，吓了一跳，马上回来向刘灿放汇报："幕墙公司不要说能盈利一百万，就是倒贴进去一百万，也拉不平。"

刘灿放听了财务人员的汇报，知道再让黄忠清这样做下去，这个幕墙公司就要完蛋了，于是就召开会议，商量对策。

会议上，大家十分气愤，各自发表了看法，归纳起来主要有这几条：

第一、收回黄忠清的经营管理权；

第二、收回法人代表资格权；

第三、确保投资方的权利不受侵害。

采取以上措施，大家提出了充分的理由：

第一、经营不善，严重亏损；

第二、内部员工普遍不满，强烈要求集团收回经营管理权，另派人来；

第三、要债的人不断，九洲信誉遭极大损害；

第四、与公司周边村民关系严重恶化。

集团经过讨论，形成了一致意见，决定采取整改措施，到幕墙公司宣布集团公司的决定。

就在集团公司开会商量收回幕墙公司经营管理权时，黄忠清也在背地里紧锣密鼓地商量对付的办法，并且不断在外放风："谁敢来查账，我就打谁！"

刘灿放听到这些消息，为了预防不测，就决定多带一些保安和工作人员去。

这天，刘灿放带着工作人员和保安一行人到幕墙公司去开会，目的是要宣布查清账目，收回幕墙公司的经营管理权。

一到幕墙公司门口，只见两扇铁栏门紧闭。前去叫开门，看门的保安不予理睬。这时，附近村上的农民，早已对黄忠清恨得咬牙切齿，早就盼望九洲集团来处理，这时看到九洲刘灿放终于来了，纷纷从四面八方赶来，门口聚集的人越来越多。

九洲的工作人员周良很有臂力，见看门的保安仍不开门，走上前去，对保安说："我给你三秒钟，你不开我就砸开！"

看门的保安看他阵势，知道动真格了，连说："我开我开。"说着就把大门上的粗铁链解开了。

大门打开，人们一拥而进。有一个保安从远处赶来，想阻挡不让九洲的人进去。周良把粗铁链绕在手臂上，冲上去，眼睛一瞪，大声喝道："你再阻拦，我打开你的脑壳！"说着，扬起绕着铁链的手臂。

那人见势不妙，转身就跑，一下子就不见了踪影。

到了会议室，刘灿放和九洲的工作人员要求黄忠清坐下来开会。黄忠清见此情景，也只得服从。但他也早就有准备，带了他的一班人马。

会议开始，刘灿放先讲话，他讲了幕墙公司的前后建设经过，又讲了现在幕墙公司的经营情况，接着讲要收回经营管理权，查清账目……

刘灿放话还没说完，黄忠清老婆就从台下冲到台上去夺刘灿放的话筒，大声喊："这幕墙公司是黄忠清的，你没有权力收回！"这时黄忠清的两个小姨子，一起冲上来帮着拉扯话筒，喊道："幕墙公司法人代表是黄忠清，你凭什么收回！"

这时正是盛夏季节，刘灿放穿的是白衬衣，袖子就被拉破了，手臂上也被抓破，鲜血直流。

在争执和争吵中，人们愤怒地在斥责："幕墙公司是九洲投资的，你黄忠清没出一分钱，现在竟'租田当自产'了。"

"幕墙公司资产属于九洲的，当然可以收回了！"

"你把法人代表改成你黄忠清，就成了你的公司了吗？不要脸！"

幕墙公司的问题后来费了很大的劲才物归原主。

（三）

中国的企业，过去普遍存在产权不清晰的弊端。例如过去总是说"工人阶级是企业的主人"，工人都叫做"主人翁"，可是，工人谁也不是工厂的主人翁。又如过去企业都是政府办的，企业的产权属于政府，所以外国有人评价说"中国没有真正意义上的企业"。

九洲幕墙公司的风波，最能暴露出这种产权不清的问题，这也给了九洲一个巨大的教训，上了一堂什么叫企业的课，也给了正在制订的《九洲典章》的人敲响了一个警钟，提出了尖锐的课题。

经过讨论，决定在《九洲典章》中特地增加了一章《九洲集团有限公司下属公司管理条例》。《条例》总则规定："下属公司按照有限公司的特征与集团公司形成内部多元化的经济实体，它与集团公司之间要有明晰的产权关系，并拥有法人财产权，是享有民事权利、独立承担民事责任的法人实体，下属公司能独立进入市场，同时以其全部法人财产，自主经营、自负盈亏、照章纳税，对投资者（集团公司）承担资产保值增值的责任，并以出资者注册的资本承担有限责任。"

《条例》还规定：

（一）下属公司是指集团公司投资的全资企业或控股企业。

（二）按照法定注册的资本，集团公司赋予下属公司经营运作的责权，但下属公司的控制权（所有权）根据投资额归属集团公司。

（三）各下属公司的财务要以《会计法》为准则，接受集团公司的财务领导和管理。

《条例》还规定了集团公司和下属公司的组织原则：

（一）下属公司的总经理和财务主管由集团公司董事会聘用委派及解聘，薪酬由集团公司董事会决定。

（二）下属公司总经理、财务主管升迁，职称评定也由集团公司垂直管理。

（三）下属公司财务主管接受集团董事会和下属总经理双重领导，在业务上协助总经理搞好经营，向总经理负责，同时也承担监督下属公司总经理财务运营之责，向董事会负责。

（四）各下属公司之间的业务均通过合同实现。下属公司接受集团公司各职能部门的监督指导。

《条例》还对决策、职责、权限、评价等诸方面进行了阐述，基本把集团公司和下属公司的产权关系界定清楚了。

《九洲典章》的制订花了近一年的时光，基本按照现代企业的本质特征进行了一系列的阐述和界定，作出了系统规定，这是九洲集团从传统企业跨入现代企业迈出的一大步。

（四）

2001年的11月，刘灿放亲自撰写了题为《正确界定五个关系，认识现代企业制度内涵》的讲稿，在《九洲典章》的培训班上进行宣讲。

刘灿放在他的宣讲稿中说：

"一、现代企业的主人是谁？传统企业是计划经济体制下的国有企业，这样的企业是国家或地方政府投资的。又习惯说是人民当家作主的，所以习惯上讲员工是企业的主人。而市场经济中的多种经济，这种体制下的企业是根据《公司法》，由自然人股东或法人股东投资组建的。这种企业，产权明晰，权责明确，政企分开，管理科学。这种企业的主人到底是谁？还是不是全体员工？回答是否定的。按照谁投资谁所有，谁所有谁经营管理、谁收益的原则，根据《公司法》规定的，股份制企业的最高权力属于股东大会，现代企业的主人应该属于投资组建这个企业的全体股东，而不是以往所讲的员工。

"二、现代企业的领导核心是谁？传统企业是党政合一、政企合一、党支部或是党委是企业的领导核心。现代企业中虽然也有党组织，但不是法人经济实体的行政领导核心，根据《公司法》规定，现代企业的领导核心是董事会。

"三、董事长和总经理的关系。传统企业厂长、总经理即是企业的法人代表，现代企业董事长是企业的法人代表，总经理是董事长聘请和授权经营管理企业的管家人，是受董事会领导向董事会负责的高级管理人员。

"四、总经理和财务负责人的关系。传统企业总经理是企业经济上一支笔审批者，财务负责人绝对服从。现代企业财务部门有两个上级，一个是董事会，一个是总经理，财务必须同时对两个上级负责。财务同时具备两种职能：一是配合协助总经理为经营而组织、调度、管理好资金，二是为董事会监管经理的经营和资金运作行为是否违反公司制度规定。

"五、员工和企业的关系。现代企业员工不是企业主人，主人是股东，但员工是企业经营运作的主体，必须充分发挥员工的积极性，把企业效益和员工的收益有机统一起来。"

刘灿放在宣讲稿最后说：

"我对现代企业制度的理解，可以用三句话来表达：

一、三会制度（股东会、董事会、监事会）三权鼎立。

二、明确权利、明确责任、明确监督、平等合作的组织原则。

三、高度集权、充分授权、但不分权，有效监控，良性互动的运作机制。"

刘灿放最后说："《九洲典章》是根据公司法和现代企业制度的新理念制订的，随着形势的变化和企业发展，肯定还要不断完善。但目前公司的这部'大法'是我公司从'人治'走向'法治'的纲领范本，让我们行动起来，踏踏实实按照《九洲典章》的要求开展各项工作。"

三、收购木材厂始末

（一）

常州木材公司是老牌国有企业，建于1958年大跃进时代。过去关河路从小东门煤站到常州火车站，几乎都是木材公司的地盘。木材公司曾经辉煌过，在物资极度短缺的时期，更是香馍馍，要搞木材，孩子结婚买家具，都要凭券供应，找关系开后门，通过政府及物资局各级领导批条子，那时木材公司的头头脑脑十分吃得香。

常州木材厂在1980年从常州木材公司分离出来，就像老子和儿子分家那样，变成了兄弟单位，占据关河东路小东门桥一带，南至关河路，北及沪宁铁路，占地约五六十亩。它仍然是国有企业性质，属常州物资局领导，实行计划经济，从事木材加工、木材经营和纤维板生产，最多时有近五百名职工。

到20世纪80年代中期，九洲集团的前身九洲物资公司与木材厂达成协议，在木材厂地盘上盖了一幢四层办公楼。九洲过去一直是租用港务处等地办公，现在终于有了自己的一个根据地。

1997年、1998年的时候，常州木材厂的生产和经营每况愈下。全厂基本无产品、无销售，工厂处于停产和半停产状态，一片破落颓败的景象。于是辟出一块地方，给九洲建造起一座九洲食品城，这是九洲和木材厂第二次合作。

常州木材厂这时已经濒临休克，工人的工资早就发不出去了，靠借钱过日子。于是就提出由九洲集团托管，但九洲集团注册在武进县，市里的国有企业怎么可以托管给县里的企业呢？那是于情于理于面子无论如何都说不过去的。九洲的下属公司南开房地产公司倒是注册在常州市的，于是就托管给了南开公司。

托管和"托孤"不知道究竟有什么区别，反正这时九洲南开公司一直借钱给木材厂，已经借了超过七百万，后来提出工资也由南开发放。尽管工厂不生产，但工人还是必须要上班的，这是国有企业定的规矩，哪怕在工厂坐一天不干活，这规矩不能破。

21世纪前夕的这年冬天，天气十分寒冷。木材厂财务科里生着一只取暖炉，一根长长的铁皮烟囱，从炉子上方伸上去，转了一个九十度的弯直通窗外，烟囱冒着浓烟，室外寒气逼人，室内温暖如春。虽然大家对工厂的前景忧心忡忡，来上班也无所事事，但谁又有什么办法呢？还是先烧壶开水喝喝，把带来的中饭准备准备。炉子上放着一只长嘴铁壶烧开水，因为无事可做，大家就围过来在炉子边取暖，把家里带来的中饭菜放在一张桌子上，到吃中午时放在炉子上热一热。

供销科的"长脚"走进来，因为他人长得很高，所以人们给他起了一个绰号"长脚"，时间一长，没有人叫他的真名。他走到财务科长方泉面前，对方泉说："湖塘桥木材厂和我们置换的木材要送过去，你办个手续。"

方泉和他是老同事，平时开惯了玩笑，他爱理不理对长脚说："这换材料的事要厂长签字的。"长脚说："原来只要你这里办手续就行了嘛！"方泉回答："原来是原来，现在是现在，原来你供销科吃得香，现在你吃什么？去吃西北风。"

长脚被方泉呛了一句，没有话说，嘴里嘀咕着："你妈的，你现在不得了，权力大了，是不是？"方泉说："不是我权力大了，是厂长权力大了。"又补充一句，"老话说煞佬，越穷越弄穷！"方泉说这话不知是埋怨厂长呢，还是埋怨这个厂。长脚见方泉没有松口的余地，只好作罢，但他嘴里在骂骂咧咧。不经意间他走近炉子，在烟囱上抹了一下，谁也没有注意他，他一边装着骂骂咧咧："狗日的方泉，你不是个东西，快点滚蛋！"一边就用手朝方泉脸抹了一下。方泉见他手摆过来，下意识顺手一档，长脚已经在他脸撩了一下。方泉因为不痛不痒也没在意，而长脚却忍不住自己笑起来。

在旁边的仲会计和邵会计抬头一看，哈哈大笑起来，原来方泉脸上抹了一道烟灰，看上去像个猫脸。

正当说笑，财务科的门被无声地掀开了，只见两个老工人怯怯地走进来，说是报销医药费。大家一见是张师傅、王师傅，都是老同事，当然认识。

刚才财务科出纳小唐和大家一起哄笑，马上收敛起刚才的笑容，严肃地对他俩说："没有钱，怎么报销啊？"张师傅和王师傅一前一后，怯怯地说："厂长已经签了字。"

"厂长签字有什么用？厂长他知道财务上没有钱，还签字？"其他财务科的人仲会计、吴会计这时也从刚才的笑声中回过神来。方泉说："张师傅、王师傅，我知道你们看病的难处，但厂里确实没钱，就连工资也发不出来，哪还能报销医药费呀。"

小唐看着有点于心不忍，伸手拿过他俩的医药费发票，一个有三千多元，一个有两千多元。小唐缓口气说："现在厂里已有不少人来报医药费，加起来已有三十多万元了，一分钱也没报呢。"

张师傅和王师傅喏喏地唏嘘着，既同情别人，又自叹自己境遇，抱着一线希望，希望小唐能发发慈悲。

"财务上真的没有钱，有的话我还不给你们报吗？"小唐见他俩好像还等着，无可奈何地说。

小唐内心也很沮丧，这么大一个工厂，连这点钱也拿不出来。

方泉像说给两位老工人听，又像是说给大家听："我们正愁着下个月工资怎么发，原先借南开已经七百多万元，现在听说要转制给九洲，工资由九洲南开发。"

仲会计也在叽哩咕噜地："唉，好端端的一个厂，怎么落到这个地步呀！"

吴会计说："我们今后怎么办，要失业了。听说九洲需要人，我们转到九洲去吧。"

仲会计说："那怎么行，我们是国有企业，九洲是私有企业，九洲是刘灿放个人的企业，个人企业是不牢靠的，我是不想去。"邵会计接着说："国有企业有保障，有劳保，私人企业是没有保障的，今后有没有退休劳保还不知道呢。"

张师傅和王师傅听着大家的议论也在叹息着，眼睛里暗淡而又无助的闪着泪花。

"等几天看看吧，现在确实没钱，我不骗你们。"小唐安慰他俩。

两位老工人看看没有希望，只得悻悻地离去。

待人走后，只剩下财务科的几个人，脸上的笑容都消失了。好像人人都有心事，仿佛一个无忧无虑、天真活泼总是嘻嘻哈哈、不知愁滋味的孩童，一下子长大了，感受到了生活中的种种艰辛。

吴会计说："我们厂过去多么吃香，有多少人想开后门、走关系到我们厂里来，现在呢？都想走，可是又走不了，走到哪里去呢？"

邵会计说："对啊，我们可是国有企业，谁不知道是铁饭碗，条件好，有奖金，看病不要钱，退休有劳保。现在呢，饭也吃不转了。"

仲会计打趣地说："饭吃不转，菜总吃得转的吧，让我看看你们都带了什么菜。"说着一个一个去打开各人带来的菜杯菜盒。这些菜都是放在一起，准备等会儿放到炉子上去热一热，中午吃。

仲会计看到邵会计带的是红烧白萝卜，但没有肉，吴会计带的是素菜，方科长带的是洋山芋红烧肉片，小唐带的是青菜。仲会计说："啊呀，我给你们看看我的菜。"他打开自己的菜杯，他自己带的是大白菜一个荷包蛋烧的汤，他接着说"这点工资只能吃菜汤啦"。

邵会计说："啊呦，你还有鸡蛋，我们只能吃素的。"

吴会计说："厂长总归比我们吃得好，哪怕这厂关门了，他的收入一分钱也不会少。"邵会计说："这厂又不是他个人的，是国家的，是共产党的，工人是这个厂的主人翁嘛，凭什么！"

这时方泉说："什么主人翁，这厂是你的吗？这厂是厂长的吗？也不是厂长的，但是又是厂长说了算，可他又不需要负什么责任的，因为厂是国家的，由国家来负责。"

"国家负什么责啊，现在厂这个样子，它来给你发工资、报医药费吗？听说国家现在要实行国有企业改制，要改成私有制。叫厂长买下来，国家要丢包袱，国家也背不动了。"

"什么？过去解放时搞公私合营，把资本家的工厂改造全归国家，现在把国家的企业变成私人的，那不又给资本家了吗？"方泉说："那不叫资本家，不叫私人企业，叫股份制，听说厂长占大股，工人占小股。"

"厂长哪有这么多钱买这厂啊？不可能的！"邵会计说。

"听说市里要把木材厂卖给九洲，听说九洲的老板刘灿放是同意的，但下面的人反对，不同意接收木材厂这副烂摊子。"

邵会计说："过去我好不容易进了木材厂，就是想退休有劳保。现在要归九洲，他们是私人的，私人企业是不牢靠的，他们不想要，我还不想去呢！"

"不想去你到哪里去？你老爸是公安局里的干部，有门路，我们只能嫁鸡随鸡嫁狗随狗。"

"听说九洲的老板刘灿放人不错，他借给我们木材厂七百多万元了，还答应给我们发工资，听说他们九洲退休也是有劳保的……"

（二）

九洲集团这段时间确实在讨论接收木材厂的事，董事长刘灿放不断在跟几个董事会成员和管理人员商量常州木材厂的改制和收购问题。大多数人持反对意见，不愿意捞木材厂这块"馊豆腐"①，因为大家天天都见到木材厂的颓败景象，的确是一副烂摊子。

当时，木材厂已经托管给南开公司，连工资都要由南开公司发放，早已遭到了九洲人特别是南开公司总经理的强烈不满和反对。木材厂还是国有企业，给他们发工资，发得不明不白。木材厂要改制的消息也早已传得风风雨雨，可是又不知道到底怎么改。木材厂也在议论纷纷，有的要求转制，有的反对转制。九洲内部也是有的想接收，有的反对接收，争论十分激烈。要转到九洲来又谈何容易，虽然中央已经有了国有企业改制的精神，但改制要市里、国资委、体改委、银行、主管部门、企业联署作出评估报告，办理吊销执照等手续。

后来，常州市政府的明确意见是，把木材厂这块土地和工厂的全部产权归九洲，条件是九洲在接收木材厂时，负担木材厂四百三十二名职员的全部安置和有关费用，还有木材厂的全部债务，包括拖欠的医药费、社保费等等。这是一笔巨大的支出，所以遭到九洲不少人的强烈反对。

当时的情况是，木材厂欠银行的钱达二千五百万元。九洲借给木材厂的钱累计七百多万元。刘灿放肚皮里的一笔账很清楚，如果不收购木材厂，借给的七百多万元钱也收不回来，而要收购木材厂，除了要承担木材厂欠银行的二千五百万元外，借给的七百多万元也要搭进去。这是十分矛盾的，这也是之所以遭到九洲内部股东和管理层反对的主要原因。

九洲集团董事长刘灿放有他的想法。从战略上看，过去九洲只是借木材厂一块宝地落地生根，木材厂是主人，九洲是仆人，如果把木材厂收购下来，九洲就变成主人。这里原来分割成犬牙交叉的状况可以连成一片，九洲可以放开手脚大展宏图，打造成一个完整的商业圈，九洲将迎来一个较大的发展。

---

① 馊豆腐：常武地区方言，拿不起来。意为无可救药。

从另一方面讲，刘灿放这时对"公司"的内涵，在理论上实践上有了更深刻的认识。从世界上出现"东印度公司"最初的公司萌芽起，就形成了公司最基本的内涵，即大家把钱交给一个人或几个人去经营，但不准去干涉经营，经营者又要诚信，保护出资者的利益，这就发展成为现代股份制公司制度。但由于各个股东个人利益关系，或者见识眼光不同，往往意见不一，甚至去干涉经营。如今刘灿放就遇到了这个问题，他要把木材厂收购下来，就是想把分散的股权形成比较集中的所有权，便于决策，这是他心中要做现代企业的一个宏大目标。

但是这里面存在着潜在风险，这是"蛇吞象"的一招，消化不了很可能会"吃不了兜着走"，特别是四百多个职工。当时九洲集团连下属各个分公司全部加起来不过一二百号人，一下子负担这么多人，包袱太重。有人尖锐地问："九洲这块炭能不能化掉木材厂这块冰。"刘灿放不是不考虑这个严重的问题，但他的眼光看的是更远的地方。

改制的会议在九洲四层楼办公室的三楼召开，前来参加会议的有常州市体改委、国资委、常州市物资局、木材厂的负责人，九洲参加会议的有高层管理人员和董事会的主要成员。

常州市体改委钱主任代表市政府首先谈了木材厂改制，转给九洲的具体意见：

"市里的基本要求是：常州木材厂转制给九洲集团，所有产权土地全部归九洲，但九洲同时要接收厂里的四百三十二名职工，是全部，一个也不能少，工厂原有的债务全部由九洲偿还，拖欠的社保、公积金、医药费等全部由九洲承担。"

传说了多时的所谓木材厂要转给九洲的各种议论，终于得到证实。

刘灿放也表了态，表示愿意接收木材厂，除了承担木材厂银行欠款和借款二千五百万外，对四百多名职工这一敏感问题也明确表示接收下来。

市发改委钱主任还是不放心，对刘灿放说："刘总，你一定要把这四百多名职工安置好啊。"因为市里其他国有企业改制中，遇到的最大问题就是原有工人的安置问题，有的还闹事，上访。

刘灿放答应一定好好安置。过了一会，钱主任重复这句话："你要把这四百多名工人安置好啊！"这是他出于对工人的同情，但刘灿放答应了好几次，他还在不断重复。刘灿放就感到他是不信任自己，一拍桌子对钱主任也是对大家说了一句粗话，意思是我既然揽了这个瓷器活，我就会把它做好。

刘灿放当时心里想的是：我们全靠诚信办企业，才走到了今天，哪像你们官场上，说的一套，做的又是一套。刘灿放最恼火的是别人不信任他。你这样说不就是明显对我不信任吗？你倒像锡剧《珍珠塔》里的陈翠娥，要把"珍珠塔"赠给方卿，却又左手不放心，右手不放心。我已经再三再四地承诺了，你还在叽吧啰嗦干什么？

钱主任一听刘灿放这一句惊世骇俗的话，心头一颤，猛然发觉自己说话太啰嗦了，不该以不信任的口气，喋喋不休重复这样的话。况且九洲南开公司已经借了这么多钱给了木材厂。

（三）

市里的协调会结束以后，九洲随即也召开内部的专业会议，具体商量接收木材厂事宜。南开公司总经理第一个提出反对意见，他说："这四百多名职工怎么安排，我们不能全接下来，借了这么多钱，不但不还，还要承担所有的债务，要多少钱？我们不能接收！"

南开总经理是九洲的股东，他也参加了市里的协调会。但他是抱着抵触情绪参加的，因为他毕竟还属于九洲集团领导，属于刘灿放领导，所以当时不便发作。回到九洲内部会议上，他早就憋不住了，首先开炮。

其他人都不发言，会场里鸦雀无声。

刘灿放见大家都不发言，就先讲开了，试图打开沉闷的气氛。

刘灿放清清嗓子说："接收木材厂的事，大家讨论了很多，我也考虑了好长时间。打淮海战役前解放军六十万，国民党八十万，毛主席说了一句话，这是一锅'夹生饭'，但是毛主席又把手一挥说，就是'夹生饭'我们也要把它吃下去！现在收购木材厂可能也是一锅'夹生饭'，我们也要有吃'夹生饭'的勇气，要有这样的气概！"

刘灿放继续说："收购木材厂从战略意义上讲是有利的，我们要把眼光放远点。"

南开总经理插话说："有什么意义？这块地是工业用地，又不是商业用地，有什么价值？"

刘灿放说："工业用地也可以办理转换成商业用地的。"

"那要交多少费用呀！"南开总经理还是考虑钱的问题。刘灿放不再理会他，他想算账总要算长远一点。

刘灿放接着说："至于四百多名职工安置，我们九洲食品城（那时已改成大润发超市）可以安排一部分，九洲服装城可以安排一部分，还有中天物业也需要人……"

"哪能安排这么许多人啊？"负责人事的周经理说。

刘灿放说："除了能安排的，不能工作的每月发生活费五百元，休息在家不要上班，愿意买断工龄的花钱买断，让他们自找门路。"

"那要多少钱呀，买断工龄每人要好几万。"有人说。

"好几万也要付。"刘灿放说。

周经理说："木材厂提出每个职工的社保、公积金都要交，一直交到退休，有的今年四十岁，交到六十岁就要交二十年，有的还不到四十岁的就要交三十多年呢。"

刘灿放说："这当然应该要交的。"

周经理又汇报说："还有拖欠的医药费，一共拖欠了三十多万元了，工人们一个一个都在急着要报销医疗费。"

刘灿放想了一下，叹息道："工人生病，对一个人对一个家庭来说，已经是灾难了。工资这么低，家里也没有什么积余钱，要垫着几千块钱很不容易的，不能再拖欠了，明天就汇三十万元给木材厂。告诉木材厂财务科，这是专门给工人报销医药费的，不准挪作他用，先把工人的医药费报销掉。"

周经理说："公积金要交，那些休息在家的人，难道也要帮他们交吗？"

刘灿放说："大头都交了，一刀肉已经斩了，还舍不得那一点味精吗？全帮他们交了吧！"

"休息在家还帮他交公积金吗？这也太好说话了。"有人在嘀咕着。

"这也要交一百多万呀！"负责财务的金经理自言自语，分明是有意说给刘灿放听的。

"总之，我们承诺的全部兑现，该承担的全部兜下，工人们已经到了这个地步，连饭碗都没有了，还想着东扣一点，西扣一点。总想多扣他们一点干什么？该交的全部帮他们交！"刘灿放加重语气，斩钉截铁地说。

听着大家的议论和刘灿放的表态，南开公司总经理一直没有说话，他从内心里就不高兴来参加这个会议，他从一开始就反对收购木材厂。他也知道收购木材厂对九洲把这里连成一片，打造一个商业圈是有很大好处的，但他对要接收四百多名职工，又要承担各种各样的费用，始终想不通，总有一股气堵在喉咙口，总觉得吃亏大了。赚的钱几乎全要拿出来负担木材厂了，现在一项项、一件件列出来，听听就烦，再加上刘灿放这个也答应，那个也承诺，越看越有气。但刘灿放毕竟是一家之主，也不能太过分，所以懒得说话，会议还没结束他就走了。

一场会议似乎不欢而散。

（四）

1999年12月份，常州市体改委的批文终于下来了，同意九洲接收常州木材厂。

12月25日这天，在九洲四层楼办公室三楼会议室，常州市发改委、常州市物资局、常州市木材厂的负责人都带好公章，要在协议书上签字盖章。这是例行公事，也是一种仪式。

可是接收方南开公司总经理不肯来参加签字仪式，也不肯把公司的印章拿来。南开公司的公章不拿来，这个协议就无法完成，大家干着急。刘灿放见这情况，指派周经理赶到南开公司取公章，公章存放在南开财务科陈会计办公桌抽屉里。

周经理对陈会计说："刘董事长叫我来拿公章。"

陈会计说："总经理关照的不让拿。"但是陈会计知道周经理是集团人事劳资经理，又是刘灿放指派来的，不敢过分怠慢，对周经理说："要么你打个电话给总经理。"

周经理想，给总经理打电话，还不如给刘灿放董事长打电话，于是拿他电话给刘灿放通话，把这边的情况说了一通。

刘灿放一听，拔腿就走，亲自往南开公司去取印章。

一到南开公司他板着脸对陈会计说："南开公司是九洲的下属公司，南开公司的董事长还是我，你们的总经理还要由集团来领导，你懂不懂这个规矩！"

陈会计见刘灿放董事长来，虽然连连打着招呼，听刘灿放这么说，还在支支吾吾，意思这是总经理关照的，我只能照办。

刘灿放一声断喝："你把章拿给我，天塌下来我负责，你要不拿出来，撤你的职！"

陈会计一听，她也知道刘董事长是九洲的最大领导，总经理也要服从他，立即开了抽屉把印章交给刘灿放董事长。

收购木材厂的进程终于开启了。

九洲逐步安置木材厂的四百多名职工，能安排到九洲服装城和大润发去的就去上班，不能上班的每月发五百元休息在家，该交的各种费由九洲造册逐月上交，买断工龄的付款让他们自谋生路。

人事安排是一件十分难办的工作。木材厂的工人原来养尊处优过惯了，到新的岗位上去难免挑挑拣拣，嫌好嫌坏。木材厂原锯木车间一个工人，年龄偏大了，就安排到九洲中天物业去做一个车管员，那时还流行要自报家门，自报工资期望，物业王经理问他要多少工资，他说："两千元！"

王经理一听，跳起来大声说："什么，做一个车管员还要两千元，你脑筋坏佬连吗？我这里从来没有这么高的工资。"但是九洲集团压下来的任务，王经理不好拒绝，他怒气冲冲跑到刘灿放面前汇报："你们安排来一个车管员，要每月两千元工资，做梦吧！"刘灿放听了，笑着说："人嘛，总是要想多拿点工资的，你要好好和他讲明，干物业这一项当车管员的工资，只能拿那么多。让他自己明白这个道理，不要吓唬人。"

王经理听了刘灿放这心平气和的话，怒火也消了一半，承认自己态度不好，回去再好好做他工作。

经过一段时间的不断调整磨合，木材厂的职工基本全部融合进了九洲的大家庭里，有的进入了九洲的管理层，在各个岗位上发挥着作用。

过了两年，市发改委钱主任碰到刘灿放，对九洲安置木材厂职工的结果感到十分欣慰，说市里这样妥善平稳地改制国有企业的例子还不多，称赞刘灿放宽宏大量，菩萨心肠，说刘灿放有魄力、有担当，并向刘灿放表示道歉，说当时不该抱怀疑的眼光看他。刘灿放一笑了之，只是客气地说："那是我应该做的，你那是鞭策我，我怎么能辜负你的期望呢！"说得钱主任十分开心。九洲收购木材厂，是九洲企业蜕变的一个重大步骤。

九洲过去只是一个传统的民营企业，规模小，地盘也小。收购木材厂就把这块土地连成一片，再加上西边两个国企金属公司和农机公司收购下来，足可以施展手脚，大展宏图，打造成一个完整的商业圈，把原来的小舢板换成了一艘大舰艇，企业可以上一个崭新的台阶了。后来的事实的确证实了刘灿放的眼光。九洲环宇大厦建成后和大润发超市连在一起，九洲既有了自己的大本营，又形成了一个常州著名商业圈，从硬件上上了一个台阶。经过九洲这几年的自我改革，逐步向现代化企业转变。

四、大润发腾笼换鸟

新旧思想的冲突是永远不会停止的。

九洲刚刚克服了"小富即安"的思想情绪，把大家拉到继续发展的轨道上来。又从小农经济、小打小闹的格局中走出来，制定了《九洲典章》向现代企业迈进。紧接着在要不要收购木材厂这个问题上，经过新旧两种思想的碰撞，终于收购成功。将这一地块连成一片，可以打造一个完整的商业圈。这时新的矛盾又出现了。

2000年，一个新的世纪开始的时候，世界经济正在发生深刻变化，国际上有一种新的商业业态，正在迅猛发展，这就是大型购物中心，即大超市的商业模式正在兴起。例如法国的欧尚、家乐福，德国的麦德隆，美国的沃尔玛，这种超市商品极大丰富、统一配送、质量有保证，它薄利多销，所以价廉物美，而且资讯系统特别发达，每五分钟就实时报告销售情况和库存情况。

刘灿放看到了这种商业趋势，意识到这种大超市必将成为今后购物的热点模式，他决定把三万多平方米的九洲食品日用市场改造升级成国际上通行的大超市。

可是，当时的九洲食品日用品市场，生意十分红火，各类经商户入驻近三千家。招商根本不成问题，每年收的租金也近千万元，听说要取消市场改为大超市，许多管理人员都想不通，他们纷纷向刘灿放提意见："董事长，食品日用品市场现在生意这么好，招商又不用担心，皇帝的女儿不愁嫁，为什么要把它关掉？

"九洲食品城培育到现在这个样子，多么不容易，现在桃子熟了，却要把桃树砍掉，想不通！"

"这么多经商户也想不通啊，他们都说：'当初你们把我们招商招来，经营得好好的，怎么把我们赶走啊？'"

这些都是事实。其实管理人员不愿意改造，还有一个原因是他们已经习惯了这些工作，人都有惰性的，安于现状，是许多人普遍的心理。木材厂安置到市场来的人，他们很留恋这份工作，他们生怕刚刚得到的这份工作又要失去了。

要办大超市的设想，不但管理层，市场的经商户不愿意，就是市里的一些领导也不赞成不支持，这给刘灿放造成了很大的压力。

但刘灿放深知形势在变、世界在变，人也必须跟着要变，世界上唯一不变的就是变，安于现状、不思改变就意味着落后，虽然现在看上去日子蛮好过，但丰年要想想荒年，要看到潜在危机。

刘灿放和大家分析了目前的形势和潜在的问题。第一，食品市场虽然生意不错，但二期招商明显不如一期，说明经商户已经在被分流；第二，食品城不是服装城，食品城是经营食品的，安全是最大的隐患，经商户各自经营，市场很难监管到位，以前发生过食品安全问题不是一次两次。每次都要追究到市场管理责任；第三，管理经商户和经商户自主经营是二张皮，隔靴搔痒。这种商业业态，矛盾很多；第四，世界上发展起来的大超市模式，一定是未来新商业趋势，人总是往高处走的，人们对这种超市购物的需求，一定会比原先市场较低层次的购物方式更迫切、更强烈；第五，九洲历来是以超前意识著称的，创造了常州第一个娱乐场所KK迪斯科广场，创办了第一个大型服装市场，第一个食品日用品市场，又开发了第一个现代化住宅小区丽景花园，现在应该引进第一个国际大超市，引领常州购物风尚。刘灿放向大家讲解这种超市的前景，对大家说："农村上俗话说：换一样生活①，换一副骨头，隔行如隔山，丢掉原先熟悉的，去换一种陌生的工作，改变适应过程是很痛苦的，但这种大超市有很强的生命力，我们必须去学习，去适应，只有这样我们才能随形势变化，跟上时代步伐……"

---

① 生活：常武地区俗语，也可以说是"工作"。

刘灿放针对经商户都想不通的问题，谈了自己的看法："经商户想不通，我看首先是我们管理人员想不通的问题，我们管理人员要转好这个弯，统一思想，然后才能去统一经商户的思想。过去，我们把他们招进市场，他们给了我们这么大的信任和支持，我们不能忘记他们。过去我经常说一句话：招商首先不是引资，招商首先是兴市，市不兴，招来的资早晚也要跑掉。现在市兴起来了，却要叫他们离开，这个弯确实不好转，但形势逼着我们要转弯，统一管理人员的思想，统一经商户的思想，做到平稳过渡，平稳撤场，这叫腾笼换鸟，就是把市场这只笼子腾出来，换一鸟进去！"

在市场撤销过渡的同时，刘灿放寻找国际上大型超市合作的事，也在紧锣密鼓地进行着。

派出几路人马与法国的欧尚、家乐福，美国的沃尔玛，德国的麦德隆还有国内的华联超市，都在进行洽谈。最后刘灿放选中了台湾的一家大型超市公司——大润发。

台湾的大润发超市是后来居上，跻身于世界超 市巨头行列的知名公司，刘灿放比较了这些国际超市公司后，谈了自己为什么选择台湾大润发超市的理由："各家超市都各有特点，但依我看，台湾大润发比较适合我们，为什么？我看主要是文化认同，台湾的文化还是中华传统文化，它的理念是中国的儒家文化。例如，台湾大润发'客户至上'就和我们九洲的'服务大众、发展自我'的理念是吻合的。又如，他们'不让客户吃亏'的理念，和我们九洲的'当利益和信誉发生矛盾时，首先选择信誉'这个理念又是一致的。"

刘灿放分析了这些后又说："我看台湾大润发的决策机制也符合我们的思想，像法国的欧尚十分教条，决定一件事，要讲所谓的民主，要讲繁琐的程序，有的事一两年都决策不了。"

"至于国内的华联超市，它属于国有企业，存在很多固有弊端，不值得引进。"

"所以我决定和台湾的大润发合作，虽然欧尚、家乐福、沃尔玛、麦德隆给出的条件都比大润发优惠。"

后来事实证明了刘灿放的判断，不到半年，大润发就进场开张迎客了，而其他超市过了一两年才姗姗来迟。华联超市后来更是销声匿迹了。

原来远近闻名的九洲食品日用市场，一转眼变成了远近闻名的大超市，顾客盈门，人山人海，几十里外的人都赶来购物，人们只要一说到常州关河路大润发，个个眉飞色舞。九洲的大润发超市又成了家喻户晓的常州名片。

后来，刘灿放又牵线搭桥，台湾大润发在常州西门又开了一个店，九洲和大润发又合作在镇江开了一家，在扬州开了一家，每一个大润发超市开张后，都是在当地生意最红火的，而且经久不衰。

现在回过头去看，当时刘灿放决策九洲食品日用市场腾笼换鸟是具有超前眼光的，这使得九洲在现代化企业发展的道路上又上了一个新台阶。

第十三章　风险投资

一、纽交所的钟声

（一）

纽约时间 2006 年 12 月 19 日，北京时间 2006 年 12 月 20 日，这正是圣诞节前夕。美国人已经为即将到来的新年感到欢欣鼓舞。对于中国人来说，人们期待的是一个多月后的春节，除了年轻人小孩子们，大多数人对圣诞节的即将到来，似乎没有什么兴趣。

这一天，常州高新区电子工业园管委会主任高贤兴奋地向高新区管委会辛主任汇报："常州天合光能在美国纽交所上市了，钟声刚刚敲过！"

辛主任一听，有点不屑一顾，说："什么？天合光能会在美国上市？你哪里听来的消息？"

电子工业园是高新区管委会管辖下的一个专业园。天合光能是落户在电子工业园的一个新能源光伏产业，它受电子工业园管理，当然也受高新区管委会领导。

高贤说："真的，我刚才接到天合光能去美国上市的高总打来的越洋电话，他亲口对我报的喜。"

辛主任一点没有激动，淡淡说："他这个人总是东边羊来了，西边马来了，美国到这里一万公里，消息真的假的谁知道，不要去相信它。"

辛主任对天合光能这个所谓的创新企业，从一开始就没什么好感。好长一段时间里，不给它地，也不给它电，后来才勉强批给三十亩地，落户在电子工业园。直到现在，他对高总的成见似乎还没有消除。

高贤眼见他这个顶头上司不相信这事，也不好继续再说下去。经他这么一说，高贤还真的有几分怀疑这个消息是否真实，对待这么大的消息应该慎重些，于是就再去进一步核实。

经过跟去美国参加上市团队几个人通电话，证实这个消息是真的。这个用三年汗水和泪水培育起来的上市是真的，这个用三年日夜奋斗垒筑起来的成果是真的！

（二）

事情回溯到 2004 年的冬天。

这个冬天，天气特别寒冷。比天气更寒冷的气氛一直笼罩在人们的心头，这就是轰动全国的"常州铁本事件"。

"常州铁本事件"大致的情况是这样：

常州有一个民营企业主戴正方，他原先是以收购废铜烂铁起家，后来发展成为一个相当规模的钢铁再生资源企业。那一年他立下宏愿，要打造一个世界一流的钢铁企业，并且豪情满怀，要在五年内赶超"宝钢"。居然很快就在长江边上圈起了六千亩地，热火朝天地干起来了。

宝钢是谁？它是中国钢铁企业的"拿摩温"，是国营企业的"大哥大"。宝钢得到这个消息，当然要提出疑问："谁在动用我的奶酪？"汇报到国务院，国务院总理一听勃然大怒。

当时国家正在进行宏观调控，整顿产业结构，竟从哪里杀出一匹黑马来，扰乱国家规划，这还了得！

于是立即组成专案组调查此事，最多时专案组成员多达九十多人，可见重视程度。专案组开进常州后，把这个民营企业主关押起来隔离审查。又追究市长、书记的领导责任，检查书是写了一遍又一遍，一时风声鹤唳。

但是市长、书记的工作还要进行呀，特别是经济工作，因为"铁本事件"许多民营企业的情绪十分低落，生产和投资的积极性不同程度上受到挫伤，有的甚至观望，准备收摊，以为国家对民营企业的政策变了。

市长、市委书记心里着急，想方设法盼望扭转这个局面，于是想出了一个"拉郎配"的主意。

有一天，市委统战部和常州市工商联的人来到九洲集团找刘灿放，声称受市委范书记的委托，邀请九洲等一批优秀企业家，和一批创新小微型民企开一个联谊会，主题是鼓励优秀民企带动、扶持创新小微民企发展。

九洲早已从流通贸易转到房地产投资经营，并且在这一领域崭露头角，名声鹊起，被选为常州市总商会副会长单位，连续多年评为常州市优秀企业。

会上，天合光能的高总介绍了他们企业研发光伏发电的情况。光伏发电是利用太阳光能发电的一个新兴产业。过去在《十万个为什么》这样的科普读物里，人们都知道太阳能发电，但上百年过去了，太阳能发电对人们来说还是个新鲜事物。天合光能的高总就是想做第一个吃螃蟹的人，他想在常州高新区上这个项目，指望能得到一些优惠政策。

可是，高新区管委会辛主任却不看好他这个项目。

高总再三解释："现在欧洲几个国家已经在这方面走在前面了，通过硅晶片利用太阳能发电的技术已经可以转化为产业发电了。我国的科学院院士也已经认证了，你给我几十亩地吧，我把太阳能发电落户在高新区。"

辛主任说："你现在什么也没有，要地干什么？光造厂房就有饭吃了吗？"

高总说："辛主任，你不要小看我，我这个企业今后也会做成二十个亿三十个亿的企业的。"

辛主任不再反驳他，也不赞扬他，只是不再理会他。高总的这个项目就这样无法再进行下去。

在联谊会上，天合光能的高总倾诉了他面临的困境，请大企业能否参与带动，扶持他们发展。

与会的人对高总的抱怨有同感的，也有同情的，大家都唏嘘不已。但没有一个说能帮他什么。

天合光能的高总和九洲集团的刘灿放早就认识，因为高总原先是搞玻璃幕墙的，和九洲的幕墙公司有业务往来。会议结束时，高总单独邀请刘灿放去看看他的光伏发电项目，刘灿放一口答应。

过了几天，刘灿放带着财务总监汤胜军、地产拓展部翁飞、企划部陆林深一行前往天合光能考察。

这时的天合光能是租用常州高新区的几间厂房经营办公。在二楼阳台上有几排十分单薄的硅晶板，在并不热烈的太阳光照下发着电。大家也看不懂，应付着听他介绍。

回到办公室，高总又拿出一大叠材料，大家更是索然无味。简单地客套了几句话后，刘灿放就带着几个人离开了。背后仿佛还不时传来高总热情而又迫切的声音："喂，喂，中科院院士论证了这个太阳能发电。"同时也夹杂着刘灿放言不由衷的应和声："方向是对头的，应该说是有前景的。"

但是实际上，刘灿放心里根本就没有一点感觉，更没有参与投资的打算。

之后，刘灿放就忘了这件事，也没有再和高总联系。

刘灿放不再和高总联系，并且忘了这件事，是有原因的。当时，国家实施宏观调控，特别是"铁本事件"，总理亲自来抓，市长、书记受处分，戴正方还关押着，民企究竟前途如何看不清楚。另外一个原因，是九洲正在建造二十四层总部大楼，九洲的合作银行工商银行说："九洲有危险的高楼情结。"竟把所有的贷款抽到一分不剩，真够狠的。当时九洲刚收购了国营企业常州木材厂，资金十分缺乏，哪还有心思和资金去投天合光能？

"哎哎，现在'泥菩萨过河自身难保'，还是'各扫自家门前雪'吧。"刘灿放念叨着。

过了几天的一个晚上，刘灿放正陪着几个客人在九洲办的ＫＴＶ唱歌，高总赶来拜访刘灿放。歌厅里吵闹不好说话，就找了一个休息室，高总就把一盒礼品送到刘灿放面前，说："这是西藏带回来的冬虫夏草，正宗的，送给你留着自己吃。"

高总是怕现在的冬虫夏草假的太多了，所以特别强调西藏带回来是正宗的，而且特别关照他留着自己吃，好像如果是假的就可以送给别人吃似的。

刘灿放笑着说："谢谢你，可惜我像西洋参、冬虫夏草这些补品一点也不能吃，一吃就上火，嘴上要起泡。"

高总说："哦，怎么回事呢？"刘灿放笑着说："从小苦惯了，补不起啊，就是吃粥吃饭的命。"高总说："那你就去孝敬你老丈人吧。"刘灿放说："老丈人也没这个福份，他五十年前就到天堂去了。"

刘灿放一边说笑，一边收下了高总的礼品，其实他一开始就收下了，多年没有什么交往，人家带一点礼品，哪有拒收的道理。但无功不受禄，下次抽机会还他这个情就是了。

两人说说笑笑，自然就谈到了天合光能的事。高总这次谈得比较详细，刘灿放这才对光伏发电的前景有所了解。高总又倾诉了天合光能目前的困境。

"目前订单有的是，市场需求很大，就是没有资金，交通银行同意四千万的贷款，就因为没有企业担保，更没有财产抵押，所以这笔款又不能到位。"

高总说着，神情沮丧。刘灿放听他这么说，看看他在灯光下黯淡和无奈的脸色，心里有所触动。

高总这个人，刘灿放过去和他在幕墙业务上有交往，对此人有一点了解。他事业性强，做事认真，为了工作上的事，他吃苦精神比谁都强，干劲比谁都足。再想想，工商银行为了九洲造大楼，不但不贷款，反而把原来的贷款抽得一分不剩。对这一点刘灿放感同身受，想到这些，刘灿放动了恻隐之心，他对高总说："对于是否投资天合光能，我一时还不能说，得和合伙股东们商量后再定。但你讲的交通银行贷款四千万，需要担保，我表个态，九洲愿意为你担保！"

高总听刘灿放这么一说，心里十分高兴，他今天一来想请刘灿放投资天合光能，二来希望九洲能为他贷款担保。但他并不敢抱太大的希望，现在见刘灿放答应担保贷款四千万，喜出望外，感激万分。

高总拿到了四千万贷款，精神振奋，就计划造厂房扩展生产，可是高新区辛主任仍不给土地。电子工业园的高贤和一直穿针引线的统战部何部长心里急了，他们跑到辛主任那里说："给他土地吧，再不给他土地，高总说他要把天合光能搬到苏州去了。"终于，高新区批给了天合光能三十亩土地造厂房。

一天，高总告诉刘灿放，他的老朋友、南方轴承厂的施总已同意参股二千五百万投资天合光能了，请九洲能否也跟南方轴承以一样的比例入股投资天合光能。刘灿放听了仍没有表态。

高总知道刘灿放目前的处境，又在造大楼，又是抽贷，房地产又遭遇国家宏观调控，于是说："刘总，如果九洲资金紧张，少一点也行啊。"

这时高总见刘灿放还是不表态，急切地说："若投五百万也行啊。这项目真的是有前景的，如果你参加共同开发，就证明你是有远见的。"

刘灿放终于被高总的诚挚感动了，略微思考了一下，最后对高总说："好的，我同意和南方轴承厂的施总同等比例投二千五百万，入股天合光能。"

刘灿放决定入股后，就派九洲的财务总监汤胜军去天合光能，一方面帮助做财务，一方面跟踪进展。2005年1月，天合光能动工兴建厂房。这段时间，南方轴承的施总、九洲集团的刘总，还有派去的汤总监，对天合光能的前景仍然看不清楚。到了四五月份，汤胜军偶然想起香港平安保险的叶藜成先生，何不请他来把把脉，预测一下这天合光能的前景倒底如何。

叶藜成可不是一般人物，他是国际上专搞资本市场的，也是平安保险的老总，香港新宏基、天安、万科这些大企业走向资本市场，背后的推手都是他。汤总监原先因为刘灿放的引见，早就熟悉。

叶藜成一到常州，就去考察天合光能。考察完后，他对汤胜军说："小汤，他们的财务有问题吗？"汤胜军说："我在这里做了一段财务，我亲手经办，财务上是干净清爽的，没有问题。"叶先生对汤胜军说："好，我也投二千五百万，这是以我私人名义投的，与平安无关。"

财务总监汤胜军把情况向刘灿放汇报后，刘灿放很高兴，说："叶先生都投了，我倒要认真点了，他是资本市场的老手，他敢投，我们就有信心了。"

高总的天合光能团队效率非常高，三十亩地上的厂房转眼已全部盖好，这使刘灿放这个乡村企业出来的民营企业家刮目相看，大为惊讶。

天合光能的生产和管理也一天一个台阶。刚入股时，刘灿放吩咐女儿刘静去看他们的财务情况，女儿刘静是澳大利亚读商科专业的，她去一看，回来给她老爸说："他们居然没有财务预算，也没有财务报表。"

"天合光能是怎么搞的？"刘灿放埋怨着。

可是仅仅过去一年不到，刘灿放突然发现，天合光能的财务管理水平已经远远超过了九洲的财务管理。

"他们提升得好快啊！"刘灿放不禁感叹，"天合光能确实有潜力，高总的团队战斗力真强，高总全身心投入，夫妻俩日日夜夜睡在工厂里，烧一点冰箱里的食品吃饱就行，他们的拼搏奋斗精神可嘉啊！"

来看到天合光能日新月异变化的人，也无不从内心赞叹："他们好快！"

可是几个参股的股东总是不放心，这可不是小数目。特别是南方轴承的施总，质疑声、批评声不断。这使高总辛辛苦苦、日夜奋战的团队很有想法，高总的夫人对高总说："不要烦了，我们自己干吧，干嘛要和他们合作，弄得这么不愉快。"

高总的小舅子搞基建很有水平，厂房建得又快又好，他看到各种各样的非议和反对声，也火冒起来，对高总建议："我们自己干吧，合伙总是弄不好的。"

高总心里也很不好受，有些灰心起来。有一天，他写了一封信从电子邮件上发给汤胜军，首先对汤胜军、刘总的支持表示感谢，接着谈到了天合光能是大有前景的，并且表示，一定好好做下去，对得起大家。

汤胜军把这情况向刘灿放作了汇报。刘灿放有意约高总聊聊，2005年7、8月份的一天，刘灿放约高总到怡康花园对面的三香茶苑坐坐，因为高总就住在怡康，步行几分钟就到。

坐定以后，高总神色黯淡，无精打采，对刘灿放说："我辛辛苦苦把天合光能创办起来，生产销售都很有起色，想加大投入，做成规模化、证券化、国际化，这是我开始就定的目标。可是现在你看到这也反对，那也反对，我真的灰心了。"

刘灿放见高总说得有点苍凉，想到几天前会议上受到的无数的质难，他承受的压力确实是巨大的。刘灿放很同情他的处境和内心感受，于是安慰他说："高总，你不要灰心啊。"刘灿放缓口气，继续说，"你没有必要灰心的，现在香港的叶先生都进来了，我九洲也进来了。别说叶先生身价有多大，就说我的身价，比你小还是比你大？我们都进来帮你，你还怕什么？你还灰心什么？你应该感到高兴才对！"

高总听刘灿放这么说，心情开朗起来。的确，叶黎成和刘灿放不但处处维护自己，处处推波助澜，而且在资金上实实在在投入。

刘灿放又说："我的情况不用说，人家香港叶先生是什么人物呀，香港的新宏基、天安、万科，都是他一手推动上市的，他进来说明了你的价值。"

高总听刘灿放这一席话，心里宽慰了，他诚挚地对刘灿放说："刘总，你和叶先生对我的支持，我内心感激不尽。"

刘灿放又鼓励他："树林子大了，鸟就多了，听不同的意见，就像听不同的鸟叫声，有什么不好？"

高总虽然有一点灰心，可这天合光能就像他的亲生儿子，怎么可能说抛弃就抛弃了呢？

但是高总心里有说不出的苦处。他虽然是董事长，是天合光能的掌门人，但其他三个股东合起来超过他的股权，自己作不了主，什么事情都要听其他三个股东的意见。他有时就会产生做好自己一块蛋糕就算了的想法。

其实刘灿放也了解高总的心思，这时一针见血地说："高总，你也要把思想转过来，你是要退到你原先一个人去做一小块蛋糕呢，还是和大家一起把这块蛋糕做大？你吃其中一小块，但这一小块比你那一块蛋糕大得多啊。"

（三）

燕雀安知鸿鹄之志。天合光能的高总，他不但姓高，他的志向也高，在他创建天合光能的最初，在几间简陋的房顶上用几排硅晶片发电开始，他就立志今后要把天合光能做到规模化、资本化、国际化、证券化，他还想着能到境外去上市。

但这从一开始就遭到了不少人的嘲笑和讽刺，并且一直伴随着质疑声，这种质疑情绪有一天终于在一次股东会议上爆发了。

2006 年春节，正月初三，是刘灿放女儿刘静结婚的日子，婚宴在常州富都大酒店举办。刘灿放借这个机会，邀请天合光能的合作伙伴一起来喝喜酒，也趁人员比较齐全，开一个股东会，这样可以一举两得。

婚宴晚上八点半结束后，天合光能的股东会在富都会议室开始了。这次会议的重点，主要是讨论 2006 年天合光能的生产销售目标。

当时的股权分配情况是这样的：刘灿放的九洲占 18.96%，施总的南方轴承厂占 18.96%，叶黎成占 18.96%。这样三方合计占有 57%，超过高总的 43%，但高总还是"一股独大"，又是董事长兼总经理，会议当然由高总主持。他汇报了天合光能的工作和目标设想，把 2006 年的销售目标定为二十五亿元。

施总是一个急性子，他立即反驳："你不要做梦，你有什么依据，不要吹牛皮吧。"

施总喜欢喝点酒，今天喜酒桌上高兴，肯定多喝了一点，仗着酒意，说话就带着醉意。不过，施总平时经常对天合光能的工作提各种各样的批评，大家见怪不怪了。

高总被呛了几句，也没往心里去。因为他知道施总的脾气，况且会议还没开始呢。他接着说："我们天合光能，从一开始就有战略规划，就是到境外去上市，我们争取今年底、明年初在国外红筹股上市。"

高总的话音一落，施总马上反对他："你不要好大喜功，不可能上市，凭现在这样子，还想到国外去上市，又在做梦了！现在刚有一点赢利，上市要支付一千多万元费用，万一上不了市，这一千多万不就全泡汤了吗？"

要不要上市，这可是一个战略性问题，非同小可。香港叶黎成本是平安证券的老总，他最清楚，但这时他没有表态，处在中间派。河海大学经济学教授安文是高总聘请来的顾问，上市是他给高总出的主意，但这时看见反对声这么强烈也就不好吭声。刘灿放内心是赞同应该上市的，但见经验丰富的叶先生并不表态，所以也不敢贸然赞成，但他看到天合光能的财务提升这么快，生产的发展如此神速，厂房建造的水平决不低于九洲专业搞房地产的，他发言了："天合光能的发展速度是快的，各种财务管理提升很快，而且市场前景看好，销售直线上升，这肯定是成长型企业，不是说不可以上市，证券化是方向，不会错！"

刘灿放这样说想探探叶黎成先生的想法，也想把施总过分激烈的话引起的紧张气氛缓和一下。

高总听刘灿放这么说，听出他不反对上市，而施总听了情绪也稍稍平静了一点。但仍然不依不饶，他指着高总说："不要以为你是办工厂的，我也是办工厂出身，你这天合光能办的什么厂呀，管理不到位，技术不到位……还是先把工厂办好了再说吧！"

一说到工厂的事，大家话题又转到了工厂里的许多具体事务上来，有的说这里有问题要改进，有的说那里有毛病要整改。又议论到职工招聘培训的事，又议论资金上哪个银行哪个人有什么态度，话题是越说越远，又似乎越说越近。不是这里有问题，就是那里不到位，越说越觉得高总提出的上市不切实际。

会议的话题越说越多，时间过了十二点钟，一点没有结束的迹象。高总还在期待大家对上市表个态度，能够形成一个统一的意见呢。

时间过了凌晨两点，争论还在继续。刘灿放这几天办喜酒迎来送往已经很疲劳，会议开到这里，已经冗长不去说它，主要是氛围不那么愉快，看看施总不依不饶的，似乎对高总的要求有点过分了，他决定站出来说句公道话："现在时间已经两点钟都过了，这个会开了六个钟头了，还没有一个统一的意见，这样争论光有民主没有集中，到什么时候才有结果啊？早知道这样，一开始就不要合作的！"

刘灿放心里已经有点火冒。他这句牢骚话是说给施总听的，因为施总今天说话老是挑刺，把高总逼到墙根了。过去因为和施总是同为参股股东，惺惺相惜，所以说话是倾向于施总，今天见高总这样子，刘灿放是有意要为高总说话了。

刘灿放继续说："老话说'若要盘剥，性命交托'。若要争死理，性命也要丢掉的。"

"象牙筷上掰刺，刺总是掰得到的。"刘灿放这样比喻说。

他知道施总是一个成功的企业家，1955年出生，年龄比高总大一圈，办厂早，出道早，难免摆点老资格，不买高总的账。但老是挑刺也不是合作者应有的心态。

刘灿放说："现在就像骑一辆脚踏车，我们坐在后面，心里忐忑不安，老担心着，但高总在掌着'龙头'，他最清楚，要相信他！我看天合光能在高总领导下，这一两年发展进步是巨大的！"刘灿放越说声音越响亮，慷慨激昂。

大家听着，鸦雀无声。只听刘灿放说："时间这么晚了，我是要去睡觉了。"说着准备离席。

大家也早已疲倦得眼睛都快睁不开，一起附和着说："结束吧，明天再说。"

（四）

刘灿放眼看天快亮了，就在富都酒店休息。睡了一会儿，昏昏然，醒来再也睡不着，回忆几小时前的股东会议，一时思绪万千。

刚过七点钟，高总就到房间来探望刘灿放，他回去也没睡什么觉，他明白昨夜刘灿放帮自己说了公道话，还望能够继续求得刘灿放的支持。

高总对刘灿放说："刘总，昨天你辛苦啦。"

刘灿放叹了一口气："哎，我搞了几十年企业，统一人的思想是最难的。"

高总苦笑一声说："是啊，昨天的阵势，我真像一个受审的犯人，我好像横竖不是人。"

刘灿放想到昨天高总面对的质疑和反对声，知道他心里不好受。

过了一会，刘灿放说："这事最后总要有一个决断，他（指施总）如果不愿意，就让他退出，把股权转给我，我按10％的利息给他。不然这样下去怎么能实现目标呢？"

高总一脸矛盾，他内心既舍不得施总退出，又对面前施总不断的反对无可奈何。

刘灿放见高总一脸迷茫惆怅的样子，说："我昨天说了，对事不对人，我们又不是敌人，还要合作下去的。这样吧，今天我请施总在明都大饭店吃饭，再做做他工作。"

高总听刘灿放从中去做施总的工作，求之不得，因为自己这时和施总是话不投机了。

刘灿放回明都酒店的路上，打电话给施总："施总，昨天不好意思，我有点卖老了，我在明都，你过来吃饭。"

刘灿放感觉昨天后来那几句慷慨陈词是针对施总的，也许有点说重了，所以先做检讨，承认自己昨天发火，让施总消消气。施总当然知道刘灿放昨天会上是针对他说的，但自己也察觉到昨天有点偏激，听刘灿放请他去明都聊聊，自然也愿意。

刘灿放刚到明都不久，施总也到了，两个人就开始谈天合光能的事。

施总好像火气还没退，一开始仍然发牢骚，说到激动时，他说高总就是"常州第一张牛皮"，是第二个"铁本"，好大喜功。

刘灿放听着他发泄，只是笑着，心里想："唉，你这个施总呀，你把高总看成这样，早知今日，何必当初！"

"他说搞二十亿、三十亿，他是画饼充饥，还想到国外去上市，做梦吧！"他们俩是同等比例参股的，虽说刘灿放是副董事长，但股权上是平等的，所以说话也随便一点。

刘灿放听他连珠炮似的一直在数落，似乎今天是特地来发泄的，那就让他发泄一下吧。

过了一会，刘灿放见他差不多话说完了，就笑着说：

"高总他从一开始就想证券化、国际化的。既然当初你进来了，现在又一点也不信任他，那当初你就不应该进来。事情已经做到这样了，总要想办法去做成它。"

施总听着，不说话，似乎情绪平静了一点。

刘灿放说："前头我说过，高总在骑一辆脚踏车，我们坐在后面的人总是忐忑不安，但他把握龙头的心中有数。我看天合光能提升很快的，各种建设、发展可以用两个字来形容'神速'。对他要求不能过头了，让他有一个时间……"

施总悻悻说了一句："他那点水平，弄不好的，平常话又多，婆婆妈妈，太啰嗦，我就看不惯！"

刘灿放说："看不惯也要看。现在的情况是，就像一只灯笼，框架做好了，总要把这只灯笼糊起来。"

施总不吭声，想想刘灿放说得有道理。

刘灿放顿了一下，对施总说："你如果真的没有信心，不行你的股份就转给我，我按10%的利息给你。"

施总听刘灿放这么一说，心里五味杂陈，也不知道如何回答。他情绪激动，与高总闹别扭闹得最凶，但内心也看到高总的敬业精神，这一两年天合光能确实发展迅速，真要退出，还确实有点舍不得。

刘灿放了解施总的企业，效益好，但有小农经济思想，就像许多乡镇企业的企业主那样，办好自己的厂，能赚到钞票，小鸡啄米粒粒下肚，小富即安。

刘灿放见施总一时没有回答，也知道他心里矛盾，也就不再多言。看看时间不早了，他对施总说："走，我们去吃饭吧。"

刘灿放这几天为女儿的婚事忙碌，昨天晚上又没有睡好觉，又是过年肚饱，其实是一点也没有胃口，他实在不想吃饭，但既然是请施总来吃饭，当然要问问施总想吃啥。

谁知施总也不想在这里吃饭，他也没有胃口，他对刘灿放说："不要吃饭了，我想回去喝一点粥就睡觉。"

刘灿放一见施总这样说，正好顺水推舟，"那好，今天中饭我们就不吃了，回家早点眠一个中觉（午觉）。"说着两人就此别过。

正月初七这天，几个股东又在明都召开会议。会上，南方轴承厂的施总态度转变了，上次刘灿放的一席话也引起他思考。正月十四，在明都大酒店召开了一次董事会上，施总对着高总和刘灿放说："好吧，听你们的！"

事情一下子有了转机，会议顺畅起来。高总把聘请证券财务顾问的事一一向大家说明。上市的各项工作迅速地开展起来。

这时候的天合光能如虎添翼，资金有了，厂房有了，2003年天合光能全年营收才三千万，还是原先幕墙上的业务带过来的。

2004年新股东入股后，加上交通银行四千万贷款，日子好过多了，但高总仍不断增加贷款，扩大生产。刘灿放看到天合光能的速度和前景也全身心地投入。他除了尽股东应有义务外，不断帮助解决资金缺口，先后为天合光能担保贷款5亿元。天合光能从2004年一亿销售到2005年近三亿销售，到2006年实现营收十五亿元。

（五）

香港平安保险叶藜成先生与国际上的财团有千丝万缕的联系。经他的介绍，欧洲的麦顿基金也有意进来，麦顿是欧洲的大财团。麦顿基金又介绍了美林，美林是谁？美林是美国华尔街投资财团。他们有意各投一千万美金，入股天合光能。

入股的谈判在上海一家写字楼举行。叶藜成请陈镜达来帮助高总和刘灿放谈判。陈镜达是国际上有名望的财务专家。对方是麦顿和美林派出的代表邱立平，他是北京人，效力于外国财团。

会谈一开始，只见两个律师进来，拿了一只钟往台上一放。刘灿放和高总他们不知何意，后来打听才知道，律师是按时收费的，不管你们谈判结果如何，等到谈判正式开始，他就揿下按钮，计时开始。

这两个律师是亚裔，长相和中国人没有区别，但他们是美林和麦顿请来的美国律师。

谈判的文本是中英文对照，十分繁琐，一条一条对照着谈。刘灿放听得十分吃力，就悄悄对身旁的财务总监汤胜军说：

"我到楼下去溜达，你在这里听着，看看如果谈不拢就打手机叫我上来。"汤胜军领会了刘灿放的意思，点点头。

谈判果然不太顺利，为了一个条款，陈述、解释、争执、坚持、讨价还价、对各种各样的问题刨根问底。有时为了一个条款喉咙顿时大起来，就像吵起来的样子。汤胜军见争得面红耳赤就叫大家喝茶，休息一下，目的是缓和一下紧张的气氛，同时打手机叫刘灿放上来，对他说"你就坐坐听听"。刘灿放也对汤胜军说："你叫高总松一点，不要把弦绷得太紧。"

谈判依然很艰苦，吃了中饭继续谈，吃了晚饭再接着谈。最终谈判取得了成功，麦顿和美林这两大国际财团入股天合光能，成为天合光能的股东。

"叶蔾成请来的陈镜达毕竟是财务高手，他在其中起了很大作用。"刘灿放事后感慨地说。

麦顿和美林两大国际基金进入天合光能后，大大推动了天合光能到境外去上市的步伐。叶蔾成及时提出"国内由平安保险，境外由美林负责上市推荐工作"的建议。

2006年10月份，正当上市有望的最后时刻，麦顿基金的邱立平又介绍欧洲的好能源基金进来。

光伏发电最早是从欧洲兴起的，因为他们重视生态环境，后来才扩展到美洲、日本和中国。好能源基金是欧洲一个专门投资新能源产业的基金，他们看到天合光能的前景有意向投两三千万美金入股天合光能。

但是，这时天合光能羽毛将丰，高总就不太愿意让他们再来分一杯羹，弄不好稀释了股东的股权，他要求把门槛抬高，总之要设置一些障碍，不想让好能源进来。

而刘灿放是主张好能源入股的，他说："我们还没上市，门还没打开倒就想关门了，这不就像人们说的'把门关上，但阳光也关在门外'了吗？"

"这是人家把钱拿来给我们打牌。"刘灿放又加了一句。高总若有所思，也并没有绝对拒绝的意思。

刘灿放又说："我们有一个欧洲的合作伙伴，有什么不好？对提升我们企业一定有很大作用，人家各方面都规范，正好给我们借鉴学习。"

吸收好能源的谈判在常州富都大酒店举行。好能源的代表是一个外国人，他只会说英语。老外对这些敢于创业的中国人表现得十分恭敬和谦卑，但对各种问题也追问得十分苛刻，对天合光能的每一个细节都问得很详细，这使得高总很不耐烦。

刘灿放这时就想通过翻译跟老外交流一下。他先自我介绍了身份，接着他开诚布公地说："第一，我们欢迎好能源进入天合光能。"

老外听明白了，嘴里说了一声"OK"。

"第二，我们欢迎好能源参与天合光能的财务管理。"

通过翻译，老外听懂了刘灿放的意思，又说"OK"。

"第三，我们的战略目标是要去境外上市，你们进入后请一起推进。"

老外又明白了刘灿放说的意思，连说"OK，OK"。

一阵对话下来，刘灿放其他什么也听不懂，只听懂"OK"。

麦登、美林、好能源入股天合光能，一下子带进来三千万美金的巨大资金，而且一切严格按合同办事，严格按规范操作，这对天合光能的提升起到了不可替代的作用，也对后来在美国上市，起到了无法估量的作用。

（六）

美国纽约的曼哈顿，这里摩天大楼鳞次栉比。大街上来来往往的人流中，你不知道他们哪个可能就是金融大鳄，也许金融大鳄就隐藏在那厚厚的窗帘后面，腰里挂着一大串打开财富大门的钥匙。华尔街的马路边那头硕大无比的铜牛，人们从四面八方走向它，瞩目它。在它的头上、尾巴上、卵子上兴奋地抚摸着，这是牛市的象征，传说摸了它就有好运。有人指着前面那幢大楼说："大楼下面的地下室，就是世界上最大的金库，这里储藏着世界一半以上的黄金。"

这里有世界上最大的证券交易所，道琼斯、标普、纳斯达克、纽交所。在它们的不远处就是浩瀚无边的大西洋，连通着世界，连通着遥远的东方中国。

2006年12月19日，中国江苏常州天合光能在纽交所上市了！钟声敲起，现场响起热烈的掌声，照相机、摄像机记录下了这激动人心的时刻。这钟声是世界上最权威、最严格的考试钟声。常州的第一份答卷在这里通过了，它来得那么突然，又那么自然。

天合光能在美国上市后，投资者获得了应有的回报，到2008年退出时，刘灿放得到了投资四十倍的回报，收割了八亿元的财富。

早在二十多年前，刘灿放还在经营贸易流通行业时就曾经说过："经营有三个层次：第一是商品经营，第二是资产经营，第三是资本经营。"但那资本经营只是心存的一点念想，甚至连向往都不敢有。后来在几十年的经营中，他也只是隐隐约约存有这个念想，从来没有计划去走资本经营的道路，更不知道会去参加在美国上市公司的投资。

在上市后的庆祝中，市委范书记祝贺刘灿放："刘总，你为常州做了一桩好事，感激你在天合光能上一路支持，你起到特殊的作用。"

刘灿放说："范书记，应该感激你，是您架的桥，做的媒，真正的功劳是你范书记。我当时叫'不知而行'，是你拉着我们去发财的。"刘灿放这是真心话，他最初并没意识到这就是资本经营。

高总也对范书记说："范书记，和刘总合作不仅仅是资本的合作，更是合作精神的融合。他不但出资本，而且出智慧，他就像一盒粘合剂，把各方面的力量粘合起来了，他起的作用是无人替代的。我算了一下，前前后后董事会股东会开了不下四十次，有时吵得开不下去了，刘总从中调和，又把大家粘合在一起了。"

一个世界名企诞生了！天合光能成了世界最大的光伏产业企业，十六次刷新了世界光伏产品的发电率。天合光能为世界的光伏发电行业制定了四十六项行业标准，其中四十项是国际标准，六项是国内标准。

二、芝麻开门

（一）

天合光能在美国纽交所上市，给投资者带来了巨额回报，也给常州的一些领导和企业家上了一课，更使刘灿放受到了许多启发。

很多人都称赞刘灿放有眼光，有魄力，因为之前常州统战部、工商联和高总曾经找过好几个比刘灿放更有实力的企业主，但都婉言拒绝了。

"刘总，还是你有先见之明，那时我们对天合光能根本看不上眼，我们不敢投，而你却投了，还是你有眼光！"一个大老板说。

刘灿放坦诚地说："我没有像你们说的那样英明，纯粹是不知而行，不知而为，因为当时从未经历过参股投资，也根本不知道上市等资本经营一套模式，更不要说到美国去上市了。"

"刘总，你的脑袋瓜好使啊，对商机形势看得透彻！"另一个老板说。刘灿放又淡淡一笑说："虽说过去也朦朦胧胧有这个理论上的概念，经营有三个层次，一是商品经营，二是资产经营，三是资本经营，但那只是书本上看到的，多少年来也没有想到资本经营这事。我对市委范书记说过，'真正的功劳是你范书记'，假如不是范书记和一些人搭桥做红娘，我根本不会去投资天合光能，常州话叫'瞎眼碰到死老鼠'，但这也告诉我们，'从战争中学习战争'是一条经营的规律。"

河海大学经济学教授安文对刘灿放说："刘总，我参与了天合光能上市的全过程，你在其中起到的作用，我是清楚的。"

刘灿放也回想起天合光能发展和上市中的无数次的碰撞、摩擦、争吵，以及苦口婆心的调和，深有感触地说："合作是一门艺术，既然已经入股加盟了，就要真心实意患难与共，不能把力气藏在皮里①。当大老板难当，二老板更难当，二老板更要有境界，不管占股多少，要围绕大老板做，而不能斤斤计较，特别是在企业发展关键时刻，更要有担当。"

有人看到刘灿放发了大财，十分羡慕说他运气好。刘灿放又是哈哈一笑："俗话说，小富靠勤，中富靠智，大富靠什么？大富要靠德，人品

---

① 常州俗语，意思是不肯出力气。

决定产品，什么果一定有什么因。"

天合光能的成功，让刘灿放跨进了一道门槛，走进了资本经营的殿堂。他摸到了又一把打开财富之门的钥匙。

在阿拉伯寓言里，阿里巴巴和四十大盗的故事耳熟能详。那打开宝藏之门的密语就是"芝麻开门"四个字，它就像现代的语音钥匙那样神奇，看似简单又充满奥妙。刘灿放从天合光能的一系列操作经历中得到了这把钥匙，他要用这把钥匙在以后的日子里，去打开一扇又一扇财富的大门。

（二）

2007 年，中国经济高速发展，企业专业化、规模化、证券化逐步成为新趋势、新诉求。国家在深圳设立了创业板证券资本市场，为创新型企业募集资金助力加油。

常州市委、市政府不断引导民营企业布局创业投资、股权投资。刘灿放有了天合光能证券化的经历和经验，注册了三亿元人民币，成立了"九洲创投公司"。在常州市政府的协调下，常州有三十六家企业成立了创投公司，注册资本合计达九十亿元，并且成立了三十六家大集团组成的创投协会。由于九洲投资天合光能成功，常州市政府提议推荐九洲创投担任创投协会的会长单位。

自此，九洲创投公司开始了专业化的创业投资经营，刘灿放终于实现了他许多年前曾经有过的朦朦胧胧的资本经营梦想。

资本经营是一门全新的经营模式，一切都要从头开始，这又是"从战争中学习战争"规律的再一次尝试和运用。刘灿放在一次又一次的战斗中，总结出一个又一个九洲资本经营的新理念，指导指挥九洲创投公司团队去打开一扇又一扇财富之门。

在创投公司一开始还摸不着门道时，负责创投的罗实劲总经理问刘灿放："我们创投应该遵循一个什么样的策略？"

刘灿放明确提出了资本经营的"九字方针"，即广选、慎投、重育、能退出。

在创投公司面对无数眼花缭乱的项目无从下手、难以取舍时，刘灿放向团队提出"选项五要求"，即多中选少，少中选优，优中选精，精中选时段，时段中选价格。

在创投公司面对和合作伙伴摆不准位置时，刘灿放提出"做好两只手"，即做好科创型企业的幕后帮手，做好科创型企业发展的推手。

针对投资参股方，如何处理好与受投方关系时，刘灿放明确了"四不"，即"参股不控股，投资不管理，嫁接不移植，退出不持有"。

针对激励和约束等问题，刘灿放又制订了"五化战略"，即"选项前置化，选址本地化，投资小额化，投、管、退一体化，激励预期化"，调动了投资人的积极性，明确了责任性，建立了一套约束和激励并举的经营机制。

九洲创投公司抓住机遇，在2008年中一连投了五个项目。其中两个于2010年在创业板直接上市，一个创业板间接上市。这三个项目也是常州率先在创业板上市的三个项目。而这其间，常州成立的另外三十六家大集团创投公司没有一家有斩获。

一些和刘灿放是老朋友的企业主对刘灿放又是一番称赞，称他是"常州的李嘉诚"，等等。

刘灿放对老朋友们说："你不要来捧杀我了，其实说神奇也好，说成功也好，运气也好，都不是凭空得来的，这里面包括选择、决策、投入、定位、合作、专注、运营、气魄，一系列的要素，关键对资本经营要有清醒的认识和判断。"

（三）

2018年1月2日，新的一个春节即将到来。这天在《常州日报》显著位置出现一篇报道：《全市五十五家上市公司中，三分之一以上公司在关键时刻得到九洲集团投资助推》，文章介绍了九洲投资集团深耕创投领域十年的成绩单。十年中，九洲以常州建设"智造名城"为定位，累计投资本土企业九点二四亿元，推动新兴产业发展，助推企业转型升级。

数据显示，截至 2017 年底，九洲创投公司投资管理基金总规模达二十五亿元，渐次形成了新能源、新材料、生物医药和现代服务业等投资板块。这些数据背后，讲述了多少创业者的艰辛曲折，讲述了多少创业拓荒者的成长故事。在诸多企业创业一落千丈、无以为继时，九洲创投伸出了援助之手；在创新企业有项目却无资金、夜不能寐时，九洲创投公司给其输血让它起死回生。

回忆起那段岁月，刘灿放说出了肺腑之言："坚守创新，坚守价值投资不动摇！创投要集聚资源，运作资源，使资源增值，起到'四两拨千斤'的作用。"

带动常州创业投资发展，带动走共同富裕道路，一直是刘灿放的心愿。他作为常州创投协会会长、江苏省创投协会副会长，一直抱有一种责任感。因此，他除了做好九洲自身创投外，花了很大精力拓展带动社会资本合作投资，为创新型企业牵线搭桥，出资创办了"天使下午茶"活动。从2015 年开始的两年里，已举办了四十余场，共有六百余家企业接受辅导，四百五十余个项目进行路演，三十多个企业成功融资。

三、面对危机

（一）

2014 年 8 月 14 日，是九洲历史上最黑暗的一天。

这天，武进区政府顾副区长要求九洲集团董事长刘灿放和江苏中铜公司董事长沈士中立即赶到他办公室，一起汇报银行授信开证的问题。

刘灿放预感到一定出了大事……因为原先就有对中铜的种种传言。

两人一到，顾副区长就带着恼怒，十分严肃地说："告诉你们，现在常州光大银行和平安银行对外开出的两笔单证到期，一亿元要兑付了。可是中铜公司说没钱兑付，银行已经告状到我这里来了，你们看怎么办？"

沈士中其实心知肚明，但刘灿放一听，十分吃惊。

顾副区长说："据我所知，不但是这两笔，还有好几家银行都得到这个消息，他们都有授信开证，现在都引起了恐慌。常州金融办、银监局、人民银行都引起了警觉，要求赶快处理。"

他转向刘灿放说："刘董，听说这些银行开证都是九洲集团提供的担保，你们有什么打算？"

沈士中没有吭声，而刘灿放这时心里已经深感事情的严重性了。刘灿放完全清楚，中铜公司的银行开证，一共有十家银行，总金额共有十二点五亿元，全部是由九洲集团提供担保的。

此前光大银行和外管局曾经提出过质疑，并查询中铜贸易的正当性和合规性。光大银行察觉可疑，已经收回几千万元的开证授信，以减少授信金额，防范潜在风险。

刘灿放想，中铜目前在各家银行开出的信用证还有十二点五亿元，均为三个月以上的远期信用证。而中铜的进口电解铜实际用时最多也就四十五天，若在港口避税仓库提货，时间会更短，按理说不存在资金周转不过来的问题。这里面一定有诈。

刘灿放过去对沈士中的诚信度从不怀疑，给他提供担保金额巨大，而且从不拖拉。现在发生这情况，他就问沈士中："这到底是怎么回事？为什么信用证到期不兑付？"沈士中沉默不语，支支吾吾。

刘灿放对顾副区长说："顾区长，我来把前后情况详细向你汇报，让你了解整个事情的真相……"他又转过身对沈士中说，"今天我当着你的面向顾区长汇报，我如果说得不符合事实的地方你可指出来。"

（二）

刘灿放当着沈士中的面，向顾副区长汇报了整个担保的来龙去脉：2010 年的一天，中国银行钟楼支行一个叫颜建东的工作人员到九洲来，向刘灿放介绍说，他有一个进口电解铜并做铜加工业务的好企业，盈利模式很好，但资金缺乏，所以业务做不大，想找九洲这样有实力的企业支持做大业务，并且邀请刘灿放抽空去看看。

几番邀请后，刘灿放就抽空跟着颜建东去中铜见了中铜公司董事长沈士中。

刘灿放问沈士中："沈总，你主要做什么业务？"

沈士中介绍说："我们厂原是寨桥乡的乡办企业，做电子管业务，后来改制给了私人，我是这企业的法人代表。为了把企业做大，经上海国电厂介绍，合作上马了彩屏管项目，征用了一百多亩地，造了十万多平方米的厂房，进口了飞利浦生产线。从 2003 年一直到 2005 年，产品出来了，但彩屏管却卖不出去。上海国电厂就无偿将其股权转让给了我个人，同时通过飞利浦投资的智利铜矿，介绍我做进口电解铜并加工铜杆。

"由于中国缺铜，智利是世界上有名的产铜国家，国际铜协每年供给中国市场的配额是七十五万吨，现在我们中铜已经能做到三万吨了。"

刘灿放听着，问："做铜是大宗贸易，资金大，关键是价格变化大，小企业赚得起，亏不起啊！你是怎么做的呢？"

沈士中讲："进口铜虽然资金量大，但并不要现款，只要开银行远期信用证，信用证三个月兑付。而这货销出去最多只要四十五天，这样可以套现四十五天存银行，价格变化我们不承担责任。我们按到港时三天内的伦敦ＣＭＥ标价与智利铜矿结算，我们既不赚差价，也不承担亏价。"

刘灿放问："那你们的赢利点在哪里呢？"

"我们只赚两块。"沈士中告诉刘灿放说，"一块是将部分铜拿来加工拉铜杆，每吨赚五到七百元的加工费。另一块是货款回笼后的四十五天在银行理财和存息，由于铜的总价金额大，这笔收入很可观，我们现在一年有近六百万的收益。"

刘灿放又问："既然这样，你们为什么还要找我们九洲呢？"

沈士中说："按我们现在这样做法是赚不到大钱的，智利铜矿答应中铜可以在中国市场代理铜十到十五万吨。代理五万吨以上可返回每吨二百美元的佣金，只要做得大，这块利润才是大头。中铜想做大，开证20%的现金是没问题，但这远期信用证的80%银行是要有担保单位担保才能开的。所以，我想请你们九洲担保，让我们达到五万吨的规模，能享受到每吨返回二百美元佣金资格——这才是盈利大头。"

刘灿放仔细听着沈士中的讲述，觉得他说得都有道理。

"这二百美金佣金折合人民币就是一千三百元左右，我们中铜每吨分利五百元给九洲作为担保单位的收益。"沈士中补充说。

刘灿放紧接着又问："有哪些银行要我们九洲担保呢？"

沈士中回答："除我们现在的招商银行、光大银行两家银行，已经由一些小企业担保开证外，其余要增加的都提出要九洲担保。"

刘灿放迅速在脑海里盘算着。这桩事情，听沈士中说的也是合情合理的，如果确实如他所说，未尝不可合作。

刘灿放再仔细打量沈士中这个人，近五十岁年纪，长得肥头大耳，四方面孔，看面相是一个敦厚老实人，听他讲话也是有条有理，诚恳谦虚，顿时有了几分好感，第一次见面应有的防范心理也在松懈。于是他对沈士中说："让我们了解一下你们原先合作的银行再说，如果正像你们说的流程，能有效控制风险的话，九洲可以考虑担保。"

沈士中谦卑地说："那当然，你们去了解后再说。"

刘灿放又补充说："你要把与智利的贸易合同给我，我要确认这供货合同是否是这样的业务模式。"

沈士中答应着。

刘灿放回来后，先后找武进农行的吴行长和招商银行的张行长了解中铜与智利的业务模式。武进农行回答刘灿放说:"这是真的。"招商银行更是对刘灿放说:"这是一种好模式,好业务,上级银行非常重视,并要求常州招商银行和香港招行密切配合,做大做好。"

此时,招商银行已经将中铜评为七星级企业,授信开证已达四点五亿元。

银行的推荐和现身说法,证实了沈士中讲的中铜业务确有其事。这时沈士中也按照刘灿放的要求,把英文版的中铜和智利的供货合同给了刘灿放。刘灿放不懂英文,他立即请懂英文的员工翻译。两天后翻译出来的合同文本,断断续续的表达也似沈士中所介绍的一样。

至此,刘灿放终于相信了中铜这种业务模式,同意为中铜担保。

九洲开始为中铜开证提供担保,一开始是新加入的江南银行、建设银行、交通银行等新单位,后来原先由别单位担保的招商银行、农业银行也要九洲担保。这样,中铜所有合作的十家银行,总额十二点五亿元授信开证,都换成了九洲担保。

事实上,沈士中之前给刘灿放说的与智利的贸易也确有其事,中铜也不食言,每月按所担保进口的铜数量每吨五百元分给九洲,作为担保收益。

这样前前后后做了三年多,双方合作得很愉快。九洲每年也有近千万元的收益。

直到2013年的一天,刘灿放的弟弟告诉刘灿放说:"听人说中铜沈士中的经营情况不好,是否要了解了解到底怎么样?"刘灿放说:"不会吧,他电解铜拉铜杆一直都很好的呀。"

过了几天,又有好心的邻居对刘灿放说:"听说中铜沈士中外面贷款有好多亿,这事你知道吗?"

刘灿放想,沈士中所谓贷了好多亿就是授信开证,这是他早就知道的,外面有人弄不清怎么回事,误会也难免。

这时,武进前黄镇的老朋友又来对刘灿放说:"听到许多传言,说中铜沈士中业务都是假的,现在欠银行十多亿的贷款,日子不好过!"

这真是成语故事里的"三人成虎"。刘灿放第三次听到这些消息,相信无风不起浪，这传言不会是无中生有，于是立即派九洲集团财务人员从速进行调查。

财务人员是专业人士，他们能从眼花缭乱的枯燥数字中看出问题。他们查看中铜合作的十家银行每月的台帐，看存款（包括人民币和美元）一直保持在十二三亿元左右，这和沈士中说的情况基本是符合。但是去核查的财务人员似乎忽略了一件事：中铜的这本存款台账是不是虚假？银行存款是不是真实？

刘灿放听了财务人员的汇报，据此乐观地认为，中铜的现金存款是在九洲担保额度内的，没有问题，外面的传言不过是猜疑。社会上对一个企业的流言蜚语，见怪不怪。

于是刘灿放没有再进一步去跟踪调查，仍然按原来的合作方式做下去。

这样又过去了快一年，直到 2014 年 8 月 14 日，顾副区长找来才暴露了问题。

（三）

刘灿放当着沈士中的面，详详细细向顾副区长汇报了与中铜合作的经过。沈士中没有提出异议，始终沉默寡言。刘灿放讲完后，对顾副区长说："顾区长，前面虽然有人传言，但我麻痹了，要不是你今天找我们来，我还蒙在鼓里，我要感谢你！"

顾副区长过去也听人反映过，沈士中这个人的素质和中铜的经营情况，现在听刘灿放这么一讲，早已看出沈士中和中铜的问题严重性了。他指着沈士中的鼻子大骂一通："沈士中，你搞企业是怎么搞的？十家银行开证十二点五亿元，居然一亿到期不能兑付，还有多少窟窿？现在担保单位九洲也要受牵连，你这是害人害己。你如果不把这件事处理好，当心去吃官司坐牢！"

沈士中任凭顾区长喝斥，他就是不说话。这时他还能说什么呢？

顾副区长当即下令：由九洲集团、前黄镇政府连夜组织审计单位，对中铜公司实行盘库审计，进一步查明情况。

按照武进区领导的要求，审计事务所和九洲的财务人员日夜加班，对中铜进行盘点审计。六天后，2014年8月20日审计报告出来了，结论显示：中铜公司已基本无电解铜库存和银行存款，包括沈士中一手搭建的境内六家公司和境外三家公司，帐上均无存款。其后陆续到期等待兑付的十亿多元远期信用证将为无米之炊。

审计表明：中铜的经营实际亏损达十亿多元之巨！一句话，中铜的所谓铜进口、铜加工全是沈士中一手策划的"庞氏骗局"，他玩弄的就是"拆东墙补西墙"。

刘灿放看着这份审计报告，半天说不出话来。他原先还以为沈士中仅只是光大银行和平安银行那一亿元不能兑付，谁知亏空有十多亿，而这全是九洲提供担保的，原先虽然预感到有大事，但想不到事情有这么大！如果中铜不能偿还，九洲提供担保的十二点五亿就要由自己承担连带责任。

刘灿放犹如五雷轰顶，脑子里一片空白，这无疑是一场飞来横祸。

（四）

刘灿放意识到九洲面临着一场巨大的危机，后面的命运如何不得而知。他不敢有半点耽搁，连夜召开紧急会议，通报为中铜担保受骗的情况，告知九洲将面临承担十二点五亿元担保连带责任的现实，并征求大家如何处置的意见。

九洲集团的高管、法律顾问、财务顾问、友好合作单位、相关人士能参加的都参加了，听到这个消息，所有人都倒吸了一口冷气，全场一片寂静。

刘灿放见大家不说话，只得首先检讨："这件事，责任在我，现在是拿出什么方法来把损失减少到最小。"

公司的法律顾问首先发言："中铜的问题还没有完全揭底，现在已查明完全丧失了偿还能力，而九洲担保的十二点五亿银行授信，按法律规定，就要由九洲承担连带责任。银行有可能起诉九洲，而且面对着十家银行，如果一起提出诉讼，那问题就严峻了。"

财务顾问也发表意见："十二点五亿的授信证两三个月内即将全部到期要兑付，如果不能兑付，银行要起诉，我们九洲的资金链就可能断裂。"

办公室主任说："九洲成立二十六年来，一向是以讲信誉著称，二十几年连续被评为'守信用单位'，但这十二点五亿要替人偿还，数额实在是太大了。"

企业管理部经理说："这件事银行也有很大责任，他们没有负责监管中铜的资金流动，而是一味认为反正有担保单位九洲担保就了事。"

法律顾问接着说："不错，银行是要承担一定的责任，但法律规定由担保人承担连带责任，提供担保的九洲就有偿还之责。如果处理不妥，九洲将面监十家银行追讨的法律纠纷。"

刘灿放听着大家的发言，想到九洲的地产投资由于宏观调控也处在低谷，这不是"三根麻绳一齐断"了吗？九洲面临着生死存亡的考验！怎么处置，他要求大家进一步说说采取什么措施。

还是法律顾问先发言："事情已经发生了，如何处置把损失减少到最小，依我的意见，迅速向市政府汇报，由市政府出面协调，与银行协商解决，此事不能被动让银行起诉，到那时的官司我们必输无疑，只有协商解决方为上策。"

财务顾问也说："我们要请求法院立即封存中铜的所有财产……"

会议开了三个小时，各种争论异常激烈，提出的方案也是仁者见仁智者见智，处置方案各不相同，各种方案看上去似乎都有道理，又似乎都有许多难处。

第二天，这个会议继续开，大家提出了一些意见和建议，但仍然没有形成统一的办法和措施。有的说这事不能声张，一旦让外界知道了怕扛不住，最要紧是要保持稳定，员工知道了也要人心惶惶，银行知道了更加要来催款。有的说只能实施破产，以时间换空间。有的说这事只能暴露给政府，要求政府介入……

九洲发生的事，早已通过各种渠道在外面传开了。俗话说好事不出门，坏事传千里，信息社会传播特别快，也特别不对称。

有人说："九洲被人骗了十八个亿。"

一个人反驳说："瞎说，听说是九洲骗了别人三十个亿，是九洲利用中铜开证融资，九洲的老板逃掉了，听说是逃到美国去了。"

又有人在讲："听说九洲的老板刘灿放被公安局抓起来了。"

有关九洲和刘灿放的各种传言，不胫而走，上午听到的和下午听到的都不一样。也有人听了不相信，打电话四处打听，得到的回答也是各各不同。刘灿放包括九洲的所有员工上上下下承受着巨大的舆论压力。

嘴长在别人身上，只能由他们说去。但是与这件事有切身利害关系的个人和单位，他们就不一样了，他们有的是看笑话，有的是担心自己的利益会不会受到损失，特别是那十家银行，他们现在考虑的只有一个目的，就是向九洲讨债！中铜没有能力偿还了，当然要找担保单位九洲还款。

随后的几天，这几家银行均派出专门人员像防贼一样防着九洲，从早到晚电话不断，又派专人上门值守，逼迫财务处和刘灿放作出表态，答复什么时间还款。这些平常温文尔雅的银行白领，待在九洲集团从早坐到晚，到吃饭的时候，大摇大摆地到九洲环宇酒店，吃完后仍然坐着不走。

这段时间，九洲从刘灿放到管理层，从管理层到普通员工，都笼罩在迷惘、焦虑、恐惧之中。财务处的负责人被银行追债的人不断逼问着，心情沉重，脸色惨白，整日不语，呆若木鸡。刘灿放一连几天彻夜不眠，在走廊里来回踱步，度过了一个又一个漫漫长夜，不几天一下子就瘦了八斤。

刘灿放想了很多很多。他回想起1974年自己二十一岁那年，第一次踏上经商的道路，到兰州去采购，滞留在大西北三个多月。后来又推销"化工球"到苏北、山东、东北，跑遍了千山万水。从社办厂、乡办厂，又到区办的农工商，吃尽了千辛万苦，至今过去已经整整四十个年头了。从

1988年创立九洲以来，也有二十六年了，其中经历了多少惊涛骇浪，遇到了多少挫折和失败，但从来也没有面临如此之大的灾难。

九洲经过二十六年的打造，早已造就了一只大船，想不到这只大船还会翻船。他回想起小时候爷爷经常讲的三句话："如履薄冰，如临深渊，三思而行"，这是办企业不可忘记的金玉良言啊！九洲风风雨雨走过了二十六年，竟遇到了一场几乎灭顶之灾的担保风险，真是痛心疾首。虽说商场如战场，世界上也没有常胜将军，但这场最惨重的失败，难道不值得深思和检讨吗？

他开始自责起来。这几年，九洲有了长足的发展，房地产项目一个接一个成功，资本经营也做得风生水起，资产管理也走上了轨道，九洲团队也越来越壮大，九洲已经成了响当当的民营企业，名气越来越大，还担任了常州房地产协会会长单位、常州市创投协会会长单位，是不是自己产生了骄傲自满情绪？也滋生了"总想听好话，听不进不同意见"的狭隘心理呢？打了胜仗，一般就会滋生出轻敌思想，这不光自己有，就是九洲的员工也有。这些其实自己也是察觉到的，但为什么不能及时警觉及时改正呢？

刘灿放又回想起前几年，九洲一直在提升管理水平，花大力气制订了公司管理流程，而且自己也一再强调，企业发展到一定程度，必须要从能人治企向制度治企转变，必须实施制度治企、团队治企，形成规范的决策机制和风险控制机制，这样才能长治久安。

而自己恰恰在从"能人治企"向"制度治企"的转变中没能转好弯，随意性大，个人说了算。凭心而论，我老板受监督机制的约束了吗？例如涉及到担保这样的重大法律问题，特别是遇到这么大金额的担保，应该有严格的制度制约，要有几个部门把关，而且中途要跟踪检查，可是这些都是自己个人大笔一挥就签署了法律文书。说明老板权力过大，还是靠拍脑袋干事，正所谓"成也老板，败也老板"。

他又回想给中铜担保这件事，一开始自己是有防范意识的，但后来又为什么担保了呢？难道自己不知道担保有风险吗？而担保的数额越来越大，风险也越来越大，更要谨慎，可是竟无视风险盲目操作，把应有的防范意识全都解除了，甚至还有心为他打造出一个百亿级的企业。他回想2012年沈士中和税务机关弄得不愉快，自己还去为他说情。2014年六七月份，沈士中来汇报时"抹了毛边说光边"，自己还不断为他打气，鼓励他克服眼前困难，度过难关。特别是在多方质疑、反映、提醒、告诫后，虽然也派财务人员去核查，但内心还是相信沈士中，宁可信其无，不肯信其有，直至又混过一年后才暴露，酿成大祸……这是自己凭主观臆断行事的后果。

他又想，三年多来，沈士中一直在欺骗，但他的骗术并不高明，也早有人一旁提醒过，但为什么还是上当被他骗了呢？这实质上就是"贪便宜"思想在作祟。沈士中承诺每吨二百元美元佣金，其中分给担保人九洲五百人民币，这么一点诱饵就让九洲上钩了，这真是利令智昏啊！以为是坐享其成，其实天下没有免费的午餐，天上也不会掉下馅饼来，企业经营必须脚踏实地，无论何时何地，都不能贪图没有投入和付出的回报，这个道理自己也一再给九洲的员工讲过，可这次自己竟糊涂起来了。

我刘灿放难道是一个贪图小便宜的人吗？难道我有求于他吗？都不是，怪不得人们提出这样的疑问："沈士中究竟有什么魅力，能让刘灿放如此深信不疑呢？"刘灿放又自责起来：这真是主观臆断害死人，沈士中这个人看上去忠厚老实，待人谦虚诚恳，也很懂礼貌，在礼节上也做得谦卑大气，所以在感情上完全给他"俘虏"了，竟给他担保了十二点五亿之多。

…………

刘灿放连续几天彻夜难眠，在走廊里来回踱着，回忆、懊恼、自责、检讨、思考。

他想到了这件事情的种种结果，一是走诉讼这条路，与银行对簿公堂，银行当然也该承担一定责任，这样九洲可能承担六七个亿的偿还责任，这可能就是"鱼死网破"的结果；二是中铜走破产程序，那样九洲可金蝉脱壳，但九洲的名誉全没了；第三种就是九洲全部承担。只有偿还才能消弥风波，但一下子哪有这么多资金用来偿还呢？

八月的季节，正是江南最炎热的夏天。入夜以后，很多人都寻找凉快的河边，或者就近的公园去乘凉了，也有的带着家人去游泳消暑，以驱散炎热带来的烦燥。刘灿放在走廊里来回踱步，心情沉重，步履沉重。

这时传来一首歌曲的旋律，听是《爱拼才会赢》，刘灿放原来就多次听过，而且自己有时也会哼几句，这时听得特别真切和感人："一时失去不免怨叹，一时落魄不免胆寒……人生可比是，海上的波浪，有时起，有时落，好运、歹运总码要照起来行……"

刘灿放听着这首歌曲，心底产生了强烈的共鸣，"人生可比是海上的波浪，有时起，有时落，总吗要照起来行……"

他又想起李嘉诚的一句话："遇到突发事件，一定要稳定情绪，不能冲动，一步走错就会全盘皆输。"

他慢慢理清了思路。他想，九洲二十六年来，从来没有失掉过信誉，在九洲最艰难的时候，也从来没有失信于人，九洲从来把信誉看得比生命还重要。企业经营必须靠诚信，骗人的把戏最终害了别人也害了自己，如果在这上面有半点骗人的行为，那和沈士中又有什么两样？必须要诚实面对！看一个人的坚忍不拔，不是看他在顺利的时候能做什么，而是看他在逆境中能做什么。

（五）

中铜和九洲的这一事件，震动了常州、武进的金融界、企业界和政界。2014 年 8 月 18 日，常州市委常委、常务副市长韩九云召集市金融办、银监局、人民银行以及为中铜开证的十家银行，召开专题会议，议题是如何处置中铜发生的危机。

九洲作为担保单位，当然必须参加，而且是主要的追责对象。九洲为了表示信息的透明、公开和对称，把九洲合作的金融单位一并请来参加会议。

武进区政府、常州市中级人民法院也派代表参加这次会议。会议开始，九洲集团先派副总裁金进勇报告江苏金正会计事务所的审计结果。当说到中铜资不抵债，十二点五亿元到期信用证无法兑付时，那十家为中铜开证的银行顿时炸开了锅。许多银行行长纷纷发言。

"这不行，我们一定要追回来的！"

"对，中铜无法兑付，就由担保单位偿付！"

"九洲集团担保的，理所当然要九洲负连带责任！"

十家银行行长顾不得原来和九洲合作的友善关系，拉下了脸皮，直逼九洲还债。有一个银行行长说："我们是看在九洲有实力担保的份上，才给中铜开信用证的。"

"对的，我们是看在九洲的份上才开信用证的呀。"有人附和着说。

他说的是实话，但也暴露了这些银行内心的虚伪和诡异。他们平时根本不去核查中铜的财务，认为反正有九洲提供担保，出了问题有九洲在扛着，实际上这也是失责行为。国家银行负有保守、核查贷给单位资金流向合规合法性的责任。现在他们一股脑儿把责任全部推在担保人身上，目的就是推卸银行应负的法律责任，由九洲去全部承担。

面对许多银行的指责和推诿，刘灿放心里十分清楚他们的用意，知道再这样扯皮下去也毫无意义了。于是站起来发言："我来说吧，出了这么大的事，情况大家都知道了。这几天，我思考了很多很多问题，我们九洲作为担保单位，当然应该承担连带责任，我们该承担的决不推卸。各位行长，我们这里不来说银行到底发生了什么，银行的信息真伪如何，我现在就告诉你们：九洲会承担担保责任的！"

全场一片寂静，都听清楚了刘灿放这句话。那十家银行的人更是竖起耳朵听刘灿放怎么说，当刘灿放说到九洲会承担担保责任时，有的还不相信，等回过神来才确认刘灿放是真的这么说的。

会议室里鸦雀无声，静等刘灿放继续说下去："我们九洲从1988年创立以来，二十六年一直是银行'信得过企业'，我们过去不会、现在不会、今后也不会丧失我们的信用。"

"但是，"刘灿放话锋一转说，"你们各家银行要给我一点时间，我们将对中铜进行资产重组，让我们用时间换空间，让我九洲能够腾出手来应对这突如其来的灾难！"

会场上刚才一直剑拔弩张的气氛顿时缓和了许多。那些刚才一直绷紧着的面孔，松弛了下来。

常州市副市长韩九云讲话了，他首先肯定了九洲一直作为诚信企业发挥的标杆作用，又肯定了刘灿放的表态，赞赏他的胸怀和担当。他提高声音对大家说："我赞同刘灿放的决定，支持九洲对中铜进行资产重组，我要求各家银行，同样要支持刘灿放，相信他一定会把这件事情处理好，解决好，还清各家银行所有的债务。为此，我提出以下几点要求：

"第一、要求各银行把开证改为信贷，以九洲贷款的形式，来解决信用证到期不能兑付的问题。

"第二、这样做也是为了保住常州对外的声誉和形象，对你们银行也同样。

"第三、要求十家开证的银行，三年内不准对中铜抽贷，中铜已经给九洲重组，就要求九洲负责所有银行贷款的转贷、续贷和利息支付，这样把债权人和债务人明确了。

"第四、今天这些决定由我向市委、市政府汇报后，形成市政府《会议纪要》，市政府把文件送达与中铜合作的十家银行，得到认可签署同意后，印发各方存照执行。"

副市长韩九云的要求明确、清晰、具体。那十家开证银行也没有提出异议。

会议结束后，《会议纪要》很快形成，各开证银行签署了认可意见，这个成为常州市政府（2014）35 号文件的《会议纪要》正式下发了。九洲的转贷等手续也在各家银行办理。

一场暴风骤雨，经过一个星期，在各方日日夜夜的努力下终于消停。多少天雾霾笼罩着的天空中，终于露出了一线阳光。

四、化危为机

（一）

　　承诺了就要兑现。十二点五亿元的银行担保转贷一定要连本带利偿还，这是刘灿放经过几天几夜思考，痛定思痛后下的决心，也是对着十家银行和这么许多人表的态度。他下决定要争这口气，九洲不会欠人家的。九洲这么许多年经历了这么多大风大浪，相信这一次也一定能闯过去，也一定能闯过去。毛主席在三年自然灾害困难时期，坚决偿还苏联债务的那种大无畏英雄气慨，现在正是他的精神动力。既然当着市长的面，当着这么许多银行行长的面，当着银监局、金融办这么许多管理部门的面，立下了军令状，就要坚决兑现！这是刘灿放一贯的做人原则，他要向市政府负责，向支持九洲的领导负责，向九洲的名誉负责，这个天大的事，必须担当起来！

　　担当不是口号，只有行动才是真理。刘灿放经过几天几夜的谋划，已经有了一个大致的轮廓，这个思路就是盘活中铜的僵死资产，创造新的增长点，在发展中化危为机。

　　靠什么创造新的增长点呢？光靠中铜原先的产品，原有的那么一点点产能规模显然不可能有什么大的增长点，必须把思路和眼界打开。

　　刘灿放召集大家一起商讨，他说："我们已经走在悬崖峭壁，要杀开一条血路，现在只有发挥我们九洲历年来多元化投资的优势。目前国家一直在提倡创新型企业，鼓励建立创投园孵化器，我们就在中铜遗留下来的近二百亩土地上与武进高新区前黄镇合资成立一个'武进九洲创投公司或创投园管理公司'，一方面将中铜尘封了十多年的死资产迅速清理盘活，继续做好产品，扩大营销，建立新的盈利模式；另一方面，我们引进高新技术产业到创投园来，在高新技术产业上撕开一个口子，占领新的制高点，这才是我们的希望所在。"

九洲过去一直以第三产业服务业作为自己经营发展的重心，如今要进入高科技产业，这就意味着九洲将涉足第二产业领域。这是一个全新的挑战，许多人从一开始就心里没底，始终抱着种种怀疑，听刘灿放描绘他的宏伟蓝图时，只是做个"跟跟派"。

　　据测算，要建立一个创投园，前期投入就要三千多万元，才能把中铜留下来的厂区改造整理完毕，还要花四千多万元才能补办各种合法手续。有的管理骨干捏了一把汗，要知道，产出固然要投入，但投入不一定能产出，前面的十多亿银行贷款等着催还，现在又要砸进去六七千万，万一弄砸了将雪上加霜。

　　刘灿放义无反顾，选派组建了一支能打敢拼的团队，挺进三十公里外位于武进寨桥的中铜原来的厂区，他们将负责打造出一片新天地，建设九洲创投园。

　　首先是改变环境面貌，他们在泥泞的道路中跋涉行走，在杂草丛生中清理各种垃圾，先后拉走了满满两百多卡车的垃圾。接着他们又改造整修十几万平方米的厂房，修筑了四通八达的道路，精心布置园林景观。

　　经过一年多的紧张施工，中铜厂区原先死气沉沉的模样，焕然一新，创投园区初显雏形。2015年9月8日"九洲创投园"正式挂牌。这期间，对中铜进行重组的工作也在抓紧进行。

　　刘灿放对中铜的重组提出了"三个重塑"。他把中铜原来的老职工找来一起开会，慷慨激昂地对全体职工说："中铜原先不是一个公司，不是一个企业，不靠产品，而是拆东墙补西墙，靠骗为生。因此，我们要凤凰涅槃，在烈火中重生。第一，我们要重塑价值观，这个价值观就是老老实实搞企业。第二，重塑盈利模式，把过去以期货为主改为实业制造为主，以好产品盈利，不做虚拟经济。为此我们要增加炉子和电力设施，扩大生产，拿出好产品来赚钱。第三，重塑就是重塑团队。过去沈士中搞的是'夫妻老婆店''七大姑八大姨'的一套，厂里公私不分，管理混乱，不干活工资照拿的现象，再也不能继续下去了。"

刘灿放继续说:"重塑的关键是思想的重塑和转变,是理念的重塑和转变。我们不是单纯地换几个人,而是要换思想。我可以告诉你们,只要好好干的职工,我们不但不会减少,而且还会增加,福利不但不会降低,而且还会提高。相信我们的客户不但不会越来越少,只会越来越多。"

刘灿放的讲话稳定了人心,也提高了职工的信心。生产和销售很快就顺畅起来,没多久新的产品也出来了,拓展了新的市场,中铜复活了。

这时期,发生了一件事,很能反映员工的思想转变。

过去中铜的厂房破破烂烂,到处漏水,地上坑坑洼洼,到处积水。现在通过整修后,整洁平整,可是过去员工们已经养成了习惯,进入车间时鞋子上的泥从来不会清理一下再进车间,弄得满地都是泥巴。中铜的负责人曹厂长看在眼里,就对大家说:"我们作出一个规定,从明天开始,谁把泥巴带进车间要罚款,罚多少你们自己说吧,我们车间门口有监控为证。"

员工们个个面面相觑。一个员工首先表态:"我罚五百元。"

又有一个员工说:"如果明天我把泥土带进车间,自罚一千元。"

又有一个员工激动起来,高声说:"监控录像上如果看到我把泥土带进车间,我愿罚一万元!"

其他员工听着这几个人这么说,一个个傻了眼,知道是来真格的了,有说愿罚三百元的,有说愿罚二百元的……

曹厂长一一把他们的自报罚款记下来,准备张贴起来对照。从此,员工进车间洗净鞋上的泥土或者换鞋进车间成了自觉的行动。

根据创投园引进高新技术产品的思路,刘灿放迅速洽请几个高新技术产业的入驻工作。九洲终于可以全神贯注地建设创投园了。按照估算,不出五年,这些高新技术产业将会有不菲的回报收益。

(二)

可是,树欲静而风不止。

照例，按常州市政府（2014）35号文件精神，九洲把该支付的信用兑付转为贷款后，九洲按贷款的形式逐月逐年到期向银行续贷、转贷、还贷，支付利息就可以了。

但是A银行崔行长把业务员小王找来交待他一项任务："九洲的信用证转换成贷款，不允许再续贷、转贷了，你去把钱要回来。"

业务员小王带着疑惑问："按照市政府35号文件，不是说三年内不准向九洲抽贷吗？"

崔行长诡秘地一笑："文件是文件，我们银行只认钱。我与B银行的张行长通过气了，我们一起去要钱。"

小王还是犹豫不决："《会议纪要》上写得明明白白，韩九云副市长要求各银行三年内不准抽贷，以支持九洲对中铜的重组。"

崔行长严肃起来，对小王命令说："市长的话也不能全听，我要求你去九洲催款，就说经银行集体研究决定，九洲的贷款不再续贷了。"

说着，又低声交待小王："你可不能说是我说的啊。"

原来，崔行长和刘灿放算是朋友，他不想在面子上与刘灿放过不去。小王勉强答应着。

小王来到九洲，找到财务处说明来意，财务处说要去问刘董事长。于是小王又找到刘灿放，要求九洲还贷。

刘灿放这么多年在商场上拼搏，早就对银行有所认识，银行总是做些"晴天送伞，雨天收伞"的事，总是惯于"锦上添花"而不是"雪中送炭"。九洲遇到大雨，它要把伞收回去了，九洲现在正遇寒冬，它就是不肯送炭来。

刘灿放说："市政府35号文件说得很清楚，韩九云市长要求各银行三年内不准对九洲抽贷，你们银行崔行长也在文件上签字同意的，现在这不就是明目张胆反水吗？"

小王说："这些我也知道，但银行有银行的难处，这是银行集体研究作出的决定，请你理解。"

过了一天，B银行的业务员也来催款，同样提出不再续贷的要求。他看看没有结果，就向刘灿放提出："九洲若要续贷，必须增加抵押担保。"

刘灿放见这阵势，十分气愤，这不是存心刁难九洲吗？明明知道九洲在对中铜进行重组，需要一点时间，他们不但不同情，反而步步紧逼，韩副市长要求三年内不准抽贷，现在才几个月就各怀鬼胎，在背后搞小动作。天底下势利眼莫过于此了！

"不行，必须向韩副市长汇报，打得一拳开，免得百拳来。"刘灿放这么考虑着，立即赶到韩副市长那里汇报了银行要抽贷的情况。

韩副市长听了非常气愤，马上责令市金融办、银监局先后召开了两次执行督查会议，监督查处这几家银行违反纪要精神，出尔反尔，暗地里搞小动作的行为，批评他们寻找各种理由抽贷或要增加抵押担保的错误做法。

刘灿放在会议上也一再反复表态："九洲是一个守信用有担当的企业，决不会推卸逃避自己应负的责任，也决不会违反诚信这个底线，砸了九洲的品牌，自毁长城。中铜的所有债务十二点五亿，共有十家银行为债权人，平均一亿多元一家，而偿还的债务人只有九洲一家。十家银行都是国有或股份制大企业，九洲仅仅是一家民营企业，银行是信用企业，照例更应该遵守信用。"

几家银行的行长听了面有愧色。

"请不要再在背后做小动作搞抽贷了，不要再阻碍九洲重组中铜的进程了。我再说一遍，十家银行的钱，一分也不会少，三年内一定还清！"刘灿放坚决而又干脆地说。

（三）

创投园到底怎么运作？前景到底怎么样？刘灿放给了大家明确的方向，这就是盘活中铜存量，引进高新产业，靠发展来解决问题。

为此，中铜在原有基础上，增加了六台炉子，铺设了充足的电力设施，很快形成了生产能力，而且还开拓了新产品，产品销售顺畅。很快，中铜由原来的亏损开始盈利了。

在此同时，刘灿放又迅速决策投资开发光伏新能源，做到当年投资当年收益。仅一年时间，新组建的九天科技就做成亿元销售、千万元利润的优良企业。

九洲还投资占地八百多亩的光伏发电厂，实现年发电八千多万度，年营收八千多万元的骄人业绩。

在债务重组上，九洲信守承诺，勇于担当，实行"一行一策""一债一法"的策略。以时间换空间，以增量救存量，以发展解决问题，积极与中铜的债务银行商洽化解方案，做到"八仙过海，各显神通，共赢共享"。中铜的十二点五亿元债务，九洲用现金代偿七亿元，以资产抵偿一点五亿元，共计偿还八点五亿元，尚有四点五亿元平移到九洲所投项目上分期摊还。

2017年8月，正是中铜危机发生三年之际。按照常州市政府（2014）35号《会议纪要》精神，新任的曹佳忠副市长、市金融办、银监局、人民银行，全面听取了三年来九洲集团化解中铜危机的情况汇报。曹副市长亲赴九洲创投园视察，他最后作出了"四个结果"的总结。

曹副市长说："九洲集团成功化解中铜担保危机，一是政府支持企业重组的结果；二是担保企业九洲担当责任的结果；三是担保企业有能力、显实力、讲诚信、出智慧的结果；四是达到了政府、企业、银行、社会共赢的结果。"

曹副市长要求把九洲集团化解中铜担保危机、转危为机的实例作为经典案例，加以总结、宣传，提供大家学习借鉴。他要求把九洲集团刘灿放一系列化解矛盾的做法，一条一条总结整理出来。这既是一笔经济物质财富，更是一笔精神财富，它为当今经济建设，化解社会矛盾，建设和谐社会，提供了"九洲智慧"，也给中国的民营企业家如何来履行社会责任和担当，树立了一个诚信的标杆。

第 三 编

第十四章 家乡情怀

一、养老金东方

（一）引子

2019 年，国家民政部的领导和专家考察常州金东方养老中心后，决定把它列为全国养老示范样板，并且感慨地说，你们十多年前就有高瞻远瞩的眼光，看到了养老事业的大趋势，用超前的理念来规划建设养老工程，令人敬佩。

作为金东方养老中心的创始人、出资者、九洲集团董事长刘灿放他现在的心情怎样呢？他平静地说："并不是我特别聪明，我只是遵循社会规律。当年决定建造金东方是一种眼光，也是一种天意。所谓眼光、天意也并不神秘，许多事物，偶然中一定有必然的因素，有果必有因，我搞金东方养老中心是看到社会养老是一个大问题，大趋势……"

（二）不速之客

2010 年的一天，刘灿放在自己办公室里迎来了一位不速之客，他叫潘涌。

对这位不速之客，还得从头说起。

2008 年，国家民政部部长李宝库带领一个中国代表团到美国去考察，考察的重点是美国的养老事业。代表团到了美国德克萨斯州，找到了美国专搞养老事业的睿智斯达公司，参观了该公司建造的养老中心，并且向睿智斯达公司提出，希望该公司带着美国的理念到中国来建设养老中心。这时，美籍华人潘涌正是这家企业的合伙人。

他是清华大学建筑系毕业，1985 年就去了美国。刚到美国，就在一家建筑事务所工作，而他接的第一个项目就是设计建造一个养老公寓，一个定位半护理的老年公寓。所在地在美国的密苏里州。

潘涌在这项目上一做就是两年，从设计到施工现场管理。严格讲应该是从运行管理到设计，为什么呢？因为他们美国老年公寓是团队合作的设计，全部要听取运行管理商的理念来设计，而且要靠几家有关公司一起来合作，例如医疗的护理、行政的运行管理，设计者要最大限度地听取他们的意见来做建筑设计。这个养老中心的最大理念就是要体现人的尊严，在精神上充分体现出人性化，在功能上每个地方都要做到细致入微。潘涌在这两年中，不但提高了自己的设计水平，更重要的收获是从中学到了许许多多医疗护理、心理管理和人文关怀等各方面的综合知识。

那时，他心底里就萌生出一个想法："这样的养老模式也太好了，什么时候把它引到中国去就好了。"

然而这个念头只是一闪而过，当时的环境和他初到美国来的处境，不允许他想得更多，他只是把这个念想存在心底。

后来，专搞养老事业的睿智公司老板，通过一个朋友找到潘涌，请他加盟睿智公司，因为这老板了解到潘涌在设计老年公寓所展现出来的能力。经过一番交谈，双方合计在睿智后加"斯达"两个字，斯达是潘涌的公司，成立一个名叫"睿智斯达"的公司，专门从事养老工程设计与建设。

2008 年，民政部李宝库部长带领代表团到美国睿智斯达公司考察时，潘涌正是这家公司的合伙人兼 CEO。

潘涌想把美国的养老引进中国来的念头，在心底一存就是二十多年。这时他看到中国民政部领导提出，希望到中国去建设养老中心时，心里特别激动，他暗暗说："我1985年就有的愿望，等了二十多年的梦想，终于可以实现了！"

可是，2008年那时的中国还在议论养儿防老的话题，对养老公寓还没有概念。许多人都说："这在美国可以搞，但在中国行不通！"因为国内的观念是养儿防老，送父母去养老院即为不孝。

后来，潘涌满怀希望地回到国内，向朋友介绍美国的养老公寓，从理念到实例，他到处奔走游说，但得到的却是敷衍的回答和怀疑的脸色。

他仍然奔走着。2010年一个偶然机会，一个朋友把他介绍到常州市天宁区招商办。招商办的韦主任是一位漂亮的大姑娘，她大方热情，明眸皓齿，倒水让座，银铃般的招呼声让人如沐春风。潘涌从没遇到这样亲人一般的温馨接待，但心里仍然忐忑，吃不准会有什么结果，因为他碰壁已经不知多少回了。自己的建议到底讲给她听合适不合适？她会不会感兴趣？

潘涌讲述美国的养老事业，都基于一个原则，即实事求是。所以最后他说了美国睿智斯达公司是只出设计理念，投资方由中国定。

所谓招商办就是招商引资，"唉，只招商不引资怎么办啊？"这位招商办韦主任心里"咯噔"了一下，但还是礼节性地耐心听潘涌继续讲下去。韦主任想到应该帮帮这位从美国远道而来的美籍华人，这事能不能和九洲谈谈，让他去认识一下刘灿放？

当时天宁区还借用九洲环宇办公，区办公室在21、22楼，九洲总部办公就在23楼。韦主任和刘灿放早就熟悉了，所以也不预约，热心地领着潘涌直接上楼去找刘灿放。

韦主任电梯里对潘涌说："我带你去见见九洲集团的董事长刘灿放先生，他是一个实业家。至于他能否感兴趣，能否接受，能否投资，我可没有把握，只是引荐认识一下，谈得成谈不成，我不敢说。"

潘涌连连允诺"没有关系，没有关系"。

九洲环宇 23 楼，是九洲集团总部办公区。董事长办公室在楼的东南角，从硕大的玻璃窗向外眺望，雄伟的天宁宝塔和文笔塔巍峨屹立，俯瞰郁郁葱葱，绿水碧池的红梅公园，亭台楼阁隐约可见。关河路上车水马龙，真是一派生机勃勃的景象。办公室有二百多平方米，又宽敞，又明亮，又气派，潘涌一见，心里暗暗惊讶，他到过可口可乐老板的办公室，到过比尔·盖茨的办公室，到过政府和议员的办公室，从没见有这么大的办公室。他是搞建筑的，所以特别关注。他又想起中国的许多宾馆，那大厅宏伟气派、讲究，不知比外国的那些同等宾馆要大出多少倍。

正在惊讶，只听刘灿放朗声和韦主任在打招呼："啊呀，我们的大美女主任今天怎么有空到我这里来的？"韦主任知道是刘董在开玩笑，一个是政府官员，一个是企业家，又在同一个楼里，彼此十分熟悉。她也不客套，直截了当说："刘董，今天给你介绍一个人，他在美国专搞养老事业，回国来推广养老工程，他把美国的养老经济给你说说，看你有没有意向投资合作。"

刘灿放嘴上答应"好"，心里却在犯嘀咕，啥叫美国养老？当潘涌把情况向刘灿放讲述一遍后，刘灿放沉吟半晌。九洲集团自从 1993 年涉足房地产业后，几起几落的经历刻骨铭心，这几年的楼盘建设搞得风生水起，搞一个成一个，都是赫赫有名的商住小区。至于养老公寓，可从来没有想过，也没见过，更没有搞过。出于韦主任的面子，刘灿放勉强答应选一个时间，让九洲的高管人员一起来听听潘总的介绍。

几天后，介绍会在九洲环宇一个小会议室举行，九洲集团的几个高级管理人员认真地听取潘涌的介绍。图文并茂，生动形象，大家都觉得很新鲜、很新颖也很有吸引力。但这养老究竟收益如何呢？这个问题是绕不开的，而且是根本的问题。

果然，财务汤总监第一个问起了这个问题。

"那么，这种养老公寓是如何实现盈利呢？它的收益回报率是多少呢？"

搞企业不是做慈善，当然首先要算账，要计算回报率，亏本的买卖谁也不会做，而且利润少的生意也不值得去投资。当财务的当然首先关心的就是投入产出的问题。

潘涌回答："养老事业是一个国家、一个政府综合考虑的社会问题，政府应该进行补贴。

美国的养老是商品化、企业化的会员制模式，一般一个养老公寓有二百八十户左右，每户约一百平米，合计有三万平方米，用地五六十亩，每个公寓投入三亿元。养老公寓这种地产项目盈利有三个方面：第一是前期建造阶段，利用会员制押金，卖产权收回一部分；第二是可以克隆、复制，向各城市进行扩展，建成后可异地交换居住，搞成养老的连锁候鸟居住形式，在运营管理中收费，在美国这个收益一般占 10 - 20% 左右，低于这个收益就会亏本；第三是出售，一个产品经营五年后就比较成熟，就可以卖掉，利润至少可以达 100%。"

潘涌讲完这些后，又特别强调说："当然，要做到这些，必须要拥有一个成熟的经营模式，有一个经验丰富、有责任感、高效率的运营管理团队。"

财务总监和所有的人都听得出来，这种养老项目存在着巨大的潜在风险，也就是说运营得好就会盈利，经营管理得不好，一定亏本。就像一个饭店，经营好的红红火火，良性循环，经营不好的冷冷清清，必死无疑。

况且，养老事业是政府应该做的事，政府说补贴，那么补贴的政策在哪里？又能补贴多少？有许许多多不确定因素，无论如何不能去蹚这个浑水。

刘灿放听着大家的质疑和议论，一直在沉思着，没有说话。越是不说话，大家越是想听听他的意见，包括潘涌。

刘灿放终于讲话了，大家的目光都不约而同地转向他。刘灿放说："我的父亲和岳母，都八九十岁了，但他们不愿意跟我们一起住，老人有老人的生活习惯，因此我只能在乡下请了两个保姆，在城里再请两个保姆服侍他们，资源就不能共享，而保姆又没有专业培训过，至多只能烧烧、洗洗，打扫一下卫生。如果像刚才潘先生讲的，像国外那样搞商品化、企业化、高档化的养老公寓，有专业训练过的护理人员，有先进的设施，有科学的人性化的管理团队，这种养老公寓我们就放心，老人也安心，我认为这是一种养老方向。"

刘灿放接着说："我也快六十岁了，也常常在想以后能不能拥有一个金色的晚年。我喜欢下棋，有这么一个功能齐全、服务周到的地方养老，真是我向往的。我前几天看到一个资料，我国六十岁以上的老年人已经超过了一点七亿，占全国总人口的13%，上海六十岁以上老人已达20%多，我们常州老年人口也达到21%。过去几十年计划生育，一个孩子养一家四个老人，情况将更加严重。我觉得社会老龄化是必然趋势，养老事业产业化也是一个必然的趋势。"

刘灿放这时思路已经打开，情绪也上来了，所以声音越说越高。

"那么养老事业究竟怎么搞？是低档水平养老，还是走外国先进养老的路，这就是先进和落后两种观念的差别了，这就是先进和落后的冲突，要有创新精神，养老也要用企业心当事业心来对待，把养老事业产业化、商品化、社会化、集体化、企业化、机构化和居家养老互助化综合起来，这是一个全新的探索过程，需要我们学习新思想，转变旧观念，以创新的精神来面对新事物。"

刘灿放继续表明自己对这个问题的看法，他说："九洲是一个企业，企业以盈利为目的，但依我看，搞养老事业还不能光考虑盈利，要以事业来做。"

"我倒认为，这个项目可以考虑来创新投资，这是为大家服务，也是关心我们自己明天的事业！"

刘灿放这句话既是表明了自己对这件事的意见，纠正了一些人存在的片面的看法，也是说给潘涌听的，告诉他，你这件事做得对，我们九洲认同你的理念，我们接受你的建议！

潘涌听了刘灿放一席话，真是如雷贯耳，非常高兴，想不到刘董事长有如此前瞻性的见解和远大的眼光。

这种摒弃一己私利的狭隘，拥有企业责任感和社会责任感胸襟的企业家，正是世界上一些优秀企业家共有的品质。

潘涌长期的奔波，第一次在九洲、在刘灿放的言谈举止中看到了成功的希望。

很快，刘灿放就带着九洲的团队赴北京召开可行性研讨会，美国睿智斯达公司也由老板带队来了四五个高管，潘涌当然是这次会议的穿针引线人。双方介绍了各自公司的情况，就共同合作在中国拓展开发养老事业达成意向，随即进行各种可行性分析和选择。

说来有趣，老美只会讲英语，听不懂中文；而刘灿放不但听不懂英语，中文普通话也说不好，只能说"常州普通话"，而负责翻译的潘涌，听刘灿放的"常州普通话"又十分吃力，他要把"常州普通话"转换成标准的普通话，再翻译给老美听。这样互相沟通交谈，就似懂非懂，有时不懂装懂，于是点头哈腰，用手乱摆姿势的都有，惹得刘灿放心里也暗暗好笑。但从每个人脸上的微笑，从客气的寒暄中都可以看出，双方谈得十分愉快，气氛也非常友好。

（三）父母心肠

自从和潘涌见面之后，刘灿放的脑袋里对养老的思考就一刻也没有停止过。他对养老事业越来越产生浓厚兴趣，一是他已经看到养老是一个巨大趋势，二是究竟如何养老，一定会有新的模式出来，像美国这种先进的理念和做法是一种方向，其中也有巨大的商机，三是他对九洲今后发展布局有了新的考虑。

刘灿放的女儿在澳大利亚读工商管理和市场营销，研究生又读了财务专业，如今已经毕业，回九洲正当好出力的时候。但刘灿放看到在西方国家一般企业老板都不赞成子女在自己父母的企业里任职，常常是给一笔钱，让他们自己去创业，尤其大企业家更不允许子女在自己的企业里坐享其成，而是让他们独立创业，刘灿放十分认同这种观念。

早有人这样说过，只有中国的父母是既活在过去、又活在将来的一群人，他们对上一代尽心孝敬，对下一代甚至对孙子辈，做牛做马也无怨无悔。

刘灿放虽然也免不了这种父母心肠，但是他认为还是让他们自己去独立创业，独立经营，增强才干。九洲的企业刚刚从家族企业转化为现代化股份制企业，不能让他们来公司任这个职或那个职，这样又将增加许多家族企业的弊端，企业还是应该社会化。给子女指一条路，搭一个平台，让他们去搞养老事业倒是很好的一个选择。他又回想起潘涌给他描绘的养老前景："你在常州搞一个、苏州搞一个、大连搞一个、宁波搞一个、厦门搞一个、海南搞一个，每个养老机构投三个亿，三年建成一个，收回投资后再拿3个亿去建一个，这样今后海南的可以到江南来住，江南的可以到海南去住……这模式是可以连锁，能复制的。"

刘灿放很认同这种思路，决定让女儿、女婿去做这件事情，做成一个产业，也是他们的立身之本。记得一个外国专家格鲁特说：人成功有五个要素：一是做有益的事；二是利用有效时间，即抓住机遇；三是扬长避短；四是善于决策；五是专心做一两件事。如果给他们三个亿专心做，每三年做一个，三十年做十个，就形成一个很大的产业，这也算我留给他们的一笔财产。老话说"儿孙自有儿孙福"，让他们去独立创业比我只给予他们分点财产要好得多，我创立的企业今后是交给社会的。

想到这些，刘灿放立即把女儿、女婿叫来，把美国养老事业的情况介绍了一遍，并且说出了自己的想法，又吩咐说："既然要搞，你们也应该到美国去看看，去对对表，我这次是不想去了。你们和搞地产的谢总、搞资产的陈总、搞投资的汤总一起去，潘涌会在美国接待你们。"

临行前，刘灿放又对到美国去考察的一行十人嘱咐道："我们九洲三大支柱产业：地产开发、资产管理、资本投资，这次都派人去了，光地产就去了六个人。我认同美国的养老理念和模式，所以让你们去西天取经，你们要向美国先进的东西学习，把美国先进的养老理念和经验带回来。"

美国亚特兰大州五月份的天气十分宜人，蓝天白云，空气清新，连呼吸都感到一种从来没有过的顺畅，一派净洁安详。

他们一行十人来到一个养老中心，只见所有的地方一尘不染，走进房间，灯光明亮，大家直觉得刺眼，不禁问："这灯光怎么这么亮啊！"

潘涌马上对大家解释说："老年人眼力已经退化，他们到那里都觉得灯光暗淡，所以在所有地方，灯的亮度，都要比普通的灯亮30%，这是养老公寓必须在设计和建造时就要考虑到的。"

一行人边走边看，又发现不同的房间楼层都有不同的色彩，墙壁显得明快亮堂。正在疑惑，潘涌又向大家讲解："老年公寓除了灯光体系外，还有一个色彩体系。什么地方用什么色彩，都要根据老年人的习惯喜好设计，不同的楼层，不同的色彩，方便老人家记住自己的家在几楼，因为记颜色比记号码容易。他们感觉到周围环境的舒适、愉快，就是花朵、盆景都要按照老年人的喜好配置，决不能违背老年人的个人喜好……"

潘涌接着说："这老年公寓的护理人员，如果在家里夫妻吵架了，心情不好了，是不能立即上班的，必须到教堂去静坐，等心情调整好了，才能来上班。在老年公寓，每分钟都要看到你的笑脸，而不能有任何不愉快的情绪影响老人家的心情。"

正当大家不断地在听潘涌讲解，称赞养老中心竟考虑得这么细致入微时，他们不知不觉来到了大厅里。只见一位年轻的美国姑娘，推着轮椅走过来，轮椅上坐着一位美国老太太，她穿着一件红色的上衣，嘴上涂着口红，雪白的头发梳得整齐闪着银光。正当大家一齐向她看去，潘涌又介绍说："在美国，越是年长，越讲究打扮，他们每天都要穿盛装，而决不让自己显出黯淡猥琐的样子来。他们认为就是要让自己显得光彩、自信有尊严。这位老太太今年已经九十五岁了，你们看打扮多时髦。"

正当大家惊叹不已，只见这位姑娘推着她缓慢地朝一架钢琴前走去，老太太开始弹奏起钢琴来。

有人悄悄问："这推轮椅的姑娘是她女儿吧？"又有人压低声音反对："不像，她这么大年龄哪有这么年轻的女儿？"

潘涌回答说："那推轮椅的姑娘，其实是这里的护理人员，但她不穿护理服而是穿普通人一样的便装，就是不要让老人觉得她是被护理着，那样老太太就避免了心理上的不安。"

正说间，老太太的钢琴声清脆地蹦跳起来，从缓慢到明快，从明快到悠扬，护理员随着钢琴的音乐节奏在轻轻地唱歌。这个画面真像一对母女，大家呆呆地站在原地一动不动地听着，脸上充满惊喜和羡慕，虽然听不懂什么曲子，但每个人都感受到一种欢快。

忽然钢琴声戛然而止。那姑娘推着轮椅转了一个身，老太太微笑着，向大家深深地鞠了一个躬，全场响起热烈掌声，九洲去的十个人一齐跟着鼓掌，好像忘记了自己在万里之外的美国。一起去的小王眼睛里扑簌簌掉下眼泪。她这时想起了自己的奶奶，奶奶现在正住在家乡的一个敬老院里，护理员简直是一个悍妇，整天没好气地呵斥她，送来的饭爱吃不吃由你，到时间就来收掉了。奶奶就在这样的敬老院里苟且地活着。看看眼前的情景，她太感动了，她在这里看到了人的尊严，看到了人将离别这个世界时，该怎么获得人的精彩和敬重。她沉浸在这悲喜交集的氛围中，一时缓不过气来。

"可口可乐的老板也住在这里。"只听潘涌说，大家一听，又是一阵惊叹。潘总接着说，"他可是当今伟大级的人物哦，他就住在这种养老中心里，他觉得自己十分快乐。"

俗话说：读万卷书，还要行万里路。百闻不如一见，这次参观考察美国的养老事业，实在是眼界大开，脑洞大开，看到了差距，也坚定了大家要把这种养老经验带回去，引到中国去的愿望和信心。

（四）不约而同

回到国内，大家都向刘灿放汇报自己在美国考察养老的观感，女儿、女婿也绘声绘色地讲述美国养老的种种好处，而且都纷纷向刘灿放建言献策，"这种养老可以搞，一定要搞！"

刘灿放听了很高兴，想来女儿、女婿他们一定会主动去推进这件事。

可是过了一段时间，刘灿放不见女儿女婿有什么动静，也不见有什么汇报、请示、计划来。

时间已经到了2011年的春节。

正月里的一天，武进区召开迎春座谈会，这是每年的惯例。政府总是要邀请企业家开一个座谈会，以增进政府和企业家之间的联系。

座谈会吃晚饭结束的时候，区委沈书记走到刘灿放桌上一边敬酒，一边说："刘总，你是武进出去的企业家，你不能只做了一个喜来登酒店就收摊了啊，还希望你再到武进来投资二十个亿呢。"

刘灿放举起酒杯站起来，一边敬酒一边回答："好啊，你给我平台，我到老家来投。"

酒台上的话，总是拣好的说，特别是新年时，嘴上滑过，图个开心，酒足席散之后，也就丢到云霄外面去了，所以刘灿放没有当回事。

谁知隔了一天，原武进区委杨书记来找刘灿放，申明受区委沈书记的委托，前来商量重要事情："现在从你九洲喜来登往东到淹城一片，已经建设得差不多了，而从喜来登往西到龙城高架有一千多亩土地还是破破烂烂，区里想请你来开发。"

老杨书记说着把一张大图纸拉出来，摊在台上。刘灿放一看，这是有备而来啊。看来是真的，原来沈书记在酒桌上说的话是乘着酒兴说的真话。他见刘灿放不拒绝并且还有想法来投资，马上就紧抓不放，请德高望重的武进区老书记出马上阵，单刀赴会。老书记几十年间一直在武进区当领导，是刘灿放十分敬佩的老干部。

"老领导一辈子做实事的人！说干就干，一天也不耽搁，现在区里的效率真高。"刘灿放心里这样暗暗称赞。

老书记对刘灿放说："做什么项目你们可搞一个策划方案，区里的设想，例如养老事业是一个选项，其他的再综合考虑。"

送走老书记，刘灿放心潮起伏。这不是和我正在考虑引进美国的养老事业十分吻合吗？正在想着落户到哪里去才好，这不就把一块好地送来了吗？刘灿放心里一阵高兴，忍不住叫驾驶员开着车到那里去好好地转了一圈。只见广阔的田野中，麦苗蔬菜绿油油的，杨柳在寒风中摇曳，即将吐出嫩芽，偶然几处茶花开得火红，静谧的村庄里还洋溢着过年的气氛。他想到不久的将来，这里将要旧貌变新颜，不禁豪情满怀，马上着手布置下属地产公司做策划和前期工作。

没过几天，刘灿放突然接到常州市委范书记秘书打来的一个电话："刘总，范书记请你今天中午到市行政中心来吃饭，请务必来！"

刘灿放问："好啊，范书记请我来有什么事啊？"

"你来吧，你来了就知道了，反正是好事。"秘书在电话里笑着说。

一到市行政中心，刘灿放问范书记："范书记，你找我来有什么事？"

范书记笑着说："上午我有一个会议，等会儿我们一边吃饭一边谈。"

刘灿放心里想什么事这么神秘都不肯说，又是说是好事，什么好事轮到我呢？难道天上会掉一块大馅饼下来？我现在肚子倒有点饿了，刘灿放自嘲一番，等着吃饭。

市行政中心里面有食堂，范书记请刘灿放一边吃火锅，一边就向刘灿放讲他的想法："现在常州有不少中外合资制造业企业，最大的、最多的都在武进区，这些企业把德国请来的、美国请来的、日本请来的工程师与专家都安排住在工厂里。白天工作，可是一到晚上，工厂里黑咕隆咚、冷冷清清的，这些外国朋友业余生活十分枯燥。要叫这些工厂去改善，可他们是搞不好的，也没有这个水平搞。你是搞房地产的，你来搞一个专门给外国专家工程师住的地方，叫科技专家区也好，叫科技专家楼也好。

总之白天到各工厂去上班，晚上住一个区域里，各种配套设施齐全，环境优美，生活方便，尽量符合外国朋友的生活习惯。政府调二百亩土地给你，就建在喜来登西边。"

刘灿放一听明白了：哦，原来是这么一件好事，我说世界上没有免费的午餐，这不是叫我投资吗？常州人都叫范书记是"科技书记"，一点不错，只有他才帮外国专家想得这么周到。这是范书记在给外国朋友、给科技事业做好事，我当然赞成，奇怪的是，范书记怎么也想到要把这个科技专家楼放在喜来登西边这个地块上呢？

刘灿放向范书记表明同意九洲来搞这项工程，又向范书记介绍了正在筹划把美国的养老引进国内来的意愿，还把武进区沈书记要求九洲开发喜来登西边一千多亩地的要求说了一遍。范书记连声说："好！好！这事大家都想到一起去了，好好把那里规划一下。"

刘灿放想，这真是不约而同啊！

要知道，天下就有许多巧事，不约而同的事还在后头呢！刘灿放从范书记那里回来后，一个蓝图构想已经在脑海中初步形成。他既认同潘涌把美国养老引进来的理念，也认同市委范书记造专家楼的意见，自己也有为家乡做点事的愿望。他这样想：这一千多亩地三分之一用来做养老，三分之一用来做专家生活区，三分之一做房地产开发，这一千多亩地就消化掉了。这里就会形成一个不小的社区，完全改变原先破破烂烂的状况。他立即请设计院按他这种构思先做规划。

不多久，图纸方案出炉了，就像一块刚刚从炉子里端出来的新鲜面包，刘灿放第一个想到应该先去给武进区沈书记尝尝，让他先看看，因为是沈书记第一个要求他去开发的。于是拉起电话就给沈书记打电话："沈书记，你交代的事情我已经搞了一个方案了，想送过来给你看看。"

沈书记在电话里说："行，你过来，你到这里来吃饭，我在西太湖。"这时刚巧沿江高铁正在做可行性研究，沈书记叫刘灿放到现场西太湖见面。

沈书记看完刘灿放送去的图纸方案，连声说"好！"刘灿放解释说："按这个方案，你养老的指标，范书记建专家楼的指标，把市里的要求，你区里的要求和我房地产的要求都结合起来了，延政路这一片就搞起来了。"

沈书记兴奋地说："今天刚巧东南大学的教授、专家都在，给他们也看看。"

东南大学的专家教授一看，异口同声都说好，而且告诉刘灿放沿江铁路的一个道口就设在喜来登的南面，这对项目是极大的利好。

这件事基本就可以定下来了，刘灿放积极向前推进着。

2011年下半年，有一天区委沈书记突然来电："刘总，这件事还不行，你还要去给市里王市长汇报。王市长搞的养老原先选了三个地方，现在溧阳不去了，太湖湾也不去了，就选在延政路这里了。他明天就到北京去和国药集团谈投资的事，他叫我们区里派人配合他去北京，你明天和徐区长赶快一起赶到北京与王市长会合，向他汇报目前的事，飞机票马上买。"

王市长在搞养老的事，沈书记原先也给刘灿放讲过，刘灿放也听说过王市长在他家乡江阴还搞了一个养老示范项目。听说他到美国、欧洲、日本都去考察过养老事业。原先沈书记给他讲王市长有搞养老的设想，预选三个地方，一个在溧阳，一个在太湖湾，一个就是延政路这里，但原先只是说说而已，谁知他真的要搞，而且选在同一个地方，这不"一女两嫁"了吗？所以区沈书记才这么着急，叫他赶快抢在前面向王市长汇报。

王市长这次去北京，是要和央企国药集团商讨来常州投资养老事业的具体事宜。

刘灿放和王市长早就熟悉，赶到北京，一见王市长，刘灿放就说："王市长，听说你在搞养老，我也策划了一个养老方案呢。"

王市长说："啊，你也在研究养老！"

刘灿放就把方案往桌上一摊，说："听说你看中了我看中的地方了。"又指着方案说，"这是沈书记叫我做的，这是范书记叫我做的，我策划了三个方案，一千多亩三分之一搞养老，三分之一搞专家生活区，三分之一搞房地产开发。"

王市长一看，惊讶地说："啊！你把本子都做好了哇！我搞了两年了，国药集团连一张图纸都没有拿出来，央企效率实在太低。"接着说，"今天饭照样跟我去吃，但不叫他们来投了，叫民企来投。"

刘灿放跟着王市长一起到国药集团吃了一顿饭。回到常州后，王市长就和刘灿放说："我欧洲、日本、美国、台湾都去看过了。"刘灿放问："那你看中的是哪里的好？"王市长说："我定的是美国圣地亚哥的养老模式。"

刘灿放就决定亲自到美国圣地亚哥考察，他带上懂英语的陈总，还有香港的奚大伟。到了美国，看完后无心逗留，就立即打道回府，一共才三天时间。回到常州，他不顾旅途劳顿，又到杭州去看。但那是在社区建的一个养老地产，不是理想的模式。王市长要求按美国圣地亚哥的建造，并且说养老中心要"出门像公园，进门像宾馆，看病有医院"。这就比在美国圣地亚哥看到的又进了一步。

刘灿放想王市长毕竟见多识广，眼界开阔。他的理念是对的，看来我们学习外国的东西不能照搬，不能只吃不消化，要有自己的创新，要符合我国的国情。于是他又急忙吩咐规划设计，再作修改。

秋天的夜晚，繁星闪烁，清澈如洗，没有一丝云雾。遥望无边无际的苍穹，让人无限遐思。一轮银盘似的月亮挂在那棵高大的樟树梢上，又近又亮，一阵微风吹过，沁人心脾。

刘灿放站在九洲喜来登大酒店前的广场上向西边望去，延政路上两排路灯映照的马路两旁，广阔的田野在静穆中沉睡着，黝黑而又深邃，这是我们赖以生存的家园，我们应该怎样来打造它，使它变得更加美丽。想到不久的将来将由他来打造，他心中涌起一股热流和豪气。

他回想这两年来的经历，就像电影一样一幕幕展现在眼前。先是办公室迎来一位不速之客——潘涌，从无意识改变为有意识搞养老事业；在新春座谈会晚宴上被区沈书记趁着酒兴激将法邀请；后来突然又受到市委范书记召唤；再后来分秒不差赶到北京，在最后时刻与王市长对接，得到王市长的赞赏和支持，好像大家从各个方面不约而同要来做这件好事，似乎从一开始都互不相关的人，居然最后殊途同归，这不是天意吗？

刘灿放又好奇地想，这天意也并不神秘，这许多偶然中一定存在着必然，因为养老事业也已经慢慢在中国形成一种共识，而自己就是顺应了这种未来的潮流，所以想起来也一点不奇怪。

想到这些，刘灿放又一次默念他经常说的一句话："大道至简，遵循规律，大道崇变，与时俱进，源于自然，顺应自然，顺势而为。"

（五）好事多磨

养老工程得到市委书记、市长的完全支持，又是武进区首要工作，当然是一路顺畅，很快前期二百六十多亩土地到位。范书记、王市长都指示市发改委把它列为江苏省十二五重点民生养老示范工程向上报。

市委和区委很快召开联席会议，形成了会议纪要，各级主要领导庄严地在纪要上签字。《纪要》规定：养老工程总投资建设三十三万平方米，计划投资二十三个亿，其中配套医院三点五个亿，护理院二点五个亿，颐养中心一个亿，共计七个亿。这七个亿，九洲投三点五个亿，武进区投三点五个亿。在这工程东边还有一块六百五十亩的土地，今后也优先划归养老中心使用，作进一步扩展。

项目在顺利推进，九洲和美国睿智斯达的合作谈判同时在进行着。

按美方的方案，每个项目仅建三万平方米，有三百套住房的规模，其中一万多平米的配套中心。入住对象中 80% 为健康老人居住，10% 为全护理老人居住，10% 是半护理老人居住，英文名叫 CCRC，这是盈利模式的最佳配置。老人的行动范围步行距离一般为五百米左右，这也是交通、服务、护理最佳的半径。

就像男女谈恋爱一般，双方一开始都是细声细语、呵暖嘘寒、遣词造句尽捡好听的说，把该掩饰的都掩饰起来，而遇到具体问题，特别是经济问题，疙瘩就会来了。

九洲和美国睿智斯达合作谈判，也像男女谈恋爱。一开始都是彬彬有礼的，谈到实际经济利益时就有分歧了。谈判来来去去也有好几轮了，都谈得十分愉快，犹如谈恋爱，快要成功了，所有人都看好，说他们是天生一对地造一双，只等着办喜酒闹洞房啦。

谁知怎么又吹了呢？

开始双方都谈好，美方出理念，出设计，九洲出钱投资。双方言明养老中心建成收回投资后，九洲给美方30%的收益率。

谁知后来美方突然提出要50%的收益回报，而且说这是老板的旨意，不能让步。

刘灿放很纳闷，原先谈得好好的，而且美方一直同意按30%的收益作回报，并且美方原来处处表现得十分谦卑，怎么一下子就变得傲慢起来了呢？

原来，睿智斯达老板遇到了一个大财神，攀上高枝了。

美国有一个黑石基金会，是全美很大的一个基金公司，在全世界都很有名气。说黑石有二百亿美金投向亚洲，规定其中20%必须用于养老事业，所以找到睿智斯达，这不是撞到财神爷了吗？睿智斯达的老板心花怒放，就膨胀、傲慢起来了，他改变了原来的主意，要求九洲提高回报率。

正在这时，从北京突然冒出一个养老公司，他们通过纽约的关系找到在香港的黑石基金会亚洲分会的梁锦松主席，言称他们将在半年内，在全国搞三十个养老中心，并且说他们已经利用收购烂尾楼改造，成功地建起了十多个养老中心。言辞凿凿，由他们来做养老最合适不过了。

这个世界真大也真小，这个世界上的人真聪明也很愚蠢，像这种世界著名基金公司，精英人物不知道有多少，居然听信了北京所谓成功公司的游说，与他们搞到一起去了。后来事实证明，这个公司是虚假的，那些人都是社会上的混混。

再说睿智斯达的老板，是美国德州人，美国人称德州人为"大德州人"，意思是美国人很牛，德州人比美国人更牛。美国德州城市的标志你知道是什么吗？是一只大靴子，一顶大帽子。形容大德州人的傲慢无礼。

这时，刘灿放想了，全是我投资的，起先按30%收益分利，已经十分宽宏大量了，你现在坚持要按50%给，这是无理要求。刘灿放终于认清了这家美国公司不诚信的本质，于是下决心不再和他们合作。

最后一次，睿智斯达的人又到九洲来找刘灿放。潘涌当然又是引路人，他打电话通报刘灿放，但刘灿放已经对该公司失去了信任，就在电话里对潘涌说："不要叫他们上楼了，我不愿意见他们，你一个人上来。"

"我不想跟他们合作了，他们不讲诚信，让他们去攀高枝吧，我自己搞了。"刘灿放见到潘涌后这么说。

潘涌无语。

刘灿放对潘涌说："我全额投资，收回成本后按30%收益给他已经很可观的了，我的气量够大的了。这样，我给你个人15%，你到九洲来干！"潘涌觉得自己虽然属于美方睿智斯达合伙人，公司的代表，但也看到老板的不厚道，说话不算数，不讲信誉，也有分手之心。如有可能，回国来到九洲干，也不失为一种选择。

可是，后来发现自己和睿智斯达的合同上写明：合伙人离开公司后，五年内不得从事养老事业。想不到这老板还留有这一手。在美国，法律上是很严肃的，如果发现违反了合同，可以告你到倾家荡产。这样，潘涌也不能加盟九洲来搞这个养老项目。

一场看似美满的婚姻给棒打鸳鸯拆散了。

再说美国黑石基金公司，被北京所谓的养老公司忽悠，损失不少；而睿智斯达公司老板也没有拿到任何资金，这边和九洲的合作又吹了。睿智公司只落得个竹篮打水——两手空空。后来潘涌也离开了这家公司。

刘灿放虽然在这件事上交了不少学费，但也学到了不少东西。他聘请潘涌做顾问，协助建造这个后来命名为"金东方颐养园"的项目。

（六）大展宏图

刘灿放决定由九洲自己来搞这个工程后，反而摆脱了许多掣肘，可以放开手脚大展宏图了。这是一个全新的工程，到底怎么搞？一切都要从头开始，刘灿放首先想到还是要规划先行，而规划就要首先做顶层设计，顶层设计当然就是自己的的理念和境界。自己的境界有多高，这工程的境界就有多高。

这天，他站在阳台上，凭栏仰望远方，眼前景色一览无余，不禁涌起了一点诗意。他不会作诗，但他读了不少书。这时他回忆起那篇人生三种境界的词，那是王国维《人间词话》里说的："昨夜西风凋碧树，独上高楼，望尽天涯路。"——这不就是我目前迷茫的境界吗？"衣带渐宽终不悔，为伊消得人憔悴。"——这不就是要去探索的境界吗？"蓦然回首，那人却在灯火阑珊处。"那不就是豁然开朗的境界吗？乌云已经散去，黎明已经到来，相信风雨过后一定能见彩虹。刘灿放满怀信心，决心要努力抓紧，推进这个工程的建设。

这段时间里，他召开会议，勘踏现场，不知熬过了多少个夜晚，奔走了多少路程。

2011年5月26日下午，金东方颐养园规划建筑方案评审会在武进规划展览馆召开，参选的设计单位有：上海新田建筑工程设计事务所、上海艾恩斯建筑设计有限公司和四门一级建筑师事务所。

常州最初设计之后，刘灿放对原先的设计方案不满意。在这评审会后，他又请日本一家资深养老地产设计公司主导规划设计。

2011年6月22日，刘灿放指示公司部门领导及金东方颐养园筹建组负责人一行六人赴台湾润福新象、长庚养生文化村考察，并参加台湾银发族暨健康照护产业展，到兆如赡养中心及振兴医院等台湾著名养老机构学习。

2011年7月12日上午，俞副市长视察金东方颐养园，表示政府对该工程的支持。

2011年9月14日金东方颐养园举办"金东方杯"老年人门球比赛，三十支代表队四百余名运动员参加，为金东方鸣锣热身。

2011年9月19日下午，九洲集团在喜来登大酒店召开月度经理会议，刘灿放在会上作四季度工作布置，铿锵有力地说：金东方颐养园是江苏省、常州市、武进区"十二五"重点民生养老示范工程，该项目的定位是"中国第一、国际接轨、世界一流"。金东方颐养园最后由日本资深养老地产设计公司主导规划设计，秉持"尊荣、现代、时尚、生态"的规划理念。小区全部达到无障碍设计标准，风雨连廊让住户散步赏景不受天气影响；无障碍通道既方便又安全，可以安全地、自由地出行在小区任何一个地方；智能空调让你四季如春；美丽的中心公园让你推窗见景、移步换景；五星级会所为你提供餐饮、健身、文化、美容等全方位服务。要让广大用户明白并真正体验到改变传统的居家养老，实现养老的专业化、机构化、商品化是人类文明进步的必然趋势。九洲集团为常州市武进区承建养老示范工程，不以盈利为目的，推广不是营销，更不是买卖，养老院的价值大于价格……

2011年9月23日上午，金东方颐养园在九洲喜来登大酒店召开新闻发布会，宣布江苏省首个养老示范工程建设启动，来自《新华日报》《经济日报》《光明日报》《大公报》《澳门日报》等三十五家媒体的五十五位记者到场。

2011年9月26日上午，金东方颐养园在现场隆重举行了开工奠基仪式。原江苏省委书记陈焕友，原常州市市长王伟成、代市长姚晓东、副市长居丽琴等有关代表，以及九洲集团董事长刘灿放、江苏亚邦集团董事长许晓初等出席奠基仪式。

当《经济日报》记者问刘灿放，"你首次投资建这个项目是出于怎样的原因和动力"时，刘灿放回答："第一个原因是学习来的。我看到发达国家的养老产业门类齐全，投资渠道多元化，当然也要政府扶持。第二是感悟来的。我看到我父亲、我岳母他们的养老状况也感悟到自己将来也要养老，有一个幸福的金色晚年是每一个人的期盼。第三是推理来的，我研究探索社会发展的规律，计划生育养老防老都是社会要解决的问题，必将产生新的需求，新的模式，所以决定来创新投资。"

2015年12月21日，在广州举行的由来自全国六百多房地产企业、数千地产精英参加的全联房地产商2015年年会上，金东方颐养园被列为"全联房地产商会养老产业示范基地"。全国仅此三家。

金东方颐养园一下子轰动全国。

（七）终成正果

金东方颐养园从2011年9月26日奠基开工，经过三年日日夜夜的奋战，终于在2014年10月国庆节举行开园仪式。在建设过程中刘灿放又根据要求做了多次规划修改。在他眼里容不得半点马虎，也绝不允许偷工减料，宁可增加成本，也绝不降低标准。景观制作出来，他一看不满意，叫做喜来登景观的团队来重做。后来，刘灿放还请美国CCRC的管理人员来做了一阶段示范管理。

有一个住在金东方的老人叫陈嘉，他写了一篇长篇报告文学《霜叶红于二月花》，以呈现金东方的一些风采。

……到2014年10月，这里神话般凸现出一幅崭新的画卷，这里高楼林立，草坪绿树间，或曲径通幽、四季花香、小桥流水，还有迷你高尔夫球场。现有八栋养老公寓楼，其中二十六层的有五栋，十六层的有三栋，还有近七万平方米的医疗中心、文化体育中心、商业服务中心、生活服务中心。这里楼与楼之间有风雨廊连接，有地下绿色通道将公寓楼与服务中心相连，配套的医院有五百个床位，设备按三甲医院装配，护理院也是五百个床位，会员们的感受是这里冬天不冷、夏天不热；下雨不打伞，出门是花园；饿了有饭堂，卫生有人搞，购物有超市；病了有医院，走不动有护理院。现入住一千多户，正在建设的第二期工程一百亩，十三栋养老住宅楼同时开工，一年后竣工，还将入驻会员七百户。

金东方把国际先进的环境拿过来，人性的关怀和爱心很到位。养老像住在原来的家里一样，医院建得比很多三甲医院都好。不能自理了，有护理院。文化养生的气氛好，各种娱乐设施起点都很高，还考虑了佛教、基督教的活动场地，甚至还搞了一片菜地，满足一些老人习惯种菜种花的需要。

金东方开园前民政部王司长来考察，国家、省市领导及港澳有关人员多次前来参观，都给予充分肯定。金东方荣获"江苏省养老示范工程""江苏省民生保障重点项目""亚洲国际住宅人居环境奖""中国养老产业最具文化底蕴标杆品牌""中国社会组织４Ａ单位"等荣誉称号。

入住的会员既有退休的官员、企业家，也有把原来的房子卖掉的普通退休职工，还有白领的父母，来自国内外不同文化背景、不同生活方式的会员如今形成小户大家，亲如一家，共同建设美好家园的氛围……

八十七岁的张可理和八十一岁的王居敏夫妇，走出了生活六十多年的南京进入了金东方。

曾在联合国工作的八十五岁的骆继宾和八十六岁的夫人，在美国专程赶回来的儿子陪同下，从北京飞到常州，正式入住金东方。

七十八岁的张月霞把自己的家从广州搬进了金东方。在美国生活了十七年，已经住进美国ＣＣＲＣ社区的沈大爷夫妇选择回国入住了金东方。

在金东方，有灯光音响设施完备的学术报告厅，有连接世界各国的视频可以提供服务，有老年大学教室开设的学习课程。老年大学开设了适合老年人的智能手机、数码相机、家庭养花、太极拳、八段锦、交谊舞、英语、声乐等课程，金东方文体俱乐部属下有三十多个协会：书画、戏剧、舞蹈、球类、棋牌各种活动丰富多彩。

二、取之有道用有道

（一）

千禧年夏天的一个早晨，刘灿放六点多就起床出去散步，待走出一身大汗回家冲个热水澡然后吃早饭上班，这个习惯已经坚持好多年了。他看见桌上一个茶杯，茶杯里的茶好像刚泡了并没有喝，就有点纳闷。

刘灿放问夫人"今天有谁来的？"夫人看了看茶杯，知道是刘灿放看到茶杯才问的，就说："家乡郑陆医院的黄院长。"

"他来做什么？"

夫人回答："郑陆新建的医院落成，要开庆祝大会，邀请你去，还想叫你赞助一点。"夫人继续说："不过给我回头了[①]，我跟他说，现在的九洲已经不是刘灿放一个人的了，是几个股东的共同财产，他一个人做不了主的。"

刘灿放听了没有吭声，夫人说："我倒了一杯茶给他，黄院长也没喝，说不等你了，坐了一会儿就走了，请柬留在这里了。"说着就把请柬拿过来递给刘灿放。

刘灿放听夫人这么讲，脸就沉下来，对夫人说："你平时烧香念佛倒蛮起劲的，医院这事你就一口回头人家？赶快去把他追回来。"刘灿放赶快给黄院长打电话。他走了并没有多远，听刘灿放叫他回来的电话，很快就又回来了。

刘灿放和黄院长寒暄一番："郑陆医院已经建好了吗？这么快。"

黄院长说："是的，建了一年多，准备开院了，邀请你去参加庆祝大会。"

"那医院还需要我帮什么忙啊？"刘灿放问。

黄院长支支吾吾不肯说。刚才刘灿放夫人那一席话说得他不好意思

---

① "回头"：常武地区俗语，回绝、拒绝的意思。

再开口。

"不要紧，你说好了，我能帮就帮一下，这是家乡的事嘛。"黄院长知道刘灿放有家乡情结，医院也确实有困难，就直言不讳地提出："医院其他设备都差不多了，就是还想添一台胃镜。"

"一台胃镜要多少钱？"刘灿放问。

黄院长回答说："大概要三十五万元。"

刘灿放略一思考，对黄院长说："那么这台胃镜的钱就由我来出吧。"

黄院长一听喜出望外，他来的时候并不是想叫刘灿放全部赞助这笔钱，能够赞助一部分也可以，谁知整个一台胃镜的钱全解决了。

过后，刘灿放笑着对夫人说："你整天念经念佛[①]，劝人要做好事、善事，帮医院解决困难就是行好事、做善事，帮医院行好事、做善事就是念经、念佛，你是嘴上念，我是手上念呢。"

按照佛经的说法，一花一佛，一叶一佛，佛即是我，我即是佛。人人都可以成佛，做一件好事，作一桩善举，都是修佛，而且这些是不希望别人口上说出来的。

2007年，常州兰陵项目开发，广化医院面临拆迁，按评估补偿八千万，后来为一个亿。合同签好后，卫生局朱局长反悔了，他嫌补偿费太少，去找市委范书记哭穷，诉说广化医院的困难，要求增加两千万补偿费。范书记叫朱局长去找天宁区委汪书记，让汪书记去找刘灿放说说情，增加一些补偿费。

汪书记一听，对朱局长的做法十分反感，数落他："你这个人怎么说话不算数，跟九洲的拆迁合同已经签字，怎好反悔不认账，还讲不讲信用？"

朱局长虽然明知理亏，但仗着范书记的指示，硬要汪书记去和刘灿放说情。汪书记因为是范书记的要求，也只得硬着头皮去找刘灿放说了事

---

① "念经念佛"：常武地区俗语，诵经拜佛的意思。

情的原委，并且十分内疚地再三向刘灿放打招呼。

刘灿放了解了事情的经过，对汪书记说："汪书记，你也不要感到为难，我对医院就是捐赠也是应该的，既然广化医院有困难，我答应他们，再增加两千万拆迁补偿费。"

这样，对广化医院的拆迁补偿费，从八千万元一直增加到一亿两千万元。

刘灿放似乎对医院、医疗、养老这些有关老百姓民生的事特别关注、关心，在这方面倾注了大量心血，舍得投入。除 2011 年投入巨资建成养老中心金东方外，又在 2019 年投入数亿元开发细胞工程，为攻克医学上的难题做贡献。

（二）

2003 年 2 月 28 日，刘灿放接到一份《关于九洲集团创办"高晓声文学基金会"的报告》，这是九洲员工丰草起草的。丰草是常州作家，在九洲工作，他出于对常州文化事业的关心和对著名作家高晓声的崇敬，很想依托九洲企业的力量做这么一件好事。他在报告中说："高晓声是全国著名作家，又是郑陆人，九洲集团作为高晓声家乡郑陆崛起的民营企业，关心、爱戴、崇敬这位描写中国农民的高手，支持家乡的文化事业，功在千秋，利在当代。"

第二天一大早刚上班，丰草就接到刘灿放的电话："你到我办公室来。"

"你昨天给我的报告，我完全同意。"刘灿放见到丰草开口就说。

丰草听了十分高兴，想不到刘灿放这么干脆就答应了。接下来的事，就只要具体细化方案推进实施了。

但是一天过去了，一个月过去了，不见动静。丰草就问刘灿放："那件事怎么样了？"

刘灿放告诉丰草说："嘿，有几个股东不同意，说企业来搞高晓声基金会不合适。"

丰草一听，心凉了半截。满以为很顺利的事一下子就泡汤了。

刘灿放对丰草说："等等再说吧。"他似乎在安慰，又似乎在推却。

2012年，事情已经过去了九年，丰草也早已从九洲退休，谁知有一天碰到一起。刘灿放忽然问丰草："喂，你那件事怎么样了？"丰草被问得一头雾水："什么事啊？"

"就是高晓声的那件事。"刘灿放说。

丰草恍然大悟，他指的是2003年2月28日打报告那件事。丰草笑着说："那要问你啊，你不给钱我怎么弄得起来？"刘灿放说："那件事还是要做的。"

就这一句话，足足等待了九年。其实这件事刘灿放一直放在心上的，并没有忘记。2012年10月28日，高晓声文学研究会终于成立了。刘灿放拿出二百万元用于高晓声文学研究会的研究经费。

刘灿放在成立大会上发言，他这样说："大家知道我是做企业的，现在世界性经济危机对我们企业压力挑战很大，今天我不去搞产业结构调整、转型升级等企业上的事，而来参与研究高晓声，是文学爱好者吗？是因为高晓声是我同乡吗？还是因为没有文化（我是一个农民），而借助文化名人卖弄风骚，从而沽名钓誉吗？我可以坦诚地说，都不是。

"高晓声的作品引领了那个时代，表现了人们思想的变迁和社会的变革，高晓声创作高峰时期，思想上在进行'实践是检验真理的唯一标准'大讨论，经济上推行分田到户，解放农民和农村的生产力。我们现在的经济发展、文化复兴、民族振兴，均来源于三十年前的那场思想解放和改革开放。高晓声就是几十年前在文化战线上呼唤人民解放思想，进行改革开放的启蒙者、讴歌者，真正的灵魂工程师。

"我们江苏九洲集团是靠改革开放发展成长起来的一个企业，我是一个农民，我们今天所取得的一切都是靠那个时代的一批政治精英和文化精英们所进行的思想解放、社会大改革推动的。高晓声就是其中一位，所以我们要感恩他，寄情他，研究他，追忆他的思想和价值。"

他的发言引起了来自北京、南京、上海全国各地文化学者、作家的赞赏。

高晓声文学研究会成立之后，经过几年努力，取得了阶段性成果，先后出版了五本研究文集。2016年1月15日，在高晓声研究新书发布会上，刘灿放又到会即席发言，他说："高晓声和我有共同的农民情结，我国改革开放几十年已经发生了翻天覆地的变化，硬件上有许多已经超越了西方国家，但在文化、文艺、精神等层面上还相差甚远。我对高晓声文学研究会能够坚持文学研究，挖掘常州文化资源表示深深的敬意。常州经济上要转型升级，在文化建设上也要转型升级。"

坐在丰草身边的韩教授悄悄问："刘董讲话很有水平嘛，这稿子是谁给他写的？"

丰草悄悄告诉韩教授说："你看他根本没有用稿子啊，他一般都是即兴讲话的。他的普通话说不好，所以别人给他写的稿子他不习惯用，更不愿意照着稿子读，稿子也不用别人写，都是他自己写的。像高晓声成立大会上的讲话稿，全是他自己写的。"

韩教授问："他是什么文化水平？"

丰草告诉说："他只念了七年书，初一还没念完，'文化大革命'开始，就回乡务农了。"

韩教授十分惊讶。

丰草说："刘董是有思想的企业家，他赞助高晓声文学研究，不是狭隘的同情施舍，而是带着感恩心和文化使命的。"

（三）

像刘灿放这样的企业家，自然是媒体追踪的热点人物，但他一般不太愿意接受采访，即使接受采访，也只讲他企业经营理念。例如他从二十一岁起踏上去兰州的路，经营四十五个年头。从事村办企业五年，乡办企业五年，区办企业五年，县办企业五年，直到创办九洲，刘灿放把这"五个台阶"常常戏称为"五子登科"。

可是他对做慈善事业的功德，听说前后已捐出一亿多元了，但谁也说不清确切数字。为什么对刘灿放捐赠的款项没有一个确实的数字呢？因为他从不细说，有的也不叫捐赠，但实质上是真金白银地拿出去了。

2018年，作为常州的大项目火车站南广场开发了，二十四中在辖区内，提出学校各种设施不够，要求给两千万元支持。有人对刘灿放说："教育是政府的事，由政府去解决。"刘灿放说："教育的事，我们企业也有责任。这样吧，二十四中要求的两千万元由我们九洲来帮助解决。"

刘灿放的捐赠不抱有任何私人目的，也从不记功劳簿，所以很难有准确的统计。

刘灿放做慈善始终不肯报道，这就引起了报社谢记者的好奇。谢记者对刘灿放的报道已经很多了，唯独这方面还是空白，她就一直要求采访刘灿放关于慈善方面的事迹。这样联系了一年多，刘灿放始终不愿意接受采访，在不断催促下，终于有一天刘灿放对谢记者说："我做慈善事业微不足道，不值得一说。真的要讲，我们约好一天，和几个人在一起议论议论。经营上讲'君子爱财，取之有道'，那么，我们再来议论一下'财富之用，用之有道'的话题。这倒是我一直思考的问题，这也是一个人生哲学的话题。对企业家，尤其对那些土豪也许有点警示作用。"

谢记者当然很高兴。

一个星期六的上午，刘灿放趁休息约了谢记者。参加的有他的好友——后来自己去创办企业的赵方大，一个是九洲的老员工、作家丰草，另一个是文化学者朱涛。刘灿放邀请这几个人是因为大家彼此互相熟悉，而且都有点想法，容易擦出一些思想的火花。

刘灿放首先说："谢记者多次要我谈谈做慈善的事，我一直不肯讲，因为不值一提。我做一些慈善，可能与我的人生哲学有关。我的人生哲学是三点，就是'事要做一点，钱要有一点，名要有一点；但有钱不做钱迷，做官不做官迷，任何事情不要痴迷'。"

朱涛说："对的，佛教上叫'贪嗔痴'。"

刘灿放接下去说："我的人生哲学也叫我的人生价值观，很朴素，我们求取财富，源于自然，成于自然，回归自然；源于社会，成于社会，回归社会。"

谢记者在笔记本上快速地记录着，这时她停下笔来问："刘董，我问一下，追求财富是人之本能，君子爱财嘛，也是人生的一个目标，你如何来看待这个目标？"

刘灿放笑着说："人生追求财富，当然是人生的一个目标，但决不是人生唯一的目标。人生追求到多少财富才算达到目标了呢？我的观点是'家有万担，一天只吃三顿；屋有千间，一夜只睡三尺'。人的物质生活是有限的，人的精神追求是无限的。"

"那么你慷慨解囊，赞助一些公益和慈善事业的原则是什么？"谢记者用她的新闻敏感性趁机想掏取刘灿放内心的真实想法。

刘灿放说："刚才说了，取之于民用之于民，我的原则是好事要做一点，好事也做不完，好事做好了才算好事。我做点好事，从不沽名钓誉，从不求回报，量力而行，适可而止，也不要报道，不要宣传。这是我一直不愿意接受采访的原因。"

丰草插话说："中华慈善基金会对刘董捐赠的事要进行表彰，请他到人民大会堂去领奖，他不肯去，后来叫人去代领的。"

赵方大这时插话："刘董他跟我多次说过，他的想法很简单，'做企业的，搞好企业缴好税就是做好事。'去年九洲上交国家的税款就达到五亿元之多。"

"刘董他说过，做慈善做公益不要报道，很多有道德的人，他们捐赠了从不要留名，更不要报道，难道做了好事还要去攀比，去争第一名第二名吗？"

赵方大在替刘灿放表白内心真实的想法。

刘灿放听赵方大在替他说话，也顺口说："这倒是我的内心真实想法，我们办企业能多交税就是光荣，我们九洲连续十多年评为优秀民营企业，老天爷对我不薄。"

赵方大马上接上话头："老天爷待你不薄，要我说你待老天爷也不薄。"赵方大认为刘灿放的付出不比得到的少。

刘灿放笑着说："我去年拿的纳税大户奖牌还是黄金做的呢。"

"是真金的吗？"谢记者好奇地问。

"那当然！是 99.9％的足金，有两百克黄金。"

赵方大对于刘灿放夸耀奖牌是黄金做的说法有点不以为然，故意要和他论一论。他笑着说："你拿了这个金子做的奖牌就以为不得了，不知你拿出去多少吨黄金才换来的呢！"

"有几吨黄金吗？不可能的吧？"朱涛也好奇起来。

"我来给你算一笔账。"赵方大摆开算账的架势说，"现在黄金金价每克三百七十元，一百克就是三万七千元，一千克就是三十七万元，一百公斤就是三千七百万元，一千公斤，也就是一吨黄金合到三亿七千万元，你一年交掉五个亿税，不就是交了一吨半黄金吗？你拿了一个两百克的金牌，就高兴得不得了，有什么稀罕！"

刘灿放骂赵方大："你这个人没有文化，奖牌的价值是用黄金来衡量的吗？你这个小百索①。"

丰草看他们说得热烈，也开口说："我来发表点看法，先读一段星云大师关于舍得的话。舍，看起来是给人，实际上是给自己。给人一句好话，你才能得到别人回你的一句赞语；给人一个笑容，别人才能对你回眸一笑。舍和得的关系犹如因和果，因果是相关的，舍与得也是互动的，能够舍的人一定是拥有'富者'的心胸，如果他的内心没有感恩，他怎么

_____

① 小百索：常武地区俗语，打小算盘的意思。

肯舍给人？他的内心充满欢喜，他才能把欢喜给你；他的内心蕴藏着无限的慈悲，才能把慈悲给你；自己有财，才能舍财；自己有道，才能舍道；有的人心中只有贪嗔愚痴，他给人的当然也是贪嗔愚痴……"

丰草说："星云大师这段话说出了三层意思，一是有舍有得；二是有了财富才能舍；三是有了财富肯不肯舍。"

赵方大和刘灿放平时开惯了玩笑，这时他又想和刘灿放开玩笑。他大声说："说的对啊，刘董关键是他有财，又有这个心才能舍财。像我这样，我没有财，所以也没有财舍给别人呀。"说得大家都笑起来。

刘灿放也回敬赵方大说："你怎么没有财？关键是你没有这个心，有了财也不肯舍。"

赵方大不服气地说："谁说的？我要有你这么发财，我比你舍得还要多。"

刘灿放斥责说："你这小气鬼还肯舍吗？去年你村上修家谱，要你赞助一点，修家谱也是功德无量的事，你却铁公鸡一毛不拔，打牌输掉一万两万，你眼睛眨都不眨一下。"

"哎，我是小赌，玩玩的。要说赌博，有的老板才叫赌鬼呢，雕庄有一个吴厂长，到澳门去赌博，一夜就输掉两千多万。我们那叫什么赌博呀？小来来，白相相的[①]。"

谢记者说："是呀，我听说有的老板要叫他做一点公益的事，他一分也不肯出，宁可输掉几十万几百万，他一点也不心疼。"

刘灿放对谢记者说："有一个陈老板，赚了点钱，发了点财，就痴迷赌博。家里老婆、老娘、儿子都不管了，几年下来输得亏空九个亿，弄得家破人亡。"

这叫"小人发财，等于受罪"，朱涛感慨地说。

刘灿放说："这就有了一个千百年来的沉重话题——有了财富怎么用

---

① 小来来，白相相的：常武地区俗语，意思是小额娱乐的。

的问题。我的观点是'财富取之有道，用之也要有道'，积累财富不用，带到棺材里去吗？我们赤条条来，最后赤条条走，有产阶级最终总是要变为无产阶级的。有的人积累财富，想留给子女，这也是有教训的。古人说的'子孙超过我，要钱干什么？子孙不如我，要钱干什么？'穷不过三代，富不过三代，这个魔咒要打破它，就要让子孙自己独立。老话说'遗子满屋金，不如教一经'，我总记着爷爷给我讲的'金辣子'的故事。他说'君子爱财，取之有道'。我在这基础上又充实了一条'没有铜钱不可活命，铜钱多了，弄不好也会送命'，'君子爱财，取之有道，君子用财，用之有道。'"

谢记者听刘灿放说得实际、生动，觉得很新鲜，赶快记下来。朱涛说："我提供一个资料，比尔·盖茨做慈善基金，从 2000 年开始，累计捐出五百三十八亿美金。因为他做慈善，从世界首富位置上滑落下来了，让给了亚马逊创始人贝索斯。不过比尔·盖茨不以为然，他根本不把首富排名当回事。再说马云，他说我这辈子永远比不上比尔·盖茨了，但投身公益事业不会变。"

刘灿放笑着说："我这辈子也比不上比尔·盖茨，也比不上马云，但我也不会变。我做力所能及的事，我怎么可能去与他们攀比啊，我并不是为做善事而做善事，善事也做不完的。

"不过，我还是有点家国情怀的，有人说慈善没有国界。我认为我首先要热爱自己的祖国，为祖国人民多做一点事是我的心愿。

"前几年，常州市领导和我一起到北京去看周有光。那年周有光已经一百一十岁了。周有光是中国拼音之父，这么大的一个文化名人，住在狭小的房子里，家里居然简陋得和一般人家那样，但是唯一多的就是书。我就想到中国历代的许多文化人甚至圣人，生前都是穷困潦倒的，十分清苦，但他们留给我们中华民族的精神财富永远照亮人们进步的脚步。我就捐献了二百万元，拍出了八集纪录片《周有光》，在中央电视台播出了。这就是我一点朴素的感情，现在也有人叫作家国情怀，这就是我内心真实的想法。"

丰草插话："刘董对书的热爱胜过其他人，他看的书很多，不然怎么会上了七年学有现在这么高的理论水平呢，他的学习精神是令人佩服的，当然这一话题就不在今天这里讲了。"

听了这些话，谢记者大概已经大有收获了，她这次不是采访的采访早已达到目的了。她按照刘灿放不要做报道、不要宣传的嘱咐，不准备去见报了，但她在酝酿一篇更大更深的文章。

刘灿放还意犹未尽，对大家说："我的人生哲学，再给大家说一说，一共五句话，叫做：一、年轻时以苦为乐；二、做事时知足常乐；三、成功时助人为乐；四、家庭中天伦之乐；五、老年时自得其乐。"

（四）

刘灿放说完这五句话，赵方大马上大声说："我给你们讲讲他'赤脚老板'的故事。"显然刘灿放"五个乐"的话启发了他。

"有一个夏天，我和他在红梅公园茶馆里吃茶，突然天上下起倾盆大雨，地上积满了水。雨刚停我们就想走，汽车是不能开进公园的，停在很远的马路边。这时，他把凉皮鞋脱下来，挽起裤管。我说，你做什么，这凉皮鞋也不值几个钱，你就穿着走吧！他说，这夏天赤脚有什么关系。茶馆的女经理看到他赤脚也十分惊讶，说九洲这么大的老板，一双凉皮鞋还舍不得！话还没说完，他人就跑得无影无踪了。多少年后，茶馆女经理还称他'赤脚老板'。"

赵方大又紧接着讲起刘灿放"十件衬衫"的故事。

大约 1998 年，刘灿放到香港去，想到衬衫破了，没有衬衫换，于是，他到九洲服装城买了十件衬衫。到了香港，朋友大伟问他这衬衫多少钱一件，刘灿放笑笑说："你猜猜？"

大伟看了看衬衫，猜着说："大约三百元一件吧。"

刘灿放问："你看这衬衫好不好？"大伟说："好呀，我看质量蛮好的！"刘灿放回答："我三百元钱买了十件。"

刘灿放说，"我三百元买十件衬衫是有原因的，原来跟我学做生意的一个小青年，自以为赚了点钱，大手大脚，买一件衬衫三千元，什么样的衬衫要三千元呀，那纯粹是虚荣心作怪！"

刘灿放接着说："我看他是讲排场，摆谱。我穿衣服买鞋子，舒适就好，我那双凉皮鞋，穿了好几年，很舒适，所以舍不得泡在水里，从小在乡下赤脚惯了，偶然赤脚走一段路有什么关系呢？我家里的人也从不奢侈，我夫人前几年买的凉鞋只有二十多元钱，飞机上的一个面包也不舍得扔掉，也要带回家。这都是我大道至简的朴素想法。

"我从不喜欢沽名钓誉，也从不放在嘴上说，更不要什么报道宣传。大队要购买农机，村里要筑路，装自来水，安装天然气管道，造季子公园，茅山老区捐助，抗疫，这些都是应该关心的，我都有赞助，但我什么时候说过的？凡是领奖，给荣誉的场合，我一概不去。"

谢记者一直不停地在笔记本上记录着，她对大家说："我听明白了，刘董事长给予的时候，几十万、几百万、几千万的，毫不吝惜，而对自己却十分吝啬，有时甚至是抠门。这就是刘董的人生哲学，这就是刘董的用之有道。"

朱涛这时也打趣道："他挤出来的是牛奶和血，吃的是草。"

刘灿放笑着说："去年香港几个朋友上五台山，开的房间都是一千元一间，我自己还是住到五峰宾馆比较便宜的房间。坐飞机路短的也不要商务舱，一个多小时就到了，要坐什么商务舱啊！"刘灿放打开了话匣子，又说了他对一些事情的做法，他说，"每年吃年夜饭，我都要求每桌派一个代表，把桌上的剩菜打包回去，不要浪费。我孙女过周岁，我请的都是厨师、驾驶员和乡下的亲戚这些小人物，而且菜还特别要求安排高档一点的，因为平时我们吃的机会多，如鲍鱼、澳龙什么的，而乡下人难得能吃到，所以应该拿些稀罕的菜给他们品尝品尝。"

三、名画归乡亦我愿

（一）

2000 年，某拍卖公司正在举行一场艺术品拍卖会。有一幅画经过几十次竞价后，以二百四十二万元，被一个大连人拍走，这在当时国内的拍卖场上也算得上是一个天价了。

这是一幅什么样的画呢？

常州自古以来人才辈出。特别是明清两代，如没骨花卉的开山鼻祖恽南田，工笔画家汤贻芬，都是中国历史上赫赫有名、一致公认的国画大师。清代乾隆十年，常州出了一名状元叫钱维城，他既是状元，自然文章词赋冠极一时，他还是画坛领袖。人们都知道乾隆一生曾六次南巡，到过江南许多地方。1757 年，乾隆南巡要在常州舣舟亭驻跸，所谓驻跸就是老百姓讲的住宿过夜。

为了迎接皇帝，常州早就在舣舟亭建好了一座"万寿宫"行宫，作皇帝出行住的地方。钱维城为了迎接乾隆，也早已画好了一幅《苏轼舣舟亭图卷》，准备献给乾隆皇帝御览。

这里先要介绍一下为什么称之为"苏轼舣舟亭"的缘故。北宋大文豪苏东坡苏轼一生当中曾经十四次到常州，两次上表皇帝乞求居住常州，因为他感受到常州人对他实在是太好了。他有一次来常州，常州市民万人空巷沿着运河随着船奔走，都想一睹他的风采，东坡在船上看到这情景十分感动。

想不到常州人如此这般敬仰自己，自己又何德何能受得起。于是在船上说了这样一句话："你们这样来看我，莫不是要看煞我啊！"意思是说，我被你们看得多么难为情，羞煞我了。

苏东坡对常州人深情厚谊的感动，也是溢于言表。他说："独徘徊而不去兮，眷此邦之多君子。"他从内心称赞常州这块土地上的人，多有君子之风，所以转来转去再也不想离开到别的地方去了。这也是他之所以选择在常州养老终老的原因。

东坡有一次到常州来已是除夕。他担心州府官员必定要按礼仪隆重迎接，如果那样，上下忙碌，恐怕这个除夕就过不安稳了。为了不扰民，东坡赶紧把正要上岸去向常州官府通报的人喊住，提议把船停泊在城东的河边，全船人在船上过年，于是叫船家"舣舟舣舟！"

船家听不懂"舣舟"就是靠岸的意思，继续划船前行。苏东坡发急了，同行的人提醒说："苏大人，您讲蜀中话，船家听不懂。"

东坡突然醒悟，连连用官话喊："系船靠岸！"船这才停下来系缆。

这时传来阵阵爆竹声，天上飞舞着漫天大雪。东坡触景生情，思绪万千，写下《除夕野宿常州城外二首》，诗中说："多谢残灯不嫌客，孤舟一夜许相依。"

东坡逝世后许多年，常州人一直怀念他。南宋年间，常州老百姓集资在东坡当年舣舟的地方修建了一座亭子，命名为"舣舟亭"。到了清代，这舣舟亭也已经有六七百年历史了，成了常州一处名胜古迹。康熙、乾隆两帝多次南巡，因仰慕东坡文才，多次登临此亭，寻觅东坡遗迹，题匾写诗。

讲到这里，钱维城要把家乡这处胜迹绘制成图，献给乾隆皇帝御览，也就不难理解了。

乾隆皇帝到了常州，住在舣舟亭为他南巡特地建造的万寿宫里，他慢慢展开这幅《苏轼舣舟亭图卷》。这幅画并不大，只有两平方尺左右，纯粹墨色，并无染彩。只见运河长堤，傍堤停一叶小舟。岸上古松两株，苍劲挺拔，松下有亭，亭额题"舣舟亭"三字，亭边有数拳窝石，其后修竹翠秀，屋舍栉比。中有小溪，上有小桥可通，东坡洗砚池隐约可见，园中广植树木，初春天气，枯树正吐新芽，一片生机。乾隆帝细细慢观图卷，又身临其境，于是将图中所绘与实地景象一一对照，称赞钱维城画得层次分明、错落有致、神情并茂。原来，钱维城之所以能成为画坛领袖，就是因为他的画写实，细微准确，笔墨功夫高超，能把舣舟亭胜境全貌表现在咫尺之间。

乾隆帝观看着龙颜大悦，不禁当场提笔在画右上方，用淡墨以行书题五言诗一首，诗中说："家乡事道真，停桡亲印证，图外得其神，一例野亭子，因苏千载新……"

乾隆赞叹钱维城描绘家乡舣舟亭景色如此逼真传神，自己又亲自实地印证一番，十分高兴，感慨一个普通的亭子，因为苏东坡而千载常新，流传千古。

这一年，是乾隆二十二年（1757）。时光荏苒，岁月流逝，过了二十七年，乾隆四十九年（1784）乾隆又南巡到了常州，再次驻跸舣舟亭。这时，钱维城已经去世十二年了。乾隆重新展开《苏轼舣舟亭图卷》，观画观景，睹物思人，再次称赞这幅画，画得是如此逼真，转而思念旧臣，十分伤感。

乾隆皇帝和钱维城的君臣关系非同一般。钱维城是乾隆帝的词臣，即文学侍从之臣，随时为皇帝提供历史、文学、典章、制度等各方面的咨询，经常随驾出巡，奉命与皇帝唱和，鉴赏书画，进呈画作，进呈的书画作品多蒙皇帝题咏。据宫廷编撰的《石渠宝笈》累计统计，收入钱维城作品二百零八件，其中绘画一百六十五件，书法四十三件，足见乾隆帝对钱维城的器重，也足见他对钱维城早逝的惋惜之情有多深。此刻他再次提笔，在这幅《苏轼舣舟亭图卷》左上方的空白处题诗一首，诗中说："侍臣昔日图乡景，适在运河岸侧边……携得横图景逼真，春光相印越清新，独怜写者古人事，写者亦今为古人。"他伤感地回忆起昔日钱维城为他绘制家乡舣舟亭的景象，是那么的逼真传神，如今再次印证越发清新了，我多么怜惜绘制古人事的作者钱维城，如今却也已经成古人了！

（二）

这幅画一直深藏内府，成为历代清帝的至爱。直到晚清，被挟带出宫，之后被多位收藏家收藏。据说有一位藏家想把它出让给武进，让它实现归乡的心愿，无奈又没落实。

2000年12月10日，有消息说《苏轼舣舟亭图卷》将在北京一个拍卖会上拍卖。消息传来，常州文化界、收藏界人士议论纷纷，也引起常州文博鉴赏会包立本的关注，当时常州市委虞书记十分重视，想请有关人员去把这幅画拍回来，但没有得到响应。

这次拍卖会常州不少人去参加了。有一位常州藏家，也很有意愿想拍下这幅画，为常州做一件好事。起拍价一百五十万到二百万，有人不断举牌，再往上喊到二百二十万元时，他的脚和手都在颤抖。可见当时拍卖的激烈程度，这位常州人也算是虽败犹荣了。

这幅画最后以二百四十二万元一槌定音。

《苏轼舣舟亭图卷》再次与常州人擦肩而过。

这幅画承载了常州人太多的情感，寄托着常州人太多的家乡情结，以及和苏东坡永远割不断的情缘。这些不是金钱可以衡量的，常州人一直在做着努力，企盼能将这幅画回归作者故里。

一次一次的挫折和遗憾，始终成为常州人的一块心病。

2019年，收藏爱好者陆仁兴发现这幅画又出现在拍卖公司的图录上。消息传开，常州各界群情激动，纷纷提出一定要把这幅名画收回家乡。曾经在二十年前想购回此画的老书记也加入了呼吁的行列。但他也有犹豫，毕竟自己已经退休了二十年，二十年前在职时都没有能办成的事，如今事过境迁，又谈何容易啊！但他又想起往事，想起那么多常州人曾经在自己面前提出要求时，那种渴望企盼的眼光，想到自己曾经工作生活的常州，仍然还是那么亲切，他决定尽己所能，再做一些努力，来弥补自己过去没有完成的遗憾。

（三）

虞书记首先想到给时任常州市委汪书记打电话。他是老前辈，不管怎么说，汪书记不会把他拒之门外。

两位新老书记之间的电话打了一个多小时，最后虞书记说了这样一段话：

我虽然不是常州人，也早已退休多年，也不住在常州，但我曾经在常州工作生活过，常州是我的第二故乡，你也是，我们常说为官一任，造福一方，这是历代崇高的美德。可我工作没有做好，留下了不少遗憾，希望你能把这件事做好，完成常州人民的一个心愿，为常州做一件好事。不要像我这样，留下遗憾，感到愧疚！

汪书记知道这些话的分量，马上打电话给天宁区委宋书记，因为舣舟亭（东坡公园）在天宁地块上，属天宁区管辖。

宋书记听完事情的来龙去脉和市委书记的指示，立即给九洲集团董事长刘灿放打电话，原来刘灿放是天宁区商会会长，他建议刘灿放能不能由天宁商会发动商会成员共同出资。

这时刘灿放正出差在外地，接到宋书记电话感到事情突然，一时还摸不清头绪。多少年来阅历无数，生意谈了无数，还从来没有碰到这样的事，电话里也说不清，就只得勉强回答：

"好啊，让我回常州后再商量。"

谁知宋书记说："这事不能等，拍卖会某日就要开拍，没有时间等了。"

刘灿放说："既然这幅画是常州的宝贝，那就先去把它拍回来呀。"

宋书记对刘灿放说："你答应了，我可要开出全权委托书派人去拍的啊。"

宋书记担心刘灿放出差在外地，在电话里只是敷衍，所以特别强调其中的利害关系。

刘灿放这才清楚这"答应"两个字可不是随便说的，这是要动真格了，到时候真金白银是要捧出去的，如果食言了，可是关于信誉的大问题。

刘灿放心想：这是一幅什么样的画啊？我对画一窍不通，我又不搞收藏，也没这个心思去搞收藏，我的精力主要是考虑如何把企业做好。家中办公室偶然挂几幅字画，也是出于布置装饰，并没有故弄风雅的意思，现在要平白无故地去拍买一幅画回来干什么？

　　宋书记说："刘董，我不是让你个人来买这幅画，是请你在商会里号召大家一起共同来出把力，凑起这笔钱。"

　　刘灿放这才想起这幅画要多少钱，于是就问："这幅画要多少钱啊？"

　　宋书记说："钱维城的画很值钱，据说有一幅名字叫《雁荡图》的画，成交价是一点三亿元，还有一幅拍到一点一八亿元。估计这一幅也不会低，大概要六七千万吧，当然现在还不知道……"

　　宋书记有点着急了，又在电话里给刘灿放说这幅画。

　　宋书记说："这幅画对常州来讲意义重大。它不仅是一幅常州文化名人钱维城创作的描绘常州舣舟亭的作品，还有东坡与常州的情缘，有大运河常州段与乾隆南巡的历史，有常州状元与皇帝君臣之间的故事，是留存常州文化记忆、传承常州历史文脉的重要载体……对常州人来讲，太重要了！"

　　刘灿放听完宋书记介绍后，感觉到这幅画一定对常州有特殊的意义，不然不会有那么多人关心、热爱这幅画，于是对宋书记说："既然文化界、市委、市政府、各级部门、区领导上上下下这么重视，我肯定会配合，你派人去拍就是了，有那么许多人都往一处想，就有希望。"

　　刘灿放提高声音对宋书记说："好的，虽然我还没有看到这幅画长得什么样，既然要它回到家乡，是许多人的一致心愿，当然也是我的心愿，先把它拍回来，钱的问题总好想办法的！"

　　宋书记在电话那头既高兴，又不放心，认真说："刘董，你答应了，我就开委托书出去，由市文旅局委托人全权去拍卖会举牌啦！"

　　2019年11月19日，开拍前三小时，常州天宁区开出全权委托书后，市文旅局与拍卖公司协商，取得了参拍资格，立即安排相关人员参与在线竞拍。当日下午《苏轼舣舟亭图卷》以三千八百万元起价，经过半个多小时惊心动魄的竞价，最终以七千四百七十五万元总价花落常州，圆了常州人多年未竟的心愿。漂泊在外二百六十余年的名画，终于回归作者故里。

（四）

画拍卖后，宋书记通知统战部党组书记和天宁商会的副会长单位等人商议筹资。天宁商会共有二十八个副会长单位，其中两家是实力雄厚的国有企业单位。这些单位的回答是各种各样的。

"什么，一幅画要七千四百七十五万元，什么画呀？"

"一幅画能当饭吃吗？"

"你们谁要买谁去买，我可没有钱。"

"我们企业有几十个股东，有钱也要股东通过才好出。"

两个国有企业的老总都表态说："只要哪个人说出这笔钱可以从财务哪个项目上开支，那么这笔钱全部由我们出都没问题。"

国有企业的开支有各种规定，而且严格，要开支这笔钱确实有困难，两位老总这话也是实话。

这就急坏了具体经办的人。要知道拍卖品成交后就要付款，延期不付就是违约。这关系到信誉问题，而且关系到常州市政府的信誉问题。

二十八个副会长单位，大有大的难处，小有小的难处，各有各的难处，一个服装企业的张总，看到这种尴尬局面，也为常州着急，他站出来说：

"我们企业有上千号人吃饭，虽然也有困难，但这是我们整个常州人的事，我也出把力，这样吧，我表态出一千万元。"

刘灿放听此情况，心想："我还没有看到这幅画呢，我们到北京去看看实物。"

文广旅局天宁区的人和刘灿放一行到了北京，看到了这幅让人梦牵魂绕的《苏轼舣舟亭图卷》。

刘灿放对大家说："既然这样，拍都已经拍了，怎么能反悔呢？这关系到常州市政府、常州人的信誉，既然这幅画回归常州是大家一致共同的心愿，也是我的心愿，第一步先把它拿出去，回归家乡。其他地方也不要再去做工作了，张总的一千万也不要他出了，我一个人出吧，我先付清钱再说。"

一句话既朴素又真实，刘灿放立即安排把七千四百七十五万元全额付给了拍卖公司。

2020年4月28日，这一年正好是钱维城诞生三百周年。在常州博物馆，钱维城《苏轼舣舟亭图卷》归乡特展正式开幕。这是漂泊在外二百六十余年的名画回乡第一次展出，吸引了常州无数人的目光，刘灿放本不准备来参加开幕式的，他不想凑热闹，他是有名的"田螺姑娘"，一旦要露脸的事，他就退到后面去了。那年中华慈善基金会在人民大会堂发奖，一定要他去领奖，他横竖不肯去，最后叫别人去代领了。市里、省里有什么发奖大会，他一次都不肯去，躲得远远地，全部叫别人去代领。他经常说："好事难做，好事做不完，好事做好了才算好事，我从不喜欢沽名钓誉。"

在许多人的劝说下，他改变了主意，这次把名画拍回来后，各种各样的议论都有。刘灿放感到有必要借展览会开幕式，向人们说清楚他的真实的想法，消除人们对他产生的各种误会。他在开幕式上向各位来宾致辞：

"文化是一个国家、一个民族、一个城市的灵魂。文化兴国运兴，文化强城市强，文化的自信能激发人们的创新创造激情和活力。

"常州，是一座历史文化名城。今天展出的《苏轼舣舟亭图卷》就是常州历史上状元钱维城画的，今天还存在的舣舟亭公园图景……本人认为，本次展览活动的意义是：历史上常州的状元画了家乡常州的舣舟亭，得到了乾隆皇帝两次御题，彰显了画家本人的艺术功力；常州的状元，画家乡常州的事，所以是地道的常州文物，今天终于回归了常州，值得常州人庆祝。

"铭记历史、传承文化、热爱家乡常州是我们常州人具有的朴素情怀。本人不懂书画艺术，不具备收藏文物的条件和爱好，本次参与钱维城图卷回归常州的活动，纯粹是崇尚常州的文化，也因受到一些领导启迪，响应市委、市政府建设常州五大明星城的号召而为。此举不足道，不必作过分解读，只要回归常州就好。感谢所有关心此画回归常州的领导和各界人士。"

附录

花儿为什么这样红①

——记武进市九洲集团

1988年3月，百草葱茏，鲜花盛开，春风又绿江南岸。这一年，正是中国改革开放的第十个年头，在江南名城常州，一个婴儿呱呱坠地。这一天，一定有许许多多的婴儿诞生，但作为刚刚诞生的武进九洲物资公司这个新生儿，谁也没有估量到在以后的十年里有如此出众的仪表和才华。九七元旦，常州最大的服装专业市场九洲服装城几乎在一夜之间就耸立在常州南大门，从挖第一方土到开张迎客，仅用了五个月。紧接着，1997年10月1日，在经过六个月的日夜奋战，三万平方米的现代化大型市场九洲食品城又拔地而起，一炮打响。人们由衷称赞为"九洲速度"，有人用三句话来评价九洲创造的奇迹，这三句话是"有目共睹，刮目相看，拭目以待……"从此，九洲服装城和九洲食品城，宛若一对才貌出众的姐妹花，比翼双飞在常州大地上，赢得了公众一致的艳羡。云想衣裳花想容，讲到穿，人们言必说九洲服装城；民以食为天，讲到吃，人们言必讲九洲食品城。就在人们惊叹之余，九洲集团南开房地产公司又悄悄地构造起一座都市里度假村——丽景花园。这是一座超越时代的别墅式公寓，有着

---

① 这篇报告文学记录了九洲集团成长发展的轨迹，生动地介绍了他们商品经营、思想经营、哲学经营，以及企业理念、社会理想、人格力量等各方面的行为和精神，对我国创建现代化企业有重要借鉴意义，值得一读。

超凡卓越设计的杰出作品。丽景花园是九洲集团南开房地产公司继丽华三村、兰陵公寓、九洲服装城、九洲食品城等项目之后快节奏、高效率、高品质、现代化、科学化的又一典范。在竞争激烈的房地产市场中，南开房地产准确把握市场，努力培训高素质员工，顽强拼搏，艰苦奋斗，成为同行业中一颗耀眼的明星。

人们不难发现：九洲集团在提高人民生活品质的"衣、食、住"三个领域，都有杰出的表现和光荣贡献。九洲集团下属还有九洲化工塑料市场、九洲金属公司、九洲工业公司、九洲装饰公司、KK迪斯科广场等十八个贸易公司和娱乐业，成为一个拥有二亿元固定资产，年销售额十多亿元的集团公司。

数字也许是枯燥乏味的，人们也早已熟悉九洲，人们急着要问的是：九洲集团靠什么成长发展的？他们有什么秘诀？能否从他们发展轨迹中得到启发和借鉴？

天才第一声啼哭并不是一首诗

九洲集团十年磨一剑。这是聚沙成塔积累之后由商品经营向资本经营的飞跃，这是由量变到质变、整合重塑之后的厚积薄发，这是经过无数台阶攀登之后惊险的撑高一跳。九洲集团在商品经济的竞赛场上，跳越了多少沟壑天堑。

一个哲人说："天才生下来的第一声哭声并不是一首诗。"九洲诞生时同样显得那样弱小和稚嫩。1988年，他们从农村来到城市，借了常州港务处一块地方，再借了六万元人民币，开始了漫漫的创业之路。他们望不到航船的彼岸，但他们认准了方向不停地挥动双桨，他们看不到成功的峰巅，但他们每天充满信心地不断攀登。

1988年夏天，是有史可查的酷暑，他们十几个创业者，顶着烈日，穿梭在大街小巷、异城他乡，一碗面、一块饼就是一顿中饭。寒冬腊月，他们走南闯北、忍冻挨饿。在乡间农舍里，他们经常彻夜长谈，几碟小菜说故事，昏昏灯火话平生，乐而不疲，谈论着生意经，探讨着富国强民、自我发展的道路，回忆过去太多的苦难，憧憬将来美好的前景。焦虑和喜悦共存，担忧和兴奋参半。1988年天热，经济更热，物资匮乏，城东的货贩到城西就能赚大把的钱，一只冰箱一转手可赚上千元。那里价格双轨制，市场上钢材三千元一吨，国家只要两千元，钻一下空子也赚大钱。有人欣喜若狂、忘乎所以。九洲物资公司的总经理刘灿放却冷眼观色，从中看到这现象不符合经济规律，迟早要变，他摒弃当时一般人的经营思想，提出按贸易内在规律做生意。他们在供货和销售的上下渠道上经纬织网，建立了牢固的网络。1989年经济进入低谷时，许多人没生意做，而九洲销售有增无减。直到现在，进入1999年，我国钢材市场早已进入买方市场，钢材卖不出去，而九洲仍然购销两旺，年销售在几十亿元，这就是十年前建立的网络在发挥作用。

"我们要讲信誉、守合同、绝不做'短寿命'事体"。总经理刘灿放如此不断地要求他的各路战将不要搞短期行为。正当别人"打一枪换一个地方"拼命聚财时，他们不计较一城一池的得失，跳出小农经济的圈子，着手创建牢固的根据地，进行经营班子的培养，进行资产、经验、人才的积累，一次又一次的信用记录形成了他们一笔宝贵的无形资产。一次做纯碱生意，银行能够放心地开给他们四千万元的信贷款。这十年九洲集团连续多年评为"守信誉、重合同"单位，银行的支持给他们的腾飞装上了翅膀，这难道不是他们靠无形资产换来的宝贵财富吗？

如果说变幻莫测的股市中"低开高走"是一般规律的话，那么商海波涛同样是高峰低谷的颠簸，就看你能否把握。改革开放后的中国经济，曾经有过二次低谷，而九洲集团正是从这二次低谷中崛起。1989后的低谷，许多公司停办、关闭，九洲却在完成了最初的原始积累后，并扎实在根据地上开始扬帆远航。几年后，又进入第二个低谷，1993年我国经济再度过热，只等涨价就能赚大把的钱，有的稀有金属甚至上万元的涨。

总经理刘灿放说："发涨价财、发关系财、发投机财，不是真本事……"并且制定出"不谋暴利、不偷漏税、不经营劣质商品……"的"三优""六不"经营纪律，逐步走上了"自我约束、自我完善、自负盈亏"的规范化经营道路。

五月的莫斯科是迷人的季节，春风扑面，温馨醉眼，心旷人怡，莫斯科郊外的晚上更是如歌如诗。九洲物资总公司总经理刘灿正和几员大将来到异国都市洽谈生意，准备游览一下这个伟大的城市，红场红墙还带着神秘的面纱，列宁墓无论如何也该瞻仰一下，听说克里姆林宫部分也向游人开放。著名的斯帕斯基那硕大的时针无声无息却不停地走着。那天早晨，直觉和灵感突然使他意识到：国内的这种经济过热极不正常，违背了规律，决不会继续下去。他拔腿就往飞机场跑，回到国内他立即召集各分公司要求盘清库存，尽快清仓，哪怕亏损一点也在所不惜。就在他们刚刚把库存销售完时，国家宏观调控的指令一道道地发下来，经济进入了低谷，许多公司造成大量积压，进价和出价倒挂，有的一下亏损几百万、几千万，而九洲已变成"无库存"销售，没有包袱一身轻，再一次赢得了发展速度。

这难道就是战争中的随机应变、慧心独创？这难道就是兵法中的"运用之妙，存乎一心"？解放战争时一幕幕场景浮现在我们眼前。毛泽东转战陕北，当他们刚刚涉过黄河，洪水汹涌而至，敌军只能望洋兴叹。刘邓大军挺进大别山，大部队刚刚跨过淮河，河水跟着上涨到灭顶。渡江战役时陈毅看到马上要发桃花水，及时向中央要求赶在水来之前过江，终于百万雄狮势如破竹……这难道是人们常说的商场如战场，难道就是商品到货币的惊险一跳？我们不是算命先生，自然规律不能听从人的意志随便发明创造，智慧的人能够遵守大自然规律办事，求得主观和客观的统一。"水之行，避高而趋下，兵之形，避实而击虚。"九洲的老总常常根据变化避免被动，争取主动，绕过了许多险滩暗礁，不断将航船安全引向胜利的彼岸。幼儿终于长大成人，天才来源于勤奋。

不唯书　不唯上　只唯实

在九洲每个发展的脚印中，你都可以看到他们与违背规律作斗争的擦痕，甚至伤疤。我们不会否认几十年中国经济中有过的沉痛教训，这是几代人的叹息，几代人的无奈。从1958年到1988年，虚假浮夸之风屡禁不止，后来更有甚者，一些人用集资贷款支撑起虚假的繁荣大厦到头来忽啦啦大厦将倾成为最后的滑铁卢。这就使一向务实的刘灿放深恶痛疾，不断躬身自问：经济工作来不得半点虚假害国害民。百姓骂声震天，为什么还有人好大喜功，瞒上欺下？我们不能再做那些违背经济规律和价值规律的事情了。当时一些国营企业的上级领导"为面子，充胖子"层层向下加指标。一些企业为了完成上级任务，盲目生产，或勉强成交，根本不问投入产出，根本不管利润只求空头产值，造成大量积压或巨额债款难以收回。而九洲物资公司总经理刘灿放顶住压力，不但不加指标，反而给下属减指标，采取"能做则做，不能做不勉强"的经营方针，稳扎稳打。事实再一次雄辩证明：世界上只有老老实实做事的人，才获得真正的成就。要想欺骗人只能自欺欺人。

有人曾问过：九洲成功最重要的因素是什么？刘灿放平静地答："实事求是。"

九洲不但和那些弄虚作假的行为格格不入，还不断与教条主义作斗争。那年，南开房地产造了一批住宅，由于面积户型定位失当，结果滞销，巨额贷款无力偿还。可是当时有些人还以为奇货可居，大谈"目前最重要的是管理"，闭口不谈如何销售。不错，管理出效益，从一般规律讲是对的，但在毫无销售、没人去住的地方你去管理什么？这完全是对管理的图解，是本本主义的幼稚病，刘灿放给大家讲了这样一个故事。从前，有一年发大水，一个地主背了一袋金子逃到一棵树上，一个农民背着一袋糠饼也逃到这棵树上，农民饿了就啃一块糠饼，而地主不能吃金子呀，地主饿得半死，只得央求着，用一块金子换取农民一块糠饼——教条主义者若认为金子值钱，换糠饼无论如何不划算，他只有饿死……

真是"智者一步，愚人十年"，刘灿放审时度势，怒斥书呆子式的经营观念，采取一系列措施，很快把这批住房卖出，回笼了资金，还清了贷款。表面上亏了，实际上赢了，这和海尔集团张瑞敏在三天之内处理完所有库存洗衣机一着，有着异曲同工之妙。又有人问刘灿放秘诀是什么？刘灿放还是回答四个字："实事求是！"

陈云说过："不唯书、不唯上、只唯实。"在这四个字下，九洲的创业者们不迷信书本教条，不搞唯命是从，不搞花架子，他们不求名，不唯利，有一说一，有二说二，绝不文过饰非，好大喜功，不肯抛头露面，不肯张扬自己。有荣誉要领奖却往后缩，他们多次婉言拒绝对他们作宣传报道。人们至今对他们怀着"真人不露"的敬畏。其实，他们是一群当了主人翁的农民，是一批有了当主人翁本领的农民，是一批脚踏实地的开拓者，是讲实话、办实事，忧国忧民的民族脊梁。

商品经营　资本经营　思想经营

"一流的市场靠一流的经营，一流的经营靠一流的经商户，一流的经商户靠一流的服务，一流的服务靠一流的管理者……"

"我们办市场，必须要明确：我们是招商兴市，而不是招商引资……皮之不存，毛将焉附……"刘灿放在市场管理工作大会上精辟地分析招商和引资，管理和兴市的关系。

"我们要提高自身素质，要有谦虚意识，安全意识，服务意识，学习意识，团队意识，危机意识……"

刘灿放口若悬河，滔滔不绝，他讲话从来不喜欢用稿子。

"当信誉与利益产生矛盾时要选择信誉，当事业与利益产生矛盾时要选择事业……"

刘灿放在召开的贸易公司会议上，那极富思辩的讲话震撼着在商海泛舟的弄潮儿们："损人利己的事我们不做，损人不利己的事我们更不做，不损人又利己的事我们才做……"

他常常雅俗并用，在用那些"皮之不存"之类雅致的成语后，不时用村言俚语来阐明他的思想。

"'背靠墙头打拳头'，我们要'前抓基地，后抓阵地，从生产基地来，到生产用户中去，不要在贩子手里贩木头！'"他对着那些经营人员用最通俗的话语说出最深奥的思想。他的俗语俚言常常带来下面的掩面发笑，人们却从发笑中一下了明确了许多道理。

他的思绪如滔滔江河不舍昼夜，对一些不思进步、等靠依赖的现象他又在做思想工作了："一个人家，三年不动匠，就要不像样，你必须每年要有新道理，每年都要有新思路，思路就是财路，点子就是票子，停止就意味着倒退……"

"我的做法是：帮你们拉班子，搭台子，通路子，找票子，其他的事，由你们自己去做。

"我们要透过现象看本质，多研究潮流，少研究传统。符合规律，弱小也会变成强大，不符合规律，强大也会变弱小，历史经验早已证明，日本鬼子、国民党反动派貌似强大，可是他们逆规律而动，结果失败了……"

这时，他又成为讲台前的一名历史课老师了。

英国著名管理学家霍金森说："倘若哲学家不能成为管理者，那么管理者必须成为哲学家。"现代企业不再是家族、关系、门第、资本支配的王国，而是思想家驰聘的疆场。人类经济社会已经由商品经营、资本经营走向思想经营。有识之士已经预言：谁拥有市场已不重要，因为市场相差无几，而思想的差异巨大，谁拥有思想，谁就拥有财富，21世纪一个最大的特点就是"富有属于思想家"。

九洲集团的董事长兼总经理，已不是单纯的一个商人或企业家，他正在用思想统帅他的集团军。

刘灿放只念过七年书，他记住了他爷爷的一句话："人不识字可以吃饭，不识人不可以吃饭。"他还记住了一位知识渊博的老先生的话："你可以没有文凭，但你不可以没有文化。"刘灿放走出一条"从战争中学习战争，在实践中上大学"的新路。老子曰："道生一、一生二、二生三、三生万物。"道是什么？道就是思想。一个军阀无论拥有多少军队也成不了领袖，因为他不拥有思想，一个企业家如果没有自己的性格、灵魂、思想，充其量也不过是一个军阀，一个武艺高强的侠客，一个草莽英雄。

哲学　理念　有限　无限

"九"在中国字中有太多的含义，它泛指多数，还代表了"聚合"。《庄子》"九杂天下之川"，即汇聚天下河流之水，那一定是大海了。当时取"九洲"之名，是取"九洲方圆"之意，泛指包容、聚合、宽广。九洲的图腾式标志是一个地球形状，有水有地的抽象了的图案，也有无限、无止境之意。

诚然，哲学上讲，对无限来说，人是虚无；对虚无来说，人是无限，不是吗？生生不息的生命力在有限中获得无限。

刘灿放多次对大家说："我们至今还不能说'成功'，只能说'成绩'。就算成功，本身也是无止境的。"他始终辩证地看待静止与发展，平静地咀嚼取得的每一枚成功之果，他总是完成了一次竞赛，感受了一次喜悦之后，收拾一下自己的行囊，继续踏上求索的路途。

经营思想需要经营哲学，哲学是最高的智慧，是企业家立于不败的基础。九洲集团正在形成自己的经营哲学和企业理念。

"适者生存、奉献光荣"，这是总经理刘灿放为自己设定的人生格言，树立的奋斗标靶。

"纳税报国、团结奋斗、自我完善、争创一流"。这是九洲人共同的誓言。

"谦虚意识、学习意识、团队意识、危机意识"。这是九洲所有员工遵照总经理要求每天捧读的教义。

卓越的企业家都有自己建立在科学基础上的哲学观，他们创造企业的哲学理念，赋予宗教般的地位，他们身上闪耀着教父般的圣光。企业家拥有高尚的人格思想、崇高的社会理想和纯洁的道德行为。刘灿放不仅用他的哲学思想经营人，更重要的是以他的人格力量感召人。他总是以平常心看待名利富贵。除了应该得的薪水，他不再多拿公司一分钱，出差在外，他总是一碗面条。平时两碗面条打发一顿中饭。饭桌上他不允许掉饭粒，他说，像美国洛克菲尔、日本丰田这样有几百亿家业的企业，不准随便浪费一分钱、一张纸，我们有什么理由摆阔？

现在有几多正在自己将自己辛勤创造的劳动果实毁于一旦，有几多曾经富有的资产雪球一点一点烊化；又有几多所谓的"企业家"拿着国家集体的钱吞金吃玉，暴殄天物。更有一些低素质的人，一经暴发，难以自制，夸财斗富，荒诞不经，愚昧无聊……

"小人发财，等于受罪"，刘灿放对此嗤之以鼻。对一些声色犬马之徒更是痛心疾首。"君子使物，不为物使"，刘灿放的话随时可以雅俗共赏。

人们总是千百次去探究社会历史成败兴衰的奥秘，却视而不见最显浅的道理，以至"身死人手，为天下笑"的故事一再重演。

哦！九洲的老总们看到了吗？他看到了，他们看到了"创业艰难百战多"，他们看到了"成由勤俭败由奢"，他们看到了创造资本难，驾驭资本更难，他们看到了历史永远充满生机，历史永远存在缺陷，思想的枯竭必将带来面貌的苍老，空虚和自满都将使人落伍，只有内心深知生命价值，懂得物质的富有和精神的富有——成为真正富有的人。"大风起兮云飞扬，安得猛士兮守四方。"二千年前汉高祖打天下过家乡高唱大风歌，企盼能有将士守国土，身为九洲集团董事长兼总经理的刘灿放同样不无感慨地说："别的我不担心，我最担心的就是人才跟不上……"是啊！人才是一个不变的话题，永恒的课题，不解的难题。我们还不忘记二战之后美国人抢人才俄国抢机器的故事。以"机器为本"和"以人才为本"何其鲜明。刘灿放用他的才智、信义、宽厚、尊贤的美德赢得了众多的有识之士共谋大计，他充满人情味、同情心，宽以容人、厚以载物、求贤若渴、礼贤下士，见贤思齐、良禽择木而栖，周公吐哺，天下怎不归心?

实践证明，员工的积极性超过一切劳动诸要素，人是生产力中最活跃的因素。美、日对成功和失败企业作比较调查发现，几乎所有成功的企业都有下列特质：即"以人为本"。中国的调查也表明，成功企业往往是制造和谐和营造企业文化并举，使人有归属感，极大地激发了超人的积极性和创造性。

刘灿放眼前又呈现了一幅明天的赛程和作战图，他陷入深思：我们在扩充地盘时更要扩充思想，在收集钱财时更要搜罗人才。20世纪的竞争是人才的竞争，人才竞争首先是制度的竞争，建立公平、公正的竞争规则，制订具有激励机制的制度，才会造就人才，留住人才，发挥人才的聪明才智，才有希望在新的世纪里获得参赛资格，九洲的希望之花才能永葆鲜艳，永不褪色。

（原载 1999 年 9 月 20 日《武进日报》）

安得广厦千万间

——记江苏九洲投资集团董事长刘灿放

楔　子

　　兰陵，自古以来就是嘉名，一千七百多年前的晋、梁时期，常州这地方就以"兰陵"作郡县之称，历史上又称南兰陵。曾几何时，常州人又用兰陵之名冠为一个地名，成了常州南大门的泛称。

　　历史是有历史人造就的。兰陵这一大片土地，原来是一派田园农村景象。人们为了生存、安居、发展，割刈荒草，填充沟壑，拾砖买瓦，孜孜造起了农舍、工房、商店、菜场、厂房……由于物质匮乏，经济贫困，人们能造起这些避风遮雨的房屋已属不易，何论高档与美观？劳动新村那一大片居民房，大都为20世纪70年代所建，狭窄矮小，没有卫生间，连外墙粉刷也没有。这里的各种房屋犬牙交错，参差重叠，工厂的围墙打进了村庄，村庄又嵌进工厂里一只角。这里的自然村和城市居民住宅混杂一起，深巷小弄转弯抹角叫人摸不着头脑。十年前，有不少当地居民请求政府能改善居住条件，又有不少有识之士呼吁彻底改变兰陵南大门的面貌。然而历史的因袭愈重，时代的创新愈难，要把这里现有的房子拆除，挖地三尺，再重新建一遍，谈何容易。十年过去了，兰陵这片土地仍在沉睡中憧憬着那可望而不可即的未来。

　　2007年，常州市政府下决心把兰陵地块的旧城改造列为十大工程之一，邀请江苏九洲投资集团商量改造问题，九洲集团董事长刘灿放怎敢轻易允诺，这是一个巨大的工程呀！光拆迁就达三千九百多户，这在别处几个项目合在一起也没这么多。投入资金也十分巨大，光前期投入的真金白银就要二十个亿。还有，"百姓百姓，百条心呐！"在此之前，不是有好几个房产开发商兴冲冲地来，悄悄地走了吗？是的，企业是要讲赢利的，企业不讲赢利，它一天也别想生存下去。企业没有旧城改造的必然职能，作为一个民营企业的掌门人，刘灿放需要冷静，需要计算，需要思考……"九赢一亏，全盘皆输"，他平时总是这样告诫搞房地产的员工们，他陷入了深深的沉思之中……

　　九洲房地产经营这几年声誉鹊起，有目共睹。继1999年开创常州住宅先河的丽景花园成为一种口碑被人们长久传诵后，三十八万平方的都市桃源又为常州人倾倒。这是一种对美丽的倾倒，这是一种对高贵与雅致的仰慕，这是一种爱屋及乌式的对创造者的敬佩与爱戴。面对一个个杰作，人们无不额首称是，交口称赞。2003年初，都市桃源开盘后九洲集团又西出常州，在安徽的"小上海"芜湖与人合作谋发展，开发建设了一条千米双向商业街——新时代商业街。接着，在镇江这个历史悠久的江南名城，建造起现代化的镇江第一高楼——镇江九洲广场。九洲人又挥师北上，渡过长江，在文化名城的扬州城里打下一个楔子，建起一个十八万平方米的明都华庭小区和一个大卖场。与此同时，位于常州火车站东侧，紧靠闻名遐迩的大润发超市旁，常州市体量最大、配套最全的九洲环宇又耸然挺立，这是具有国际水准的商务大楼，这里云集了众多国内外知名企业，成为名符其实的公司之家，一个光彩夺目的标志性建筑，为常州城增光溢彩。2006年，九洲又在城北开发香树湾福园、九洲花园两个小区，在城南淹城开发豪廷苑小区和五星级豪生大酒店。

　　人们评价九洲房地产一下子跃入了"第一集团军"行列。然而刘灿放却不在乎第一还是第二。就在人们热衷于对房地产做排行榜，津津乐道销售了多少亿，要增加多少个亿销售的时候，刘灿放没有争第一、夺优胜的豪言壮语，也没有夺标的计划。他说，我只是看老百姓需要不需要房子，需要多少房子；需要什么样的房子，我就造什么样的房子。

九洲虽然经过这几年打拼，积累了不少房产开发经验，但人才、资金、技术等仍然存在缺陷，面对这么一个开发量达一百万平方米的巨大工程，再加上多种复杂的局面，这是常州历史上旧城改造没有过的，也是九洲房产开发从没经历过的。公司不少人的担心不无理由，但作为九洲集团的董事长，刘灿放经过慎重思考后最终还是力排众议接了下来。他说：企业当然要讲赚钱，但更要讲造好房子，好房子不怕卖不出，也不怕不赚钱，他说他还是那句话："不想服务大众，就别想发展自我！"

这是一项重大的决策，这是一个极大的心愿，这是一次坚定的承诺……九洲派出了精兵强将，投入了大量的财力、物力，选择了多家品牌设计公司规划设计，在政府的强有力支持下，兰陵整体旧城改造全面启动，进展顺利，一个崭新的兰陵，必将在这几年中拔地而起，久久盼望的常州南大门的新景象，世人期望，万人瞩目……

诗圣和农夫有同样的梦

公元 760 年那年秋天，诗圣杜甫在成都浣花溪边好不容易盖起的一座茅屋，被怒号的秋风吹得七零八落，屋破又遭连夜雨，屋里连床头也没有一块干的地方，杜甫两只脚潮湿麻木冷得无法入睡。诗人在焦灼暗淡、愁愤无奈中盼望着雨停，盼望着天亮，又从个人的处境联想到其他人的处境，发出了炽热的忧国忧民的情感和迫切要求变革黑暗现实的理想，内心在呼喊："安得广厦千万间，大庇天下寒士俱欢颜，风雨不动安如山，呜呼！何时眼前突兀见此屋，吾庐独破受冻死亦足！"这是诗人心灵的绝唱，这是诗人千年的梦想，这是诗人的千年一叹！

这个梦想太漫长了。人类从穴居时代进化到唐代，该有多少年了？到那个时候应该也有了长足的进步，居住条件大为改善了，但除了少数豪门贵族，又有多少人能住上砖屋瓦房？从古代文字中经常可以看到如"柴门""陋室""茅斋"之类的描述，大多数人一生的栖身之地就在这极度低矮、狭窄的草屋之中。诗人的梦又做了多少年？这种情况甚至上千年也没有什么改观。在 20 世纪 70 年代前，沪宁线从丹阳往西，或过长江以北，遍地还都是茅草盖顶、泥土砌墙的茅草房，苦难深重的中国人，世世代代，祖祖辈辈，一代一代做着房子的梦，即使在被人称为"天堂"的江南富庶之地，曾几何时，那些用芦苇、用塑料纸、用石棉瓦搭起的像鸡栅、像猪舍一样的栅户人家，一住就是好几年。回想往事，使人不堪回首，黯然伤神……

就在诗圣杜甫呼喊"安得广厦千万间"的理想，做着"何时眼前突兀见此屋"的梦想，又过了一千二百一十年后，1971 年的一天深夜，沉睡的常州街头上踯躅徘徊着一个年轻的农民，他才十九岁，看上去不过是一个大小孩，他借着昏暗的路灯不断地张望着，看到有招待所、旅馆招牌就走进去，可是又退出来，他已经这样好几次走进去又退出来了。他在常州城南三十里的漏湖开河工地上一天繁重劳动收工后，今天想回离常州城北三十里的武进郑陆老家去，他拖着疲惫的身躯走到常州，想乘车回家，然而此时早已没有了公共车，只好寻找旅馆或招待所，谁知旅馆招待所都要问他要住宿介绍信，他一个农民工，哪来介绍信？偌大一个常州城就是没有一个可以落脚的地方，他想想明天早晨还要上工，一跺脚转身又往工地上走。黑黝黝的旷野，睡沉沉的村庄，不时传来几处狗吠声，大多数人这时都已经进入梦乡，在做着各自的梦，他却在漫漫长夜的江南田埂上行路，他边走边想，心潮不平，偌大的一个常州，竟无自己栖身一夜之地？

刘灿放出生在武进郑陆一个农民的家庭里，生来也是住在"绝低小"的矮房子里。他想到农村上大多数人都没有什么好房子，城里人的房子比农村好，但也好不了多少，那些马路边搭起来的栅户人家，甚至还不及农村，人们说"上有天堂，下有苏杭"，天堂难道就是这样的吗？家乡被人称为"鱼米之乡"，难道就是这样的吗？农民到城里来住旅馆就没资格吗？他又想，在农村，一个人一辈子就是想造几间房子，有多少人等到房子造好，人也已经差不多老了。但老百姓心里始终有一个信念，再苦再难，也要造房子，为子孙后代造一点房子，否则会被人看不起，这个信念是神圣的，在老百姓心里头生了根，谁也挖不走。这种对房子的梦，在刘灿放以后的岁月里，变成了一种思考。著名作家高晓声那篇脍炙人口的小说《李顺大造屋》就是以他家乡农民造屋为素材的。高晓声和他是同乡，李顺大这样的农民就在他身边，他太熟悉了。农民李顺大要用种田人"吃三年薄粥，买一条黄牛"的精神造三间屋。李顺大是船户，从没有房子，解放后土改分到田却没分到房子，李顺大立下奋斗目标要造三间砖屋，他拼命劳动挣每颗粮，积累每一分钱，他每餐少吃半碗粥，省下一点米，下雨下雪不干活，一天三顿就吃两顿。烧菜粥放几粒黄豆就不放油了，因为油本来是从黄豆里榨出来的，烧螺蛳放一勺饭汤就不用酒了，因为酒无非是米做成的。到1957年，好容易买回了三间砖瓦房的建材，正想造房子，大跃进开始了，材料全拿去大炼钢铁，但过了几年李顺大又顽强地做起造屋梦，他有了以前的教训，怕存不住不敢再买材料，把钞票藏在枕头里，想看准时机一下子买全后马上造起来，所以物资敞开供应时他偏不买，从1962年到1965年，李顺大又积攒了造三间屋的钞票，但这时物资样样紧张起来了，他想买材料却什么也买不到，买一块砖也得有本地三级证明，其实打了证明也买不到，"文化大革命"中，他为了买砖头还被砖瓦厂的"文革"主任，以他被抽壮丁当过反动兵关起来讹诈去一万砖头钱。从解放开始到"文革"结束，李顺大闹腾了三十年，也没有把房子造出来，像李顺大这样的农民，他实在见得太多了，也许他的叔叔就是一个李顺大，也许他的舅舅也是一个李顺大，其实自己也是其中的一个。中国的老百姓啊，什么时候能够改变一下这样苦雨愁风、逆来顺受的命运呢？什么时候自己能造几间砖瓦房呢？什么时候也能为老百姓造一些房子出来呢？刘灿放这个年轻的农夫，也像许许多多李顺大那样的农夫一样，做着诗圣同样的梦,他常常默念诗人呼喊了一千二百多年的梦呓:"安得广厦千万间……何时眼前突兀见此屋……"

这是一个梦魂牵绕的追寻,这是一个永不放弃的信念,这是一个连绵不绝的思考。住房,一直是深植于人类内心的梦想和追求的情结。每个人都会为之梦魂牵绕……

对市场的顶礼膜拜

梦想毕竟是梦想,现实毕竟是现实。诗人的梦想因脱离现实终究是初梦乍醒,而刘灿放执着的追求终于梦想成真,那是在他有了企业家的担当和底气之后。1993 年,他创办了南开房产公司,他真的可以造出千万间房子,实现自己的理想了。他首先在常州丽华三村建造了一百余套住房。自己不懂,听人说要造就要造大一点的户型,于是大多数都在一百平方米以上,谁知,那时人们基本只能图一个温饱,哪有钱来买这种大户型的房子?房子造出来后,一点也卖不出去。从银行借的四千八百万无法还贷。可是这时有人还在大谈"目前最重要的是管理",闭口不谈如何销售。不错,管理出效益,但没有人去住的房子还去管理什么,这完全是对管理的图解,是本本主义的幼稚病,刘灿放决心尽快把这批房子卖出去,哪怕亏本。他给大家讲了一个故事:从前有一年发大水,一个财主背了一袋金子逃到一棵树上,一个农民背了一袋糠饼也逃到这棵树上,农民饿了就啃一块糠饼,财主饿了不能吃金子呀,就用一块金子去想换一块糠饼。教条主义者若认为一块金子换一块糠饼无论如何不划算,他只有饿死……刘灿放果断地以优惠价格在最短时间内全部售出,一下子亏了几百万元,但资金回笼了,银行贷款还掉了,表面上亏了实际上赢了,银行的信誉保住了,这和海尔张瑞敏三天内处理完全部库存洗衣机一着有异曲同工之妙。事后刘灿放说:看来光有好心并不一定能办好事,这一下呛了一大口水,差一点没被淹死。他第一次感受到了市场这一只无形的手,形影无定，威力无比。他用常州话总结道："幸亏我们的眼睛亮佬，脚长佬，腰板硬佬，逃得快佬。"

时间又过了五六年。1999年，开发建造丽景花园，公司决策层产生了巨大分歧，一些人认为当前市场上仍以普通消费对象为主，适当降低住宅成本，争取搭上福利分房的末班车，把丽景花园卖出去，因为原先的教训持这种论点也可以理解，但刘灿放分析中国住宅的发展趋势，听取各方面专家的意见认识到，随着经济的发展，人们已经不再满足一排排"鸽子笼"般的房子，已经讨厌"兵营式"的呆板的住宅环境，过去仅仅靠廉价房避风雨的饥不择食的时代即将过去。在参观了上海等地精品住宅之后，刘灿放更加认识到，住宅品质的全面提升时代已经到来，他决定要造面积大一点的房子，要造品位高一点的房子。这不是又要走前面的老路吗？他的想法遭到了内部决策层一些人的激烈反对，以致于争论得面红耳赤，争论仍然无法得到统一。最后刘灿放说，采取表决的方式，还有就是立下军令状，一切后果由自己一人承担。

面对这样激烈的争论，艰难的抉择，刘灿放心里伤痛之余也情不自禁地乐了。他想，几年前造大一点的房子卖不出去，现在已经有人要买大一点的房子，我们又不敢造了，究竟谁对谁错，在当时也不敢下这个结论。这是谁在作怪呢？是市场，是市场这只无形之手玩弄着反手为云、覆手为雨的魔术，有时琳琅满目，有时影息全无；有时有声有色，有时销声匿迹，眼花缭乱，神出鬼没。我们有时简直只能望洋兴叹，随波逐流。我们不能创造它，只能发现它，不能违背它，只能顺应它，我们不得不对它保持一种长久的敬畏之心、敬悚之心，对它虔诚服膺，顶礼膜拜。刘灿放虽然在市场经济的潮头搏击了许多年，但他从来没有像今天这样对市场有如此清醒而深刻的认识。他后来的许多开发理念，不论多雅，还是多俗，都是来源于这种认识的，他说的"老百姓要什么样的房子，我就造什么样的房子"，看似平淡，实际即来源于此。他后来形成的"市场导向，科学决策，正确定位，精心打造"的开发理念也基源于此。

思想使平凡伟大

人为万物之灵长，是自然界伟大的产物。人之所以伟大在于创造，创造源于思想，思想使平凡伟大……

刘灿放形成的一系列房产开发经营理念，深深镌刻着他生活经历的烙印，带着他独特的思想感情。但朴素的思想感情决不能代替市场经营思想的把握，不光凭感情、直觉、经验，还有视野、智慧、气质、理论、悟心、文化等一系列思想基础。这就是刘灿放一贯坚持的"实事求是"的思想。正如英国著名管理学家霍金森说："倘若哲学家不能成为管理者，那么，管理者必须成为哲学家。"现代企业是思想家驰骋的疆场，人类经济社会已经由商品经营、资本经营走向思想经营。刘灿放经常用富有哲理的话语教育员工："我们要透过现象看本质，符合规律，弱小也会变强大；违背规律，强大也会变弱小。"

当初建造丽景花园时，刘灿放认识到过去陈旧住宅文化正在被人抛弃，一场房地产开发设计的革命已经悄然来临，一种包含功能舒适、环境优美、讲究户型、独特立面，还包含物业管理、全面服务这样的住宅小区，必将成为今后住房的方向。因此，他义无反顾地花重金重新设计规划方案，还采用了歌特式蒙沙顶立面，这种设计造价是很贵的。在建造中执行者总想修改方案，这里减一点，那里抠一点，刘灿放知道一些人不能接受他的理念，行动上就会消极，针对这种情况他下了一道禁令："丽景花园必须按规划定位的建造，不准少一块砖，不准少一棵树，确保高品位！"这是一种比喻式的禁令辞，就如"不拿群众一针一线"那样，连一根针、一根线都不能拿，还能拿别的东西吗？同样，连一块砖、一棵树都不能少，还能少别的东西吗？刘灿放这里并不是真的计较一块砖、一棵树的问题，而是表达一种意志，传递一个信息，丽景花园必须按设计理念建造，绝不能因降低成本而降低质量。事实证明，这是一场人与自然，人与建筑、科技、管理的协奏曲，丽景花园在当时引领了常州住宅提升的新潮流，被评为优秀开发社区。

刘灿放的这种意志后来一直成为九洲房地产开发的核心理念。都市桃源开发时，由于当时的地形条件复杂并比较落后，他请一些设计公司来设计，设计师问他："你有什么样的设计要求？"刘灿放对他说："你的设计如果使我的房子卖掉，我决不会感激你，你的设计如果能让我赚钱，我也不会感激你，我要你的设计是能彻底改变此地的面貌品位、刷新常州住宅的一张新名片，作为常州一张城市新名片展示给大家看。"他提出按"四个一流"建造，即：一流的设计，一流的外立面，一流的自然环境，一流的物业管理。为此，先后请了六家设计公司做方案，他指出：房屋开发前期设计是关键，必须向脑力倾斜，多请几家设计公司做方案，多出点"洋盘钞票"不要紧，很可能一个点子可使我们发现一个亮点！为了确保都市桃源建造得好，他一再指示："当容积率与品位发展矛盾时，要服从品位；当规划时间与品位发生矛盾时，要服从品位；当建造周期与品位发生矛盾时要服从品位。"都市桃源建成后，的确成为常州的一张城市新名片，许多外地来常州交流的单位，都要到都市桃源去参观。刘灿放欣喜地对大家说："没有品位就没有价位，福来房产坚持品位为都市桃源带来了福气。"

房屋开发前期设计是关键，一旦确定就难以更改，这道理似乎人人都明白，其实不然，每一次设计，都会因为观念的先进与落后，眼光气质的不同而多次在设计上发生思想的碰撞，从而对设计产生根本的影响。

"一切差距，都是观念的差距，思想的差距。"刘灿放经常提到这句话。对每一个设计，他都要亲自参加，反复讨论。

芜湖，千米双向步行街开发，承建这个项目的芜湖大鑫公司本来只是设想建成一条普通的街道，刘灿放参与这个项目后，提出了一系列新的理念，催生了一个全新的创意，在各种思想观念的碰撞下，经过两年的努力，终于建成了一条富有现代气息的时代商业街。这块好料经他一点拨，裁剪出一件漂亮的时装，给当地同行带来了一股清新之风。

建造九洲环宇时，人们只知道要造一个"高级"的写字楼，但"高级"到什么程度，人们思想上还很模糊。刘灿放以国际化的视野，战略家的眼光，以及博大的气魄，高瞻远瞩地提出设计力求以人为本，采用现代环境艺术的设计手法，引进西方园林设计理念，全力营造生态休闲概念，特别是层层设置空中休闲花园与顶层休闲亭廊，形成一个立体的生态庭园。还考虑与全世界商务往来的种种方便因素，体现人性化、节能化、智能化。为了实现这些理念，公司特聘请了澳大利亚A＋J设计院设计。刘灿放又提出了一系列建造理念，他提出"高标准、严要求、快速度，一个也不能少"，又对负责此项工程的经理提出："当质量和时间发生矛盾时，时间必须服从质量，当质量和成本发生矛盾时，成本必须服从质量。"他又提出"四精"要求，即"精心组织、精雕细琢、精打细算、精益求精"的工作方针。九洲环宇这座具有国际水准的商务楼，从设计到建造，无不代表了当今最先进的理念和方向。如今它成为常州第三商圈内的一道亮丽风景。

服务大众　发展自我

任何一个成功的企业，一定有好的企业文化作为精神支柱，一定有它内在的文化因素。而这种因素又一定深深打着这个企业掌门人的个人特质。九洲房地产开发的一系列理念，就是刘灿放世界观和价值观的反映。这种价值观的核心就是他提出来的八个字，叫做"服务大众，发展自我"。他说："积几十年经营，我的体验是叫做服务大众，发展自我，只有服务大众，才能发展自我。只想发展自我，而不服务大众，最终是不能发展自我的。"

是"发展自我，服务大众"，还是"服务大众，发展自我"，看似只是次序前后排列，其实就是出发点、目的性、价值观的问题。从2001年制订《九洲典章》这本九洲企业大法开始，九洲就把"服务大众，发展自我"作为企业的核心理念,也成为九洲全体员工认同的共同价值观和行为方式。

九洲服装城是九洲第一个商业房产项目。当初创办时,不少人只想造了房子招商,只盘算着能收多少租金,而对如何兴市考虑很少。面对众多来租商位的投资者,刘灿放在多次会议上一再强调:"我们要招商兴市,而不只是招商引资。市不兴,招来的商早晚也要跑掉。"精辟地分析了招商、引资、管理、兴市之间的关系,纠正了偏差。第二次招商时,九洲服装城的商位价值已经翻了好几番,但刘灿放坚持商位租金维持原价不变,把利让给在这里的经营者,这样一下子就少收了几百万元的租金。可人心聚了,市兴了,九洲服装城已连续十年被评为江苏省样板市场。

世界上能做成几件大事者,必有一种精神,九洲集团发展到了今天,和刘灿放坚守的服务大众这种精神密切相关,在几十年的经营生涯中他有许多至理名言。例如:他常说"要做生意先做人","不要做短寿命事体","经营是河里捉鱼,管理是锅里烧鱼","我们从田野村姑变成大家闺秀了,不要做偷鸡摸狗的事"……这些话朴实、风趣、形象、富有哲理。他有一句名言一直在九洲全体员工中传诵:"当信誉和利益产生矛盾时,首先要选择信誉,当事业和利益产生矛盾时,首先要选择事业。损人利己的事我们不做,损人不利己的事我们更不做,不损人又利己的事我们要多做。"在房产开发上,他说:"人家,人家,人要放在前面,家要放在后面。"这就提出了一个房产开发为谁服务的问题。刘灿放说:我们不能忘记我们企业是为人民谋福利这个出发点,当然也要赚钱,但我们光是为了赚钱而赚钱,最终是赚不到钱的,我们搞房地产开发固然是为了赚钱,但说到底还是为老百姓造房子,为子孙后代造房子。我们造的大厦、造的花园最终是留给社会,留给子孙后代的,我们要负这个责。在造九洲环宇时,他说:"九洲环宇不是我的,也不是九洲集团的,是常州人民的,我们要以这样的定位来做这个项目。"对每一个项目,他提出"一切围绕'好交'来做,因为最终要把房子交给老百姓,交到业主手里,对他们有一个好的交待。好交的前提就是质量及配套服务,而这些在前期,从一开始就要一步一步做好。"

在为谁服务的问题上,他有很多见解,他问设计师、建设者:你们能不能这样考虑,造出的房子,要做到富人住进去不嫌贱,穷人住进去不嫌贵……在选择都市桃源这块项目时,他亲手撰写招标书,招标书上是这样写的:"本公司拟将该项目定位在面对广大中低收入者为主要服务对象,以高品位、低价位为核心理念,将项目做到社会效益和经济效益并举,品位和价位平衡,使项目产品价廉物美,物有所值……一旦本公司中标,首先将抓好项目的规划设计,项目品位高不高,关键是规划和设计,本公司在充分的前期准备中,已比较和筛选了一批名牌设计公司作为该项目的规划和设计伙伴……本公司愿花较昂贵的成本聘请上述名牌设计公司设计本项目,目的只有一个,即保证该项目以高品位运作……"

其实,每个经营者都是双重身份的人,他既服务人,又受人服务。因此,要换位思考。

2003年,当都市桃源卖得火爆时,刘灿放一再指示负责这个项目的福来房产公司:"不要涨价了,留一点空间给消费者;越是卖得好,越是服务态度要好,不要摆'朝南坐'面孔。"他以一种悲天悯人的慈悲心怀来看待消费者,看待消费者利益。事实证明,世界上只有老老实实做事的人,才能获得真正的成功,要想欺骗人,最后只能自欺欺人。只有真诚服务大众的人,才能得到大众的真诚服务。

对于品牌建设,他有独到的见解,他亲自写了一篇《漫谈企业品牌建设》的文章发给全体员工。文章中说:"搞品牌不是在高速公路和闹市区竖一些漂亮的牌子,那不是品牌,那是广告牌,也不是竖品牌,是竖广告牌。品牌到底是什么?我认为是得到社会公众和消费者及同行一致认可的优质商品和优质服务……"他在文章中写道,"品牌不是吹出来的,品牌首先是靠做出来的,没有'做'为基础,靠'吹'只能吹出泡沫。品牌也不是少数人的事,需要九洲的全体员工为此目标而努力奋斗才能实现,而决不是企划部或几个人就能实施品牌建设的。经营就是服务，一流的服务就是品牌。全心全意为客户服务，服务大众，才能发展自我，切记：服务好顾客，信守好承诺，客户的满意是品牌树立的开始……"

愿　景

有人这样调侃："假如你要奖赏一个人，那么请他去做房地产；假如你要惩罚一个人，那么也请他去做房地产。"房地产业蕴含了管理与科学、经营与设计、艺术与文化、思想与经验、资金与人力等一系列复杂的经营课题，并且受到国家宏观形势变化，政策方针变革等影响，在材料、环保、设备、营销甚至涉及家庭伦理、社会人口等多门学科，没有一个产业像房地产业这样更直接地与人生、民生联系在一起。有多少人辛苦一辈子就是为了住有所居。"安得广厦千万间"这种社会理想，几乎成为一切仁人志士忧国忧民的不解情怀。然而，不是每个人都能做到的。作为房地产发展商，历史已经赋予其新的使命，手中出来的作品是一幢幢房子，同时又是百姓的福祉，社会的进步、文明，是城市的景观、雕塑。房地产开发商是令人尊敬同时又负担重任的一行。九洲集团作为常州一个知名的房产开发商深感肩上的责任，深感从自己手上出来的产品不要成了城市的疵点，总是邀请各方专家出谋划策，汲取一切未来住宅的先进元素，以一种历史责任感来精心塑造，这种孜孜不倦的努力，已经获得全社会的首肯。

当然，房地产终究是房地产，虽说一块块实实在在的砖瓦，而在各人手上变幻出来的景象总是有所不同的，它终究是一门遗憾的艺术，不可能达到尽善尽美，无可挑剔。人的认识总是阶段性的。"人生不过几十年，尽自己最大的努力，到老来回想，不要对不起自己的子孙。"这是刘灿放朴实的追求，一种精神，一种心境，一个藏在心底、溢于言表的愿景。

"个人命运与企业命运连在一起，企业命运与国家命运连在一起，没有事业就没有利益，这不是大道理、唱高调，是真道理，我一直是这么想的。"这是刘灿放经常对大家说的话。

　　一个老板，一个企业家，一个房地产开发商，刘灿放是这么想的，是这么说的，也是这么做着的。

（原载 2008 年 3 月 15 日《常州日报》）

后 记

一

写完这本书，就想给它起一个作者和主人公都喜欢的书名。这个书名要统揽概括书的基本内容，我想到老子《道德经》第七十九章的一句话："天道无亲，常与善人。"这句话的释义是上天不分亲疏，经常眷顾善于顺应天道的人。天道指自然界及其发展变化的客观规律。

刘灿放和"九洲"的故事，不就是不断顺应自然、社会、经济发展变化的一个实录？刘灿放自己也经常说，"九洲"的理念是"顺应自然、顺应规律、回归自然"。他是一个善于顺应天道的人，所以机遇常常眷顾他，因此起了"天道常与"这个书名。名是符号，喜欢就好。

二

2017 年初的一天，我见到刘灿放，这时我已经从九洲集团退休九个年头了。他对我说："我盘盘几十年的经营，真是惊心动魄，九九八十一难，遇到了那么多妖魔鬼怪。从 1988 年九洲诞生物贸起家，到 1994 年壮士断腕亏本化解房地产风险；2000 年，收购木材厂两种思想的斗争；2004 年，国家调整政策对企业严峻的考验；2014 年化解担保危机，其中的经营危机、投资危机，以及管理矛盾，举不胜举。怎么走过来的呢？我想，还是实事求是。"

刘灿放似乎意犹未尽，又将回忆延伸到更远的年代。

"再回想我从二十一岁到兰州采购，第一次踏上经商和创办企业的道路。从村办厂、乡办厂、区办企业、县办企业，其中艰难曲折也是一言难尽。如今四十多年过去了，怎么会走过来的呢？还是一句话：实事求是。

"所以'实事求是'是我这一生的法宝，其中的故事值得记录下来，其中的经验教训都值得总结。这是一个普通民营企业发展的总结，这是一个普通人梦想繁荣富强的总结，也是人生的总结。因此，我想写成一本书！"

刘灿放想要把他的人生经历写成一本书的想法，早在前几年就提过。我过去在九洲十二年，也经常听他讲他的故事。这些故事讲来生动有趣，让我们听得津津有味，但由于工作忙，他没有机会静下心来讲故事，也没时间坐下来写这本书。现在，有这个条件，再不把它写出来，实在可惜了。我听他旧话重提，当然十分赞同："好啊，应该写，赶快写！"

"要写成这本书，不是要宣传，不是搞夸张。"刘灿放和我开始讨论写这本书的设想，"我们九洲一向是低调的，过去实事求是做事，现在实事求是写书。"刘灿放笑着说。

"九洲企业的发展，是改革开放的历史缩影。我是社会中的一员，我能够取得一些成绩，一是赶上了一个好时代，二是遇到了许多好人（当然也有不好的人），时代赋予机会，奋斗创造价值，人生就像一盘棋，一步一步走过来，有拼搏，有喜悦，有挫折，有成功，但不能回头重来，花有重开日，少年不再来，落子无悔！"刘灿放打开了话题，思绪仿佛更加活跃起来，他说，"我写这本书，要告诉人们，要继承和发扬创业、创新精神。这书要有历史性、问题性、教育性，还要有文学性、可读性，让人们在阅读中得到启发，受到教育，无声胜有声，润物细无声……"

刘灿放说的这个意思，正是我想说的。过去在九洲写过许多企业管理、企业理念方面的理论文章，那难免让人读来有些乏味枯燥。写的长篇通讯和报告文学也受篇幅等诸多限制，不能详述。而这本书一定要是一本文学性的读物，有小说的要素，有故事情节，有人物描写，让人们能比较轻松地读下去。

只听刘灿放又说："这本书是要讲九洲的价值观、九洲的文化，它告诉后人要传承这种精神。老话说'遗子满屋金，不如教一经'，要把九洲的生意经传下去，把九洲几十年凝聚成的一种精神传下去，这才是真正的财富。"

我说："是的，把这本书理解为'树碑立传'那就太狭隘了。这是精神，是信仰，这是一本'经书'，但正像你说的，它不能写成一本纯理论教科书，一定要有故事性，可读性。《圣经》还有《佛经》，不也是以讲故事的形式，告诉人们道理的吗？人们会在听故事中产生共鸣，受到感动，得到教益。"

我又说："是啊，人们在阅读时，大可不必对号入座，不必自寻烦恼，多思考一些做人的道理，才是阅读的乐趣和意义。"

…………

我着手撰写这本书时，始终抱着虔诚而严肃的态度，不肯胡编乱造"戏说"。我尽量避免空疏无聊的穿凿附会，坚持实事求是的创作态度。我只是安静地叙述故事的本来面貌，甚至尽量避免去用形容词之类，因为朴素的文字才是最真实的。也尽量减少谋篇布局的弄巧，因为巴金说"无技巧乃是最高技巧"。

我和书中的主人公是同时代人，又生活在同一地域，并且在九洲十二年，对书中主人公的工作、思想、生活、习惯、爱好，甚至江南农村口头的所谓"田埂头话"都很熟悉，因此，叙述中也深深打着主人公家乡的语言烙印。风土人情环境也是土生土长的，人们在阅读中，尤其是家乡的读者一定会感到特别亲切。

创作过程中，刘灿放始终尊重作者的创作思想，从不加以干涉。这让我解除了许多羁绊，避免了干扰。有一个宽松的创作空间，能够按照自己的创作风格、叙事习惯来讲述，比什么都舒畅。

三

刘灿放和"九洲"的故事，讲述到此就要告一段落。

而时代仍在进步，生活还要继续，刘灿放和"九洲"的故事还在发展。就在我写作这本书的三年多中九洲又在新一轮发展机遇中顺应自然、顺应规律、顺势而为，向着更高的目标迈开坚实的步伐。

他们在 21 世纪的新兴产业领域迈开了新的步伐。我预祝九洲的发展不停步，九洲的故事会更精彩。

刘灿放和九洲的目标是：一定要继续发扬艰苦奋斗的精神，保持谦虚谨慎、戒骄戒躁的工作作风，克服各种各样可能遇到的困难，团结一致，薪火相传，打造一个百年九洲。

刘灿放和"九洲"的故事还将有精彩续篇。

四

这本书从 2017 年初开始写起，到 2020 年 6 月基本完稿，历时三年多。其中，2019 年搁置了一段时间，我也认为，就像酿的酒，必须放一段时间沉淀一阵才能喝那样，文章写了也要放一放才好。

因为是纪实文学，我必须要了解事实的来龙去脉，才能进入创作。为此，采用了几种方式取得素材，一是由刘灿放讲述，我录音和记录并用；二是由刘灿放以书面形式写出事情的经过，三是采访一些当事人，四是利用我在九洲近二十年亲身所了解的情况，综合起来进行创作。要知道，纪实文学的生命就是坚持真实性原则。当然没有艺术性也不成其为纪实文学，所以在综合、集中、概括、剪裁、穿插、环境、心理描写等方面都作了艺术加工。这些艺术加工，都是为了尽可能复原当时的场景、情景，而不是去损害事物的本来面貌。文中有的是化名，请不要对号入座。

写作过程中，每写一章节，不断得到刘灿放本人的修正、修改，也一直不断得到李怀中、周逸敏和刘啸放的鼓励和建议。李怀中和周逸敏在后期修改校对中，更是殚精竭虑，花了大力气，在此一并深表感谢。

　　由于本人才疏学浅，"不尽人意常八九"，或有疏漏和谬误之处，一文责自负，二欢迎赐教。

陆林深

2020 年 8 月于常州